Alles Glück dieser Erde

Serie Piper
Band 1901

Zu diesem Buch

Alles Glück dieser Erde liegt über Hof Eicke. Auf dem romantischen Wasserschloß werden edle Pferde für den Springreitsport gezüchtet und in internationale Rennen geschickt. Wir blicken auf den Glanz einer mondänen Gesellschaft – und auf die Schattenseiten eines oft grausam harten Geschäfts. Wir sehen Sieger und Verlierer, Gauner, Konzernbosse und Aristokraten, aber auch das einfache Leben auf dem Bauernhof, wo das Wohl der Tiere im Vordergrund steht. Wir begegnen den Frauen und Männern, die die Szene mit Leben erfüllen, begegnen Pferdenarren, Züchtern und Springreitern aus Deutschland, Italien, Spanien.

Im Brennpunkt der turbulenten und dramatischen Ereignisse stehen die ungleichen Brüder Werner und Stefan Eicke mit ihren Frauen, Liebschaften, Familien, Freunden und Feinden. Werner, dessen glanzvolle Reiterkarriere durch einen Unfall zerstört wurde, der sich mit unbändigem Ehrgeiz und Wagemut an die Weltspitze der Pferdezüchter arbeiten will und dessen Ehe dadurch schweren Prüfungen ausgesetzt ist. Stefan, der charmante und launische Siegertyp, der sein großes Reitertalent zu vergeuden droht und aus Groll zum rivalisierenden Gestüt Bovens überläuft, weil Vater Jakob seinen Hof dem älteren und zuverlässigeren Werner überschreibt. Sein zweiter und schönerer Grund heißt Gabriella von Bovens…

Alles Glück dieser Erde

Roman von Richard Mackenrodt
und Friedhelm Werremeier
Nach der ARD-Fernsehserie
von Friedhelm Werremeier

Piper
München Zürich

ISBN 3-492-11901-8
Originalausgabe
April 1994

Umschlag: Federico Luci, unter Verwendung
von Fotos aus der ARD-Serie
Gesamtherstellung: Clausen & Bosse, Leck
Printed in Germany

INHALT

Die Göttliche

1

Der Kopf der schlafenden Schimmelstute schabt unruhig über das trockene Heu, als das gleichmäßige Brummen eines Wagens näher kommt. Der Motor verstummt, und auf das leise Öffnen von Türen folgt das Geräusch vorsichtiger Schritte, die auf dem Kiesboden knirschen. Als langsam das Tor zu Divinas Stall aufgeschoben wird, erwacht das Tier und erhebt sich neugierig. Ein Riegel quietscht, und während die Box geöffnet wird, wandert bereits der helle Strahl einer Taschenlampe über den Boden. Als die Lampe findet, wonach sie sucht, wird Divina geblendet und wiehert leise, um ihr Unbehagen auszudrücken. Sie ist einiges gewohnt, aber nachts um zwei geweckt zu werden ist für niemanden schön. Einer der Männer, die in die Box getreten sind, klopft ihr beruhigend auf den Hals und streift ihr mit sicherem, fachkundigem Griff ein Pferdegeschirr über den Kopf. Divina wehrt sich nicht, als sie von den Besuchern aus dem Stall geführt und auf die Ladefläche eines Pferdetransporters bugsiert wird. Dieser Vorgang hat für die Stute nichts Unbekanntes an sich – für ein erfolgreiches Turnierpferd ist das notwendige Übel häufiger und langer Transportfahrten so normal wie das tägliche Training.

Die Morgensonne ringt allmählich den Frühnebel nieder und wirft, durch die vom Wind gewiegten Blätter und Zweige der alten Ahornbäume, die den Wassergraben säumen, helle Lichtfetzen auf die Fassade von Schloß Eicke. Von den Ställen dringen Stimmen und Motorengeräusche herüber. Die ersten hungrigen Pferde werden auf die feuchte Wiese hinter dem Schloß geführt.

Werner Eicke sitzt auf seinem Bett und massiert vorsichtig die alte Narbe, die quer über seinen rechten Oberschenkel läuft. Er sieht sich eine Videoaufzeichnung an: Ein dunkelhaariger Reiter mit scharf geschnittenem, konzentriertem Gesicht kommt auf einer Schimmelstute in ein Stadion geritten und nimmt die erste Hürde eines Springreit-Parcours. Es klopft. Werner nimmt die Fernbedienung, die auf der glatten, unbenutzten Hälfte seines Doppelbetts liegt, und stoppt die Übertragung. Stefan Eicke, Werners jüngerer Bruder, steht in der Tür.

»Morgen, Strohwitwer«, sagt er. Stefan ist derjenige, dessen Ritt Werner gerade auf dem Monitor verfolgt.

»Morgen, Stefan«, antwortet Werner. »Hänsgen meint, Divina sei schon in Düsseldorf nicht ganz in Ordnung gewesen.« Er läßt die Aufzeichnung weiterlaufen. Divina bringt mit dem Hinterlauf eine Stange zu Fall.

»Also, ob Hänsgen da nicht Gespenster sieht...?«

»Na ja, kein Grund zur Panik«, meint Werner. »Aber ich verstehe nicht, warum du gestern abend nicht da warst.«

»Du, manchmal habe ich halt auch was anderes vor«, antwortet Stefan achselzuckend und lächelt mit jenem jungenhaften Charme, mit dem er die Damenwelt des Münsterlandes zu begeistern weiß und seine Mitarbeiter zur Verzweiflung treiben kann.

Werner wendet sich ab. Er kennt die gewinnende, lockere Art seines Bruders nur zu genau, aber bei ihm würde Stefan damit keine Pluspunkte sammeln. »In drei Tagen fängt die Europameisterschaft an! Manchmal verstehe ich dich einfach nicht. Mit *der* Arbeitsmoral wärst du wahrscheinlich gerade mal Kreismeister! Ohne Divina, meine ich.« Er bringt diese Vorwürfe ernst vor und ohne höhnisch zu werden. Stefan ist nun einmal derjenige, dem alles zuzufallen scheint, während er es als Geschäftsführer des Gestüts Eicke gewohnt ist, für seinen Erfolg hart zu arbeiten. Ohne daß es ihm klar ist, liebt und haßt er seinen Bruder. Daß er ihn *braucht*, weiß er hingegen ganz genau, denn Stefan verfügt tatsächlich über eine begnadete Begabung als Springreiter, das läßt sich nicht leugnen. Die Brüder schauen einander in die Augen. Sie denken beide an einen Keil, der vor langer Zeit zwischen sie getrieben worden war.

»Arbeite mit ihr, aber sei vorsichtig«, sagt Werner und humpelt langsam zum Fenster. Manchmal merkt man ihm kaum an, daß er an der alten Verletzung leidet, und dann wieder wird es so schlimm, daß er beim Gehen einen Stock braucht.

»Na schön. Ich sehe sie mir mal an«, sagt Stefan und geht hinaus. Im Flur begrüßt er Clemma. Die Haushälterin, die eher als Familienmitglied denn als Haushälterin angesehen wird, ist die betagteste Bewohnerin des Schlosses – eine resolute Frau, die auch mit ihren 76 Lebensjahren noch über die körperliche Dynamik und den frischen Humor einer zwanzig bis dreißig Jahre Jüngeren verfügt. Sie macht jeden Handgriff im Haushalt immer noch selbst, auch wenn es sie Mühe kostet, aber dann, so sagt sie gerne, kann sie wenigstens sicher sein, *daß es flutscht*. Werner Eicke hat, mehr oder weniger unbewußt, viel von dieser Mentalität übernommen und überträgt sie inzwischen auf seine weitreichenden Geschäfte. Wenn er sich nicht selbst um alles kümmerte, davon ist er fest überzeugt, würde rein gar nichts funktionieren. Aber manchmal sehnt auch er sich nach etwas mehr Ruhe. Wenn halt nicht auch noch diese Sache mit Beate wäre! Er hat sie mit den Kindern nach Spanien geschickt, zum Ausspannen, aber wer weiß schon, ob ihre Depressionen dort besser werden?

Vom Hof dringt lautes Rufen herauf. Stefans Stimme, aber Werner kann ihn nicht verstehen. Er öffnet das Fenster.

»Divina ist verschwunden!« schreit Stefan.

Werner zieht die Stirn kraus. »Wieso verschwunden?«

»Was weiß ich – die Box steht sperrangelweit offen!«

Werner humpelt eilig zur Türe. Clemma kommt ihm mit fragendem Blick entgegen. »Sieh bitte zu, daß du Hänsgen auftreibst«, ruft er ihr zu und läßt sie stehen.

Zwischen Operationstischen und tiermedizinischen Apparaturen sitzt Dr. Hans Hänsgen, ein 58jähriger, großer, kräftiger Mann mit dunklen, buschigen Augenbrauen und einer fortschreitenden Glatze. Das Telefon klingelt, aber anstatt abzuheben, steht er auf und geht zu einem Bücherregal. Wiltrud, seine um elf Jahre jüngere, blaßgesichtige Frau, kommt herein und nimmt den Hörer ab.

»Tierarztpraxis Doktor Hänsgen«, meldet sie sich mit hoher, leiser Stimme. »Hallo, Clemma. Nein, weit ist er nicht. Aha, das ist ja seltsam. Gut, ich sage ihm Bescheid.« Sie legt auf.

»Was ist seltsam?« fragt ihr Mann.

»Sie suchen Divina. Die ist verschwunden. Komisch, nicht?«

»Divina ist *weg*? Und was soll *ich* da machen? Ich bin Tierarzt und kein Detektiv.«

Stefan ist außer sich, glaubt, Divina sei entführt worden. Er hat seine aussichtsreichsten Konkurrenten im Verdacht, daß sie ihn so im Kampf um den Europameistertitel aufs Abstellgleis befördern wollen. Werner hört sich den schimpfenden Bruder kopfschüttelnd an. Er hält die These für Blödsinn und schickt seine Pfleger los, um die Gegend abzusuchen. Irgendwo wird das Pferd schon stecken, denkt er. Aber Divina ist ohnehin nicht richtig gesund, und so kommt ihm eine neue Idee: Stefan wird bei der EM auf Juanita starten, der braunen Stute, auf der eigentlich Jupp Rathmeyer, der 39jährige zweite Geschäftsführer und zweite Bereiter des Gestüts, ins Rennen geschickt werden soll. Jupp meckert, aber gegen Werner, das weiß er, kommt er nicht an. Er drückt Stefan die Zügel von Juanita in die Hand und stapft stinksauer davon.

»Und was ist jetzt mit Divina?« Stefan läßt noch immer nicht locker.

Werner hat allmählich genug. »Mann, was soll ich denn tun? Annoncieren? Mein Pferd ist entlaufen?«

»Dir ist Divina doch scheißegal«, motzt Stefan zurück. »Sie ist ja schließlich erstklassig versichert, stimmt's?«

Ein heißes, wütendes Gefühl breitet sich in Werners Brust aus, und er muß sich dazu zwingen, ruhig zu bleiben. »Was willst du damit sagen? Du meinst doch nicht etwa...«

»Ich meine gar nichts«, sagt Stefan trotzig und entzieht sich der beklemmenden Situation, indem er, an Werner vorbei, die Stute aus dem Stall führt.

Gabriella Gräfin von Bovens flaniert mit zwei Männern vor der mächtigen, klassizistischen Fassade von Gut Bovens entlang. Die schöne, rotblonde Frau ist halb Italienerin, halb Deutsche. Ihre Mutter, Contessa Carlotta Pirri, hatte in den sechziger Jahren den Grafen Bovens geheiratet, der erst das Anwesen heruntergewirtschaftet und dann, und das ist auch schon ein paar Jahre her, das Zeitliche gesegnet hatte. Die Contessa war daraufhin in ihre italienische Heimat zurückgegangen, aber Gabriella war geblieben und hatte, zur Überraschung aller, das Gut wieder auf Vordermann gebracht.

Einer der Männer ist ihr Onkel, Conte Massimo Pirri, ein kultivierter, humorvoller Lebenskünstler. Der andere heißt Renato Tucci und wird von den Fachleuten als Stefan Eickes härtester Konkurrent um den EM-Titel angesehen. Er reitet für den Stall von Conte Pirri. Die beiden beraten die junge Gräfin, die selbst einen Stall mit Springpferden aufbauen will. Das heißt, sie raten ihr eigentlich eher ab. Gabriella, die wegen ihres wilden Aussehens von vielen Leuten *Gipsy* gerufen wird, habe dafür, so unterstellen die beiden, zuwenig Know-how, und sie solle doch lieber bei ihrer Landwirtschaft bleiben. Aber sie kennen beide Gipsy gut genug, um zu wissen, daß sie etwas, das sie sich in den Kopf gesetzt hat, nicht so schnell aufgeben wird.

Carlotta erscheint rufend über der Terrassenbrüstung des Schlosses. »Gabriella, deine Versicherung will dich sprechen!«

Gipsy geht rasch auf das Schloß zu.

»Mut hat sie ja, die Kleine«, murmelt Massimo anerkennend.

»Eine starke, schöne Frau«, pflichtet Renato bei.

Massimo grinst. »Eine für dich, meinst du?«

Tucci antwortet nicht, grinst nur vielsagend zurück.

»Verschwunden, sagst du?« Gipsy mag es nicht glauben. Ungläubig umklammert sie den Telefonhörer. »Das darf doch nicht wahr sein!«

Am anderen Ende der Leitung ist Erich Gründermann, Bezirkschef der Novia-Versicherung.

»Gipsy, wenn ich es dir sage«, bestätigt er. »Ich weiß nichts Genaueres, habe es auch gerade erst erfahren. Aber das stinkt, das spüre ich im kleinen Finger.«

»Dann laß uns herausfinden, wo das Stinktier sitzt, Erich. Im Ernst, ich fasse es nicht. Ja, wir telefonieren.« Verstört legt sie den Hörer auf die Gabel zurück.

So kurz vor der Eröffnung der Springreit-Europameisterschaften herrscht im Innenraum der Dortmunder Westfalenhalle ruhige, gespannte Betriebsamkeit. Dort, wo sonst ein dichtes Heer schwitzender, klatschender Fans Tina Turner oder Herbert Grönemeyer zujubelt, stapfen jetzt kräftige Männer mit langen, bemalten Holzstangen über den mit festem Sand bedeckten Boden. Jakob Eicke, fast siebzigjähriger Chef seines Gestüts, wird nicht aufgehalten, als er dem Inneren der Halle zustrebt. Jeder hier kennt den massigen Mann. Niemand würde dem großen, gedrungenen alten Herrn des deutschen Pferdesports, wie er einmal in einem Zeitungsartikel ehrfürchtig genannt worden ist, den Zutritt verwehren. Die Hände tief in seinem dunklen Mantel vergraben, geht er lächelnd auf einen mageren Sechzigjährigen zu, der einen Notizblock in der einen und einen Kugelschreiber in der anderen Hand hat und mit beidem wichtig vor einem halbfertigen Hindernis herumfuchtelt.

»Bruno, deine reifste Leistung ist das nicht gerade«, sagt Jakob mit seiner tiefen, freundlichen Stimme und grinst fröhlich.

Bruno Schadewald, als führendes Mitglied der Deutschen Reiterlichen Vereinigung zuständig für den Aufbau des Parcours, sieht für einen winzigen Moment wie ein kleiner Junge aus, den man beim Naschen erwischt hat, gewinnt aber sofort seine aristokratisch steife Haltung zurück und blickt dem Neuankömmling mißmutig entgegen. »Das geht dich einen feuchten Kehricht an, Jakob. Was willst du hier?«

»Na meckern, natürlich!« lacht Jakob.

»Was soll das, Jakob?« seufzt Schadewald. »*Ich* baue hier den

Parcours, und ich habe etwas gegen treusorgende Väter. Wir sehen uns bei der EM.«

»Ach Bruno, drüber müssen sie doch alle, nicht? Übrigens, von der Mauer da vorne würde ich ein paar Zentimeter wegnehmen, die ist ja mindestens einssiebzig.«

Schadewald schüttelt den Kopf. »Einer, der reiten kann, hat da überhaupt keine Schwierigkeiten!« widerspricht er erregt.

Jakob Eicke lächelt zufrieden.Er hat den Hagestolz ohne jede Mühe zu einem Gefühlsausbruch gebracht. Schadewald bemerkt es und hat sich sofort wieder in der Gewalt. Jakob legt noch einen nach: »Stell dir mal den Aufstand vor, wenn im Fernsehen gleich am Anfang einer kopfüber den Abgang macht. Dann möchte ich nicht in deiner Haut stecken.«

»Jakob, bitte!«

»Da hinten, der Wassergraben: Riskant, riskant, mein Lieber. Und in den Doppeloxer würde ich eine flache Hecke stellen.«

»Herzlichen Dank für das Statement. Ich wünsche dir noch einen schönen Tag.«

»Willst du mich rausschmeißen?«

»Bis dann, Jakob.Grüß schön zu Hause. Ich habe schrecklich viel zu tun, sonst würde ich mich länger mit dir unterhalten.« Schadewald wendet sich demonstrativ ab.

Der alte Eicke grinst mehr denn je. »Versuchen kann man's ja mal«, sagt er, hebt die Hand zum Gruß und schreitet davon. Kaum ist er verschwunden, winkt Schadewald – wieder ganz der Chef – einen seiner Helfer heran: »Hansen, stellen Sie mal eine Hecke in den Oxer, ja?«

Auf dem Abreiteplatz von Hof Eicke, einer eingezäunten Wiese, die mit einem halben Dutzend Hindernissen bestückt ist und als Trainingsplatz dient, versuchen Stefan Eicke und Juanita, sich aneinander zu gewöhnen. Stefan treibt die Stute etwas zu grob gegen ein Hindernis, und Juanita reißt die Stange bereits mit den Vorderläufen herunter. Stefan stoppt das Pferd, lüftet seine Kappe und wischt sich den Schweiß aus der Stirn.

Ein etwas zu forsch gefahrener weißer Porsche hält vor dem

Gattertor und läßt dabei kleine Kieselsteine zur Seite spritzen. Gipsy Bovens steigt aus und geht sofort auf Stefan zu.

»Alora, was ist da los mit Divina?« sprudelt sie hervor. »Weißt du schon etwas?«

»Hooo«, macht Stefan, als wolle er sein Pferd bremsen. »Woher weißt *du* das denn?«

»Schlechte Nachrichten verbreiten sich wie Grippeviren. Was sagt die Polizei?«

»Die weiß nichts davon.«

»Wie bitte!? Aber ihr müßt doch...« Gipsy schaut ihn an, als würde sie ernsthaft an seinem Geisteszustand zweifeln.

Stefan hebt abwehrend die Hände. »Erzähl das Werner. Es ist sein Pferd.« Er steigt ab und hält Juanita am Zügel fest.

»Es gibt da so Gerüchte«, sagt Gipsy leise. »So wie ihr euch benehmt, könnte man direkt meinen, sie stimmen.«

»Was für Gerüchte?«

»Doping.«

»Hä?«

»Werner Eicke. Divina. In Warendorf haben ein paar Leute einen bösen Verdacht, weißt du.«

»Na, so ein Blödsinn! Wer denkt sich denn so ein Geschwätz aus?«

»Ich kann es mir ja auch nicht vorstellen. Außerdem glaube ich sowieso immer nur das, was bewiesen ist. Ganz im Gegensatz zu dir.«

»Du sprichst von Tucci?«

»Si. Ich spreche von deinen idiotischen Verdächtigungen: Ich und Renato Tucci. Das ist so hirnverbrannt!«

Juanita wiehert. Sie schauen das Pferd an, als würden sie sich fragen, ob das nun als Zustimmung oder als Einwand gemeint war.

Stefan blickt Gipsy fest in die Augen. Sie ist so schön, daß es ihm schwerfällt, cool zu bleiben. »Soviel ich weiß, wohnt Renato Tucci zur Zeit bei dir.«

»Er ist ein amico di casa. Warum soll er im Hotel wohnen, bis die EM anfängt? Soll ich jedem Mann verbieten, mir hinterherzuschauen oder mir Komplimente zu machen? Mamma mia, ich habe nichts mit ihm gehabt, und ich werde nichts mit ihm haben!« Sie setzt sich in ihren Wagen, knallt die Tür zu und braust davon.

Stefan atmet tief durch, als er ihr hinterherschaut. Er würde ihr gerne glauben, aber er bringt es nicht fertig. Wie viele Jahre ging das mit ihnen beiden nun eigentlich schon so? Große Liebe, Eifersucht, großer Krach, Schweigen im Walde – und dann das Ganze wieder von vorn. Warum fällt es einem bloß so schwer, dem anderen die gleiche Portion Freiheit zuzugestehen wie sich selbst? Vielleicht, so denkt Stefan nicht zum ersten Mal, ist eine deutsch-italienische Mischung eben einfach doch zu explosiv. Und andere Mütter haben schließlich auch... jaja, aber *so* schöne Töchter wie Gipsy, hol's der Henker, haben andere Mütter nun einmal *nicht*!

»Werner, wir müssen jetzt die Polizei einschalten!« fleht Clemma. »Die Pfleger haben inzwischen den ganzen Wald abgesucht und Divina nicht gefunden.«

Werner steht im Schlafzimmer. Er zieht an einer Zigarre und bläst den Rauch aus, der in dicken Schwaden durch den Raum schwebt. So einen Brummer zündet er sich nur an, wenn er nervös ist. Normalerweise hätte Clemma etwas dagegen gesagt, sie kann die qualmenden Dinger nicht ausstehen. Aber jetzt sieht sie darüber hinweg. Wenn es ihn beruhigt, soll er eben paffen.

»Clemma, so wie es jetzt aussieht, müssen wir annehmen, daß es wirklich eine Entführung ist. Glaub mir: Die Polizei auf den Hof zu holen, ist das Verkehrteste, was wir tun können. Ich will sie *lebend* zurückhaben.«

Durchs Fenster sieht er, wie ein Streifenwagen auf den Hof fährt. Wütend bläst er den Rauch gegen die Scheibe.

»Moinmoin«, ruft Kurt Bergner, der dicke, gutmütige Polizist, als Werner mit Zigarre im Mundwinkel und Gehstock in der Hand herangehumpelt kommt. Der Beamte, Mitte Vierzig, hat noch einen Zivilisten mitgebracht. »Das ist Herr Kolb«, stellt er den 33jährigen vor.

Martin Kolb grinst in seinen dunklen Vollbart und streckt

Werner seine Hand entgegen. »Ich habe so viel von Ihrem Gestüt gehört. Deswegen wollte ich es mir gerne einmal aus der Nähe ansehen.«

Bergner zieht einen Zettel hervor: »Autobahnanschluß Bramsche, Werner. Hundertzwölf in einer Baustelle mit sechzig. Du bist doch selbst gefahren, oder?«

Der Kelch scheint an ihm vorübergegangen zu sein. Werner schielt erleichtert und mit geheucheltem Interesse auf Bergners Papierstückchen. »Bin ich? Weiß ich nicht. Schreib irgendwas.«

Dann aber verdüstert sein Blick sich wieder. Er sieht einen weißen Porsche, der auf der Zufahrt zum Hof kräftig Staub aufwirbelt. Seit die junge Gräfin von Bovens ihm vor einiger Zeit ein Stück Land vor der Nase weggekauft hat, ist sein Verhältnis zu ihr getrübt. Da ist er wie ein Elefant, so etwas kann er nicht vergessen. Zum Glück kommt sein Bruder auch nicht mehr mit ihr zurecht: Gipsy als Schwägerin? Schrecklicher Gedanke!

Gipsy steigt aus ihrem Wagen und läuft eilig zu den drei Männern. Offenbar, so denkt sie, hat Werner nun doch die Polizei gerufen.

»Wie sieht's aus?« fragt sie atemlos, während sie noch heranfliegt. »Habt ihr Divina wiedergefunden? Ist es eine Entführung?«

»Halt den Mund«, preßt Werner hervor. »Komm, wir gehen in mein Büro.« Er versucht, Gipsy sanft mit sich fortzuziehen.

»Was soll das?« beschwert sie sich und macht sich von ihm los. Sie dreht sich zu Bergner. »Wissen Sie etwa immer noch nicht, daß Divina verschwunden ist?«

»Doch, jetzt weiß er's«, flüstert Werner ihr zu. »Weil du redest, bevor du denkst.«

So etwas läßt sie sich nicht bieten. Ohne ein weiteres Wort stolziert sie zu ihrem Wagen, dreht die Zündung und hinterläßt eine weitere Staubwolke.

Werner legt den Arm um Bergners Schultern und stimmt einen vertraulichen Ton an, als wolle er dem Polizisten einen Schnaps im Dienst anbieten. »Kuddel, das muß unter der Decke bleiben, hörst du? Laß da bitte die Kripo außen vor.«

Bergner riskiert einen kurzen Seitenblick auf Kolb und sagt leise: »Werner, du bringst mich in Teufels Küche.«

»In der schmore *ich* schon jetzt. Komm, sei ein bißchen kooperativ.«

Bergner windet sich: »Schau mal, als Polizeibeamter bin ich dazu verpflichtet...«

»Kuddel, wie lange kennen wir uns?«

»... bin ich dazu verpflichtet, Straftaten von Amts wegen zu verfolgen.«

Werner schaut den Beamten an, als spräche er einen fremdländischen Dialekt. Dann fällt sein Blick auf Kolb, der seine Dienstmarke hochhält.

»Herr Eicke, ich *bin* zufällig von der Kripo«, sagt er mit einem bedauernden Lächeln.

Keiner der Männer bemerkt das verschnürte Päckchen, das an dem alten Findling neben dem Stall lehnt.

Kommissar Kolb nimmt die Sache in die Hand. Jetzt, da sich auf dem Hof herumgesprochen hat, wer er ist, muß er schleunigst dokumentieren, wie wichtig ein Mann von der Kriminalpolizei ist. Seine Stimme wird um einen ganzen Ton tiefer, als er von Werners Büro aus, für alle Anwesenden gut hörbar, mit seiner Dienststelle telefoniert. Anschließend versichert er Werner, der Fall werde wie ein menschlicher Kidnappingfall behandelt, mit äußerster Diskretion. Werner läßt sich notgedrungen von ihm ausquetschen und berichtet darüber, wie er Divina vor acht Jahren gekauft hat, als die Wunderstute noch ein kleiner Jährling gewesen war. Heute sei sie der absolute Star unter den 115 Eicke-Pferden, mit einem Marktwert in Millionenhöhe.

Dr. Hänsgen, der Tierarzt, betritt verunsichert den Raum. Er wirkt angeschlagen.

»Ich verstehe das nicht«, jammert er. »Die Stute kann doch nicht fliegen.«

»Vor allem so unmittelbar vor der Europameisterschaft. Schon sehr, sehr seltsam«, fügt Kolb mit provozierendem Unterton hinzu und schaut Werner dabei prüfend an. Der bemerkt den angedeuteten Verdacht und möchte dem allzu beflissenen

Kripomenschen am liebsten eine reinhauen, läßt sich aber nichts anmerken.

Rolli Böckmann kommt herein. Der 63 Jahre alte, immer freundliche oberste Pferdepfleger von Hof Eicke, der gleichzeitig so eine Art Mädchen für alles ist, hat das Päckchen gefunden, auf dem in großen Blockbuchstaben *WERNER EICKE* geschrieben steht. Kolb nimmt das Päckchen an sich. Stammt es von den Erpressern? Einen Augenblick lang überlegt er, ob er einen Sprengstoffexperten anfordern soll, aber dann schickt er nur Bergner hinaus zum Wagen, um ein Paar Aids-Handschuhe zu holen.

Hänsgen wirkt plötzlich noch verstörter, horcht in die Luft, behauptet, er höre sein Autotelefon klingeln und geht Bergner hinterher. Kolb wundert sich, weil er der Meinung ist, er höre das Gras wachsen. Aber weder er noch Werner vernehmen ein Klingeln. Hänsgen greift tatsächlich zu seinem Autotelefon, gibt aber selbst und in unübersehbarer Hektik eine Nummer ein.

Kolb streift die dünnen Handschuhe über und zelebriert seine wichtigste Amtsmiene. Mit wenigen Handgriffen öffnet er das Packpapier und holt eine Zigarettenschachtel sowie einen zugeklebten Brief heraus. Werner, Stefan, Clemma und der herbeigeeilte Jakob schauen ihm gespannt dabei zu. Der Kripomann ritzt den Umschlag auf und findet einen geradezu klischeehaft typischen Erpresserbrief, zusammengesetzt aus kleinen Zeitungsfitzelchen, eine Heidenarbeit:

> *Werner Eicke. Wir sind Tierfreunde und grundsätzlich gegen Springreiten als Tierquälerei. Wir haben Ihre Divina entführt und fordern für die Rückgabe eine Million Mark. Andernfalls werden wir sie für ihre unzähligen Leidensgenossen opfern und töten müssen. Sie hören wieder von uns. Bleiben Sie immer erreichbar. Lassen Sie die Polizei aus dem Spiel. Wie ernst unsere gerechten Forderungen sind, erkennen Sie an beiliegendem Päckchen.*

Kolb läßt den Brief sinken und schaut in die betroffene Runde.

»Und die Tierquäler sind wir!« braust Stefan auf.

»Was für schreckliche Menschen«, murmelt Clemma.

Werner nickt zustimmend: »Schrecklich dumm vor allem. Vielleicht brauchen die das Geld, um sich einen Rhetorikkurs leisten zu können, damit sie weniger peinliche Erpresserbriefe schreiben.«

Während Kolb den Brief in eine Plastiktüte steckt und die Schachtel zu öffnen beginnt, klingelt laut und hart das Telefon. *Sie hören wieder von uns.* Sind das schon die Entführer? Werner hebt ab.

»Hallo, Werner«, sagt eine Frauenstimme. Es rauscht ein bißchen in der Leitung. Es ist Beate, denkt Werner erleichtert. Er wäre jetzt lieber bei ihr und den Kindern, weiß Gott.

Beate steht mit einem mobilen Telefon in einem sonnenüberfluteten Palmengarten. Ein leichter Wind streichelt ihr durch das schulterlange, dunkle Haar und über ihr markantes, schönes Gesicht. Die 39jährige mit den dunkelgrünen Augen hat keinen besonderen Grund, zu Hause anzurufen. Sie fühlt sich nur einfach zum ersten Mal seit langer Zeit wieder einmal so entspannt und gelassen, daß sie Lust auf einen liebevollen Fünfminutenplausch mit ihrem Mann hat. Wenn er sie jetzt sehen könnte, so sanft gebräunt, in ihrer neuen trägerlosen Corsage! Sie würde ihn jetzt gerne küssen und festhalten.

Werner aber wimmelt sie ab. Er ist mit den Gedanken ganz woanders. Beate spürt deutlich: Irgend etwas ist da viel, viel wichtiger. Er verspricht, heute abend zurückzurufen und legt wieder auf. Beates Züge verfinstern sich und nehmen wieder jenen verkniffenen Ausdruck an, den sie hier in Andalusien loswerden wollte. Heute abend wird sie auf seinen Anruf warten, und er wird es vergessen, weil er mit irgendeinem Bankdirektor zum Essen verabredet ist oder irgendein Pferd einen Schnupfen hat. Sie wendet sich ab, legt das Telefon einfach ins Gras und blickt hinüber zu dem Tischchen, auf dem ihr Pillendöschen steht.

Das Telefon, diese als so segensreich gepriesene Errungenschaft der menschlichen Zivilisation, die uns in Sekundenschnelle Meere und Kontinente überwinden läßt: Wie viele Mißverständnisse hat es schon heraufbeschworen? Wie viele Ehen mag es schon ruiniert haben?

In der Zigarettenschachtel befindet sich ein kleines Jutesäckchen. Kolb nimmt es vorsichtig heraus und schüttelt den Inhalt auf den Tisch. Die Umstehenden erstarren zu einer Fotografie: Vor ihnen liegt ein helles, haariges, mit einem blutigen Schnitt vom Kopf abgetrenntes Pferdeohr!

Jakob Eicke sitzt zusammengesunken in einem Fauteuil in der Wohnhalle des Schlosses. Die Sorge um Divina lähmt ihn. Er hat ein besonderes Verhältnis zu Pferden, betrachtet sie nicht aus der Sicht eines Pferdehändlers, sondern als vierbeinige Freunde. Jedes Zittern der Nüstern, jede Bewegung des Schweifs, jedes Scharren der Hufe ist ihm vertraut. Pferde senden Signale aus, zeigen, daß sie auf die Weide wollen, daß sie jemanden mögen oder daß ihnen etwas weh tut. Manchmal denkt Jakob, es wäre ein Segen für die Menschen, wenn sie sich untereinander so gut verstehen würden wie er sich mit seinen Pferden. Er spricht mit ihnen, ganz normal, als ob nichts dabei wäre. Seine Söhne sind da rationaler. Die belächeln den Vater, wenn sie ihn mit einem Pferd ein Zwiegespräch halten sehen. Sollen sie grinsen! Jakob Eicke weiß genau, was er tut. Aber heute abend ist er mit seinem Latein am Ende. Seine Gedanken wandern immer wieder zu Divina. Die Kleine ist doch so ein Sensibelchen!

Stefan sieht, wie sein Vater trübe vor sich hin grübelt, und setzt sich zu ihm auf die Sesselkante. »Paps, schau mal, die werden ihr nichts tun«, versucht er ihn zu beruhigen. »Ich wette, das sind Insider. Die werden das Lösegeld abholen, Divina irgendwo aussetzen und dann bei uns anrufen.«

Werner stochert im Kaminfeuer herum. »Wenn die meinen, wir wissen nicht, daß ein Pferd mit einem Ohr nur die Hälfte wert ist, dann sind mir das schöne Insider.«

Stefan blickt sauer zu seinem Bruder hinüber. Kann der Kerl es nicht wenigstens heute abend sein lassen? *Muß* er ihm unbedingt widersprechen, wo er geht und steht? »Hast du inzwischen über das Lösegeld nachgedacht?« fragt Stefan.

Werner nickt: »Ich zahle nicht.«

Jakob zuckt sichtbar zusammen. »Oha!« meldet er sich. »Darüber reden wir aber noch.«

»Vater, es hat keinen Zweck. Wenn wir einmal zahlen, zahlen wir immer.«

Stefan steht auf. »Na, langsam kommt ja eins zum anderen«, motzt er seinen Bruder an.

Werner schmeißt den Schürhaken ins Feuer, ist mit zwei Schritten bei Stefan und packt ihn am Kragen: »Red' nur weiter, mein Lieber. Dann zieht aber einer von uns beiden hier aus!«

Stefan wehrt sich, und als die Brüder sich ineinander verhaken wie zwei Judokämpfer, springt Jakob auf.

»Schluß jetzt!« brüllt er und geht so vehement dazwischen, wie er es wohl seit zwanzig Jahren nicht mehr getan hat.

»Ihr haltet jetzt den Mund! Einer wie der andere!«

Werner hinkt, ohne noch irgend etwas zu sagen, hinaus. Stefan will auch gehen, aber Jakob hält ihn zurück.

»Sag mal, kannst du dich nicht ein bißchen fairer verhalten?« Jakob spricht in dem weichen, aber bestimmten Tonfall, den Stefan noch von früher kennt, als er Fensterscheiben eingeworfen und Lehrern Knallfrösche auf den Stuhl gelegt hat und hinterher von seinem Vater zur Rede gestellt wurde. In diesem Ton kann Jakob seinen Söhnen auch heute noch alles sagen, gerade die unangenehmen Dinge. Und keiner der beiden Jungs hat sich je getraut, wegzuhören, wenn Vater *so* gesprochen hat.

»Dein Bruder muß sich doch allmählich vorkommen, als ob *er* es gewesen wäre.«

Jakob bringt es nicht nur fertig, Stefan zu besänftigen, er schafft es auch, ihn für das morgige Training anzuspornen. Stefan, der glaubt, ohne Divina bei der Meisterschaft keinerlei Chancen zu haben, bekommt von seinem Paps die Vorzüge Juanitas so treffsicher aufgezählt, daß er, als er schließlich zu Bett geht, endlich wieder den nötigen Tatendrang spürt. Jakob kann eben nicht nur mit Pferden umgehen.

Der alte Eicke macht noch einen letzten Rundgang durch die Ställe. Während er den geliebten, unverwechselbaren Duft nach Stroh, Roßäpfeln und Pferdeleibern einsaugt, rumpelt wenige Kilometer entfernt ein Jeep über einen dunklen, vom Mond nur schwach beschienenen Feldweg. Äste knacken, als der Wagen ins Unterholz gesteuert wird und stehenbleibt. Die Scheinwerfer verlöschen, und zwei Gestalten steigen aus. Wortlos zerren sie etwas auf den Fahrersitz. Eine Pistole wird mit einem Tuch sorgfältig abgewischt und in eine Hand gelegt. Die Hand ist kalt und fühlt sich so schlaff an wie ein tiefgekühltes Hühnchen, das eben aufgetaut worden ist. Die Hand ist Teil eines toten, zwei Zentner schweren Körpers.

2

Um sieben Uhr in der Frühe sieht alles schon wieder ganz anders aus: Jakob steht auf dem Trainingsparcours und ruft energische Anweisungen über den Abreiteplatz, und Stefan legt mit Juanita eine tadellose Runde hin. Eine Stange fällt zum Schluß dann zwar doch noch, aber das ist nicht mehr als ein Flüchtigkeitsfehler. Pferd und Reiter gewöhnen sich immer besser an die Motorik des anderen. Stefan hat nun sogar Spaß dabei, Juanitas Möglichkeiten auszuloten, und denkt im Moment kaum mehr an Divina.

Aber die Idylle bleibt nicht ungetrübt. Nach der Trainingsstunde, als Stefan die braune Stute am Zügel zum Stall führen will, kommt ihm wieder der weiße Sportwagen entgegen. Gipsy bringt neue Nachrichten, berichtet über den in Funktionärskreisen kursierenden Verdacht, Werner habe Divina ein Mittel namens Rotazon gespritzt, eine neue Entwicklung der Pharmaforschung, mit dem man ein Pferd auf brutale Weise gleichzeitig aufputschen und ruhigstellen könne. Jede Behandlung mit dem Teufelszeug verkürze drastisch die Lebenserwartung des Tieres.

»Divina wäre in Dortmund mit Sicherheit auf Doping untersucht worden«, behauptet Gipsy. »Werner hat es geahnt und Divina aus dem Verkehr gezogen.«

»So ein Blödsinn.« Stefan schüttelt den Kopf und blickt gedankenverloren zwei Joggern nach, die mit federnden Schritten an ihm vorbeilaufen und im Wald verschwinden. »Weißt du, wenn jemand eine Dopingkontrolle vermeiden will, dann läßt er sein Pferd einfach nicht starten, weiter nichts. Aber er läßt doch nicht sein eigenes Pferd kidnappen und schreibt sich anschließend selbst einen Erpresserbrief! Überhaupt würde mich mal interessieren, woher du so gut Bescheid wissen willst.«

»Von Bruno.«

»Bruno Schadewald?« Stefan staunt. »Was hast du denn mit dem intriganten Heini zu tun?«

»Er hält mich auf dem laufenden. Sogar über Dinge, die er mir gar nicht sagen dürfte.«

»Weil er scharf auf dich ist, der alte Bock.«

Gipsy blickt hilfesuchend zum Himmel. »Meine Güte, Stefan! Bruno ist ein alter Mann!« Sie schüttelt mitleidig den Kopf. »Ich treffe ihn morgen abend im Pfauenhaus. Er ist überzeugt davon, daß Werner Dreck am Stecken hat, und er wird mir erzählen, was er vorhat.« Einem plötzlichen Impuls folgend, greift sie nach Stefans Arm und schmiegt sich an ihn. »Müssen wir uns das Leben so schwermachen?« flüstert sie. Erst als sie bemerkt, daß er die Umarmung über sich ergehen läßt, ohne sich zu rühren, löst sie sich von ihm, murmelt »Entschuldigung« und läuft zurück zu ihrem Wagen.

Die beiden Jogger sehen, abseits vom Weg, einen Jeep im Unterholz stehen. Ein origineller Ort für ein Schäferstündchen! Lachend laufen sie weiter. Sie sehen nicht den schlaffen Körper, der regungslos hinter dem Steuer sitzt. Das dunkle Blut auf der stoppeligen Wange und auf dem hellen Pullover sieht aus wie getrocknetes Ketchup, nicht wie echtes Blut. So viel Blut auf einmal sieht irgendwie immer künstlich aus. Und ist es nicht doch mehr als Aberglauben, daß ein Toter nach seinem Hinscheiden noch tagelang ganz normalen Bartwuchs hat? Unrasiert, mit aufgerissenen, starren Augen und einem großen, noch feuchten Loch im Kopf scheint Dr. Hans Hänsgen voller Verblüffung auf die schwärzlich schimmernde Borke der alten Rotbuche zu glotzen, die vor dem Kühler seines Jeeps aufragt.

»Ja, glaubst du denn das im Ernst, Werner?« Erich Gründermann sucht Akten zusammen und stopft sie in ein Köfferchen. Er hat es eilig. Das Erdgeschoß seiner Villa ist eine riesige, hohe Wohnhalle, die alles hat, was nötig ist, um als neureich zu gelten: kühle Designersitzgruppen, rustikale Bauernschränke, dicke Marmorsäulen und avantgardistische Klecksereien in viel zu schweren, glänzenden Goldrahmen protzen miteinander um die Wette. Gründermann, in einem leuchtenden weißen Anzug, mit zartrosafarbenem Hemd und einer knalligen bunten Krawatte, ist das passende Sahnehäubchen zu seiner Wohnungseinrichtung. »Glaubst du allen Ernstes, ich gebe dir den kompletten Kaufpreis, solange der Fall nicht geklärt ist?« kräht der 48jährige mit seiner etwas zu hohen, fast piepsigen Stimme und schließt sein Köfferchen. »Wenn meine holländischen Vertragspartner nicht wären, würde ich den Kaufvertrag auf der Stelle stornieren! Da verkaufst du mir klammheimlich deine Wunderstute, und dann – zack! – ist sie weg. Vom Erdboden verschwunden. Sehr schön. Selten so gelacht. Und was machen wir, wenn unsere kleine Divina nie wieder auftaucht? Kannst du mir das mal sagen?«

Werner reißt sich zusammen. Er konnte diesen Fatzke noch nie ausstehen. Achselzuckend und scheinbar cool sagt er: »Na, ganz einfach. Dann zahlst du mir meine Versicherung aus, und ich gebe dir davon das Geld zurück.«

»Sag mal: Bist du so blöd oder tust du nur so? Es sieht ganz so aus, als hättest du da selber die Pfoten drin, nicht? Manche Leute glauben, du seist heilfroh, daß die Stute weg ist.«

»Hör bloß auf! Den Witz kenne ich schon!«

Werner überlegt, wie sich seine Faust wohl auf Gründermanns schwitzendem Gesicht machen würde.

Der Versicherungsboß schaut Werner aus seinen kleinen Äuglein heraus prüfend an. »Weißt du, was ich glaube? Ich glaube, Divina war nicht in Ordnung.«

»Fängst du auch damit an!« Es fällt Werner von Sekunde zu Sekunde schwerer, sich zu beherrschen.

»Das muß ich ja wohl! Ich werde das Gefühl nicht los, daß du mich beim Verkauf beschissen hast!«

Gründermann geht um den langen Mahagonitisch herum. Er spürt, wie geladen Werner ist, und will daher ein paar Meter zwischen sich und ihn bringen. »Weiß Stefan inzwischen, daß du mir die Stute verkauft hast?« lenkt er das Gespräch auf einen unverfänglicheren Pfad.

»Ich sage es ihm, wenn Divina wieder da ist.«

»Ah, verstehe. Du hast Angst, daß noch einer Lunte riecht. Also das muß ich mir echt mal in Ruhe überlegen.«

Er greift nach seinem Aktenkoffer.

»Ich muß los. Und wenn du wieder ein Ding drehst, Werner – dann dreh's richtig. Lieb hab ich dich ja trotzdem, weißt du doch.«

Inzwischen ist ein weiteres Stück Pferdeohr mit der Post nach Hof Eicke geschickt worden. Jakob fährt nach Münster, zur Tierärztlichen Hochschule, um die beiden Ohren dort untersuchen zu lassen. Dr. Dagmar Lux, eine hübsche blonde Mittdreißigerin, versucht vergeblich, den zutiefst deprimierten Jakob Eicke zu trösten. Sie könne nicht mit Sicherheit feststellen, so sagt sie, ob die Ohren wirklich von Divina seien. Die Teile könnten durchaus von irgendeinem anderen Schimmel stammen.

Auf dem Rückweg von Gründermanns Villa kommt Werner auf Sichtweite am Flughafen Münster-Osnabrück vorbei und erkennt die herumstehenden Lufthansa-Maschinen als einen Wink des Schicksals. Er hat genau im Kopf, wann der Flug nach Düsseldorf und von dort weiter nach Sevilla geht: Beate und die Kinder haben letzte Woche die gleiche Maschine genommen. Werner prüft, ob er seinen Personalausweis dabeihat, dann setzt er den Blinker und biegt ab.

Indessen brodelt zu Hause weiter die Gerüchteküche. Jupp Rathmeyer, neben Werner zweiter Geschäftsführer auf dem Hof, ist nicht nur sauer darüber, daß Juanita ihm, wie er sagt, *unter dem Arsch weggezogen* worden ist. Rathmeyer, immerhin studierter Jurist, der später eine Zickzacklaufbahn eingeschlagen hat, findet ebenfalls, Werner verhalte sich verdächtig.

»So wie ich ihn kenne, würde der *zwei* Millionen Lösegeld zahlen«, sagt er zu Stefan, kurz vor dessen Abfahrt nach Dortmund. »Divina ist doch sein absoluter Liebling. Daß er sich nun so strikt weigert, etwas herauszurücken, ist doch ein klares Zeichen dafür, daß er weiß, daß ihr nichts passiert.«

Stefan schüttelt den Kopf. »Wenn Werner Divina selber entführt hätte, würde es doch sein Geld *bleiben*. Dann könnte er sich pro forma jeden beliebigen Betrag bezahlen.«

Jupp Rathmeyer ist nicht überzeugt. Aber so richtig sauer wird er erst, als Clemma ihm quer über den Hof zuruft, er müsse nun statt Werner mit zum Turnier fahren. Der sei nämlich unterwegs nach Spanien.

»Warum muß er gerade jetzt abhauen?« schimpft Jupp und schickt ein paar derbe Flüche hinterher. »Damit macht er sich doch noch verdächtiger, als er schon ist.«

Linda Eicke staunt nicht schlecht, als sie auf der anderen Seite des Swimmingpools sieht, wie ihr Vater aus dem Schatten einer Palme tritt.

»Papa!« ruft sie, läuft strahlend auf ihn zu und fällt ihm stürmisch um den Hals. Edgar freut sich auch, daß Vater da ist, aber die Küsserei findet er bescheuert. Er ist in dem Alter, in dem man unbedingt für erwachsen gehalten werden will und alles vermeidet, was nach Kinderkram aussieht. Er fand es schon peinlich genug, mit Mutter und Schwester in die Ferien zu fahren, aber er hat sich fest vorgenommen, das würde das letzte Mal sein.

Beate ist glücklich, daß Werner da ist, und sobald Linda ihn endlich an sie abtritt, nimmt sie ihn fest in den Arm. Sie spürt seinen warmen, rauhen Körper und fühlt sich geborgen und liebgehabt. Aber sie wundert sich auch. Solche Extratouren sind sonst nicht seine Art. Leider. Werner vom Hof loszueisen, und sei es nur für ein, zwei Tage, ist meist ein nervenaufreibendes Unterfangen. Und jetzt steht er plötzlich hier vor ihr und grinst wie ein kleiner Lausbub!

»Schön, daß du da bist«, flüstert sie ihm ins Ohr. »Aber mußt du denn nicht zur EM?«

»Ich muß gar nichts.« Er blickt lächelnd zu den Kindern hinüber, die sich inzwischen über die Sachen hermachen, die er ihnen aus Sevilla mitgebracht hat. »Ich hatte einfach Sehnsucht nach dir.«

Aber Beate kennt ihn seit fast zwanzig Jahren. Sie spürt, daß er etwas auf dem Herzen hat, daß etwas nicht stimmt.

»Warum hast du gestern abend nicht zurückgerufen?« fragt sie.

Er windet sich heraus, sagt, er habe es einfach nicht geschafft, aber sie merkt es nun einmal, wenn er auf dem Rückzug ist. Männer sind schlechte Lügner.

»Werner, ist irgend etwas passiert? Du hast doch was.«

Wieder weicht er aus, entzieht sich ihr und versucht, gute Laune vorzugaukeln.

»Warum hältst du immer alles von mir fern?« protestiert Beate mit einer Heftigkeit, von der sie selbst am meisten überrascht ist. »Trau mir doch endlich mal mehr zu!«

»Komm, Bea, du brauchst Ruhe«, beschwört er sie leise.

Beate explodiert: »Ich brauche keine Ruhe! Vielen Dank!« Ihre Stimme überschlägt sich.

Am frühen Abend machen Werner und Beate einen Ausflug nach Sevilla. Aber auch unter dem stolzen Glockenturm Giralba, dem fast hundert Meter hohen Wahrzeichen der Stadt, gelingt es ihnen nicht, die Leichtigkeit eines unbeschwerten Ferientages herzustellen. Sie haben sich lieb, sie freuen sich, den anderen zu sehen, und trotzdem vermiesen sie einander die Laune.

Er weiß nicht mit ihren Depressionen umzugehen, läßt sie einfach dorthin fahren, wo sie den Fuß in den Pool und ihr Gesicht in die Sonne halten kann, aber seine Nöte und Probleme läßt er nicht zu ihr vordringen. Die frißt er lieber in sich hinein, um zu verhindern, daß sich ihr Zustand noch verschlimmert. Denn Depression, das hat er von ihrem Arzt gelernt, ist nicht einfach nur Traurigkeit, sondern eine Krankheit, mit der nicht zu spaßen ist. Sie sieht ihm das an und kommt sich vor wie ein Vögelchen in einem großen goldenen Käfig, dem man die Flügel an den Leib gebunden hat, weil Fliegen viel zu gefährlich ist.

»Werner, ich habe deinetwegen meinen Beruf aufgegeben, und ich möchte manchmal an deinem Leben teilhaben. Nicht nur *ahnen*, daß dich etwas quält, sondern wissen, was los ist.«

»Ach Quatsch, mich quält doch nichts«, lügt er und blickt hinunter zum Guadalquivir, dessen Flußbett vor der untergehenden Sonne blutrot aufleuchtet. »Schau mal, Bea, du bist doch hier, um Urlaub zu machen mit den Kindern. Warum versuchst du, dir meine Probleme aufzuladen?«

»Die Kinder sind längst soweit, daß ich mehr Zeit für mich haben könnte. Für mich und für uns.« Ihr Blick wird weicher. »Manchmal möchte ich wieder fotografieren, aber im selben Moment bekomme ich panische Angst und denke: Vielleicht schaffe ich es gar nicht mehr! Und dann habe ich das Gefühl, ich sei eine totale Versagerin, eine Hochstaplerin, die bis jetzt immer wieder bloß Glück gehabt hat.«

Werner lächelt: »Das ist mir gar nicht so fremd. Nur: Ich sage mir dann, daß es Unsinn ist, und vergesse es.«

»Das versuche ich auch. Aber *ich* kann mir das hundertmal sagen und glaube es trotzdem nicht.« Beate, den Tränen nahe, lächelt tapfer und schmiegt sich an Werner. Wenn sie ihn nur anzapfen könnte! Etwas von seiner Stärke und seinem unerschütterlichen Glauben, die Dinge in den Griff zu bekommen, müßte sie sich aneignen können. Er hat doch so viel davon. Sie küßt ihn, um auszuprobieren, ob es nicht vielleicht tatsächlich funktioniert, so wie bei Dornröschen, und für ein paar Sekunden hat sie wirklich das Gefühl, es klappt.

Bruno Schadewald tupft sich mit einer Serviette den Mund ab. Der eitle Pfau, glatt dreißig Jahre älter als seine Tischgenossin Gabriella von Bovens, flirtet nach besten Kräften, lobt in blumigen Worten das Essen des stilvollen Nobelrestaurants und hebt auffällig oft das Glas, um Gipsy zuzuprosten. Beim Militär hat er gelernt: *Wenn du eine Frau erst mal unter den Tisch gesoffen hast, dann ist alles drin! Bei jeder!* Der Trick funktioniert seit 37 Jahren, aber Schadewald ahnt noch nicht, daß er bei Gipsy damit keine Chance hat. Sie ist für eine so schlanke Frau erstaunlich trinkfest, sie durchschaut ihn genau, und sie hat heute abend nur ein einziges Ziel: den gut informierten Funktionär, der in allen wichtigen Verbänden der Branche seine Finger hat, über die vermeintliche Dopingaffäre auszuhorchen. Ihr Gastgeber plaudert munter drauflos und verrät ihr unter dem Siegel absoluter Verschwiegenheit, daß den Eickes demnächst eine Untersuchungskommission auf den Hof gehetzt werden soll. Gerade will er mit einem galanten Handkuß den sachlichen Teil der Unterhaltung beenden, als Stefan mit einem fröhlich dahingedröhnten »Guten Abend allerseits!« grinsend neben dem Tisch steht. Schadewald schreckt hoch wie ein ertappter Sünder und läuft rot an – zunächst vor Scham, später dann vor Wut.

Gipsy ist ebenso verblüfft: »Stefan! Wo kommst du denn her?«

Stefan benimmt sich so, als sei sein Auftritt völlig selbstverständlich. »Darf ich mich dazusetzen?« fragt er frech, beugt sich über den Tisch und gibt Gipsy einen Kuß auf den Mund.

»Nehmen Sie doch meinen Stuhl!« schnarrt Schadewald mit mühsam unterdrückter Wut und steht hastig auf. Das Geschirr auf dem Tisch klirrt, und er geht, ohne noch irgend jemanden auch nur eines Blickes zu würdigen, zum Ausgang. »Herr Eicke zahlt!« ruft er dem Ober zu, dann dreht er sich doch noch einmal um und sagt ruhig: »Guten Abend zusammen.« Er lächelt souverän, macht auf dem Absatz kehrt und ist verschwunden.

Gipsy, die sich bis jetzt das Lachen verkniffen hat, prustet nun los: »Du bist ja vielleicht ein Goldstück!« bringt sie unter Tränen hervor.

»Und, war's schlimm?« fragt er, setzt sein bewährtes Lächeln auf und neigt sich ihr zu.

Sacht schüttelt sie den Kopf und zieht Stefan vorsichtig zu sich her. Aus der Berührung der Lippen wird schnell ein warmer, vertrauter Kuß. Mitten im Lokal. Aber warum auch nicht?

3

Am nächsten Morgen erscheint es den beiden Joggern bei ihrer täglichen Runde doch ein wenig seltsam, daß der Jeep noch immer an derselben Stelle im Unterholz steht. So lang dauert kein Schäferstündchen, und ein Parkplatz mitten im Wald? Das Loch in Hänsgens Schädel ist inzwischen fast trocken und von Ameisen übersät, die durch irgendwelche unsichtbaren Ritzen den Weg ins Wageninnere gefunden haben.

Dem kleineren der beiden Läufer stockt der Atem, als er durch die Windschutzscheibe auf einen blutüberströmten Mann sieht, der ihn hilflos anglotzt. Er macht einen Schritt rückwärts, stolpert über eine Wurzel, schlägt der Länge nach hin, rappelt sich wieder hoch und rennt zu seinem Freund zurück, der auf dem Weg steht und wartet.

Eine halbe Stunde später wird der Tatort bereits von einer Handvoll Beamten abgeriegelt, als Jakob Eicke mit seinem großen Kombi über den viel zu engen Waldweg darauf zufährt. Man läßt ihn den Toten identifizieren, aber Jakob nimmt die Umwelt überhaupt nicht mehr wahr. Sein alter Freund Hans? Selbstmord? Gott hat die Welt in einer Woche erschaffen. Will er sie jetzt in einer Woche wieder niederreißen?

In ein paar Minuten beginnt das Eröffnungsspringen der Europameisterschaft. Heute morgen war Jakob deswegen noch ganz aufgeregt gewesen. Jetzt hat er es völlig vergessen. Wenn man ihn fragen würde, ob es heute ein besonderes Ereignis gebe, könnte er nur sagen: *Ja. Hans ist tot. Mein Freund und Weggefährte in fast fünfzig Jahren. Mein Trauzeuge, mein Saufkumpan, mein bester Freund. Und wißt ihr, was das Schlimmste daran ist? Der Mann, mit dem ich über* alles *gesprochen habe – jeden Ehekrach, jede Finanzkrise, jedes große und kleine Problem –, dieser Mann bringt sich um, und ich habe nicht das leiseste Anzeichen bemerkt! Habe nicht das kleinste Signal dafür registriert, daß er des Lebens überdrüssig geworden sein könnte!*

Jakob fährt wie betäubt nach Hause, und sein erster Griff, sobald er das heimische Schloß betreten hat, ist der nach dem Telefon, um Werner in Spanien anzurufen.

Werner verspricht sofort, die nächste Maschine nach Deutschland zu nehmen. Er ist fast so entsetzt wie sein Vater. Eilig packt er seine wenigen Sachen zusammen, aber natürlich verrät er Beate nicht, warum er so überstürzt aufbricht. Sie kommt sich unverstandener vor als je zuvor, ist traurig und wütend. Warum bloß verheimlicht er ihr alles? Davon werden ihre Depressionen nur noch schlimmer! Und was hat es außerdem für einen Sinn, wenn sie wenig später doch erfährt, was er ihr nicht verraten wollte? Kaum ist Werner fort, kommt Edgar mit einer deutschen Boulevardzeitung angelaufen und zeigt seiner Mutter, wie in klotzigen Balkenlettern auf der Titelseite über Divinas Entführung berichtet wird.

Knapp zweitausend Kilometer nördlich von Sevilla schlägt Stefan Eicke sich auch ohne Divina erstaunlich gut und legt im Eröffnungsspringen einen Nullfehlerritt hin. Jupp Rathmeyer, der ja ursprünglich Juanita hätte reiten sollen, trauert seiner verpaßten Chance nach und prahlt noch stundenlang davon, in was für eine großartige Form er die Stute gebracht habe. Stefan glaubt allerdings eher, daß die Liebesnacht mit einer rotblonden Gräfin ihn beflügelt hat. Vielleicht, so vermutet Stefan, zanken sich Gipsy und er ja nur deshalb immer wieder so sehr, weil die anschließende Versöhnung so süß ist. Jedenfalls kam er auf dem Parcours heute viel besser zurecht, als er geglaubt hatte. Renato Tucci auf seinem schwarzbraunen Hengst Raffaello war zwar noch ein paar Zehntelsekunden schneller und verweist Stefan so im Moment auf den zweiten Platz, aber morgen ist ja auch noch ein Tag.

Werner sieht aus wie ein geprügelter Hund, als er aus seinem Wagen steigt und dann das Schloß betritt.

»Konntest du dir keinen besseren Zeitpunkt aussuchen, um Urlaub zu machen?« fragt Jakob, der den Schock über Hänsgens Tod inzwischen mit ein paar Schnäpsen leidlich betäubt hat.

»Vater, weißt du: Wenn Gründermann oder die Polizei Blödsinn erzählen, dann können die mich mal gern haben. Aber wenn sogar meine eigenen Leute mich verdächtigen, ich würde meine Pferde spritzen und sie anschließend verschwinden lassen, dann macht es keinen Spaß mehr, nach Hause zu kommen.«

»Ich kann das schon verstehen, Junge. Aber abhauen hat doch noch weniger Sinn.«

Jetzt oder nie, denkt Werner und sagt: »Ich habe Divina verkauft.«

»Wie bitte?«

»Bevor sie verschwunden ist. Schau mich nicht so an, du hast ganz richtig gehört.«

»Du hast *was*?«

»Divina verkauft.«

Die beiden Männer sehen sich an. Von außen hört man die quietschenden Räder eines Heukarrens, der über den Hof geschoben wird. Werner atmet tief durch. »Ich habe geglaubt, damit wären wir aus allem heraus. Finanziell, meine ich.«

»War der Preis denn okay?« fragt Jakob tonlos und blickt dabei ins Leere.

»Über anderthalb Millionen.«

»Und kommt sie in gute Hände?«

»Sicher. *Wenn* sie je kommt.«

Der Anflug eines Grinsens huscht über Jakobs graubärtiges Gesicht. »Dann wüßte ich nicht, was ich da als Pferdehändler noch groß nachdenken müßte.« Er greift noch einmal zur Whiskyflasche und schenkt zwei Gläser voll. »Es gibt *noch* etwas zu begießen, mein Junge.«

Werner sieht ihn fragend an und greift nach einem Glas.

»Ich habe lange hin und her überlegt, und jetzt ist es soweit: Ich steige aus. Ab dem nächsten Ersten bist *du* hier der Boß.«

Er stößt mit Werner an, dem dabei fast das Glas aus der Hand rutscht.

»Du meinst, ich und Stefan?«

»Nein. Du. Du alleine. Boß, verstehst du? Nicht nur Geschäftsführer.«

»Das kannst du doch nicht machen. Ich bin doch ein krummer Hund.«

Jakob seufzt: »'n Arsch bist du! Wir haben ein Kidnapping am Hals, und du verschwindest nach Andalusien, um dir mit Palmwedeln zufächeln zu lassen! Aber du bist nicht so bescheuert, dein eigenes Pferd zu klauen. Ich will dir den Rücken stärken, kapierst du das nicht? Außerdem bin ich alt genug, um abzudanken. Basta.«

»Aber ob Stefan das so ohne weiteres schluckt?«

»Ich könnte keine Nacht ruhig schlafen, wenn ich wüßte, daß Stefan hier das Kommando hätte. Lieben tue ich euch beide, damit hat das gar nichts zu tun. Aber er ist nun mal ein Bruder Leichtfuß.«

Werner gibt eine Pressekonferenz, die im Fernsehen übertragen wird. Er schildert Divinas Verschwinden und schockiert die Zuschauer, als er von den abgeschnittenen Ohren berichtet.

»Sosehr ich Divina liebe: Ich denke nicht daran, Leute zu unterstützen, die auf Kosten unschuldiger Tiere ihre dreckigen Geschäfte machen wollen.«

Als ein Sportjournalist Werner auf Hänsgens Tod anspricht, kommt dem Eicke-Boß in spe ein unglaublicher Gedanke. Durch das blendende Licht der Scheinwerfer sucht er seinen Vater. Jakob nickt. Er hat seinen Sohn verstanden.

Direkt im Anschluß an die Konferenz fahren die beiden zu Wiltrud Hänsgen und reden so lange auf die verstörte Witwe ein, bis sie unter Tränen den Medikamentenschrank ihres Mannes aufschließt und eine Packung hervorholt, die aussieht wie eine extragroße Schokoladentafel und die ein Dutzend Ampullen enthält, die alle ein signalrotes Etikett mit dem Schriftzug *ROTAZON* tragen.

Jakob ist fassungslos. »Die holländische Psychogranate! Ich habe davon gehört. Kann Leberschäden verursachen. Bei dauerhafter Behandlung Lebensgefahr. O Gott, und *das* hat er an Divina ausprobiert?!«

»Ich weiß, es war nicht offiziell zugelassen«, heult Wiltrud Hänsgen leise. »Aber er hielt es für ein Wundermittel. Mit Rotazon konnte Divina nicht mehr verlieren, glaubte er.«

»Mein Freund Hans. Vergiftet mir meine beste Stute.« Auch Werner mag es nicht glauben.

Jakob aber ist nun ganz und gar fassungslos: *Ein halbes Jahrhundert Freundschaft, und du weißt* nichts *von einem Menschen.*

Noch einmal liest Werner die Packungsaufschrift: *Blanck Pharma Systems, Verenigde Bedrijven, Amsterdam.*

»Was hat er denn kassiert van de Verenigde Bedrijven?«

Werners Zynismus bewirkt, daß Wiltrud trotzig den Kopf hebt: »Ich weiß es nicht. Es galt als tierärztliches Honorar. Und was wollen Sie überhaupt? Sie sind doch hier der Pferdehändler! In welchem Jahrhundert leben Sie eigentlich? Ihr wollt es doch ständig immer noch höher, schneller, weiter haben! Und wenn einer tut, was ihr wollt und zur Spritze greift? Wenn *ihr* dann erwischt werdet, ist *er* plötzlich ein schlechter Tierarzt! Pfui Teufel! Was für eine ekelhafte Doppelmoral auf dem Rükken eines Toten!«

Werner verliert die Fassung. Wie eine helle Stichflamme lodert seine Wut der verheulten Witwe entgegen: »Verdammte Scheiße! Haben Sie mal dabei zugesehen, wie ein gedoptes Pferd verreckt? Wie es zappelt und japst, als ob man ihm den Hals zugeschnürt hätte? Nein? Aber ich! Und seitdem tue ich alles, um diesen Sport sauberzuhalten! Erzählen Sie mir nichts von doppelter Moral!«

Während seines Wutanfalls ist Wiltrud Hänsgen zu einem winzigen Häufchen Elend zusammengeschrumpft.

»Hans mußte Divina verstecken«, berichtet sie stockend. »Er hatte gehört, daß die FN eine Untersuchungskommission schicken wollte. Gleich nach der EM wollte er die Stute wieder freilassen. Hätte er sich bloß nicht mit diesem Kerl eingelassen...«

»Welchem Kerl?« reagiert Werner prompt. »Wie heißt der?«

»Ratke«, flüstert sie. »Gustav Ratke.«

Werner löscht die Scheinwerfer, als sein Wagen in sternenklarer Nacht langsam auf Ratkes Hof rollt. Er und sein Vater steigen behutsam aus, schließen leise die Türen und schleichen auf das Stallgebäude zu. Werner läßt den dünnen Lichtstrahl einer Taschenlampe aufflammen und findet eine unverschlossene Türe. Sie quietscht beim Öffnen ein bißchen. Vorsichtig tasten sich die beiden an ein paar Pferden vorbei, die kaum hörbar im Heu rascheln. Als unvermittelt das Deckenlicht angeht, versteckt sich Werner hinter der halb geöffneten Tür zu einer leeren Box und löscht rasch seine Lampe. Ratke, der mit einer Jagdflinte am anderen Ende des Stalles steht, hat ihn nicht gesehen.

»Was machen Sie hier?« raunzt er Jakob an und schiebt sich die Mütze aus dem Gesicht.

»Herr Ratke, wo ist Divina?«

»Sind Sie verrückt geworden? Sie haben hier überhaupt nichts zu suchen!« Wütend stapft Ratke, das Gewehr im Anschlag, auf den ungebetenen Besucher zu. Jakob geht, mit halb erhobenen Händen, ein paar Schritte rückwärts, um ihn noch näher heranzulocken. Werner springt aus seinem Versteck hervor, reißt Ratke die Waffe aus der Hand, schlägt ihm ins Gesicht und verpaßt ihm mit seinem gesunden Bein einen Tritt. Ratke rammt keuchend seine Faust in Werners Magengrube, stößt ihn zu Boden und will nach der im Heu liegenden Flinte greifen. Aber Jakob hat aufgepaßt! Ratke sieht nur noch etwas auf sich zusausen, spürt einen wilden, stechenden Schmerz und kippt hintenüber. Jakob hat ihm mit dem Kolben des Gewehrs gegen die Stirn geschlagen. Aus einer klaffenden Wunde über dem Auge sickert dickes, dunkles Blut.

Die Eickes schleppen den Übeltäter in sein Büro. Auf dem Schreibtisch liegt ein hell schimmerndes Pferdeohr, und Werner ist so aufgebracht, daß Jakob dazwischengehen muß, um zu verhindern, daß er Ratke bewußtlos prügelt.

»Werner, wenn du ihn totschlägst, kann er uns nicht mehr sagen, wo Divina ist!«

»Neubüren«, stammelt Ratke. »Richtung Schlücken. Der letzte Kotten vor dem Baggersee.«

»Der Name!« brüllt Werner.

»Burmeister. Paul Burmeister.«

Werner und Jakob packen Ratke und zerren ihn zum Wagen hinaus.

Burmeister, ein gutmütiger, pausbäckiger Kerl mit einer steilen, tiefen Falte zwischen den Augen, die vom vielen Grübeln herrührt, ist entgeistert, als er seinen heftig blutenden Kompagnon sieht, und wagt es nicht, sich den grimmigen Eickes zu widersetzen. Er führt sie zu seinem armseligen Stall, wo sie von einem vertrauten Wiehern begrüßt werden. Atemlos läuft Werner zu Divina und tätschelt glücklich ihren Kopf.

O mein Gott: Sie hat noch ihre Ohren! ist das erste, was Jakob denkt. »Wo haben Sie die Ohren her?« will er von Ratke wissen. Aber der tut so, als habe der pochende Schmerz in seinem Schädel ihm die Sprache verschlagen, und statt dessen antwortet Burmeister. »Vom Abdecker«, sagt er und fügt überflüssigerweise hinzu: »Wir sind doch keine Tierquäler.«

Werner fährt zu ihm herum. »Mensch, halten Sie bloß die Klappe!« sagt er und versetzt den ohnehin verstörten Burmeister in blanke Panik. Der Mann wünscht sich nur noch, er könnte davonrennen – aus dem Stall, runter vom Hof, hinein in den dunklen, kalten Baggersee und nie wieder auftauchen.

Kommissar Kolb, den Werner während der Herfahrt vom Auto aus angerufen hatte, ist mit drei Beamten zur Stelle, noch bevor Jakob Divina aus dem Stall geführt hat, um sie auf Burmeisters heruntergekommenen Transporter zu laden.

Stefan, der durch einen Anruf zu Hause erfahren hat, daß Divina gefunden wurde, ist – zusammen mit Gipsy – ebenfalls unterwegs nach Neubüren. Gipsy schlüpft in eine Telefonzelle und verständigt Gründermann: »Das Stinktier heißt Burmeister und haust in Neubüren. Stell den Champagner kalt, Erich!«

Kolb verhört Burmeister, immer noch im Stall.

»Ich wollte mich ja von mir aus bei Herrn Eicke melden«, lügt Burmeister jammernd. »Gerade, bevor Sie gekommen sind. Ich bin da nur reingerutscht!«

»Das hätten Sie sich früher überlegen müssen, Freundchen«, sagt Kolb achselzuckend.

»Ja, aber er hat mich in der Hand!« Burmeister deutet zitternd auf Ratke, der auf einem Schemel hockt und sich mit einem Tuch die noch immer blutende Wunde abtupft. »Der hat mich gezwungen!« Burmeisters Stimme flattert. Die Furche zwischen seinen Augen ist noch tiefer als sonst. Gustav ist fast so etwas wie sein großer Bruder, aber, verdammt noch mal, wieso soll er da auch noch mit hineingezogen werden? Schließlich war es Gustavs Idee gewesen, nicht seine!

Ratke bedenkt Burmeister mit einem vernichtenden Blick, dann wendet er sich ruhig an Kolb: »Der lügt wie gedruckt. Einen Haufen Geld wollte er haben.«

»Ja, aber doch nur, weil... wenn ich schon mal mitmachen muß...«, stammelt Burmeister.

Polizist Bergner kommt herein und sagt Werner, drüben im Haus gebe es einen Anruf für ihn. Während Kolb die beiden Pferdediebe abführen läßt, wundert sich Werner darüber, daß Gründermann am Apparat ist und schon Bescheid weiß. Der Versicherungsboß entschuldigt sich für seine Verdächtigungen und erwähnt nebenbei, er sei von Gipsy Bovens informiert worden. Durchs Fenster beobachtet Werner, wie Gipsy mit Stefan auf Burmeisters Anwesen gefahren kommt. Werner grinst: Plötzlich schiebt sich ein Puzzleteilchen zum anderen, und heraus kommt ein klares, lückenloses Bild! Lächelnd sieht er zu, wie Stefan und Gipsy freudig auf Divina zulaufen. Er bedankt sich im Geiste bei Gründermann und geht siegessicher hinaus.

»Na, sieh mal einer an«, albert er. »Die Frau Gräfin ist auch schon da.«

»Was soll denn der komische Ton?« beschwert sie sich.

»Abwarten, Contessa. Eins nach dem anderen. Nummer eins, lieber Stefan: Ich habe Divina verkauft.«

»Du hast was?« Stefan lächelt, als würde er an einen schlechten Scherz glauben.

»Bevor sie geklaut wurde, habe ich sie verkauft.«

»An wen denn?«

»Nach Holland. Jedenfalls habe ich das geglaubt. Unser gemeinsamer Freund Gründermann hat mir weisgemacht, er habe ein Amsterdamer Konsortium hinter sich, van Voorst, von denen hast du sicher schon mal gehört. In deren Auftrag hat er mir einen Riesenhaufen Geld geboten.«

»Aber?« Stefan ist ungeduldig. Er kennt seinen Bruder. Wenn der *so* daherkommt, hat er eine zweite, *noch* unangenehmere Überraschung auf Lager.

»Nummer zwei betrifft das Fräulein Gräfin.« Werner schaut nun Gipsy an. Sie erwidert seinen Blick und läßt sich nichts anmerken. Noch nie hat jemand sie ungestraft *Fräulein* genannt. Am liebsten würde sie Werner eine runterhauen, aber sie will jetzt hören, was er zu sagen hat.

»Gipsy hat dir doch sicher von ihren Plänen erzählt: die große Pferdezüchterin Gabriella Gräfin von Bovens! Na ja, und wer soviel Geld hat wie sie und obendrein so ehrgeizig ist, der greift natürlich nur in die teuerste Schublade. Der will, daß das interessanteste und beste Pferd in seinem Stall steht. Jeder weiß, wie dieses Pferd heißt. Der braucht aber auch einen Reiter für das Pferd. Selbstverständlich den besten: Stefan Eicke. Raffiniert eingefädelt, Gipsy, aber du hättest nicht gleich Gründermann anrufen dürfen. Der hat sich gerade eben ein bißchen verplappert. Weißt du noch, Stefan, wie aufgeregt sie war, als Divina verschwunden ist? Auf einmal geriet ihr cleverer Plan ins Wanken. Und jetzt ist alles aufgeflogen. Armes Fräulein Gräfin.«

Stefan sieht Gipsy an. »Du hast Divina gekauft?« fragt er mit belegter Stimme.

»Beinahe«, antwortet Werner und grinst. »Gründermann ist ihrem Charme erlegen und hat sich vor uns zum Affen gemacht, indem er für sie den Strohmann gespielt hat.«

»Ist das wahr?« fragt Stefan, obwohl Gipsys betretenes Gesicht ihm die Antwort bereits verrät.

»Mhm«, macht sie und blickt zu Boden.

»Und warum ein Strohmann?«

»Weil sie sich an fünf Fingern abzählen konnte, daß ich das nicht mitgemacht hätte«, sagt Werner.

»Du hättest es doch genauso gemacht!« meckert Gipsy. »Wer hat denn Divina heimlich verkauft? Wer sagt immer, Geschäft sei Geschäft? Gilt das nur für Männer?«

»Aber doch nicht *so*, Mädchen.«

Jetzt platzt ihr der Kragen: »Mädchen. Fräulein. Ich sollte *Bubi* oder *Jungchen* zu dir sagen, du filigraner Charmebolzen! Komm, Stefan, wir gehen.«

Stefan schüttelt traurig den Kopf. »O nein, Gipsy. Du hast mich lang genug zum Narren gehalten.«

Sie blickt mit zusammengekniffenen Augen vom einen zum anderen. »Bastardi«, sagt sie leise, geht mit hocherhobenem Kopf zu ihrem Wagen und fährt zu schnell und zu laut vom Hof. Die Kunst des starken Abgangs beherrscht sie unbestreitbar.

Beim Abschlußspringen am nächsten Tag ist Stefan unkonzentriert, seine Gedanken kreisen um alles mögliche, aber nicht um seinen Zweikampf mit Renato Tucci. Er leistet sich einen Abwurf zuviel und wird Zweiter. Mit einem zweiten Platz ist Stefan nie zufrieden, für ihn zählt nur das oberste Treppchen. Aber heute war einfach zuviel Sand im Getriebe.

»Silbermedaille!« jubelt hingegen Werner. »Mensch, Junge, damit hat wirklich keiner rechnen können! Du bist der Größte!«

Nach der feierlichen Siegerehrung ruft schon die nächste Pflicht: Werner, Stefan und Jupp ziehen sich schwarze Anzüge an und fahren zu Hans Hänsgens Beerdigung. Auch Beate und die Kinder sind da. Als sie erfuhr, was Werner ihr verschwiegen hatte, war sie böse und traurig. Was war das für eine Ehe, in der einer dem anderen die wichtigsten Dinge vorenthielt? Sie wollte beweisen, daß sie trotz ihrer labilen Psyche derartigen Dingen gewachsen war. Ihre Depressionen würden nicht vom Weghören besser werden, da war sie sicher. Sie buchte den nächsten Flug nach Hause.

Wiltrud Hänsgen steht am Grab und kann sich kaum auf den wackligen Beinen halten, während der Pfarrer die Grabrede hält. Jakob ist der erste, der kondoliert, und er wird von der Witwe so fest umarmt, als sei er ihr letzter Rettungsring auf dieser Welt.

Kolb und Bergner, die am Friedhofseingang stehen und die Zeremonie beobachten, warten, bis die Trauernden ihnen entgegenkommen, dann gehen sie zu den Friedhofsangestellten, die gerade beginnen, die Grube zuzuschaufeln, und lassen den Sarg auf Anordnung der Staatsanwaltschaft wieder herausholen.

Gustav Ratke wird nicht mit einer bloßen Anklage wegen Pferdediebstahls und Erpressung davonkommen. Er wird verurteilt werden wegen Mordes an Dr. Hans Hänsgen, und auch Paul Burmeister, sein Partner, wird wegen Beihilfe hinter Gitter wandern.

Ratke sitzt in seiner Zelle und stiert düster vor sich hin. Dieser dämliche Tierarzt hat alles versaut. Wollte tatsächlich einen Rückzieher machen! Sagte doch allen Ernstes, von Erpressung sei nicht die Rede gewesen und forderte, Divina zurückzubringen! So ein Schwachkopf! Und dann war Hänsgen auch noch amateurhaft genug, seine Frau in die Geschichte einzuweihen. Wenn Ratke das nur geahnt hätte! Er hätte schon dafür gesorgt, daß die Witwe ihrem Mann nachgefolgt wäre, um die Sache wasserdicht zu machen...

Giftige Geheimnisse

1

In den folgenden Monaten beruhigt sich das Treiben auf und um Hof Eicke. Aber die Idylle trügt ein bißchen: Auf dem familiären Unruheherd kocht – wenn auch noch auf kleiner Flamme – bereits ein weiteres explosives Gebräu…

Sonntag früh. Egon Moosbacher steigt aus seiner schweren Limousine. Der dicke, rotwangige Kaufhauschef sieht, wie Werner mit Töchterchen Linda von einem Morgenausritt zurückkehrt, und geht den beiden entgegen.

»Mensch Werner!« ruft er und läßt seinen Kennerblick über Schloß Eicke und die Stallungen streifen. »Stimmt das? Sie sind hier bald der Boß?«

Werner fragt sich nicht zum ersten Mal, wie es möglich sein kann, daß dieser Kerl selbst über die intimsten Neuigkeiten und Geheimnisse Bescheid weiß.

»Bis dahin fließt noch viel Wasser die Ems hinunter«, beschwichtigt er und blickt unauffällig um sich. Sein Bruder ist nicht zu sehen.

»Ich wäre Ihnen dankbar, wenn Sie das erst mal für sich behalten würden.« Er kann den millionenschweren Moosbacher nicht leiden. Er kennt mehrere solcher Typen, die ihren Reichtum auf ähnlich protzige Art vor sich hertragen, und sie sind ihm alle zuwider. Nun, man muß jemanden wie Moosbacher nicht mögen, aber es wäre reichlich blöd, sich mit ihm schlecht zu stellen. Als Egon gestern anrief und fragte, ob seine Tochter Irina bei den Eickes als Bereiterin ausgebildet werden könne, wenn er ihnen dafür als Gegenzug leihweise bis nach der Weltmeisterschaft seinen prachtvollen Wallach Prince Leopold zur Verfügung stellen würde, war Werner zwar erstaunt und vermutete, Irina sei die verhätschelte, völlig unbegabte Tochter eines reichen Vatis, aber er sagte zu. Prince Leopold ist ein absolutes Klasse-Springpferd, und das können sie zur Zeit gut gebrauchen. Divina ist noch nicht wieder fit, scheint zu kränkeln. Und bei Juanita weiß man nicht, ob das unerwartet gute Abschneiden bei der EM nicht vielleicht nur eine Eintagsfliege war.

Irina Moosbacher steigt auch aus Vaters Wagen und gesellt sich lächelnd zu ihrem Vater. Die hochgewachsene, blonde Neunzehnjährige trägt einen frechen, abgeflachten, bunten Zylinder, große goldene Kreolenohrringe und ein schwarz-weiß gestreiftes Minikleid, das ihre wohlgerundeten Formen vorzüglich zur Geltung kommen läßt. Als Stefan, der gerade Juanita zum Morgentraining gesattelt hat und langsam von den Stallungen herübergeritten kommt, das Mädchen sieht, ist er angenehm überrascht. Offenbar gibt es *doch* noch Mütter, die besonders schöne Töchter haben. Stefan läßt Juanita fotogen hinübertraben, steigt so elegant ab, wie es überhaupt nur geht, und begrüßt charmant den hübschen Neuankömmling. Irinas blaugrüne Augen leuchten, als der berühmte, fesche Reitersmann sich ihr vorstellt, und Stefan ist augenblicklich so von ihrem koketten Jungmädchencharme verzaubert, daß er ihr spontan anbietet, sie höchstpersönlich in der hohen Kunst des Springreitens zu unterweisen. Die Moosbacher-Tochter, die sich bisher nur bei einigen ganz kleinen Springturnieren versucht hat, ist hellauf begeistert. Werner denkt zwar, Stefan habe nun wirklich etwas anderes zu tun, als mit diesem jungen Ding zu flirten, aber er hält den Mund. Wozu sich herumstreiten? Er verabschiedet sich von Moosbacher, sichert ihm noch einmal zu, Irina werde bei ihnen gut behandelt, und geht dann zum Frühstück, wo sein Vater grummelnd hinter einer Sonntagszeitung sitzt. Auch Beate, Linda, Edgar und Clemma sitzen am Tisch.

Werner küßt seine Frau auf die Wange. »Du warst ja heute schon ziemlich früh in der Dunkelkammer. Was macht denn so unser neuer Prospekt?«

»Ich tue, was ich kann«, antwortet Beate knapp, als fühle sie sich unter Druck gesetzt.

Werner bemerkt nicht, wie ihre Mundwinkel unzufrieden nach unten zeigen, sieht nicht ihre hängenden Schultern.

»Bea, es hängt nicht an ein paar Tagen«, sagt er freundlich, aber ohne sie anzusehen. »Laß dir ruhig Zeit.« Er bemerkt auch nicht, daß Edgar ihm einen feindseligen Blick zuwirft.

»Das mußt du lesen!« poltert Jakob und senkt seine Zeitung. »Da steht: *Geiseln bei Flugzeugentführungen werden meist nie wieder normal*. Ich sage dir, darunter leidet Divina. Schau dir an, wie sie in der Box steht und die Ohren hängen läßt, dann weißt du doch alles!«

Werner lächelt milde. »Vater, Divina ist nicht im Flugzeug entführt worden, und sie hat auch keinen Schock oder so was.«

»Sie ist entführt worden, und ich habe dir von Anfang an gesagt: Das steckt so ein sensibles Pferd nicht so leicht weg!«

»Haha, sagte das Pferd«, mischt Edgar sich spöttisch ein. Ihm geht es so auf die Nerven, daß sich zu Hause immer alles um diese Zossen dreht. Tag für Tag, Woche für Woche, Jahr um Jahr. Und am meisten ödet es ihn an, wenn die Pferde auch noch vermenschlicht werden, wenn so getan wird, als seien die dämlichen Viecher die Krone der Schöpfung! Um Divina machen sie sich mehr Gedanken als um seine Mutter, und die hätte ihre Zuneigung viel nötiger!

Linda kennt das von ihrem Bruder, und deswegen sagt sie nichts. Sie weiß, daß er für Tiere nichts übrig hat und lieber wie ein Nachtschattengewächs vor dem Computer hockt, und bedauert ihn dafür.

Edgar bemerkt die strafenden Blicke von Opa und von Vater, und als eben in diesem Moment im Nebenraum das Telefon klingelt, will er die günstige Gelegenheit nutzen und drangehen, um sich schnell aus der Affäre zu ziehen. Aber seine Mutter ist schneller. Beate wirft erschrocken ihre Brötchenhälfte auf den Teller, springt auf und läuft hastig hinüber.

»Was sagte das Pferd denn noch so, mein Sohn?« fragt Werner ruhig. Edgar antwortet nicht und kaut mürrisch weiter.

»Junge, ich glaube langsam, es geht dir gar nicht um die Pferde. Du meinst, ich sei nicht lieb genug zu Mutti. Stimmt's?«

Edgar nickt. »Ja. Jedenfalls nicht immer.«

Währenddessen steht Beate im Nebenzimmer und flüstert vorsichtig in den Hörer: »Nein, auf gar keinen Fall. Lucas, versteh das doch. Morgen? Unter vier Augen? Das ist völlig unmöglich. Ich muß Schluß machen.« Als Werner sich nähert, legt sie unvermittelt und ohne einen Abschiedsgruß auf.

Stefan gibt Irina Moosbacher auf dem Abreiteplatz die erste Unterrichtsstunde. Er hat ihr einen relativ leichten Parcours aufgestellt, und während sie nun auf Prince Leopold über die Sprünge zittert, sitzt Stefan auf Juanita und ruft Anweisungen zu ihr hinüber.

Bloß nicht blamieren! denkt sie. *Der erste Eindruck zählt!*

Irina macht ihre Sache gar nicht so übel. Als Stefan ihr lächelnd zusieht, ist es fast schon so etwas wie die stille Vorfreude eines Genießers, die er empfindet. Er sieht nicht, wie Gipsy von Bovens mit ihrem Sportwagen langsam neben dem Trainingsplatz vorbeifährt und schließlich stehenbleibt. Erst als Irina nach dem Ritt die Reiterkappe abnimmt und ihren leuchtenden Haarschopf schüttelt, sieht die Gräfin, daß Stefans Schüler ein mehr als ansehnliches Mädchen ist. Gipsys Gesicht wird blaß. Sie gibt vorsichtig Gas und fährt davon.

»Sie haben Talent, Irina, das sieht man gleich.« Stefan trägt etwas zu dick auf. So besonders war die Vorstellung nun auch wieder nicht, die er eben zu sehen bekommen hat. »Sie müssen nur noch ein höheres Grundtempo reiten.«

Irina ist heilfroh, daß er sie so wohlwollend beurteilt. Vielleicht, so denkt sie, hat er ja auch außerhalb des Parcours nichts gegen ein höheres Grundtempo einzuwenden. Sie fragt: »Haben Sie nicht Lust auf einen Drink? Oder zwei? Zum Kennenlernen?«

»Ja, klar. Warum nicht?« meint er und grinst sein Lausejungengrinsen. »Dürfen Sie denn schon mit Erwachsenen ausgehen?«

Gipsy besucht Beate in der Dunkelkammer, die in einem Seitenflügel des Schlosses eingerichtet ist. Sie bewundert die großformatigen Schwarzweißfotos, die zum einen Teil Pferde und zum anderen das Eicke-Gelände in vielen Variationen zeigen. Die Bilder sind nicht einfach nur abfotografiert, sie zeigen Sinn für interessante Details, beweisen Gespür für das Besondere, das Künstlerische, das in den Motiven steckt. Beate galt, bevor sie Werner heiratete, als ungewöhnlich begabte Fotografin.

»Deine Fotos sind wunderschön, Bea. Wenn du euren Prospekt fertig hast, kannst du gleich anschließend einen für Gut Bovens machen.«

»Ach, Gipsy, ich bin gar nicht zufrieden. Ich kann es nicht mehr.«

»Bist du verrückt? Du kannst es sogar sehr gut!«

»Gipsy, es ist süß von dir, das zu sagen, aber es ist nicht wahr.« Beate seufzt. »Ich glaube, der einzige, der mich überhaupt noch versteht, ist...« Sie spricht nicht weiter, *denkt* den Satz nur zu Ende: *...ist Lucas.*

»Ist Stefan, sag's ruhig«, sagt Gipsy statt dessen.

»Ja, Stefan, genau«, wiederholt Beate. Sie ist fahrig, unkonzentriert, nicht bei der Sache. Alles, was sie tut, ist Müll, Müll, Müll. Dieses Gefühl hat sie permanent, es lauert in jedem Winkel der Dunkelkammer, kriecht über jeden Quadratzentimeter Fotopapier. Zu Unrecht, denn sie ist auch ohne Selbstvertrauen noch eine gute Fotografin. Sie aber hält sich für einen Versager, und jedem, der sie vom Gegenteil überzeugen will, unterstellt sie, er tue das nur, um sie zu schonen. Seid lieb zu Beate, denn Beate ist krank. Wann hat dieser Zustand eigentlich angefangen? Ist es Monate her? Oder Jahre? Seit wann nimmt sie Medikamente dagegen? Und wie viele verschiedene Arzneien hat sie schon ausprobiert? Wird das je wieder aufhören? Wird es je wieder einen Gedanken ohne Fragezeichen geben?

Gipsys Worte erreichen Beate kaum. »Was ist das eigentlich für eine Tussi, mit der Stefan da trainiert?«

»Irinas Vater ist dieser Kaufhausmillionär Moosbacher. Sie soll bei uns ausgebildet werden«, erwidert Beate matt.

»Am liebsten würde ich den Kerl endlich vergessen!« ereifert sich Gipsy.

»Na, dann tu's doch endlich!«

»Würde ich ja gerne. Wenn ich könnte. Aber ich bringe es noch nicht fertig! Und wenn ich mich dazu durchringe, mal wieder vernünftig mit ihm zu reden, dann gibt er sich gerade mit so einer Zuchtperle ab!«

»Gipsy, das ist doch keine Konkurrenz für dich.«

»Herrgott, ich weiß wirklich nicht, warum ich mir das antue. Es gibt so viele Männer, die ich haben könnte, aber ich muß ausgerechnet in den Falschen verliebt sein.«

Beate lächelt, und ihre Augen bekommen einen wehmütigen Glanz. »O ja, das kenne ich auch«, sagt sie.

Gipsy wird neugierig: »Ach ja? Erzähl mal.«

»Da gibt es nicht viel zu erzählen«, windet sich Beate. »Plötzlich kommt da einer, an den du ewig nicht gedacht hast, und dann... Ach, egal.« Sie lächelt gequält und schüttelt den Kopf.

»He! Bin ich deine Freundin oder nicht?« beschwert sich Gipsy.

»Natürlich bist du das. Aber mach dir keine Gedanken, es gibt wirklich nichts zu erzählen.«

Gipsy zuckt mit den Achseln und verabschiedet sich. In der Eingangshalle kommt ihr Stefan entgegen. Jetzt will sie es wissen. Alles ist besser, als daß es nichts zu erzählen gibt. Nachdem sie sich frostig begrüßt haben, fragt sie: »Was habe ich dir eigentlich getan?«

»Bist du so vergeßlich?«

»Ich wollte Divina kaufen. Ich habe nicht versucht, *dich* zu kaufen.«

»O doch. Genau das.«

»Das ist nicht wahr!« Sie schüttelt ihre rotblonde Mähne.

»Komm, Gipsy! Tu uns beiden den Gefallen, ja?« Er wendet sich ab und will gehen. Sie greift ihm energisch in den Arm und hält ihn zurück.

»Das könnte dir so passen, Stefan! Sag mir endlich, was mit dir los ist, verdammt noch mal! Ich habe ein Recht darauf!«

Stefan verdreht die Augen zur Decke, als würde er von dort Hilfe erflehen. »Na schön, stolze Gräfin. Ich habe mal gedacht, du liebst mich. Und ich habe mich geirrt. Das ist los.«

»Aber du hast dich nicht geirrt! Ich liebe dich!«

Stefan winkt ab. »Du wolltest mich doch bloß als neuen Bereiter einkaufen! *Du* denkst nur ans Geschäft. Von mir aus kannst du dich auf den Kopf stellen. Dir glaube ich kein einziges Wort mehr. Kein einziges!«

»Du bist ein sturer Bock!« schreit Gipsy. Das wilde Temperament, das sie von ihrer Mutter geerbt hat, bricht sich seine Bahn. »Wahrscheinlich bist du bei deinem Bruder und deinem Vater genauso! Ich kann gut verstehen, daß dein Vater dir den Hof nicht geben will!«

Stefans Stirn legt sich in Falten der Verständnislosigkeit. »Was soll das denn jetzt?«

»Kennst du das Gerede denn nicht?« fragt sie verblüfft.

»Verdammt, was für ein Gerede?«

Er hat tatsächlich keine Ahnung, denkt Gipsy. *Jetzt schenke ich dir genüßlich eine ein, amico mio.*

»Jakob hat keine Lust mehr. Er will abdanken.« Sie kostet jedes einzelne Wort aus.

»Ach? Und wer soll es dann *machen*?«

»Werner natürlich. Wer sonst?«

»Werner allein?« Stefan schüttelt mitleidig den Kopf. »Das hast du dir ausgedacht, alte Intrigantin!«

»Das sagst du nicht noch mal!« schreit Gipsy.

Stefan hält, auch was die Lautstärke angeht, mühelos dagegen: »Alte Intrigantin! Laß mich in Frieden und hau endlich ab!«

Gipsy holt ein kleines Pferdchen aus gehämmertem Silber aus der Handtasche und hält es hoch: das allererste Geschenk, das er ihr gemacht hat, vor Jahren. Ein sich aufbäumendes, edles Roß, Sinnbild für Liebe und Leidenschaft. »Vielleicht hast du *noch mal* Verwendung dafür«, sagt sie kalt und wirft es quer durch den Raum. Das Pferd knallt gegen die Wand, wo es eine häßliche Kerbe hinterläßt, und poltert auf den Boden. Gipsy rennt nach draußen. Sie ist kaum fort, da erscheint Beate auf der Treppe.

»Was ist denn *hier* los?« fragt sie verwirrt.

»Gipsy ist aus der Rolle gefallen«, erwidert Stefan müde. »Sie behauptet, Paps würde abdanken, Werner den Hof übertragen und ich solle leer ausgehen.«

Plötzlich blickt er sie forschend an.

»Oder ist da was dran?«

»Na ja«, stottert Beate, »irgendwann wird da sicher mal was akut...«

»Ja, aber doch nicht heute oder morgen.«

»Glaube ich nicht«, lügt sie.

»Na, siehst du.« Stefan lächelt wieder. »Zweitklassige Mafia-Märchen, nichts weiter.«

Bis auf Edgar, der vor seinem Computer sitzt und an einem neuen Programm herumtüftelt, sind alle anderen Eicke-Bewohner heute ausgeflogen. Clemma ist mit Linda bei der Sonntagsmesse des neuen Pfarrers. Delbrück heißt er. Ein sympathischer Bursche, wie Linda und Clemma übereinstimmend feststellen, und einer, der auf erfrischend unkomplizierte Art von dieser Welt ist. Predigen kann er sogar noch besser als sein Vorgänger. Clemma spricht ihn nach der Messe an und lädt ihn ein, bald einmal einen Besuch in Schloß Eicke zu machen. Delbrück freut sich sehr über das Angebot, er wirkt richtig beglückt. Wahrscheinlich kennt er hier in der Gegend noch überhaupt niemanden. Auch ein Pfarrer braucht Freunde und Bekannte, um sich in einer neuen Umgebung wohl zu fühlen. Man kann ja nicht den ganzen Tag zum Allmächtigen beten.

Werner und Jakob haben Divina nach Münster in die Tierärztliche Hochschule gebracht, zu Dagmar Lux. Sie macht bei der Stute eine Generaluntersuchung, kann aber nicht das Geringste finden und läßt Röntgenaufnahmen machen.

»Lassen Sie Divina doch mal ein paar Tage hier«, schlägt Frau Dr. Lux vor. »Um jeden Irrtum auszuschließen.«

Nicht lang gefackelt! Das ist eine günstige Gelegenheit! denkt Werner.

»Wie wäre es denn umgekehrt?« fragt er lächelnd.

Dagmar Lux sieht ihn fragend an. »Wie meinen Sie das?«

»Kommen Sie doch statt dessen zu uns.«

Auch Jakob schaut jetzt verständnislos zu ihm herüber.

Werner sagt: »Ich habe da so eine Idee, Frau Doktor. Stellen Sie sich doch mal vor, wir hätten eine eigene Pferdeklinik. Wären Sie da nicht die ideale Chefärztin?«

»Und das fällt Ihnen sonntags so zwischen Tür und Angel ein?« Die Ärztin lächelt ihn an wie eine Mutter ihr Kind, das vor dem Abendessen um Süßigkeiten bettelt.

Jakob dagegen verschlägt es die Sprache. Wie kann er sich so weit aus dem Fenster lehnen, ohne auch nur irgend etwas mit ihm abgesprochen zu haben?

»Aber nein«, fährt Werner fort. Wir brauchen einfach einen neuen Tierarzt, nachdem unser Doktor Hänsgen ja nun tot ist. Einen guten vor allem.«

»Herr Eicke, bevor wir weiterreden: Ich würde niemals meine wissenschaftliche Arbeit aufgeben.«

»Das sollten Sie bei uns auch gar nicht, dafür würde ich schon sorgen. Außerdem, lassen Sie uns offen reden: Es ist ja doch wohl leider immer noch so, daß Frauen es schwerer haben, Professor zu werden. Ordinarius, meine ich.«

»Irgendwie haben Sie Humor«, sagt Dagmar Lux und wendet sich an Jakob. »Was sagen Sie denn dazu?« Sie hat ganz genau bemerkt, daß der Vater vom Vorhaben des Sohnes nichts gewußt hat.

Jakob druckst herum: »Och, im Moment wursteln wir uns so durch. Ich glaube schon, daß wir eine Kapazität wie Sie gebrauchen könnten.«

Die Röntgenbilder werden gebracht. Dagmar hängt sie vor einen Leuchtschirm und prüft sie genau. Sie stellt leichte Strahlbeinveränderungen fest, aber das sei in Divinas Alter ganz normal.

»Na bitte«, fällt Jakob ihr ins Wort. »Also doch der Entführungsschock.«

»Der was?« fragt Dagmar verblüfft.

Werner winkt ab, als sei sein Vater ein wunderlicher Alter: »Mein Vater glaubt, Divina habe einen Entführungsschock.«

Die Ärztin nickt: »Psychosomatik in der Tiermedizin. Gar kein so schlechter Gedanke, meiner Meinung nach. Trotzdem werden wir erst einmal diagnostisch alle Möglichkeiten bedenken.«

»Richtig. Und ich möchte noch einmal auf mein Angebot zurückkommen«, hakt Werner nach. So ist er. Wenn er etwas will, läßt er nicht locker.

Dagmar Lux wird telefonisch auf eine andere Station gebeten und entschuldigt sich für zwei Minuten. »Reden kann man über alles, Herr Eicke«, sagt sie, als sie aus dem Raum geht.

Jakob ist stocksauer. Er muß sich Mühe geben, seine Lautstärke zu zügeln: »Sag mal, du hast sie ja wohl nicht alle! Du kannst doch nicht einfach mein Geld zum Fenster rausschmeißen! Ich halte das für eine bodenlose Unverschämtheit!«

Werner wehrt sich: »Vater, ohne Investitionen kommt man nicht mehr weit. Und einen guten Tierarzt *brauchen* wir doch schließlich, oder? Außerdem kann man mit einer Pferdeklinik eine Menge Geld machen. Wieso überhaupt *dein* Geld? Hast du es dir wieder anders überlegt?«

»Bis vorhin nicht«, meint Jakob leise, fast resigniert. »Aber wenn das schon *so* anfängt!«

»Okay, okay, ich hätte es vielleicht vorher mit dir besprechen sollen. Entschuldige. Ist doch kein Beinbruch.«

Jakob sagt nichts mehr, aber er ist böse. Dabei könnte er sich an die eigene Nase fassen: Diesen Charakterzug hat Werner von ihm geerbt. Die Eickes könnten viel harmonischer miteinander leben, wenn sie über manche Dinge miteinander *sprechen* würden. Warum wartet Jakob so lange, bis ausgerechnet Stefan der einzige ist, der noch nicht weiß, daß Werner den Hof bekommen soll? Warum weiht Werner seinen Vater nicht in seine Pferdeklinikpläne ein, *bevor* er Dritte anspricht? Ist es Dickschädeligkeit, Feigheit oder einfach Nachlässigkeit? Und dann wundern sie sich, wenn sie Krach miteinander bekommen!

Als die Veterinärin zurückkommt, bittet Werner sie noch einmal, sich sein Angebot möglichst bald zu überlegen, dann verabschiedet er sich. Er hat einen Termin mit Bruno Schadewald. Sein Vater blickt ihm miesepetrig nach.

»Da haben Sie mir ja einen schönen Floh ins Ohr gesetzt«, sagt Dagmar zu Jakob.

»Ich? Werner, meinen Sie wohl?«

»Sie beide. Sie, Jakob, mit Ihrem Einfühlungsvermögen für die Tierseele und Ihr Sohn mit seinem Angebot. Das kam auch für Sie ziemlich überraschend, nicht?«

»Völlig. Wie aus heiterem Himmel, wenn ich ehrlich bin«, brummelt Jakob.

Dagmar lächelt. »Seine Idee hat Hand und Fuß, finde ich. Für Ihren Betrieb hätte eine eigene Klinik eine Menge Vorteile. Zum Beispiel Divina: Es ist schon eine große Ausnahme, daß wir uns hier um ein einzelnes Pferd so kümmern können, aber – wie Sie sehen – in diesem speziellen Fall reicht nicht einmal das aus. Man müßte sie zur Zeit ständig beobachten und ganzheitlich behandeln können. Und *ich* habe mir schon öfter überlegt, mich selbständig zu machen.«

»Sicher, sicher«, sagt Jakob und erwidert ihr charmantes Lächeln. »Ich bekomme es nur einfach mit der Angst zu tun, wenn ich überlege, was das alles kostet.«

»Ach, wissen Sie: Die ganzen technischen Dinge sind natürlich nicht gerade billig, aber so unerschwinglich nun auch wieder nicht. Das Teuerste wäre wohl ich. Wollen wir uns nicht ein bißchen in Ruhe darüber unterhalten? Was halten Sie davon, wenn wir zusammen essen gehen?«

»Gern, meine Liebe«, sagt er und denkt: *Vielleicht ist Werners Idee gar nicht so blöd. Aber die Art und Weise ist stillos. Gib ihm den kleinen Finger, und er nimmt den ganzen Arm.*

Contessa Carlotta Pirri liegt vor dem sonnenbeschienenen Schloß Bovens auf einem Liegestuhl und läßt sich vom Butler einen Campari Soda servieren, als ihre Tochter nach Hause kommt. Sie sieht Gipsy sofort an, welches Problem wieder auf ihrer Tagesordnung steht.

»Figliola, der Mann ist dein Unglück, wann wirst du das endlich einsehen? So geht das doch nicht weiter! Nicht einmal dein Vater hat mich so behandelt. Warum läßt du dir das gefallen?«

Gipsy schweigt.

»Es sind keine Männer für uns, diese Deutschen! Sie haben weder die Eleganz des Südens noch die Kraft des Nordens, sie sind weder Fisch noch Fleisch! Plumpe, ungeschlachte Teutonen. Ich weiß doch, wovon ich rede: Das verhängnisvollste Wort, das ich je ausgesprochen habe, war das *Ja*, das ich Hanshelmut gab, als er damals nach Italien kam und fragte, ob ich ihn heirate. Das einzige Ergebnis dieser Liaison, an das ich gerne denke, geliebtes Töchterchen, bist du. Weißt du, wenn diese Kerle glauben, sie haben dich, verlieren sie ihre Gentilezza wie ein Vogel im Winter seine bunten Federn.« Carlottas aristokratisch geschnittenes Gesicht mit römischer Nase und einem kleinen, beherrschten Mund bleibt ganz ruhig, während sie das sagt.

»Mamma, vielleicht will ich es einfach so«, sagt Gipsy und weiß dabei selbst nicht, ob sie glauben soll, was sie da sagt.

»Hartnäckig war er, dein Vater, und du bist genauso. Es gibt doch noch andere Dinge als diesen Kerl und deinen Hof und die Springreiterei. Wozu das alles, Gabriella?«

»Ich weiß es nicht.«

»Du hast auch in Italien eine Familie, mein Schatz. Du bist eine Gräfin *und* eine Contessa, genau wie ich. Komm mit mir für eine Weile nach Florenz.«

»Und dann?«

»Und dann und dann. Es wird dir guttun. Nicht nur Massimo wird sich freuen, dich zu sehen.«

Stefan sitzt mit Irina Moosbacher in einer plüschigen Bar und prostet ihr mit Champagner zu. Er flirtet, was das Zeug hält, erzählt Anekdoten aus dem Turnierleben und blickt dem Mädchen fortwährend in die dunklen Augen. Was gibt es Schöneres, als eine schöne Frau zu gewinnen? Er rechnet nicht mit der Sachlichkeit von Irinas Überlegungen. Sie hat von ihrem Vater eine kaufmännische Ader geerbt. Dieser bezaubernde, vor Charme sprühende Mann, der sich offensichtlich brennend für sie interessiert: Jetzt ist er ein überaus erfolgreicher Sportler, aber das geht ja nicht ewig so weiter. Was kommt danach?

»Was haben Sie eigentlich für Zukunftspläne?« fragt sie.

»Na ja, eine Weile wird es schon noch gehen mit dem Sport«, antwortet er fröhlich. »Und dann werde ich ja irgendwann auch mal Mitbesitzer unseres Hofs.«

»Da habe ich aber andere Sachen gehört«, sagt Irina trocken.

Stefan stutzt: »So? Was denn?«

»Daß vielleicht nur Ihr Bruder erbt und den Hof bekommt.«

»Kann ich mir nicht vorstellen. Also, erstens brauchen sie mich, schließlich hole ich ja die Preise. Ohne mich wäre nicht viel los mit Medaillen. Außerdem wäre ich doch wohl der erste, der so was erfährt, oder?«

Dieses Gerede geht Stefan allmählich auf die Nerven. Was wird da hinter seinem Rücken für ein Blödsinn getratscht? Als er sieht, daß sein Vater, in Begleitung von Dagmar Lux, zur Eingangstüre hereinkommt, hat er gute Lust, ihn direkt darauf anzusprechen. Aber Jakob sieht ihn nicht, und er hat heute abend noch etwas anderes vor. Stefan legt einen Schein auf den Tisch und schlägt einen Tapetenwechsel vor.

»Das ist heute *unser* Abend«, flötet er Irina zu. Die beiden gehen, unbemerkt von Jakob, der sich der Begeisterung von Dagmar Lux kaum mehr erwehren kann.

»Ich bin ganz sicher, daß so ein Klinikprojekt sehr gut aufgenommen würde. Das wäre doch wie eine Humanpraxis in allerbester Lage. In zwei, drei Jahren haben sich die Kosten amortisiert!«

Jakob spielt weiter den Skeptiker. »Aber die Hochschule macht doch nicht zu, wenn Sie weg sind.«

»Schon. Aber wer fährt nach Münster, wenn er es zu Ihnen näher hat? Wissen Sie, Herr Eicke: *Einmal* eine eigene Praxis, eigene Ideen verwirklichen, auch mal richtig Geld machen...« Sie gerät immer mehr ins Schwelgen.

Vater Eicke macht gute Miene zum unsicheren Spiel: »Ich

muß ja wohl ja sagen, um mein Gesicht nicht zu verlieren«, sagt er mit einem gequälten Lächeln.

»Sagen Sie mal, haben Sie hier Familientreffen?« fragt Dagmar, als sie Werner mit Bruno Schadewald und einem schmächtigen, blonden Jüngling hereinkommen sieht.

Diesmal ist es Jakob, der keine Lust hat, der Verwandtschaft zu begegnen, und sich mit seiner Begleiterin ungesehen hinausmogelt. »Vielleicht essen wir lieber woanders, meine Liebe, sonst müssen wir den ganzen Abend über diese Klinik reden.«

Werner hat es schwer, Schadewalds Aufmerksamkeit zu erringen, denn der Hagestolz hat nur Augen für die außerordentlich vollbusige Kellnerin hinter dem Tresen.

»Bruno, im Herbst gibt es doch dieses Springturnier in Münster. Ich möchte das gerne ein bißchen umfunktionieren, zu einer Art Ehrung.«

Schadewald nimmt den Blick vom Ausschnitt der Kellnerin und schaut Werner an, als habe er einen Schwachsinnigen vor sich.

»Gucken Sie nicht so, ich meine das ganz im Ernst. Vater Jakob wird in der Woche siebzig.«

»Nach dem, was man von dem alles hört, wird der eher hundert«, meldet sich Edith, die Kellnerin, zu Wort.

»Dann müßte Bruno aber zweihundert sein«, kontert Werner. Schadewald quetscht sich ein falsches Lachen ab, aber Werner läßt sich nicht beirren: »Bruno, was ich mir da ausgedacht habe, wäre die absolute Show: alle guten Pferde aus der Eicke-Zucht zusammen, hier in Münster, alles, was mal abgeräumt hat, zu Ehren von Jakob Eicke! Pferde aus aller Welt!«

»Eine tolle Idee für seinen Geburtstag!« jubelt Edith.

Schadewald sieht Werner scharf an: »Jakob bekommt vor Freude einen Herzschlag, wenn er davon erfährt. Wäre eine tolle Reklame für euch, das Ganze, hm?«

»Ja, aber auch für die FN«, sagt Werner.

Schadewald verspricht, sich die Sache durch den Kopf gehen zu lassen, und verzieht sich demonstrativ ans andere Ende der Theke, wo er – nunmehr ungestört – die arme Edith anbalzt.

Der blonde Jüngling sieht Werner an. »Ich finde die Idee fantastisch, Herr Eicke«, verkündet er begeistert. »Das *müssen* Sie machen, das wird der Knaller des Jahres!«

»Das meine ich auch.« Werner schaut sich den Jungen genauer an. »Du arbeitest doch bei Schadewald? Du bist Hanno Bruns, nicht?«

»Jou«, macht Hanno erfreut.

»Ich habe dich mal in Bremen gesehen. Du bist ein ganz begabter Nachwuchsreiter.«

Hanno zeigt zu Schadewald hinüber. »Sagen Sie das mal *ihm*. Ab Montag gehe ich stempeln.«

Werner überlegt kurz. »Wer weiß?« sagt er langsam. »Vielleicht mußt du das gar nicht. Gute Leute interessieren mich immer.«

2

Montagmorgen. Stefan begrüßt die neue Woche, indem er sich einen Hut aufsetzt, mit dem er aussieht wie Indiana Jones. Er sitzt auf dem Bock einer kleinen einspännigen Kutsche und läßt das Pferd vor dem Schloßeingang zum Stehen kommen. Als Jakob aus dem Portal kommt und im Kofferraum seines Kombis einen Golfsack verstaut, aus dem mehrere Schlägerköpfe ragen, springt Stefan von der Kutsche und geht auf ihn zu.

»Paps, kann ich dich mal was fragen?«

»Mhm«, brummelt Jakob und tut so, als habe er es eilig. Der Alte riecht den Braten, er spürt genau, was sein Sohn von ihm wissen will.

»Wieso reden die Leute eigentlich dauernd davon, daß du abdanken und den Hof Werner überschreiben willst?«

»Ach was«, winkt Jakob ärgerlich ab und sucht nach weiteren Worten. »Ich habe Werner mal gesagt, ich will es langsamer angehen, ein bißchen mehr vom Leben haben. Aber spruchreif ist noch gar nichts.« Er drückt fest den Kofferraumdeckel zu, wie um seinen Worten Nachdruck zu verleihen. Es ist nicht gelogen, was er da sagt, denn er ist sich gar nicht mehr sicher, ob er das Kommando wirklich abgeben soll.

Stefan merkt, daß er seinen Vater ins Schleudern gebracht hat. »Paps, du wärst doch in einem Jahr tot ohne deine Geschäfte«, sagt er zweifelnd.

»Noch mach ich, was *ich* will, mein Lieber. Und laß die Leute doch reden, wen kümmert das?«

»Okay, dann ist ja nichts dran«, sagt Stefan mit aufgesetzter Fröhlichkeit und will zu Irina hinübergehen, die sich von den Stufen die Szene ansieht und ihre Ohren gespitzt hat. In ihrem luftigen, rot-weiß gestreiften Sommerkleid sieht sie so aus, als würde sie für ein Modemagazin posieren.

»Also gut, ich *habe* mit Werner gesprochen«, gibt Jakob endlich zu. »Als Divina weg war und keiner mehr ein Stück Brot von ihm nehmen wollte, habe ich ihm den Rücken gestärkt.«

»Klar, Vater, das ist ja auch gut so. Du sollst nur wissen, daß ich mir auch meine Gedanken mache, falls ihr euch wirklich so etwas zurechtbastelt.«

»Was heißt das?«

»Ist doch ganz einfach. Ich glaube nicht, daß ich zum Arbeitsamt gehen müßte, wenn ich einen neuen Job brauche.«

Stefan lächelt sein unbezwingbares Lächeln, dreht sich um und geht zu Irina. Dieser Hieb hat gesessen! Jakob setzt sich mißmutig in seinen Wagen und fährt davon, während Stefan seine Begleiterin zur Kutsche führt wie eine Prinzessin.

Werner und Beate kommen aus dem Portal.

»Willst du nächsten Sonntag zum Spring- oder zum Fahrturnier?« ruft Werner.

»Juanita frißt schlecht«, gibt Stefan ebenso knapp wie patzig zur Antwort.

»Aber dir schmeckt's hoffentlich?«

»Solange mir niemand in die Suppe spuckt, immer!«

Stefan greift nach den Zügeln, und das Pferd beginnt gemütlich loszutraben.

»Er kapiert's nicht«, lamentiert Werner. »Der hat einen Trainingseifer wie ein Maulesel.«

Beate ist sehr blaß und bewegt sich fast so schleppend, als würde sie durch hüfthohes Wasser waten. »Werner, können wir nicht hierbleiben?« bittet sie leise, als ihr Mann die Beifahrertüre seines Wagens für sie aufhält.

Werner ist überrascht: »Wieso? Doktor Schröder hat dir doch bis jetzt ganz gut geholfen, oder? Er ist nun mal der Beste, nicht nur hier in der Gegend. Ich habe Vertrauen zu ihm.«

Beate fügt sich. Sie sagt nichts mehr und steigt ein. Soll sie Werner vielleicht sagen, daß Schröder für sie ein Schürzenjäger ist, dessen Blicke sie kaum ertragen kann? Bei diesem Arzt hat sie unentwegt das Gefühl, er sehe in ihr nicht die Patientin, sondern eine Frau, die er haben will. Aber wenn sie das Werner erzählte, würde er doch nur glauben, sie erfinde Geschichten, um nicht behandelt werden zu müssen.

Während Gipsy mit ihrer Mutter eine kleine Rundfahrt macht, an den Bovensschen Feldern entlang, und Carlotta von früher erzählt, als sie mit Hanshelmut noch glücklich war, steuert Stefan die schmucke blau-weiße Kutsche, natürlich ohne es zu wissen, auf einem Waldweg direkt auf die beiden zu.

»Irgendwie nehmen sie mich zu Hause nicht ernst«, mosert Stefan. »Dauernd heißt es, ich sei faul, ich hätte nur Unsinn im Kopf und überhaupt sei es der reine Zufall, wenn ich gewinne.«

»Wann wirst du denn zufällig mal Weltmeister?« fragt Irina und küßt ihn zärtlich auf die Wange. Die Erinnerung an die verrückte, schlaflose vergangene Nacht steigt warm in Stefan auf, die Erinnerung an Irinas weiche, straffe, blutjunge Haut, an ihre üppigen und doch ausgesprochen mädchenhaften Rundungen.

»Dieses Jahr noch«, sagt er grinsend und reibt seine frisch rasierte Wange an ihrer.

»Mit Divina?«

»Da frag mich mal was Leichteres.«

»Liebst du mich?«

»Klar«, meint er ohne den leisesten Anflug von Überraschung. »Schöne Frauen muß man einfach lieben.«

Stefan läßt das Pferd anhalten und beugt sich über Irina. Sie öffnet ihre Lippen, empfängt und erwidert seinen tiefen, fordernden Kuß. Beide bemerken nicht, wie Gipsys weißer, offener Flitzer durch den Wald und auf ihre Kutsche zurollt. Erst als der Wagen mit einem leisen Rumpeln vor ihnen stehenbleibt, bemerken sie ihn und lösen sich voneinander. Wer die Blicke, mit denen Gipsy und Carlotta die beiden bedenken, *böse* nennt, wählt eine stark verharmlosende Bezeichnung. Vor allem Gipsys Augen verleihen ihr in diesem Moment eher das Aussehen einer blutrünstigen, zu allem entschlossenen Gewaltmörderin.

Stefan zwingt sich, cool zu bleiben.

»Aber manche Frauen liebt man eben etwas mehr und manche etwas weniger«, sagt er gut hörbar. Er treibt das Pferd an, und die Kutsche setzt sich leise quietschend wieder in Bewegung.

Wie nah Begehren und Zurückweisung beieinanderliegen können, erfährt unterdessen auch Beate, als Dr. Schröder, ein stattlicher, grauhaariger Mittfünfziger, mit ihr spricht. Seine von einem gepflegten, ruhigen Park umgebene Privatklinik ist ein beeindruckendes, mächtiges Gebäude. Der Arzt ist eigentlich ein attraktiver Mann, sieht gut aus, verfügt über einen scharfen Verstand und ein einfühlsames, zuvorkommendes Wesen. Er hat alles, was ein Mann braucht, um Beate zu gefallen. Und dennoch empfindet sie Schröders Gegenwart als geradezu beklemmend. Sie spürt, daß er sie begehrt, und sie merkt genau, daß er *hintenrum* versucht, sich ihre Gunst zu erschleichen, daß er den netten, liebenswerten Arzt nur *spielt*, weil er etwas damit bezweckt. Wenn sie eine alte Schachtel wäre, so würde er sie mit der herablassenden Gleichgültigkeit des Halbgotts in Weiß behandeln, das weiß Beate genau. Und solche Männer verabscheut sie! Solche, die sich nicht geradeheraus anmerken lassen, was in ihnen vorgeht, sondern um einen herumschleichen. Daß er dauernd die Hand auf ihren Arm legen muß!

»Frau Eicke, könnte es sein, daß Sie in jüngster Zeit ein besonders belastendes Erlebnis hatten?« fragt Schröder mit väterlich besorgter Stimme.

»Nein, wie kommen Sie darauf?« antwortet Beate, so ruhig sie kann. Sie ist zutiefst erschrocken. Ahnt der Mann irgend etwas?

»Es ist einfach so, daß ich nicht weiterweiß. Es muß da etwas geben, das stärker ist als alle Therapie, irgend etwas, das Sie emotional sehr beschwert. Eine Affäre, welcher Art auch immer?«

In plötzlicher Panik setzt Beate sich auf. Sie flüstert fast: »Bitte, Herr Doktor: Es ist längst vorbei! Sagen Sie um Gottes willen meinem Mann nichts!«

»Natürlich nicht«, versichert Schröder und nimmt den beruhigendsten Tonfall an, der ihm zu Gebote steht. »Ist es denn tatsächlich vorbei?«

»So gut wie. Eine alte Geschichte. Aber ich habe Angst.«

»Daß es rauskommen könnte?«

Beate sucht hektisch nach der Überleitung zu einem anderen Thema. Diese Sache geht den Kerl doch überhaupt nichts an!

»Ja, auch, aber vor allem: Mein Mann investiert zuviel an Kraft, er übernimmt sich, er ruiniert sich gesundheitlich. Und mit mir tut er das auch. Ich soll einen neuen Prospekt für Hof Eicke fotografieren, und ich komme nicht voran. Er begreift das nicht.«

»Haben Sie jemals versucht, mit ihm über all das zu reden?«

»Ja, sicher, das habe ich. Aber er hört mir oft gar nicht zu.«

»Sie meinen, er dominiert Sie? Was er sagt, wird gemacht?«

Beate nickt vorsichtig, aber gleichzeitig kommen ihr Zweifel. Will er jetzt Werner schlechtmachen? Den Konkurrenten madig machen, ist das sein Ziel?

Schröder schickt Beate zu einem Schilddrüsentest in einen anderen Gebäudetrakt und will die Zeit nutzen, um sich mit Werner, der im Vorzimmer wartet, zu unterhalten.

»Keine Angst«, beruhigt Schröder seine Patientin, die ihn bittet, Werner außen vor zu lassen. »Ich weiß schon, was ich sagen darf, Frau Eicke.«

Beate geht hinaus, und Schröder bittet dafür Werner hinein.

»Ein schwieriger Fall, Herr Eicke. Ich spreche nicht nur von Ihrer Frau, denn auch Sie sind ja wirklich zu bedauern. Dabei können wir noch froh sein, daß sie bislang kaum je einen dieser depressionsüblichen maskenhaft starren Zustände hatte. Gerade *die* sind ja so belastend für die familiäre Situation.«

Werner stimmt zu. »Wissen Sie, Doktor Schröder: Manchmal denke ich – wie man's macht, macht man's verkehrt. Es ist wirklich nicht einfach, mit ihr umzugehen.«

»Belasten Sie Ihre im Moment doch recht angeschlagene Frau vielleicht zu sehr mit diesem Hof-Eicke-Prospekt?«

»Ach wo! Das macht sie doch nur, damit sie abgelenkt wird und ihr Selbstvertrauen wiederfindet. Mir ist es völlig egal, ob sie ihn fertigkriegt oder nicht.«

Beate kommt zurück und sorgt für einen möglichst schnellen Aufbruch. Sie erträgt es nicht länger in dieser Klinik. Schröder gibt ihr noch ein paar Gemeinplätze mit auf den Weg, spricht von Tapferkeit und mehr Weltoffenheit, die Wunder wirken könnten, und rät ihr, während seine Hände zum Abschied ihre Rechte umklammern, zu einer vertrauensvollen Gesprächstherapie bei ihm.

Sicher, denkt Beate. *Am besten täglich, nicht wahr? Und womöglich auch nachts!*

Schröder reißt ein vorbereitetes Rezept von einem Block. »Ich habe Ihnen jedenfalls einen weiteren unterstützenden Stimmungsaufheller aufgeschrieben. Garantieren läßt sich da nichts, aber schaden wird es sicher auch nicht.«

Beate fragt sich nur, welche Farbe die Tabletten haben werden. Rote, grüne, blaue und gelbe hat sie schon.

Jakob ist nicht gerade depressiv, aber doch zumindest äußerst schlecht gelaunt, als er mit seinem alten Freund, Bankdirektor Cordes, die wöchentliche Partie Golf spielt. Dabei spielt er sonst so gerne Golf.

»Am liebsten würde ich diese verdammte Besitzübertragung sein lassen«, schimpft er.

Cordes nickt beifällig: »Ich habe dir gleich gesagt, mein Guter: Setz dich nicht selbst aufs Altenteil. Wenn du erst mal abhängig bist von deiner Brut...«

»Die machen doch jetzt schon, was sie wollen«, sagt Jakob

und schlägt wütend seinen Ball ab. »Stefan hat keine Ahnung, was überhaupt los ist, droht damit abzuhauen und drängt mich so in die Enge, daß ich schon fast anfangen muß zu lügen. Und Werner? Der denkt, er kann eine Pferdeklinik bauen und eine sündhaft teure Privatdozentin verpflichten, ohne mich überhaupt zu fragen!«

»Werner war bei mir«, erzählt Cordes, während er seinen Ball bereitlegt, und Jakob wird sofort hellhörig. »Als Banker hatte ich keine Bedenken, ihm zweckgebunden einen größeren Kredit zu geben. Diese Frau Doktor Lux ist ein sehr gutes Aushängeschild.«

»Wieviel hast du ihm denn gegeben?«

»Drei Millionen.« Cordes stellt sich in Positur.

»Na und? Da kannst du dich doch freuen, das gibt eine Menge Zinsen.«

»Von wegen. Lächerliche fünf Prozent, und das heute! Dein Sohn hat mich dusselig gequatscht, das kann er ja. Aber weißt du, in Ordnung ist das wirklich nicht, was er da macht. *Noch* könnte ich das Ganze abblocken.«

Jakob grinst: »Wie willst du *das* denn machen?«

»Da fällt mir spontan immer was ein«, sagt Cordes, grinst zurück, schaut dann auf seinen Ball, holt aus und schlägt wuchtig ab.

»Mann, bist du ein Gauner«, bemerkt Jakob anerkennend.

Und was für einer: Keine zwei Stunden später zieht Werner eine Nachricht aus seinem Faxgerät, die ihn sprachlos macht. Eine Nachricht der Privatbank Cordes.

Beate ist nicht die einzige Bewohnerin von Hof Eicke, die heute echte Qualen leidet. Juanita, die Vizeeuropameisterschaftsstute, und Sascha, der hellbraune Wallach, den Werner bei seinen Ausritten zu reiten pflegt, wälzen sich keuchend im Stroh. Hell schäumender Schweiß steht ihnen auf dem Fell, und keiner der Pfleger bemerkt es, bis Linda bei einem Spaziergang durch die Ställe vor Saschas Box stehenbleibt und Böckmann zu Hilfe ruft.

»Verdammte Scheiße!« flucht der Oberpfleger. »Die haben Kolik!«

Die anderen Pfleger, die gerade damit begonnen haben, alle

Pferde zu füttern und frisches Stroh nachzulegen, reagieren blitzartig und profihaft. Im Nu bringt man die beiden Pferde hinaus und verständigt über Autotelefon Dagmar Lux. Es dauert nur wenige Minuten, bis sie eintrifft, aber bei Kolik zählt jede Sekunde im Kampf gegen den Tod. Sie spritzt den Tieren an Ort und Stelle ein krampflösendes und schmerzstillendes Mittel, läßt sie sofort verladen und in die Tierärztliche Hochschule bringen.

Werner hat den Brief von Cordes noch lange nicht verdaut, als die Nachricht von den kranken Pferden ihn erreicht. Er fragt sich nicht zum ersten Mal: Wenn in einem Tag mal der Wurm drin ist, warum zieht der dann immer gleich ein ganzes *Rudel* von Würmern nach? Zusammen mit seinem Vater rennt er hinaus, um ebenfalls in die Tierklinik zu fahren. Auf der Treppe begegnet ihnen der Pfarrer, der gerade seinen angekündigten Besuch macht.

»Guten Tag, mein Name ist Delbrück«, stellt er sich den Vorbeihastenden vor. »Lucas Delbrück. Ich bin der neue Pfarrer.«

Werner ruft ihm ein flüchtiges *guten Tag* zu, läßt sich aber nicht aufhalten. Sekunden später steht der Pfarrer in einer kleinen Staubwolke, die der Wagen aufwirbelt. Delbrück schaut den Abfahrenden lächelnd hinterher. Er ist einer jener Männer, die einen so gut geschnittenen Charakterkopf haben, daß sie mit schütterem Haar noch wesentlich besser aussehen als mit einem vollen Schopf. Das schwarze Haar des vierzigjährigen Priesters weist beachtliche Geheimratsecken auf, und doch hat er etwas sehr Jugendliches an sich – in seinen Bewegungen, in seinem Lächeln, seinem Blick. Trotz seiner schwarzen Robe hat er mehr von einem Filmschauspieler an sich als von einem Geistlichen. Clemma nimmt ihn freudig in Empfang, sie hat den Pfarrer bereits ins Herz geschlossen. Sie bittet ihn in den Salon und ruft nach Beate. Die kommt leise zu Clemma in die Eingangshalle heruntergeschlichen. Beate hat bereits durchs Fenster die Ankunft des Priesters beobachtet.

»Entschuldige mich bitte beim Pfarrer«, flüstert sie. »Ich habe Migräne.« Sagt es, dreht sich um und schleicht die Treppe wieder hinauf.

Delbrück glaubt kein Wort, als Clemma ihm ausrichtet, Frau Eicke habe Kopfschmerzen. Er sagt aber, wie sehr er ihre Unpäßlichkeit bedaure und daß er dann wohl lieber ein anderes Mal wiederkommen werde, aber Clemma bringt ihn immerhin dazu, wenigstens ein Schnäpschen mit ihr zu trinken. Mit ganz unglücklichem Gesicht steht Beate am oberen Treppenrand und hört die freundliche Unterhaltung der beiden mit an.

Zu allem Überfluß lahmt auf einmal auch noch Prince Leopold, Moosbachers prominentes Gastpferd. Stefan untersucht kurz seinen rechten Vorderlauf, dann beschließt er: »Los, aufladen! Wir fahren in die Klinik.« Er führt das Pferd zu einem Anhänger.

»Kaum reitest *du* ihn, geht er lahm«, nölt Irina. »Da werde ich wohl mit meinem Vater reden müssen.«

Stefan starrt sie an. Ist sie wirklich noch so ein Quengelkind?

»Bitte, wenn du meinst«, sagt er sauer.

In der Klinik beugt Werner sich über den toten Sascha. Wenigstens hat Juanita die Kolik überlebt, aber Sascha war Werners Lieblingspferd, allen Divinas und Juanitas zum Trotz. Werner ist sehr traurig. Seine Augen glänzen feucht, und eine einzelne Träne fällt auf Saschas totes Fell, perlt ab und tropft auf den harten, weißen Klinikboden.

»Auch wenn es jetzt nicht ganz passend sein mag: Da sehen Sie mal, was Sie für eine gute Idee gehabt haben«, sagt Dagmar Lux. »Nehmen Sie das ruhig als Wink des Schicksals. Ich glaube, wenn es Ihre Klinik schon gäbe – Sascha könnte noch leben. Wir sollten bald über unseren Vertrag sprechen, Herr Eicke.«

Jakob steht stumm im Hintergrund herum. Er ist besonders bedrückt, aber nicht nur wegen Saschas Tod.

»Daraus wird leider nichts mehr«, sagt Werner müde. »Vergessen Sie's.«

»Wieso? Was ist denn passiert?«

»Ich habe das Geld nicht. Die Bank hat kalte Füße bekommen. Ich werd's überleben und Sie sicher auch. Tut mir leid.«

Dagmar sieht ihren Traum wie eine Seifenblase zerplatzen.

»Ja, aber so was hängt doch nicht an ein paar Mark!« widerspricht sie energisch.

»Sicher nicht. Aber manchmal nimmt man sich einfach zuviel vor. Im Moment wird das jedenfalls nichts.«

Während Stefan und Irina sich beim Klinikpersonal zu Dagmar Lux durchfragen und sich der Intensivstation nähern, denkt die Tierärztin nach. Ohne ihre Überlegungen lange zu prüfen, macht sie Werner einen Vorschlag:

»Herr Eicke, ich bin zwar kein Krösus, aber Sie haben mir da einen *zu* schönen Floh ins Ohr gesetzt.«

Werner lächelt schwach: »Na, wollen Sie vielleicht umsonst arbeiten?«

»Warum nicht? Ich fange quasi als Unternehmer an und Sie als neuer Besitzer von Eicke. Das sind Sie doch demnächst, oder? Was sollte dabei schon schiefgehen?«

Stefan bleibt direkt vor dem Operationsraum stehen. Das Wort *Besitzer* läßt ihn zu einem Stein erstarren. Irina sieht ihn an, wie um ihn darauf hinzuweisen, sie habe es ihm ja gleich gesagt.

»Das wäre doch für uns *beide* ein neuer Anfang«, sagt Dagmar.

Werner zögert. Aber Jakob tritt zwischen ihn und die Ärztin. Er grinst plötzlich und sagt: »Na komm, schlag schon ein, Herr Besitzer. Herr vom Eicke-Hof.«

Nun lächelt auch Werner und nimmt Dagmars ausgestreckte Hand. Stefan schaut durch einen Spalt in der Tür. Sein Gesicht wirkt so teilnahmslos, als stünde er unter Drogen.

Quittungen

1

Wenige Wochen später ist es soweit: Ein zur Pferdeklinik umgebautes Eicke-Stallgebäude wird anläßlich des ersten dort von Dr. Dagmar Lux auf die Welt geholten Fohlens feierlich eröffnet. Nur Stefan und Beate fehlen beim kleinen Champagner-Umtrunk. Stefan läßt sich seit dem unseligen Zusammentreffen in der Tierklinik in Münster sehr selten auf dem Hof blicken, und Beate sitzt in ihrer Dunkelkammer und arbeitet fieberhaft am Eicke-Prospekt. Das kleine Hengstfohlen der Stute Ellena, das noch unbeholfen übers Heu stakst, hat die Herzen der Umstehenden im Sturm erobert. Denn zu allem ist es auch noch ein Schimmel! Das ist ungewöhnlich, zumal von einer braunen Mutter, und alle Anwesenden bewerten es als besonders gutes Omen.

»Schaut mal den Kopf an, und hier, die Gelenke!« schwärmt Jakob entzückt. »Das wird mal was, das Fohlen. Hätte ich der Ellena gar nicht zugetraut. Warum sind die beiden zur Geburt eigentlich in der Klinik?« fragt er, an Dagmar Lux gewandt.

»Na, bei der ganzen Geschichte war doch mit Komplikationen zu rechnen«, plappert sie munter drauflos und hält erst den Mund, als Werner, der gerade den Champagner entkorkt, ihr einen kritischen Seitenblick schenkt.

»Auf das erste Fohlen im Kreißsaal!« ruft Werner, und alle, außer Linda, prosten einander zu.

»Auf unser hundertzwanzigstes Pferd«, höhnt Edgar.

»Sei nicht so gemein«, beschwert sich Linda. »Das Fohlen ist echt Klasse!«

»Wieso?« tut Edgar verwundert. »Habe ich mich verzählt?«

»Ich bin heilfroh, wenn du aus deinem Flegelalter raus bist«, kommentiert Clemma Edgars Benehmen.

Jakob hat nach wie vor nur Augen für das Fohlen. »Hast du schon einen Namen für den Kleinen?« fragt er Werner, ohne ihn anzusehen.

»Ja, klar: *Erfolgserlebnis.*«

»Ist das vielleicht ein Name?«

»Nö«, grinst Werner. »Aber manchmal brauche ich eins. Laß mich nachdenken: Wir müssen ja auf jeden Fall was mit *E* nehmen... *Euphorie*!«

Jakob schüttelt den Kopf. »Also gleich hebst du ab. Wie wär's denn mit *Edelstein* oder... oder... *Endoklinik*!« Werner und auch Jakob können sich das Lachen nicht verkneifen.

»Oder *Eidotter*!« brüllt Werner, und nun lachen alle, bis auf Clemma, die den Kopf schüttelt, laut heraus.

Jakob kommen schon die Tränen vor lauter Lachen: »Oder *Emmentaler*!« röchelt er. Es dauert eine ganze Weile, bis das Gelächter wieder aufhört.

»*Euphorie* ist schon in Ordnung«, stellt Werner zum Abschluß noch einmal mit Nachdruck fest.

Als alle bis auf Clemma und Dagmar die neue Klinik verlassen haben, hebt Clemma noch einmal ihr Glas und prostet dem Fohlen zu: »Auf Euphorie! Auf den kleinen Weltmeister!«

»Auf was?« fragt Dagmar verblüfft.

»Ich habe da so ein Gefühl«, meint Clemma errötend.

Beate sitzt mit eingefallenen Wangen und großen, fragenden Kinderaugen an ihrem Arbeitstisch, als Werner hereinkommt, um sich von ihr zu verabschieden.

»Warum sitzt du denn hier im Dunkeln?« fragt er.

»Es ist eine *Dunkel*kammer. Ich habe gerade über etwas nachgedacht.« Ihre Stimme ist tonlos. Als sie sich umdreht, erschrickt Werner über ihr wächsernes Gesicht, aber er überspielt es gekonnt. Lächelnd beugt er sich über sie und gibt ihr einen flüchtigen Kuß auf den Mund.

»Ich hätte beinahe vergessen, dir einen Abschiedskuß zu geben, bevor ich nach Mecklenburg fahre. Worüber denkst du denn nach?«

»Ach, über alles und nichts. Das ist keine Antwort, ich weiß.« Sie ist hektisch und fahrig, ohne einen erkennbaren Grund. »Ich bin krank. Krank. Ich weiß es ja selbst am besten, aber ich will es nicht sein.«

Sie steht auf und schleppt sich zu ihren Layoutbögen, die kreuz und quer in der Gegend herumliegen.

»Wie findest du *das*?« will sie wissen. »Glaubst du, das geht so?«

»O ja, das ist gut. Sehr schöne Fotos. Dieses Bild hier ist vielleicht... aber, ach was, das kannst du doch viel besser als ich.«

»Bis zur Herbstauktion will ich unbedingt fertig sein.«

»Prima, Schatz. Aber wenn nicht, dann ist es kein Beinbruch.« Wie auffällig oft er dieses Bild vom Beinbruch bemüht, so ganz nebenbei. Er will Beate beruhigen, denn er spürt, daß ihre Nerven zum Zerreißen gespannt sind. Aber warum nur? Was ist es bloß, das Beate so unter Druck setzt?

»Ich muß aber«, sagt sie leise, fast flehentlich. »Allmählich habe ich wirklich das Gefühl, ich tauge zu nichts mehr. Ich bin allen bloß eine Last!«

»Das ist doch Unsinn!« wehrt er ab, aber plötzlich ist auch er hilflos. Er möchte ihre Seele streicheln, aber er gleitet ab wie an einem Stück Seife.

»Doch, doch«, sagt sie tonlos. »Mit Divina mußt du weg, weil sie krank ist, und dann belaste ich dich auch noch mit meinen Problemen!«

»Bea, laß doch einfach deiner Fantasie mal freien Lauf, versuch, ein bißchen Selbstvertrauen zu haben. Und wenn ich zurück bin, dann helfe ich dir, und wir machen Nägel mit Köpfen. Weißt du, mach dir doch heute einfach einen schönen Tag!«

Werner gibt sich wirklich Mühe, aber er hat das Gefühl, nur abgedroschene Phrasen von sich zu geben.

Beate erwidert Werners erneuten Abschiedskuß nicht, sie ist mit ihren Gedanken ganz woanders.

Auf dem Weg nach draußen sieht Werner, wie Hanno Bruns, den er wenige Tage, nachdem er ihn kennengelernt hatte, als dritten Bereiter angeheuert hat, Divina in den Laderaum eines Transporters führt. Der Bursche macht sich ganz gut. Werner ist schon gespannt, wie er sich bei den nächsten Turnieren schlagen wird. Aber jetzt steht erst einmal Divina auf der Tagesordnung. Jakob hatte die Idee, die kränkelnde Wunderstute zur Kur zu schicken, in seine Heimat Mecklenburg. Werner lächelte zuerst über die Idee, aber weil er und vor allem auch Dagmar Lux bei Divina mit ihrem Latein am Ende sind, hat er zugesagt. Jakob möchte außerdem gern einmal wieder über seine heimatlichen Wiesen reiten, und auch Werner hat Lust auf einen Ausflug. Gerade als er sich ins Führerhaus des Transporters schwingen will, sieht er, wie Dagmar auf ihn zuläuft.

»Werner, können Sie die Reise nicht verschieben?«

»Wieso? Wir waren uns doch einig, daß sie auf die Weide soll.«

»Ja, aber Divina muß ja nicht *heute* nach Mecklenburg. Die Sache kribbelt mir einfach zu sehr unter der Haut, um mit der Veröffentlichung noch bis nächste Woche zu warten. Überlegen Sie mal, das hat es in dieser Form überhaupt noch nicht gegeben, und schließlich geht es dabei ja auch um *mein* Renommee! Stellen Sie sich die Schlagzeile vor: *Euphorie, das Eicke-Fohlen aus der Leihmutter!*«

Werner erschrickt und schließt, noch während Dagmar redet, die Fahrertür des Transporters, damit Jakob, der bereits auf dem Beifahrersitz Platz genommen hat, nicht hören kann, was sie sagt.

»Sind Sie wahnsinnig?« fährt er sie an, und in freundlicherem Ton fährt er fort: »Glauben Sie mir, Dagmar, ich mache das schon richtig. Ich kenne die Leute, auf die es ankommt. Behalten Sie es noch ein paar Tage für sich, bitte – gerade *wegen* Ihres Renommees!« Dann, endgültig, steigt er in den Transporter und fährt vom Hof.

Da ist sie wieder, die Eickesche Geheimniskrämerei! Und da ist auch wieder der lange Schatten von Dr. Hans Hänsgen, der nicht nur ein Dopingexperte gewesen ist, sondern sich auch mit verwegenen Experimenten beschäftigt hat: der (un)heimliche Frankenstein des Pferdesports...

Stefan treibt sich indessen in Münster in der Fußgängerzone herum. Während Irina in einer Boutique verschwindet und Stefan vor dem Geschäft wartet, läuft ihm Gipsy über den Weg. Sie haben einander seit Wochen nicht gesehen, und Stefan hat auf einmal das Gefühl, das sei viel zu lange. Irina benimmt sich in der letzten Zeit immer zickiger und dominanter, er empfindet ihre Art geradezu als besitzergreifend. In der vergangenen Nacht hat er von ihr geträumt, und da ist sie eine fleischfressende Pflanze gewesen, die ihre klebrigen Blätter um ihn gefaltet und dann ihren dunklen, hungrigen Rachen aufgerissen hat, um ihn zu verschlingen. In Anlehnung an den *Kleinen Horrorladen* hat er sie deshalb heute beim Frühstück *Audrey Zwo* genannt, aber sie hat die Anspielung nicht verstanden. Wieso hat er sich eigentlich von Gipsy getrennt? Wie sie da vor ihm steht, die rotblonde Mähne im Nacken zu einem strengen Knoten gebändigt und dennoch so sanft und verständnisvoll und lieb und süß, da möchte er sie am liebsten auf der Stelle zurückhaben. Die beiden halten einen auf den ersten Blick belanglosen Small talk, aber wer zwischen den Zeilen zu lesen versteht, der spürt, wie Wärme und Zuneigung ein zartes Kraftfeld entstehen lassen.

»Wie steht es denn mit eurer Eigentumsübertragung? Läuft *doch* auf Werner hinaus, nicht?« fragt sie mitfühlend.

»Du hattest ja recht«, sagt er düster. »Bis zuletzt habe ich es nicht glauben wollen.«

»Und? Was tust du?«

»Abwarten«, sagt er und will Gipsy gerade vorschlagen, sich mit ihm in ein Straßencafé zu setzen, als Irina, die er inzwischen ganz vergessen hat, aus dem Modegeschäft zurückkehrt, mit einer großen Tüte mehr unter dem Arm.

»Sehen wir uns mal wieder, Gipsy?« fragt er noch schnell. »Wir beide, meine ich.«

»Ich fliege übermorgen nach Italien.«

»Ach? Besuchst du den Kollegen Europameister?«

»Nein«, sagt sie und freut sich insgeheim königlich, daß Stefan eifersüchtig ist. »Nur meine Mutter hat einen Narren an Renato Tucci gefressen. Ich fliege zu Massimo. Pferdegeschäfte.«

Irina gibt sich locker-flockig, als sie die beiden mit lautem *Hallo!* auseinanderreißt, aber die Szenerie – Stefan im vertraulichen Gespräch mit seiner Verflossenen – gefällt ihr ganz und gar nicht. Bei der Heimfahrt zieht sie zuerst eine Schmollschnute und sagt keinen Ton, dann greift sie zu Stefans Autotelefon und ruft eine Freundin in Garmisch an, mit der sie zwanzig Minuten lang bedeutungslos herumtratscht.

Das macht sie absichtlich! denkt Stefan. *Sie weiß ganz genau, daß alle acht Sekunden eine Einheit durchrauscht, aber wenn ich sie darauf hinweise, nennt sie mich einen geizigen Spießbürger!* Verbissen starrt er an seinen rotierenden Scheibenwischern vorbei auf die Straße. Es beginnt immer heftiger zu regnen, und so kann er seinen Frust noch nicht einmal auf dem Gaspedal austoben.

Beate kommt aus ihrer Dunkelkammer, als sei sie einer düsteren Höhle voller geifernder Untiere entronnen. Wie ein gehetztes Reh schaut sie um sich, und als sie sieht und hört, wie der Regen gegen die Scheiben pladdert, rennt sie hinaus auf den Hof, breitet die Arme aus, reckt ihren Kopf dem tiefgrauen Himmel entgegen und dreht sich im Kreise wie ein kleines Püppchen. Im Nu löst der Regen ihr hochgestecktes Haar auf und rinnt ihr kalt in den Kragen. Sie läuft zu ihrem Fahrrad, das an die Fassade des Schlosses gelehnt ist, schwingt sich auf den Drahtesel und tritt kräftig in die Pedale. In der Tür, die sie offenstehen gelassen hat, erscheint Clemma und ruft ihr hinterher:

»Beate! Mußt du denn bei dem Sauwetter wirklich Fahrrad fahren?«

»Ich brauche mal frische Luft!« ruft Beate, ohne sich zu ihr umzudrehen. »Wenn es regnet, dann regnet es eben!«

Dreck spritzt ihr an den Beinen hoch. Ganz plötzlich erlebt sie einen schon fast euphorischen Glückszustand. Das Leben ist verrückter, als man ahnt.

Als hätte er, gleich seinen Pferden, gewittert, was los ist, ist Werner unterwegs aus dem Transporter gestiegen und hat sich, ebenfalls in strömendem Regen, in eine Telefonzelle gezwängt, um zu Hause anzurufen.

»Mitten in einem Unwetter?« fragt er besorgt. »Mit dem Fahrrad? Clemma, das geht doch nicht, du weißt doch auch, in was für einer Verfassung sie ist. Außerdem erkältet sie sich so leicht. Schick bitte Jupp hinterher, er soll sie zurückholen. Ja, jetzt gleich!«

Als Werner durch den Regen zum Transporter zurückläuft, sieht er, wie sein Vater auf der Ladefläche bei Divina herumturnt. Er klettert ebenfalls hinauf.

»Diese Depressionen werden mir immer unheimlicher. Wenn sie irgendwas hätte, womit man umgehen könnte – aber so? Was machst du da eigentlich?«

»Ich hänge ein Heunetz auf. Falls Divina Hunger hat. Sie ist so unruhig.«

»Also, manchmal denke ich, bei dir möchte ich Pferd sein.«

Jakob schmunzelt.

»Weißt du eigentlich schon, daß du deinen Liebling Belkanto bald wiedersiehst?« fragt Werner ganz beiläufig, als er und sein Vater wieder im Führerhaus des Transporters sitzen.

»Wieso? Kommt der nach Deutschland?« fragt Jakob und klopft sich dabei das Heu vom Mantel.

»Nach Eicke kommt er. Er und Rocco und Granato und noch ein paar andere Spitzenpferde.«

Jakob schaut schräg unter seiner Mütze hervor, zum Zeichen, daß er den Witz durchschaut hat. »Haha. Wahrscheinlich zu Fuß, nicht?«

Werner blickt leicht grinsend durch die Windschutzscheibe.

»Sie wollen dir zum Siebzigsten gratulieren. Alle deine Pferde. Alle aus unserer Zucht, pardon, Vater, aus deiner.«

»Was redest du denn da? Das... das gibt's doch gar nicht!«

»O doch!« sagt Werner, läßt den Transporter noch einmal auf dem Seitenstreifen ausrollen und grinst breit. »Ich kann es ja nicht *ganz* geheimhalten, mein Lieber. Also halt dich fest: Das

Mastercup-Springen in Münster findet an deinem Geburtstag statt und heißt Jakob-Eicke-Preis! Die FN hat schon zugesagt.«

Für Jakob ist auf einmal Weihnachten mitten im Sommer. »Ist das deine Idee?« fragt er gerührt.

»Familiäre Teamarbeit«, lügt Werner. »Was kann man *dir* schon schenken?«

Pfarrer Delbrück blickt aus dem Fenster seines Pfarrhauses und sieht, wie jemand sich auf der Straße mit einem Fahrrad gegen den peitschenden Regen stemmt. Die Person kommt ihm bekannt vor. Er öffnet rasch das Fenster, und dann hat er keinen Zweifel mehr: Es ist Beate Eicke, die da durch das Unwetter rudert! Beate, die er vor gut zwanzig Jahren in einem Zugabteil kennengelernt hatte. Damals hatte er noch das Priesterseminar besucht und sie hatte eine Lehre als Fotografin absolviert. Beate war die einzige Frau gewesen, die ihn damals ins Schwanken brachte, ob das mit dem Zölibat nun wirklich eine so gute Sache sei. *Sunny* hat er sie damals genannt. Seither hat er sie nicht wiedergesehen, aber wenn er ehrlich ist, so muß er zugeben, daß er sich auch hierher hat versetzen lassen, weil er wußte, daß er sie irgendwann wiedersehen würde. Zumindest hat das eine gewisse Rolle gespielt, als er davon erfahren hat, daß Pfarrer Walter gestorben ist und seine Stelle frei wird. Verspricht er sich irgendetwas davon? Das weiß er selbst nicht so genau. *Was* sollte er sich denn wohl davon versprechen? Sie ist eine verheiratete Frau, und er ist ein Priester. Und er ist gerne Priester!

Delbrück streift sich schnell einen Regenmantel über, stürzt zur Türe und holt sein altes, klappriges Fahrrad aus dem Keller.

Eine heftige, plötzliche Windbö fegt Beate fast von der glitschigen Straße, die inzwischen parallel zu einer Bahnlinie verläuft. Mitten auf einer Brücke, die über die Gleise führt, steigt sie vom Rad, läßt es zu Boden fallen, stellt sich vor die Brüstung und blickt hinunter. Ihr dunkles Haar und ihre Kleider sind eng an ihren frierenden Körper geklatscht. Das steht ihr gut, sie sieht fast aus wie eines dieser Models, die mit Wasser besprüht werden, um besonders verführerisch zu wirken. Sie sieht auch deshalb viel jünger aus als sonst, weil sie sich nicht um den Sitz ihrer Frisur und den Zustand ihres Make-ups schert. So verhalten sich nur schöne junge Mädchen, die es sich leisten können. Reife Frauen haben ihre äußere Erscheinung *immer* unter Kontrolle.

Wie sie da auf der Brücke steht und den herannahenden Zug beobachtet, ist sie eine schwer zu beschreibende Mischung aus Überschwang und Schwermut. Ein Teil ihres Bewußtseins möchte sich erheben wie ein stolzer Vogel mit gewaltiger Spannweite und davonfliegen. Auf und davon! Über Berge, Täler, Meere, Wüsten und Oasen! Und der andere Teil zieht sie in die Tiefe wie ein zentnerschwerer Zementsockel, in den ihre Seele eingemauert zu sein scheint. Der Zug kommt näher, genau auf sie zu. Als hätte sie ihn gerufen! Als sei er ein Bote! Aus der Hölle, aus dem Himmel? Beate weiß nicht, wie ihr geschieht, als sie über die rutschige Brüstung steigt und auf dem schmalen äußeren Sims steht, bereit zum Sprung, wohin auch immer. Sie löst die Hände von der Brüstung und beginnt zu schwanken. Noch einmal Luft holen, dann ist es soweit. Auf einmal fühlt Beate sich ganz leicht und frei. Wenn sie jetzt gleich einen Schritt ins Leere tut – vielleicht wird sie dann wirklich ihre Schwingen ausbreiten und davonfliegen, wer weiß? Sie schließt die Augen und breitet die Arme aus wie ein Adler, als zwei kräftige Männerhände sie von hinten packen und mit einem einzigen brutalen Ruck zurück über die Brüstung zerren.

»Beate! Um Gottes willen!« brüllt Delbrück, als er zusammen mit ihr zu Boden stürzt.

»Lucas!« keucht Beate.

Der Pfarrer steht auf und hilft auch ihr wieder auf die Beine.

»Meine Güte! Willst du dich umbringen?« fragt er zutiefst erregt.

Beate zögert und sagt dann leise: »Nein. Ich habe mir nur vorgestellt, wie es wäre, wenn ich es täte.«

»Sunny, was ist bloß los mit dir? Was machst du hier? Du zitterst ja am ganzen Körper!« Er nimmt sie in den Arm. Auch er ist mittlerweile völlig durchnäßt.

Sie lacht plötzlich: »Lucky, du bekommst ja eine Glatze! Aber das steht dir außergewöhnlich gut. Wie lange wir uns nicht gesehen haben!« Beate schmiegt sich eng an den Pfarrer, der charmant antwortet:

»Du hast dich auch verändert. Du bist noch viel schöner geworden.«

Bin ich nun schon losgeflogen? fragt sich Beate. *Oder ist der Start verschoben worden?*

Delbrück reißt sie aus ihren wirren Gedanken: »Du bist in ärztlicher Behandlung, nicht wahr?«

»Ja, bei Doktor Schröder. Die beste Adresse für Depressive und Rohrkrepierer aller Art. Meint jedenfalls Werner. Aber er sieht nicht, daß ich mich bei ihm nicht wohl fühle.«

»Wieso?«

Beate senkt ihren Blick. »Als Arzt ist er zu nett.«

»Heißt das, er will was von dir?« fragt der Priester erstaunt.

Sie nickt. Als sie einen Motor und das Geräusch nasser Reifen auf Asphalt näher kommen hört, löst sie schnell die Umarmung.

Jupp Rathmeyer steigt, mit einem Schirm bewehrt, aus seinem Geländewagen. »Da sind Sie ja! Was machen Sie denn hier?« ruft er.

»Wieso?« meint Beate. »Das ist meine Lieblingsstrecke.«

»Bei dem Wetter? Sie sind mir ja 'ne Marke! Schauen Sie mal, wie durchgeweicht Sie sind. Ich bringe Sie nach Hause, und dann gibt's ein heißes Bad.« Rathmeyer stellt sich neben Beate, so daß sie einen Platz unter dem Schirm hat. Er wundert sich darüber, daß auch der Pfarrer pitschnaß hier herumsteht, fragt ihn dann aber nur: »Kann ich Sie auch gleich mitnehmen, Hochwürden?«

Lucas Delbrück verneint und zeigt auf sein Fahrrad.

»Wollen Sie nicht später zum Essen kommen, Herr Pfarrer?« fragt Beate lächelnd. »Es gibt Rehleber, das essen die Jäger meist selbst, weil es so gut ist.«

»Das klingt sehr verlockend«, gibt der Pfarrer zu und lächelt zurück. »Wenn ich es zeitlich schaffe, komme ich gerne.«

»Kommen Sie, fahren wir!« befiehlt Rathmeyer Beate und drückt ihr den Schirm in die Hand. Er hat keine Lust, noch länger hier draußen herumzustehen, und deswegen schnappt er sich ihr Fahrrad, hebt es auf die Ladefläche seines Fahrzeugs und steigt ein.

»Ab morgen rufe ich dich jeden Tag an, Sunny. Immer um drei.« Lucas Delbrück geht zu seinem Rad und fährt davon, während Beate sich auf das Handtuch setzt, das Jupp Rathmeyer über den Beifahrersitz gelegt hat.

»Nasse Polster sind übel. Fangen an zu stinken«, behauptet er.

Als Stefan mit Irina nach Hause kommt, hat der Regen endlich aufgehört. Auf der Zufahrt zum Hof bildet sich bei starkem Regen an einer bestimmten Stelle immer eine große Pfütze. Stefan weiß das und fährt trotzdem mit fünfzig Sachen hindurch, um Irina zu erschrecken. Die trübe Brühe spritzt meterhoch.

»Was ist eigentlich los mit dir?« fragt Irina wütend.

»Nix! Kennst du doch – es gibt nichts Schöneres für einen Mann als Shopping!« Daß es nur eine Ausrede ist, daß Irina ihm mit ihrem oft reichlich kindischen Gehabe seit Tagen auf die Nerven geht, sagt er nicht. Aber sie merkt es längst.

»Du bist nicht wiederzuerkennen!« mault sie. »Alles, seit du deine Gipsy wiedergesehen hast! Fährt wie der Henker, redet kein einziges Wort mit mir – weißt du, ich finde das wirklich..«

»...also jetzt reicht's!« unterbricht er. »Soll ich dir Reiten beibringen, oder bin ich dein Alleinunterhalter? Und laß bitte Gipsy aus dem Spiel! Ich bin nicht dein Eigentum, bloß weil wir mal.. na ja, vergiß es!«

Sie ist ausgestiegen und steht sekundenlang wie erstarrt da; der Schlag ging unter die Gürtellinie. Dann schnappt sie sich ihre Tüten und Päckchen vom Rücksitz. »Na gut!« sagt sie kalt. »Das war's dann ja wohl!« Und dann geht sie, ehe Stefan ihr helfen kann, schnell ins Haus und auf ihr Zimmer, nur damit er nicht sieht, wie ihr plötzlich die Tränen in die Augen schießen.

Beate sitzt frisch geduscht und umgezogen vor ihrem Frisiertisch und starrt in den Spiegel, als wolle sie sich selbst hypnotisieren. Von unten ruft Clemma, das Essen sei fertig. Lucas sitzt auch mit am Tisch, Beate hat ihn kommen hören. Für so eine Begegnung ist jetzt eine Extrastärkung nötig: Beate greift nach ihrem kleinen Messingdöschen, in dem Dutzende von Tabletten liegen, deren durchschlagende Wirkung von ihren fröhlichen, bunten Farben verharmlost wird. Heute werden die neuen braunen getestet. Zwei auf einmal? Kann nichts schaden, hat Schröder gesagt! Sie schluckt die Dinger, spült mit einem Glas Wasser nach und steigt hinunter in die Arena, wo Linda, Edgar, Jupp und der neue Pfarrer bereits hungrig vor ihren Tellern sitzen, während Clemma die dampfenden Platten auf den Tisch stellt.

»Schön, daß die Rehleber Sie doch verlockt hat«, begrüßt sie Lucas mit einem tapferen Lächeln und setzt sich auf den freien Platz neben ihm.

»Bevor ich es vergesse, Beate«, wirft Clemma ein, »Doktor Schröder hat angerufen. Du möchtest dich morgen bei ihm melden.«

Beate nickt und blickt hilfesuchend zu Lucas.

Jupp Rathmeyer öffnet mit einem lustigen *plopp!* die Weinflasche und schenkt sich den Probierschluck ein, als er von Clemma mit dem Ellbogen angestoßen wird. Erstaunt stellt er fest, daß die anderen die Hände gefaltet haben und daß der Pfarrer, auch wenn er heute in Zivil gewandet ist, mit einem kurzen Tischgebet beginnt. Rathmeyer nimmt es achselzuckend zur Kenntnis und nippt am Wein, während Lucas Delbrücks ruhige Baritonstimme die folgenden Worte spricht:

»Lieber Gott im Himmel, wir danken dir, daß du uns wieder so reich beschert hast. Dennoch bitten wir dich um ein weiteres: allen Mühseligen und Beladenen dieser Welt Glück, Freude und inneren Frieden zu schenken. Amen!«

Fast wie aus einem Munde sagen Clemma, Beate und Linda ebenfalls *Amen*, und Clemma fügt hinzu: »Das haben Sie aber schön gesagt, Herr Pfarrer.«

»Sie werden bestimmt noch Bischof«, lästert Jupp grinsend.

»Sie sollten sich schämen, Jupp! Sie haben es gerade nötig!« schimpft Clemma.

Er kümmert sich nicht darum, lehnt sich über den Tisch, greift nach einer Schüssel und sagt dröhnend: »Mahlzeit allerseits!«

Delbrück quittiert sein provozierendes Benehmen mit einem überlegenen Lächeln.

Stefan hat es vorgezogen, lieber nicht zu Hause zu essen, und treibt sich statt dessen in seiner Lieblingsbar in Münster herum. Irina hat er gar nicht erst gesagt, daß er wegfährt. Er hat die Nase voll – dieses Mädchen ist die reinste Klette! Statt dessen trifft er zufällig den kleinen Hanno Bruns und denkt: *Was für eine Wohltat! Ein unkomplizierter, wirklich netter Mensch! Mit* dem *sauf ich mir jetzt einen an!*

»Ich will ja nicht neugierig sein«, meint Hanno nach dem vierten oder fünften Bier, »aber warum hast du eigentlich die Westfälischen Meisterschaften abgesagt? Das wollte ich schon länger mal fragen.«

Stefan ist jetzt fröhlich. Heute bringt ihn nichts mehr aus dem Konzept. Während er mit einem Mädchen am Nebentisch intensiven Blickkontakt pflegt, sagt er: »Weißt du, ich bin qualifiziert für die WM. Warum soll ich unnötiges Risiko eingehen? Freu dich doch, Hanno: Kannst *du* mal gewinnen!«

»Ja, sicher. Aber warum läßt du dich so selten auf Hof Eicke blicken? Du hängst doch zur Zeit ein bißchen in der Luft, oder?«

»Da ist schon was dran. Ich weiß wirklich noch nicht genau, wie es weitergeht. Aber eins verspreche ich dir: *Falls* ich weggehe, bin ich der erste, der ein gutes Wort dafür einlegt, daß du meinen Platz einnimmst! Prost, Hanno!«

Gläser klirren, die Schaumkrone wogt. Auch das nächste Bier will getrunken sein. Aber danach ist Feierabend.

Zu weit fortgeschrittener Stunde und einige hundert Kilometer nordöstlich beschäftigt sich Jakob mit Muntermachern ganz besonderer Art. Während die mecklenburgischen Ebenen noch kalt und feucht sind von der Nacht und der östliche Horizont die allerersten Anzeichen der Morgendämmerung zeigt, betritt der alte Eicke mit schlurfendem Schritt den Pferdestall und tastet sich mit einer Taschenlampe zu Divina vor.

»Guten Morgen, mein Mädchen. Dann wollen wir mal«, sagt er mit vom Schlaf brüchiger Stimme und gähnt herzhaft. Divina steht in ihrem Verschlag und wiehert leise. Neugierig sieht sie zu, wie Jakob eine ausgehöhlte Apfelhälfte mit einer dunklen Flüssigkeit füllt und ihr die Kombination vor die Nüstern hält. Sie schnuppert kurz daran, dann zögert sie nicht länger, schnappt sich den Happen und beißt krachend zu. Jakob schließt vorsichtig sein kleines Medizinfläschchen und streichelt Divina zufrieden über den Nacken. Täuscht er sich, oder leuchten ihre Augen heute tatsächlich ein bißchen heller als gestern?

Ein paar Stunden später, immer noch früh am Morgen, reiten Jakob und Werner gemächlich durch Wald und Flur. Pia Schmitter, ihre junge Gastgeberin, die Tochter eines kürzlich verstorbenen Jugendfreundes von Jakob, hat ihnen zwei kräftige Mecklenburger gegeben.

»Dieses Grün, diese Ruhe, dieser Geruch!« schwärmt Jakob. »Nur Heimat kann so riechen!«

Als sie ihre Pferde zur Trainingsrennbahn führen, auf der Pia gerade einen Galopper trainiert, schlagen die Gedanken der beiden einen Haken nach dem anderen.

»Pia macht das gut, nicht?« meint Jakob.

»Ja, sie hat aber auch eine schöne Trainingsbahn.«

»Könnte auch eine gute Bahn für uns sein.«

Werner wird hellhörig: »Du meinst, falls wir wirklich mal ein paar Vollblüter im Stall haben?«

»Davon träume ich schon lange«, seufzt Jakob.

»Sollen wir Pias Anlage hier kaufen?« fragt Werner im Scherz.

Jakob grinst schelmisch: »Unsere Umsätze sind gut, unsere Kreditlage ist wieder okay...« Er spricht nicht weiter, weil Pia die Bahn verlassen hat und auf sie zukommt.

»Was meinen Sie, Pia«, hebt er an. »Mit ein paar Mark könnten wir doch sicher bei Ihnen einsteigen, oder?«

Sie lächelt, macht große, überraschte Augen und antwortet: »Mein Vater hat immer gesagt: Mit dem Jakob würde ich jedes

Geschäft machen. Ihre Divina sieht heute übrigens schon viel besser aus, habe ich vorhin gesehen. Hoffentlich verraten Sie mir mal Ihr Geheimmittel.« Sie reitet zurück auf die Bahn.

Werner blickt ihr nach und sagt: »Klar ist es ein schönes Gelände, aber es ist zu weit weg von uns. Und das mit den Galoppern ist doch sowieso noch Zukunftsmusik.«

Jakob spielt den Erstaunten: »Also, daß *du* das sagst! Ich dachte, als nächstes willst du bei uns zu Hause die halbe Gemeinde kaufen, ein Hotel bauen und einen Flugplatz am besten gleich noch mit dazu, mit einer eigenen Fluglinie: *Eicke Air*!«

»Hältst du mich für so einen Traumtänzer?« Werner zögert. »Moment mal. Jetzt verstehe ich: Du wolltest mich mal ein bißchen auf die Probe stellen! Mal sehen, wozu Werner sich so verleiten läßt! Das ist ja wohl echt die Höhe!« Er schüttelt den Kopf, aber er muß schmunzeln dabei. »Du bist wirklich mit allen Wassern gewaschen, Vater.«

Jakob nickt: »Der Apfel fällt nicht weit vom Stamm, mein Sohn. Vergiß nicht, wir sind vom gleichen Schlag. Ich mußte mich im Leben auch oft zügeln – um in der Pferdesprache zu bleiben –, wenn es darum ging: Packe ich ein Projekt an oder lasse ich die Finger davon? *Stefan* ist der Traumtänzer. Ich will ihn nicht schlechtmachen, aber du bist nun mal der Zuverlässigere und Geschäftstüchtigere. Du hast einen Sinn für *Verantwortung*.«

»Danke, danke. Das war auch das einzige, was ich trainieren konnte«, sagt Werner, und er spürt, wie es in seinem rechten Bein zwickt. Längere Ausritte tun ihm einfach nicht gut.

»Eben«, stimmt Jakob zu und holt tief Luft, bevor er fortfährt. »Und deswegen mache ich jetzt Nägel mit Köpfen. Morgen nachmittag kommt der Notar, und dann gehört Hof Eicke dir. Basta.«

»So schnell auf einmal?«

»Ich will das jetzt hinter mich bringen. Einfach ist das nicht für mich, das kannst du mir glauben. Wenn Stefan nicht so ein Bruder Leichtfuß wäre...«

»...dann würde alles ganz anders aussehen, meinst du?«

»Genau das. Stefan wird entschädigt. Damit kann er leben, und damit wird er leben. Hoppa!« ruft er seinem Pferd zu. Es setzt sich in Bewegung und galoppiert mit ihm davon. Werner reitet nachdenklich hinter ihm her.

Irina Moosbacher steigt mit gepackten Koffern in ein Taxi und läßt sich zu ihrem Daddy fahren, dem sie berichtet, was für ein rücksichtsloses, mieses Volk die Eickes im allgemeinen und Stefan im besonderen sind. Es beherrscht eben bei weitem nicht jede Frau die Kunst des starken Abgangs. Stefan dagegen hat nur noch Gipsy im Kopf. Er, heute ein bißchen verkatert, bekommt heraus, welchen Flug sie von Düsseldorf aus gebucht hat, stellt fest, daß der morgige Auftritt des Notars so liegt, daß er anschließend gerade noch genügend Zeit hat, um rechtzeitig am Flughafen zu sein, und reibt sich in grimmiger Zufriedenheit die Hände. Seine saubere Verwandtschaft wird sich noch wundern!

Lucas Delbrück hat sich indessen bei Dr. Schröder angekündigt, der zur Begrüßung des Priesters seinen edelsten Rotwein öffnet. Lucas ist beeindruckt.

»Nuits St.Georges! Herr Doktor, am hellichten Tag! Sie verwöhnen mich ja.«

Schröder lächelt eine Spur zu breit und prostet ihm zu. Die teuren Gläser klingen glockenhell.

»Sie haben es verdient, Herr Pfarrer. Ich finde es gut, daß Sie sich bei uns vorstellen. Weltläufigkeit muß honoriert werden.«

»Ich hoffe, Sie geben mir Revanche, Herr Doktor Schröder.«

»O weh, ich habe es geahnt«, erwidert Schröder kokett. »Irgendwann erwischt es wohl jeden mal. Wissen Sie, normalerweise sehe ich Priester in meiner Klinik mit zwiespältigen Gefühlen. Ihr kommt sonst immer nur, wenn wir versagt haben und alles vorbei ist. Ich war deswegen auch noch nie in einem Pfarrhaus.«

»Dann wird es aber höchste Zeit.«

Schröder nickt. »Ja, höchste Zeit, das Versteckspiel zu beenden, Herr Delbrück.« Er stellt sein Glas so hart auf den Tisch, daß der noble Wein fast überschwappt. »Sie kommen wegen Beate. Wegen Ihrer alten Bekannten Beate Eicke.«

»Woher... Wie kommen Sie darauf?« fragt Delbrück ehrlich verblüfft, und er ist schwer aus der Fassung zu bringen.

»Zwei und zwei sind nun mal vier, nicht?« meint Schröder und kostet genüßlich grinsend die Überraschung aus, die er seinem Gast bereitet hat. »Der neue Herr Pfarrer gibt sich die Ehre. *Warum* gibt er sich die Ehre, habe ich mich gefragt. Dann habe ich gehört, daß Sie gestern bei Ihrem neuen Schäfchen waren, und da habe ich mal ein bißchen herumtelefoniert.«

Lucas Delbrück hat sich jetzt wieder völlig unter Kontrolle.

»Ich weiß zwar nicht, warum Sie so etwas tun, aber was haben Sie denn erfahren, das Ihnen das Recht gibt, sich so unkultiviert zu benehmen?«

»Erstaunlich viel. Daß Sie und Frau Eicke sich beispielsweise seit zwanzig Jahren kennen. Daß sie in Köln wohnte und dort als Fotografin arbeitete. Und Sie studierten auf dem Aachener Priesterseminar, lernten Beate wahrscheinlich auf einem Studentenball kennen.«

»Irrtum, Herr Schröder. Wir begegneten uns im Transeuropa-Expreß Parsifal. Wennschon – dennschon. Ich war damals im Begriff, meine Eltern in Speyer zu besuchen, trug hellblaue Socken und las in einem Comicheft. Sonst noch was?«

Delbrück hat so gut gekontert, daß Schröders Grinsen dünner wird und er Mühe hat, den Faden wiederzufinden:

»Und nun verschlägt es Sie zufällig genau in diese Gegend, einen Steinwurf vom Eicke-Hof entfernt. Mußten Sie sich viel Mühe geben, daran zu drehen, oder hat der liebe Gott ein bißchen mitgebohrt, wie eine bestimmte Art von Presse vielleicht sagen würde?«

Schröder erhebt sich und kommt, um den Tisch herum, langsam und drohend auf den Pfarrer zu. Der steht ebenfalls auf.

»Was geht Sie das eigentlich an, Herr Schröder? Was soll der Blödsinn?« fragt er scharf.

Die beiden Männer, fast genau gleich groß, stehen nun unmittelbar voreinander, Auge in Auge.

»Sie belasten Frau Eicke, mein geistlicher Freund«, behauptet Schröder ruhig. »Und ich bin ihr Arzt. Sie bedrängen sie, wenn Sie es genau wissen wollen!«

»Und Sie?« fragt Delbrück. Er zwingt sich noch dazu, kühl zu bleiben. »Sie etwa nicht?«

»Was soll das heißen?« erwidert der Arzt stirnrunzelnd. »Frau Eicke ist meine Patientin. Habe ich Sie so in die Enge gedrängt, Sie armer Kerl, daß Sie mir mit einer Retourkutsche kommen wollen, weil Ihnen sonst nichts einfällt? Das ist ja wie bei kleinen Kindern auf dem Spielplatz!«

Aber der Pfarrer läßt sich nicht provozieren: »Ich bin gekommen, weil ich mir um Beate Sorgen mache und mit Ihnen darüber reden wollte. Aber nicht in dieser Form. Es sind ja wohl *Sie*, der ein sehr spezielles Interesse an einer gewissen Patientin hat.«

Schröder steht auf, geht zur Türe, hält sie demonstrativ und unmißverständlich auf und sagt lediglich: »Raus!«

»So nicht, Herr Schröder«, widerspricht Delbrück, noch immer betont ruhig. »Beate geht es hundsmiserabel, jeder blutige Laie sieht das. Wenn nicht bald etwas geschieht – *ich* werde nicht tatenlos dabei zusehen, wie Sie aus Beates Schwäche Kapital zu schlagen versuchen und ihr den Hof machen.«

»Raus!!« brüllt Schröder, nun hochrot im Gesicht, und packt den Priester am Arm, um ihn hinauszuschieben. Mit einem Ruck macht Delbrück sich los.

»Sie werden Beate die sorgfältige Fürsorge Ihrer ärztlichen Kunst angedeihen und sie ansonsten in Ruhe lassen. *Jetzt* gehe ich. Guten Tag!«

Gemessen schreitet Delbrück an der erschrockenen Sprechstundenhilfe vorbei, von der er sich höflich verabschiedet, und geht hinaus.

Gleich darauf summt die Sprechanlage. »Ja, bitte, Herr Doktor?«

»Verbinden Sie mich bitte sofort mit Frau Eicke!« sagt Schröder, scheinbar wieder sehr gelassen.

Werner und Jakob bringen einen leeren Transporter zurück nach Hause, denn Divina soll sich ja in Mecklenburg noch eine Weile erholen. Jakob hat Pia sein Fläschchen gegeben und ihr das Versprechen abgerungen, Divina jeden Tag im Morgengrauen etwas davon zu geben.

»Aber warum denn so früh?« hat Pia gefragt.

»Weil es ein Zaubermittel ist, das nur in den drei Stunden vor Sonnenaufgang wirkt. Pia, ich weiß auch nicht, warum. Glauben Sie's einfach. Und wehe Ihnen: Ich merke genau, wenn Sie verschlafen!«

Das Eicke-Duo ist kaum zu Hause angekommen, da gibt es schon wieder Stunk. Werner läuft Stefan über den Weg und lädt ihn ein, ein Glas Bier mit ihm zu trinken, aber Stefan, der gerade auf dem Weg zu seinem Wagen ist, winkt ab.

»Laß gut sein, Werner. Ich bin morgen rechtzeitig da, bevor der Notar kommt und ich mein Urteil unterschreiben darf. Was willst du mehr?«

»Du hast ja eine Bombenstimmung, wirklich«, stellt Werner fest.

»Meine Güte, was willst du eigentlich?« ereifert sich Stefan. »Ich springe nicht im Quadrat, und ich tue dir auch kein Gift in den Kaffee! Also laß mich in Frieden! Bis morgen!«

Werner versucht, sich nicht über die Hitzigkeit seines Bruders zu ärgern, und fragt sich statt dessen, wo seine Frau steckt.

Beate ist unterwegs zur Kirche. Ihr Klingeln an der Türe zum Pfarrhaus ist vergebens, und so geht sie in die Kirche hinein. Lucas, der in seinem Beichtstuhl sitzt und in der Bibel liest, hört rasche Frauenschritte näher kommen und sieht hoch.

»Sunny!« ruft er überrascht. »Du hast doch nichts zu beichten!«

»Aber du vielleicht.« Sie ist wütend, aber da sie in einer Kirche ist, dämpft sie ihre erregte Stimme. »Weshalb machst du es mir noch schwerer, als es sowieso schon ist?«

»Wieso ich? Hat Schröder dich angerufen?«

»Ja, er war außer sich! Was hast du ihm bloß erzählt?«

»Was soll ich dem denn erzählen, der weiß ja ohnehin alles. Wenn wir wirklich etwas miteinander hätten, dann müßten wir uns vor dem in acht nehmen!«

»Ja, wenn!« schreit Beate und vergißt für einen Moment völlig, wo sie ist. Sie sieht dabei genauso böse und genauso irreal aus wie eine Harpyie, die unheilvolle Dämonin aus der griechischen Göttersage. Lucas erschrickt und weicht einen Schritt zurück.

»Sunny, was ich getan habe, kann ich verantworten. Ich will dir helfen, darum geht es. Es ist doch nicht so, daß ich nur mit dir...«

»Natürlich willst du das!« unterbricht sie ihn. »Die meisten wollen das. Du doch auch!« Ihre Stimme hallt durch die ganze Kirche.

»Bitte nicht so laut«, fleht er. »Es muß jeden Augenblick jemand kommen.«

»Ja und, dann kommt er eben!« brüllt sie wieder und fällt ihm dann schluchzend an die Brust. Als sie sieht, daß eine alte Frau zum Eingang hereinkommt und auf den Beichtstuhl zugeht, reißt sie sich abrupt los und eilt davon, vorbei an der Kirchgängerin, die sich erschrocken nach ihr umdreht.

Den Abend über ist Beate zu Hause kaum ansprechbar. Nach dem schweigsam eingenommenen Essen macht sie einen langen, einsamen Spaziergang. Als sie wieder zurückkommt, schläft Werner schon. Er schnarcht leise. Beate setzt sich neben das Bett und schaut in sein vertrautes, schlafendes Gesicht, bis sie selbst müde wird und einnickt. Erst Stunden später, mitten in der Nacht, wird sie wieder wach. Das Licht schmerzt in den Augen, und ihr Nacken ist total verspannt. Sie zieht sich aus, löscht das Licht und legt sich neben ihren Mann.

Werner bringt Linda und Edgar mit ihren gepackten Koffern in aller Herrgottsfrühe zur Schule. Dort warten mehrere Busse: Ein großer, zweitägiger Schulausflug nach Berlin steht an. Rechtzeitig zum Frühstück ist Werner zurück, und nur wenige Minuten später kommt Egon Moosbacher mit seiner Limousine angefahren, einen Pferdetransporter im Schlepptau. Ohne erst nach den Hausherren zu sehen, bittet er Böckmann, Prince Leopold aus dem Stall zu holen und aufzuladen. Werner beobachtet es von drinnen und läuft, auf seinen Stock gestützt, hinaus.

»Morgen, Egon!« ruft er, den letzten Bissen von seinem Brötchen noch im Mund. »Was ist denn los?«

»Sehen Sie doch. Ich hole ihn wieder ab«, sagt Moosbacher mürrisch.

»Warum denn?«

»Seit Ihr Herr Bruder ihn geritten hat, muß er jeden Tag zum Tierarzt. Das schaue ich mir nicht mehr länger mit an.«

Werner protestiert: »Ja, aber da sind Sie doch bei uns an der besten Adresse! Da müßten Sie ihn doch erst recht hierlassen! Oder ist Ihnen Dagmar Lux nicht gut genug?«

Jakob steht an einem offenen Fenster und hört sich die Diskussion an.

Moosbacher stemmt die Hände in die Hüften. »Sagen Sie mal, wissen Sie wirklich nicht, was los ist?«

»Also, ich weiß nicht, wovon Sie reden.«

»Dann fragen Sie mal Ihren sauberen Herrn Bruder! Legen Sie dem Kerl am besten einen Maulkorb um! Wie der mit meiner kleinen Irina umgesprungen ist!«

Werner kann sich ein leichtes Grinsen nicht verkneifen. »Okay, nehmen Sie Ihren Prince wieder mit«, sagt er und geht zu seinem Frühstück zurück.

Jakob steht immer noch am Fenster. Er nippt an seinem Kaffee. Wenn er noch den leisesten Zweifel an der Richtigkeit seiner Entscheidung hatte, so ist er ihn nun los. Dabei ist Stefan so ein talentierter Junge! Alles fällt ihm wie von selbst in den Schoß, und was macht er? Nichts macht er, von klein an! Bringt seinen Bruder ins Krankenhaus. Sogar einen so friedlichen Menschen wie Moosbacher bringt er auf die Palme. Und dann dauernd dieser alberne Krieg mit Gabriella von Bovens. Nicht den Hauch von Verantwortung hat er! Noch nicht einmal seine groß angekündigte Doktorarbeit hat er je fertiggeschrieben! Jakob stöhnt vor sich hin. Was würde er darum geben, wenn er guten Gewissens den Hof an beide vererben könnte, zu gleichen Teilen! Aber das geht nicht: Es gäbe Mord und Totschlag, da ist er sich ganz sicher. Aber ob es das nicht auch so geben wird?

Um drei Uhr nachmittags versucht Lucas Delbrück, wie verabredet, Beate anzurufen. Nicht nur einmal, sondern immer wieder. Aber niemand hebt ab. Sie weiß doch, daß er um diese Zeit anruft!

Gerade *weil* Beate das weiß, hat sie den Telefonstecker aus der Wand gezogen. Die letzten zwei Stunden hat sie damit verbracht, das Schlafzimmer aufzuräumen und sauberzumachen, bis absolut nichts mehr herumgelegen ist und kein Staubkörnchen mehr die Möbel verunziert hat. Sie hat das Bett frisch bezogen und sogar die Fenster geputzt, hat die Vorhänge zugezogen, und jetzt muß sie nur noch die Tür abschließen. Auf dem Nachttisch stehen zwei bereits geöffnete Flaschen Champagner, aber nur ein Glas. Beate hat mal gehört, daß man davon wahnsinnig durstig wird, kurz bevor es vorbei ist – wegen der chemischen Reaktion, die die Tabletten verursachen. Und wer stirbt schon gerne durstig? Niemand im Haus wird sie stören. Unten sind sie alle mit ihrer Eigentumsübertragung beschäftigt. Ein neues Zeitalter bricht an auf Hof Eicke! Nun, auch für Beate Eicke bricht ein neues Zeitalter an... Sie setzt sich an ihr Frisiertischchen, öffnet das Pillendöschen und kippt all die kleinen bunten Dinger in ein bereitgestelltes Glas Wasser.

Vielen Dank, Herr Doktor Schröder, für die schönen Stimmungsaufheller und all die anderen Leckereien! denkt sie. *Schaden wird es sicher nicht!*

In die klare Flüssigkeit mischen sich allmählich milchige Schlieren. Beate nimmt einen Löffel und rührt sorgfältig um. Dann greift sie nach dem Glas, hält es einige Sekunden dicht vor ihr Gesicht und beobachtet, wie die letzten Tablettenteilchen sich auflösen. Schnell führt sie das Glas zum Mund und leert es auf einen Zug. Sie muß aufstoßen, und entschuldigend hält sie eine Hand vors Gesicht. Langsam steht sie auf, geht zum Bett hinüber, schenkt ein Glas Champagner ein und legt sich hin. Ihre Fantasie taucht ein in wunderliche Sphären. Sie stellt sich vor, wie die Tabletten in ihr zu kleinen Piranha-Fischchen mit winzigen scharfen, gezackten Zähnen werden, die sie gierig in ihre Gedärme schlagen. Dann wieder sieht sie sich als silbernen Engel mit großen, flauschigen Flügeln, und sie segelt durch ein Meer von buntem Konfetti, während auf einer Wolke die Rolling Stones stehen und *Mother's little Helper* singen.

Ob es mehr wie fliegen ist oder mehr wie fallen? Na, wir werden ja sehen.

Ein Stockwerk darunter drücken sich Jakob, Werner und Stefan um Notar Steinforth, einen weißhaarigen, gemütlichen Mittsechziger, herum. Mit getragener Stimme, die dem Anlaß Rechnung tragen soll, liest er aus dem von ihm verfaßten Vertrag vor:

»Der Erschienene zu eins erklärt weiterhin: Ich übertrage mit heutigem Datum meinem Sohn Werner Eicke das uneingeschränkte Eigentumsrecht an meinem Pferdezuchtunternehmen Hof Eicke, beschrieben wie besehen...«

»Dieses Juristendeutsch!« meckert Jakob. »Kannst du das nicht auch einfacher sagen?«

Steinforth nickt: »Wie du willst. Ich kann es sogar sehr kurz machen. Stefan kriegt als Ausgleich dafür anderthalb Millionen. Basta.«

»Donnerwetter!« meldet sich Stefan, der bisher scheinbar interesselos aus dem Fenster gesehen hat. »Und wie?«

Jakob legt die Stirn in Falten: »Was heißt wie?«

»Na, cash oder per Scheck?«

»Aber du willst doch nicht...«

Stefan beugt sich über ihn. »Hör mal, Paps. Wenn du es dir schon so einfach machst: Es könnte doch sein, daß ich das Geld wirklich haben will.«

»Also, das steht jetzt nicht zur Debatte«, wirft Steinforth ungeduldig ein und fragt, an Werner gewandt: »Sind Sie mit der Eigentumsübertragung einverstanden?«

»Ja«, sagt Werner leise. Er fühlt sich plötzlich auf seltsame Weise an seinen Hochzeitstag erinnert.

»Sie auch?« will Steinforth nun von Stefan wissen.

»Macht mal schön«, verkündet Stefan trotzig. »Ist doch wirklich alles ganz einfach.«

Werner regt sich auf: »Herrgott, glaubst du denn nicht, Vater hätte sich das nicht alles gründlich überlegt?«

»Doch. Bestimmt sogar. Aber du gestattest vielleicht, daß ich meine eigene Meinung habe.«

»Was heißt das: eigene Meinung?«

»Was willst du denn noch? Du hast es geschafft. Und was aus mir wird, kann euch ja egal sein. Scheißegal sogar.«

Werner steht auf: »Sag mal, tickst du nicht mehr richtig? Was habe ich geschafft?«

Jakob hat gehofft, daß genau das nicht passieren würde. Wenn es bloß bald vorüber ist!

Der Notar trommelt mit den Fingern auf den Tisch: »Kommt, Leute, beruhigt euch! Weiter im Text. Die Niederschrift wurde den Erschienenen vom Notar vorgelesen, von ihnen genehmigt und, wie folgt, eigenhändig unterschrieben. Jakob...« Er schiebt ihm den Vertrag zu, aber Stefan schiebt sich frech dazwischen und nimmt Steinforths Füllfederhalter.

»Laßt mich mal zuerst. Ich muß weg«, sagt er, während er nachlässig unterschreibt: *Stefan Maximilian Eicke*.

»Du mit deinen Hummeln im Hintern. Wo willst du denn so dringend hin?« will Jakob wissen.

»Ich glaube nicht, daß dich das noch irgend etwas angeht«, motzt Stefan, greift nach seinem Aktenkoffer und winkt den anderen beim Hinausgehen lässig zu: »Macht's gut, ihr Lieben. Man sieht sich.«

Als er weg ist, beugt Jakob sich seufzend über den Vertrag und will unterschreiben, aber Werner hindert ihn daran.

»Wir sollten da erst noch einen Punkt klären«, sagt er nervös.

Jakob schüttelt heftig den Kopf. »Schluß jetzt! Ich will nichts mehr davon hören!«

Werner greift ihm in den Arm, um seine Unterschrift zu verhindern. »Mußt du aber! Ich habe schon in Mecklenburg versucht, es dir zu sagen. Ich frage mich, ob ich wirklich der Richtige bin.«

»Verdammt noch eins! Ein elender Korinthenkacker bist du!« Jakob unterschreibt, dann fügt er, wesentlich ruhiger, hinzu: »Aber wenigstens ein anständiger Pferdezüchter.«

Werner gibt auf und kritzelt ebenfalls sein *Werner R. Eicke* auf das Dokument. Endlich ist das Geschäft gemacht! Jakob braucht jetzt erst einmal dringend einen Schnaps, in den letzten Minuten ist ihm der Kragen um einiges zu eng geworden.

Seit einer geschlagenen Stunde versucht Lucas Delbrück, Beate zu erreichen. Ohne Erfolg. Er denkt an das Erlebnis auf der Brücke, und unselige Ahnungen steigen in ihm auf, bis sie fast zur Gewißheit werden. Egal jetzt! Selbst auf die Gefahr hin, daß er sich lächerlich macht: Er kann nicht mehr hier auf und ab laufen und Däumchen drehen, er muß etwas tun! Lucas knallt den Hörer auf die Gabel, läuft aus dem Haus und zu seinem Wagen, springt hinein und startet mit quietschenden Reifen. Hat man jemals einen Priester gesehen, der sich benimmt, als sei er der Cop in einem amerikanischen Polizeifilm? Wer ihm zusähe, würde sich prächtig amüsieren und nach der versteckten Kamera Ausschau halten. Delbrück ignoriert sämtliche Geschwindigkeitsbeschränkungen und überfährt eine rote Ampel nach der anderen. Gerade als Werner und Jakob den Notar hinausbegleiten, prescht das Auto des Pfarrers über die Zufahrt. Da, wo sich bei Regenguß die große Pfütze bildet, wird er nun ordentlich durchgerüttelt und vernichtet dabei fast die Stoßdämpfer seines Fahrzeugs. Der Kies spritzt nach allen Seiten, als er vor dem Schloß stehenbleibt und noch im gleichen Moment aus seinem Wagen springt. Werner tippt sich an die Stirn. »Sind Sie noch ganz bei Trost, Mann?« ruft er und muß husten. Er steht mitten in einer Staubwolke, die sich nur langsam wieder legt.

»Herr Eicke, wissen Sie, wo Ihre Frau ist?« keucht Lucas, während er auf Werner zuhastet.

»Im Haus, nehme ich an.«

»Kommen Sie, kommen Sie!« Er packt Werner am Arm und zerrt ihn zum Schloßeingang. Jakob, vollkommen verwirrt, läuft schwerfällig hinterher.

»Ein Tollhaus«, murmelt Notar Steinforth, als er in seinen Wagen steigt. Er ist froh, daß er hier wieder wegkommt.

Die Männer eilen die Treppe hinauf. Werner klopft an die Türe und ruft nach ihr.

Beate liegt breit ausgestreckt auf dem Bett. Neben ihrer rechten Hand liegt ein umgefallenes Sektglas auf der Decke, und ein halbes Glas Champagner sickert durch den Stoff. Aus ihrem Mundwinkel rinnt ein dünner Speichelfaden. Das Bewußtsein hat sie schon vor einigen Minuten verloren.

»Beate! Ich breche die Tür auf!« ruft Werner. Er nimmt drei Schritte Anlauf und wirft sich dagegen. Die Tür fliegt krachend auf, Holzsplitter fliegen durch die Gegend.

»Beate!« schreit Werner noch einmal. Er erfaßt mit einem Blick, was los ist, und stürzt zu ihr hin. Clemma kommt dazu, aber sie kann kein Wort sagen. Es schnürt ihr den Hals zu. Lucas prüft Beates Pupillenreflexe und ihren Puls. Er stellt fest, daß sie noch am Leben ist. Jakob ist geistesgegenwärtig genug, sofort einen Notarztwagen anzufordern.

2

Beate wird gerade in den Krankenwagen geladen, als Stefan seinen Wagen am Düsseldorfer Flughafen abstellt, das silberne Pferdchen vom Beifahrersitz nimmt, seine Reisetasche greift und hinausspringt. Kaum hat er am Eingang der Abflughalle seinen Flugschein abgegeben, da ertönt eine blecherne Lautsprecherdurchsage:

»Herr Stefan Eicke, bitte kommen Sie umgehend zur Information in der Haupthalle!«

Auch Gipsy, die auf ihren Abflug nach Florenz wartet, hört den Aufruf und sieht noch verständnislos von weitem mit an, wie Stefan zurück in Richtung Haupthalle läuft. Was soll die Durchsage? Und was macht er hier überhaupt?

Stefan wird gebeten, zu Hause anzurufen, und als Clemma ihm erzählt, was los ist, zögert er nicht einen Augenblick und eilt sofort zutiefst bestürzt zu seinem Auto zurück. Unterwegs rempelt er ein empörtes Urlauberpärchen an. Ein prall gefüllter Koffer fällt zu Boden, klack! klack! öffnen sich die Verschlüsse, sauber gefaltete Damenunterwäsche und bunte Badeanzüge purzeln heraus und verstreuen sich meterweit über den Boden. Stefan entschuldigt sich verwirrt, aber als die beiden sich lautstark beschweren, ist er schon im Gedränge verschwunden.

Wie alle anderen zu Hause hat auch Stefan seine Schwierigkeiten gehabt, mit Beates Depressionen richtig umzugehen. Einem, der nicht selbst davon betroffen ist, fällt es schwer, so etwas als wirklich ernsthafte Krankheit anzusehen. Irgendwie denkt man da doch, es handele sich halt um eine hartnäckige Form von Traurigkeit, die irgendwann von selbst wieder vorbeigeht. Wo hört Melancholie auf und fängt Depression an? Man zeigt Mitgefühl, muntert den Betroffenen auf (*wird schon wieder, wirst sehen!*), und je schlimmer sein Zustand wird, desto mehr behandelt man ihn wie ein rohes Ei. Man könnte auch sagen: mit spitzen Fingern. Denn in der Gesellschaft eines Depressiven hält sich kaum einer gerne lange auf. Krank sein ist einfach nicht schick, und wer sich unablässig mit körperlichen oder seelischen Wehwehchen herumschlägt, wird in einer auf Sieg oder Niederlage getrimmten Gesellschaft als Verlierer abgestempelt, steigt gesellschaftlich ganz schnell ab in die zweite Liga.

Auch bei Beate ist das so. Zwar wird sie überall geliebt, gemocht und geschätzt, aber runterziehen lassen wollte sich keiner von ihr.

Von einem diffusen Gefühl getrieben, etwas gutmachen zu müssen, das er gar nicht näher beschreiben kann, holt Stefan das Letzte aus seinem Wagen heraus. An einem Zehnkilometerstau auf der A 43 braust er entschlossen auf der Standspur vorbei, so schnell, daß die empörten Autofahrer noch nicht einmal Zeit haben, sich seine Autonummer zu merken.

Werner steigt benommen mit in den Krankenwagen, der Beate mit zuckendem Blaulicht und heulendem Martinshorn in die Klinik bringt. Auch während der Fahrt kämpfen ein Arzt und ein Pfleger verbissen um Beates Leben. Werner sieht aus wie ein geprügelter Hund. Er schwört in Gedanken, daß er Beates Leiden nicht auf die leichte Schulter genommen hat. Tränen füllen seine Augen, bis er den Straßenverkehr, der brav eine Gasse bildet, nur noch verschwommen sehen kann. Er hat seit Jahren keine Kirche mehr von innen gesehen, aber jetzt betet er zu Gott, Beate möge überleben, und er dankt dem Himmel dafür, daß er diesen seltsamen Priester hergeschickt hat. Unwillkürlich faltet er die Hände. Nie hat er geglaubt, das könne zu irgend etwas nütze sein, aber wenn er sich nun getäuscht hat? Werner ist viel zu verwirrt, um sich zu fragen, wie es überhaupt möglich sein konnte, daß ausgerechnet Pfarrer Delbrück etwas von Beates Selbstmordversuch ahnen konnte. Selbstmord! Das schien immer etwas zu sein, das es nur im Fernsehen gibt. Etwas, das so weit weg ist von einem wie eine Straßengang in der Bronx oder ein Rassenkonflikt in Johannesburg.

Als Stefan ins Schloß gerannt kommt, gehen dort Clemma und Jakob ruhelos auf und ab. Aus der Klinik Dr. Schröder ist inzwischen zwar die telefonische Nachricht gekommen, Beate sei außer Lebensgefahr, aber sie sind noch immer außerstande, irgend etwas anderes zu tun, als auf weitere Berichte zu warten. Stefan läßt sich erleichtert in einen Sessel fallen, als er hört, daß Beate das Allerschlimmste überstanden hat. Zu dritt hüten sie nun das Haus. Gesprochen wird nur das Nötigste. Jeder fühlt sich schuldig, jeder möchte die Zeit zurückdrehen und alles ganz anders machen. Ängstlich weicht jeder dem Blick des anderen aus. Besuchen dürfen sie Beate heute nicht mehr, das geht erst morgen, und so sind sie aneinander festgenagelt und warten.

Als es Abend wird, kommt ein Anruf für Stefan. Es ist Kolle, der Verwalter von Gut Bovens, der Stefan bittet, ihm ein Fachbuch über die artgerechte Haltung von Pferden zurückzubringen, das Stefan sich vor einiger Zeit bei ihm ausgeliehen hat. Er brauche es dringend, sagt Kolle. Stefan ist zwar ganz und gar nicht in der Stimmung, jetzt in der Gegend herumzufahren, aber andererseits ist er auch froh, der bedrückenden Stimmung zu

Hause für ein paar Minuten entfliehen zu können. Er sucht das Buch heraus und fährt davon.

Auch am Abend sitzt Werner nach vielen Stunden noch immer an Beates Bett. Nach dem Auspumpen ihres Magens hat sich ihr Zustand im Laufe des späten Nachmittags allmählich stabilisiert. Werner, Dr. Schröder und Pfarrer Delbrück, dem der Arzt nur zögernd den Zutritt gestattete, sehen ihr beim Schlafen zu. Ruhig und friedlich sieht sie aus, wie ein Engelchen. Und dabei schläft sie gar nicht: Beate ist bei vollem Bewußtsein! Sie stellt sich schlafend, denn sie hat nicht vor, auch nur irgendeine Erklärung für ihr Tun abzugeben. Und diesen drei Männern schon gar nicht, keinem von ihnen! Soll sie sich schämen? O nein, es ist nicht Scham, die ihr die Augen verschließt. Sie ist böse, richtig böse. Diese drei Männer, die da um ihr Bett herumstreichen: Jeder einzelne würde ihr mit Sicherheit im Brustton der Überzeugung seine Liebe gestehen, wenn sie es darauf anlegen würde. Aber respektieren sie die Frau, die sie so sehr begehren? Beate wollte einen Schlußpunkt setzen unter ihr Leben voller Fragezeichen, wollte den ganzen Krampf beenden! Warum lassen sie ihr diesen Wunsch nicht? Sicher werden sie sagen, das sei keine Lösung und es gebe doch für alles einen Ausweg. *Natürlich gibt es den!* denkt Beate, und unter der Decke ballt sie ihre noch schwachen Hände zu kleinen Fäusten. *Ich habe sogar einen Ausweg gefunden, der mich von der Sorge befreit hätte, noch jemals ein weiteres Mal nach einem suchen zu müssen! Zum Teufel, wenn sie mich doch liegengelassen hätten!*

Von weit her und wie durch einen Schleier hört sie die Stimme von Dr. Schröder:

»Sie sollten Herrn Delbrück wahrhaftig eine Kerze stiften, Herr Eicke.«

Beate hört erleichtert, wie das Trio ihrer Verehrer aus dem Zimmer geht und die Tür von außen geschlossen wird. Mühsam setzt sie sich auf. Die Augen zu öffnen ist so anstrengend, als wären ihre Lider zentnerschwere Rollos. Schröder ist wirklich der allerletzte, mit dem sie unter einem Dach stecken möchte.

Die haben eben davon gesprochen, was für ein Glück es sei, daß sie rechtzeitig gerettet worden sei. Gerettet? Beate hat eher das Gefühl, daß jetzt alles noch viel schlimmer ist als vorher. Es gelingt ihr, aufzustehen und zum Fenster zu gehen. Die drei stehen noch unten auf dem Vorplatz. Beate öffnet leise das Fenster.

»Lassen Sie sie auf jeden Fall noch eine Weile hier«, rät Schröder. »Ich möchte mich nicht über weitere Schritte äußern, solange ich sie nicht längere Zeit stationär beobachtet habe.«

Delbrück sieht instinktiv hoch und bemerkt zu seiner großen Überraschung, wie Beate am Fenster steht. Er nimmt sich zusammen und winkt ihr so vorsichtig zu, daß die beiden anderen es nicht bemerken.

»Ich würde ja gerne mal etwas Konkretes hören«, sagt Werner. »Langsam weiß ich wirklich nicht mehr, was ich machen soll. Die Kinder kommen jedenfalls ins Internat, wahrscheinlich nach Amelingen, zu Frau Doktor Heinze.«

Beates Miene wird noch düsterer, als sie das hört.

»Also, ob das in dieser Situation das Richtige ist...«, zweifelt Schröder.

Werner gibt sich entschlossen: »Doch, doch, das ist das einzig Vernünftige. Beate wird genug mit sich selbst zu tun haben, und sie wird ihre Ruhe brauchen, wenn sie wieder nach Hause kommt.«

Schröder lächelt besserwisserisch. »Es ist Ihre Entscheidung. Wir werden sehen.« Der Arzt verabschiedet sich und geht bereits zu seinem Wagen, als Delbrück ihn noch einmal zurückhält.

»Entschuldigen Sie, Herr Doktor, was spräche dagegen, wenn ich heute nacht in der Nähe bliebe?«

»Absurd! Wieso denn das?« Schröder ist verblüfft, aber nicht über die Selbstlosigkeit des Pfarrers, sondern über seine Unverschämtheit.

Delbrück bleibt hartnäckig: »Sehen Sie, ich habe zu viele Menschen an ihrer Traurigkeit zugrunde gehen sehen.«

»Sie haben ja weiß Gott ein ungewöhnliches Interesse am Schicksal von Frau Eicke«, bemerkt Schröder abfällig.

»Herr Doktor Schröder, ich fühle mich einfach mitverantwortlich, verstehen Sie? Außerdem bin ich es gewohnt zu wachen.«

»So ganz absurd erscheint mir das nicht«, mischt Werner sich ein. »Wenn Herr Delbrück dazu bereit ist...«

»Nein!« entgegnet Schröder schroff. »Alles, was Frau Eicke jetzt braucht, ist Ruhe. Unsere Nachtschwester ist äußerst zuverlässig, falls Sie daran zweifeln sollten, Herr Pfarrer.« Er verabschiedet sich erneut, steigt in seinen Wagen und denkt dabei: *Eicke, du Trottel. Willst selbst noch dafür sorgen, daß sie dich zum Hahnrei machen. Aber nicht in meiner Klinik!*

Beate hat genug gehört. Kaum ist sie dem Tod von der Schippe gesprungen, zanken sie sich schon wieder um sie!

»Lassen Sie mal, Herr Pfarrer«, beruhigt Werner den Priester. »Er ist ein sehr guter Arzt, und Beate hat Vertrauen zu ihm. Muß sie auch haben. Das ist ihre einzige Chance.«

Lucas ist aufgebracht: »Mein Gott, Herr Eicke, Beates einzige Chance sind ihre Kinder und Sie selber! Und alle Menschen, die sie lieben, die für sie beten!«

Stefan findet Kolle im Pferdestall von Gut Bovens und gibt ihm das Buch zurück.

»Sie können es ruhig noch eine Weile behalten«, meint der Verwalter lächelnd.

»Und warum zitieren Sie mich dann her? Sind Sie übergeschnappt?«

Kolle bleibt ruhig. »Ich habe das im Auftrag gemacht«, sagt er und deutet auf den Stalleingang. Stefan dreht sich um und sieht dort Gipsy stehen, die in der einen Hand ein Sektglas und in der anderen eine Champagnerflasche hält. Mit einem letzten Druck des Daumens schnippt sie den bereits lockeren Korken vom Flaschenhals. Es gibt ein lautes, einladendes Ploppen, und der Korken fliegt in hohem Bogen quer durch den Stall, bis knapp unter die Decke. Stefan fängt ihn, ohne recht hinzusehen, auf.

»Wo kommst du denn her?« fragt er und wischt mit einer Hand durch die Luft, als sehe er eine Fata Morgana. »Bist du aus dem Flugzeug gefallen?«

Gipsy geht auf ihn zu, leichtfüßig wie eine Ballerina, und gibt ihm das Glas, das sie gerade vollschenkt. »Ich habe dem Piloten gesagt, ich hätte etwas vergessen, und da ist er noch einmal umgekehrt und hat gesagt, er wartet solange. Morgen käme ich wieder, habe ich ihm gesagt. Aber jetzt steh nicht so rum, sondern küß mich endlich!«

Kolle verdrückt sich grinsend, und Stefan nimmt Gipsy zärtlich in den Arm. Aber es wird nur ein kurzer Kuß, Stefan steht noch zu sehr unter dem Eindruck der letzten paar Stunden.

»Beate hat versucht, sich umzubringen. Mit ihren Tabletten.«

Aus Gipsys Gesicht weicht die Farbe. »O, mein Gott«, stammelt sie nach einer kurzen, sprachlosen Pause. »Und ist sie...«

»Sie lebt, Gott sei Dank«, fällt Stefan ihr ins Wort. »Und das Schlimmste scheint vorbei zu sein. Übrigens ist Werner jetzt ganz offiziell bei uns der große Boß. O, Mann, das ist wirklich ein Tag zum Wegwerfen!«

»Auch das noch! Und da komme ich und habe nichts anderes im Sinn, als Feste zu feiern! Du mußt mich für taktlos halten.«

»Aber nein! Ich bin sehr froh, daß du da bist. Wie kommst du bloß auf solche Ideen?«

»Kannst du dir das denn nicht denken?« fragt Gipsy zurück und senkt den Blick wie ein kleines, schüchternes Mädchen bei seinem allerersten Rendezvous.

Stefan hebt mit dem Zeigefinger ihr Kinn, sieht ihr in die Augen und sagt: »Ich glaube schon. Und weißt du was? Ich dich auch, Gipsy.«

Jetzt endlich ist die Zeit reif für einen richtigen Kuß, und erst nach einigen Minuten lösen sich ihre Lippen wieder voneinander.

»Meinst du, das könnte wieder einen Platz in deinem Stall finden?« fragt Stefan und hält das Silberpferdchen hoch. »Du sammelst doch neuerdings Pferde.«

Gipsy fällt ihm glücklich um den Hals. Sein kleines Pferdchen hat sie fast so sehr vermißt wie ihn selbst.

Mitten in der Nacht schleicht Beate sich aus ihrem Zimmer. Die Nachtschwester ist gerade auf die Toilette gegangen. Auf Zehenspitzen geht sie zum Telefon und ruft Lucas an. Der schreckt aus dem Schlaf, als es klingelt, und tastet sich im Dunklen zum Telefon vor.

»Lucas, ich halte es hier nicht aus«, flüstert Beate. »Ich will weg. Du, ich muß auflegen, aber ich melde mich wieder«, sagt sie noch und legt auf, weil sie die Schwester kommen hört. Sie kommt aber nicht ungesehen in ihr Zimmer zurück, und die Nachtschwester, eine sehr schlanke, strenge Person undefinierbaren Alters, kommt mit großen Schritten vorwurfsvoll auf sie zu: »Aber Frau Eicke, das sollen wir doch nicht! Sie müssen schlafen. Oder muß ich etwa den Doktor wecken?«

Beate schüttelt schnell den Kopf und trottet gehorsam zurück zu ihrem Bett.

Noch vor dem Frühstück packt Werner für Beate einen Koffer voller Wäsche und Kosmetikutensilien. Jakob bringt ihm eine Tasse Tee und spricht ihm Mut zu. Er spürt, in welch desolater Verfassung sein Sohn auch heute noch ist, und er ärgert sich darüber, daß Stefan einfach verschwunden ist:

»Er war mal wieder die ganze Nacht nicht da.«

»Na und? Achtzehn ist er doch schon länger.«

»Sicher, aber nach dem, was passiert ist, hätte er doch wenigstens mal anrufen können, findest du nicht? Ich will nicht, daß er was macht, das ihm später leid tut.«

»Willst du mir im Ernst erzählen, du hast Probleme, weil Clemma ein Bett weniger macht?«

»Ach was! Ich habe Angst, daß er Dummheiten macht. Du kennst ihn doch schließlich auch!«

Noch etwas geht Jakob durch den Kopf. Dagmar Lux hat ihm gegenüber erwähnt, daß der Zuchtverband Hof Eicke einen Besuch abstatten wird, um das Fohlen Euphorie zu begutachten, aber die Tierärztin wollte ihm nicht verraten, was der Grund dafür sein könnte. So etwas ist ungewöhnlich: Es gibt absolut keinen Grund, wieso diese Verbandsheinis bei einem ganz normalen Fohlen auf der Matte stehen sollten. Jakob spürt, daß da etwas im Busch sein muß, und spricht Werner ganz direkt darauf an. Werner lächelt kryptisch, schließt den mittlerweile vollgepackten Koffer und gesteht:

»Ich habe mir schon gedacht, daß du Lunte riechst. Aber das ist eine längere Geschichte, und ich muß jetzt los. Erzähle ich dir später.« Werner schnappt sich den Koffer, nimmt seinen Stock und geht. Ruck, zuck hat er sich aus der Affäre gezogen.

Er ist nicht der einzige, der mit gepackten Koffern unterwegs ist. Mehrere Gepäckstücke und ein riesengroßer, bunter Blumenstrauß liegen auf den Rücksitzen von Gipsys Porsche, der, an einem großen, üppig bewachsenen Park vorbei, auf die Klinik Dr. Schröder zufährt. Auf dem Parkplatz steht bereits Werners Wagen. Stefan steigt vom Beifahrersitz, greift nach den Blumen und will schon hineingehen, aber Gipsy hält ihn zurück.

»Willst du doch mitkommen?« fragt er.

»Nein. Ich möchte nur, daß du ihr das gibst. Es hat ihr immer so besonders gut gefallen.« Sie nimmt ein mit funkelnden roten Granatsteinen besetztes Kreuz vom Hals und gibt es Stefan. Er küßt sie, halb aus Rührung, halb aus Verliebtheit.

Werner, der ratlos in Beates Zimmer steht, stellt den Koffer ab und holt die Schwester zu Hilfe. Beate schläft, und er hat Skrupel, sie zu wecken. Auch die Krankenschwester rät ihm, sie lieber ruhen zu lassen. Er geht wieder. Beate, die wieder nur die Schlafende *mimt*, steht auf und geht zum Fenster. Sie wüßte nicht, wie sie sich Werner gegenüber benehmen sollte. Soll sie sich entschuldigen? Oder ihm Vorwürfe machen? Das ist ihr im Moment noch viel zu kompliziert. Als Kind hat sie manchmal einfach die Augen zugemacht, wenn sie etwas nicht sehen wollte. Damals hat das nie geklappt, aber jetzt scheint es auf einmal zu funktionieren. Sie sieht, wie die Eicke-Brüder sich unten vor dem Eingang begegnen und einander reserviert die Hand geben.

»Hat es denn irgendeinen besonderen Vorfall gegeben?« fragt Stefan.

Werner reagiert unfreundlich: »Ich habe sie weder verprügelt noch rausgeworfen! Eine Kurzschlußreaktion. Daß sie krank ist, wissen wir ja schon länger, aber wer kann so was ahnen? Du, im Moment schläft sie aber, da wirst du Pech haben.«

Stefan sieht Werners letzten Satz widerlegt, als er zur Klinik hinüberschaut und Beates Silhouette hinter einem Fenster stehen sieht.

»Ja, dann gebe ich die Blumen eben der Schwester«, meint er, ohne sich etwas anmerken zu lassen. »Hat sie denn wenigstens schon mal etwas gesagt?«

»Als sie zu sich gekommen ist, hat sie Doktor Schröder gefragt, ob ich jetzt böse auf sie sei.«

»Ein kleiner Despot bist du schon, kannst du ja schlecht abstreiten.«

»Ah ja?« reagiert Werner scharf. »Du glaubst, ich behandele sie falsch, was?«

»Falsch oder richtig... Du behandelst sie gar nicht. Du kommst doch selber kaum noch zur Ruhe, und Beate muß drunter leiden.«

Werner will aufbrausen, schüttelt dann aber nur den Kopf. »Du hast gut reden, kleiner Bruder. Ob du es glaubst oder nicht: Ich hätte nie was dagegen gehabt, deinen Job zu machen.«

Da ist er, der uralte Stachel!

Er will wieder, daß ich mich schuldig fühle! denkt Stefan. *Zum dreitausendneunhundertachtundsiebzigsten Mal!*

Ohne ein Wort geht Stefan zum Portal und verschwindet in der Klinik.

Mit ihm redet Beate gerne, auch in dieser mißlichen Situation. Sie hat sich immer etwas von Stefans lockerer, übermütiger Art gewünscht, würde viel dafür geben, wenn sie manche Dinge ähnlich unkompliziert sehen könnte wie er. Ein Mann wie Stefan wäre vielleicht besser für sie gewesen, wer weiß? Aber was sie an ihm so liebt, das ist, daß sie mit ihm reden kann wie mit einem Bruder. Gerade jetzt, wenn sie an ihre anderen Männer denkt.

»Ich möchte mich gerne schämen, für das, was ich getan habe«, sagt sie. »Aber ich kann es nicht. Stell dir vor, ich kann mich nicht mal mehr schämen.«

»Das brauchst du doch auch gar nicht. Komm, vergiß solche Gedanken und schau, was ich für dich habe.« Stefan zieht Gipsys Granatkreuz aus der Jackentasche und hält es Beate hin. Sie weiß sofort, was für ein Schmuckstück das ist. Oft genug hat sie es an Gipsy bewundert. Vorsichtig berührt sie das Kreuz und ertastet zärtlich seine Oberfläche.

»Stefan! Das kann ich doch nicht annehmen!«

»Mußt du aber. Sonst ist jemand ganz schwer beleidigt!« Beinahe hätte er *zu Tode beleidigt* gesagt, aber das hat er sich im allerletzten Moment verkniffen.

Beate schüttelt noch immer den Kopf. »Aber Gipsy hat es doch selbst so gern!«

Stefan läßt sich nicht beirren und legt Beate das Kreuz um den Hals. »Ihr seid also wieder zusammen?« fragt sie leise und befühlt dankbar das Kleinod. Stefan nickt, und Beate sieht, wie seine Augen glänzen. Dann mischt sich plötzlich etwas wie Verlegenheit in sein Lächeln, als er sagt:

»Ich wollte es dir eigentlich nicht gerade hier erzählen: Ich fliege mit Gipsy ein paar Tage nach Italien wegen ihrer Pferde. Aber ich bin nicht aus der Welt, okay?«

Das ist ein kleiner Schlag für Beate. Sie hatte schon ein bißchen gehofft, in den nächsten Tagen das eine oder andere Mal von Stefan besucht zu werden. Er spürt es und flüchtet sich, ein bißchen zu munter, in Komplimente: »Das Kreuz steht dir wirklich toll. Sogar besser als Gipsy.«

Es steht ihr wirklich gut, aber es vermag nicht darüber hinwegzutäuschen, in was für einem erbärmlichen Zustand sie ist.

Beate lächelt mühsam. »Wenn du es sagst, dann glaube ich es auch. Wir beide haben uns doch eigentlich immer die Wahrheit gesagt, oder?«

»Natürlich, Bea. Ich könnte dich überhaupt nicht anlügen.«

»Und ich dich sowieso nicht. Du bleibst länger weg, nicht wahr? Das willst du mir doch sagen?«

Stefan zögert. »Weiß ich noch nicht. Möglich ist es schon. Ich brauche jedenfalls ein bißchen Abstand zu der ganzen Geschichte.«

»Zu der Eigentumsübertragung, meinst du?«

»Genau. Aber wenn du mich brauchst: Einmal klingeln, und ich bin da!«

Beate lehnt den Kopf an seine Schulter, wischt sich mit der Hand die Tränen aus den Augen und flüstert: »Hauptsache, du besuchst mich bald mal wieder.«

Stefan flüstert ebenfalls: »Ist versprochen, kleine Schwägerin.«

Jakob besucht Dagmar Lux in der Pferdeklinik. Er will jetzt wissen, was da mit dem Zuchtverband los ist. Schließlich läßt er sich doch nicht andauernd hinters Licht führen!

»Woher wissen die überhaupt, daß wir ein Fohlen haben?« will er von ihr wissen, während er den kleinen Euphorie beobachtet, der noch etwas unsicher auf seinen dünnen Beinchen herumstakst und gierig an den Zitzen der Mutter trinkt.

»Ich vermute, Werner hat Euphorie umgehend angemeldet und einen roten Abstammungsschein beantragt«, antwortet die Tierärztin.

»Wieso das denn?«

»Herr Eicke! Wem sag ich das: Weil es mehr Geld bringt.«

»Aber wieso denn einen roten? Das geht doch gar nicht! Seine Eltern sind gerade mal Durchschnitt. Da kommt er doch nicht in den Adelskalender!«

»Also, so schlecht ist seine Abstammung nun auch nicht«, widerspricht Dagmar.

»Na, hören Sie, wir können froh sein, wenn der Kleine einen weißen Schein kriegt. Er kann ja trotzdem ohne weiteres ein Kracher werden – einen roten hat nicht mal Winklers Halla gehabt. Oder steckt etwa mehr dahinter?« Jakob sieht Dagmar so scharf in die Augen, daß sie nervös seinem Blick ausweicht.

»Kommen Sie, raus mit der Sprache!« fordert er.

»Herr Eicke, fragen Sie nicht *mich*«, bittet sie. »Reden Sie mit Werner.«

Beate geht in ihrem Zimmer auf und ab wie in einem Käfig. Um die Tränen, die ihr übers Gesicht kullern, kümmert sie sich schon gar nicht mehr. Schröder steht vor ihrer Tür. Er plustert sich auf und öffnet.

»Hallo, meine liebe Frau Eicke«, singt er.

Beate bleibt stehen und dreht sich um. Er sieht ihr verheultes Gesicht.

»Beate! Was haben Sie denn?« fragt er fürsorglich und geht auf sie zu. Er versucht, den Arm um sie zu legen, aber sie schleudert ihn von sich wie einen fauligen Ast.

Er lächelt. »Bei mir sind Sie doch gut aufgehoben, meine Liebe. Erst mal bleiben Sie jetzt drei Monate hier, und dann wird das schon.«

»Nein!« schreit sie unvermittelt und wartet auf seine Reaktion. Wenn er bloß jemals dieses Grinsen aus dem Gesicht nehmen könnte! Schröder gehört zu den Leuten, die ihr Grinsen als Waffe einsetzen. Ein Allzweckgrinsen, mit dem er alles und jeden kleinkriegt. *Der Kerl grinst mich in Grund und Boden!* denkt Beate angewidert. *Ich ertrage ihn nicht!* Als er dann ihre Schultern packt und sie an sich preßt, als wolle er sie beruhigen, platzt ihr der Kragen:

»Ich will nicht hierbleiben! Hören Sie, ich lasse mich nicht einsperren!« Sie tobt und rudert mit den Armen, und Schröder hält sie immer weiter fest.

»Beruhigen Sie sich doch, Beate! Bitte! Bleiben Sie ganz ruhig!«

Sie hört auf zu schreien, und er nimmt ihren fiebrigen Kopf zwischen seine Hände. *Versuch bloß nicht, mich zu küssen!* denkt sie, aber da läßt er schon wieder los. Sie setzen sich. Beate zwingt sich dazu, ruhig zu bleiben.

»Ich möchte nach Hause. Ich werde auf keinen Fall so lange bleiben.«

»Na, dann bleiben Sie eben *zwei* Monate. Ehrlich, Beate, ich halte Sie immer noch für sehr gefährdet. Was wollen Sie in diesem Zustand auf Hof Eicke?«

»Mich um meine Kinder kümmern. Ich möchte nicht, daß

mein Mann sie ins Internat gibt. Ich weiß ja, daß er das unbedingt will. Und wenn er sich erst mal was in den Kopf gesetzt hat...«

»Ich halte das auch für falsch«, pflichtet Schröder ihr bei. »Aber er ist leider auf dem Ohr völlig taub. Gerade Sie könnten da im Moment wenig ausrichten.«

»Gut. Vielleicht haben Sie da sogar recht. Aber wann, bitte, bekomme ich wenigstens Telefon?«

»Ist das denn jetzt so wichtig?«

»Ja, das ist es.«

Sein überlegenes Schmunzeln ist nicht kleinzukriegen, da kann sie machen, was sie will. Nun fängt er an zu dozieren: »Ich finde es übrigens gut, wenn Sie so... so aggressiv sind wie gerade eben. Ein gutes Zeichen, unbedingt. Nehmen Sie auch schön regelmäßig Ihre Tabletten?«

»Ja«, lügt sie. »Und das Telefon kriege ich?«

»Aber natürlich.«

»Heute noch?«

»Ich werde mich selbst drum kümmern.«

Er probiert erneut eine scheinbar väterliche Umarmung, aber Beate entzieht sich schon, als er die Bewegung nur ansetzt, und er greift buchstäblich ins Leere.

»Tun Sie das!« giftet sie ihn leise an. »Und hören Sie endlich auf, mich anzufassen!«

Gipsy und Stefan sitzen auf der Terrasse eines Ausflugslokals und blicken auf die Dächer von Florenz, auf die bauchige achtseitige Kuppel des Domes Santa Maria del Fiore, auf den spitzen Turm des Palazzo Vecchio mit seinem zinnengekrönten Wall und auf das breite Band des Arno, das sich grün leuchtend durch die Stadt schlängelt. Die flirrende Sonne taucht das toskanische Juwel in märchenhaftes Licht, und nach der westfälischen Behäbigkeit des Münsterlandes empfindet Stefan das leichtfüßige italienische Temperament, das ihn hier umgibt, als ganz besonders wohltuend. Er war immer schon der Meinung, daß die sowohl spielerische als auch aufbrausende südländische Mentalität ihm viel mehr liegt als die grimmige Schweigsamkeit seiner Heimat.

Der Südländer trägt Konflikte an Ort und Stelle aus, laut und gestenreich, und wenn der Streit ausgetragen ist, dann gehen die Kontrahenten Arm in Arm einen trinken und feiern Verbrüderung. Eine solche Lebensweise hat nicht das Geringste zu tun mit Unzuverlässigkeit, nicht das Geringste. Stefan ist überzeugt davon, daß es auf Hof Eicke genauso erfolgreich und wesentlich entspannter zugehen würde, wenn er dort das Sagen hätte. Aber sollen sie ihm doch den Buckel runterrutschen! Stefan nippt an einem Espresso und beobachtet durch die schwarzen Gläser seiner Sonnenbrille die schöne, rassige Frau, die ihm gegenübersitzt. Eine leichte Brise streichelt ihre Wildkatzenmähne. Diese Augen, diese Lippen, diese Formen! Wo gibt es in Deutschland solche Frauen? Stefan bekommt immer mehr das Gefühl, daß die Dinge in den letzten Tagen für ihn kaum besser hätten laufen können. Das bunte Dasein eines erfolgreichen Springreiters und Lebemannes ist doch dem nervenaufreibenden Alltag des Geschäftsmannes bei weitem vorzuziehen, findet er.

Beates Worte klingen noch in ihm nach. Ihre Traurigkeit ist doch der beste Beweis dafür, daß das Zusammensein mit Werner einen Menschen auf Dauer kaputtmacht. Natürlich ist es nicht schön, im Unfrieden von zu Hause fortzugehen. Heimat läßt sich nicht wechseln wie ein kaputter Reifen, die hat man fürs ganze Leben. Und irgendwie liebt er das Münsterland ja auch. Sogar sehr. Aber wenn sie ihm quasi den Stuhl vor die Tür setzen? Was soll er da schon machen? Daß er das nicht einfach schlucken würde, muß Vater klar gewesen sein, so gut muß er seinen Sohn einfach kennen! Dazu ist Stefan nun einmal zu stolz! Sie haben immer versucht, ihn wegen seiner lockeren Lebenseinstellung als Rotzjungen zu behandeln, aber diesmal sind sie damit zu weit gegangen. Er kann sich nicht vorstellen, noch für Eicke zu reiten, das Tischtuch ist zerschnitten. Und wenn dann das Geschrei losgeht, er würde die Familie im Stich lassen, dann sollen sie sich gefälligst an die eigene Nase fassen! Gipsy kann zwar auch ein durchtriebenes kleines Biest sein, aber, so denkt Stefan grinsend, sie sieht zum Glück wesentlich besser aus als Werner und Jakob, und sie hat mehr Charme im kleinen Finger als die beiden groben Eicke-Klötze zusammen.

»Liebste Gipsy«, beginnt er lächelnd. »Wozu brauchst du mich nun eigentlich? Mal ganz ehrlich: Als deinen Liebhaber oder mehr als Faustpfand für deinen Deal mit Massimo?«

»Für das und noch viel mehr. Ich halte dich Tag und Nacht auf Trab«, verspricht sie flapsig. »Außerdem bist du eine nicht so schlechte Partie mit deinen anderthalb Millionen.«

»Du willst mich also bis aufs Hemd ausziehen.«

»Auf die eine *und* die andere Art«, haucht sie.

»Jetzt gleich?« Er grinst lüstern, zieht sie mit den Augen geradezu aus.

»Warum nicht? Ich nehme auch einen Scheck.«

Mit gespieltem Ernst holt Stefan sein Scheckbuch hervor und beschriftet einen Scheck: *Ich liebe Dich! 1,5millionenmal!*

»Aber nur zur Verrechnung«, sagt er und hält ihr das Stückchen Papier vor die Nase.

»Du, der wird aber heute noch eingelöst!« droht sie und beugt sich über den Tisch, um ihn zu küssen.

3

Der Palazzo Pirri ist ein helles, langgestrecktes zweistöckiges Gebäude. Ein schönes, herrschaftliches Haus, aber nicht so protzig wie Schloß Bovens und Schloß Eicke. Palmen auf der Terrasse und neben dem Portal verleihen ihm mediterranes Flair, und verschiedene feingliedrige Statuen im vorgelagerten Park verraten die schöngeistigen Neigungen des Hausherrn Conte Massimo.

Dessen Schwester Carlotta ist als erste zur Stelle, als Efisio, der magere Chauffeur, den Jaguar vor dem Palazzo zum Stehen bringt und Gipsy die Tür öffnet.

»Gabriella, mein Schatz!« ruft sie verzückt und schließt ihre Tochter in die Arme.

»Darf ich meine schöne *nipote* vielleicht auch mal küssen?«

meldet sich Massimo. Mit seinem Schnurrbärtchen und seinem tiefgründigen Lächeln sieht er manchmal aus wie ein Bruder von Marcello Mastroianni – ein Umstand, der ihm seit Jahrzehnten bei den Frauen in aller Welt Tür und Tor öffnet –, aber dennoch hat er eine absolut unverwechselbare, freundliche Art. Er ist einer der Menschen, die man mögen *muß*, man kann gar nicht anders.

Carlottas Begrüßung von Stefan fällt liebenswürdig aus, aber deutlich gemessener. Massimo dagegen nimmt ihn in die Arme, als gehöre er längst zur Familie, und zeigt hinüber zur Auffahrt, wo Renato Tucci, der Europameister, auf Raffaello herangetrabt kommt: »Sehen Sie, Stefan: Der Champion möchte Sie persönlich willkommen heißen! Ist das ein Empfang?«

Stefan schaut ein wenig säuerlich. Der große Rivale im Parcours und um Gipsys Gunst ist keiner, den er hier anzutreffen gehofft hat. Tucci aber steigt ab, kommt auf ihn zu und leistet sich eine etwas übertriebene Begrüßung:

»Mein Freund Stefan! Wie schön, dich zu sehen! Du bist ein Glückspilz, in jeder Beziehung!«

»Ja, anscheinend«, erwidert Stefan trocken.

Tucci wendet sich Gipsy zu und küßt ihre Wangen: »Aber du erst recht, *carissima*! Die schönsten Reiter der Welt lieben dich, du mußt dich nur bald entscheiden!«

Gipsy lacht. »Übertreib nicht so, Renato, ich hasse es, wenn Stefan eifersüchtig wird!« Sie küßt Stefan auf den Mund, als wolle sie solche Gefühlsregungen bereits im Keim ersticken.

»Ach, ich weine!« deklamiert Tucci albern. »Aber du weißt ja, ich kann warten auf meine Stunde und meinen Tag!« Dann nimmt er den überraschten Stefan am Arm und geht mit ihm zu Raffaello, der gerade interessiert die Flugbahn eines Schmetterlings verfolgt. »Ein Wunderpferd, *amico di casa*, du hast ihn ja in Dortmund noch kaum kennengelernt. Und dabei ist er ein Spätentwickler, wird jeden Tag immer noch besser. Einmal Raffaello, und du wirst keine Nacht mehr an Divina denken! Los, *amico*, probier ihn!« Er drückt Stefan die Zügel in die Hand und deutet zum Abreiteplatz hinüber, zu den Hindernissen.

»Das will ich aber auch sehen!« ruft Gipsy und läuft den beiden nach. Carlotta und Massimo folgen in einigem Abstand.

»Sie ist so ein liebes Mädchen«, meint Massimo, »aber ich kann nicht begreifen, warum sie unbedingt ein Pferdezentrum aus dem Boden stampfen will.«

Carlotta lächelt wissend: »Sie hat nun einmal diesen Dickkopf. Was willst du da schon machen?«

Obwohl er immer noch seine Reisekleidung trägt, sitzt Stefan auf und reitet in den Parcours. Gipsy sieht ihm verliebt dabei zu, wie er den Wallach elegant und kraftvoll gegen die Sprünge treibt, und Massimo applaudiert am lautesten.

»Vertragen sie sich nicht hervorragend?« schwärmt Gipsy.

Tucci nickt: »Er ist ja auch fast so gut wie Renato Tucci selber.«

»Er ist fast etwas besser, Renato«, feixt Massimo.

»*Ma che*! Das glauben Sie doch selbst nicht, Conte!« gibt Tucci sich entrüstet.

»Doch, doch. Sag einmal, Gabriella, hast du ihn jetzt richtig an deiner Angel, hm?« Massimo bietet Gipsy den Arm und geht mit ihr ein paar Schritte zur Seite, um ungestört mit ihr zu sprechen.

»Ist das nicht meine Angelegenheit, lieber Onkel?«

»Ja und nein. Du willst Pferde von mir kaufen, nicht?«

»Und?«

»Ich werde dir kein Pferd verkaufen. Du bist meine Lieblingsnichte, aber ich will auch darauf achten, daß du keine Dummheiten machst. Und ich sage dir: Wir kommen nur dann ins Geschäft, wenn du fest mit Stefan Eicke arbeitest.«

»*Pazzo*! Du bist ja verrückt!« protestiert sie, aber dann beginnt sie zu lächeln und sagt: »Aber wer weiß: Vielleicht ist das gar keine so schlechte Idee, Massimo...«

Inzwischen hat Beate mehr denn je das Gefühl, in dieser verhaßten Klinik in ihrem eigenen Saft zu schmoren. Endlich hat man wenigstens ein Telefon installiert. Sie ruft Lucas an:

»Du mußt mir helfen. Das ist hier ein Gefängnis! Ich bin fix und fertig, bitte tu irgendwas!«

»Sunny, ich verstehe dich ja«, versucht er, sie zu beruhigen. Im Hintergrund sitzen drei kleine Jungs um einen Tisch herum. Die kurze Pause in ihrem Kommunionsunterricht benutzen sie dazu, um sich ihre Schulhefte gegenseitig auf den Kopf zu schlagen, einander durch die Gegend zu jagen und wüste Beleidigungen auszustoßen, die sie zu Hause von Jean-Claude-van-Damme-Videos gelernt haben. Delbrück kämpft gegen den Lärmpegel an:

»Ich war doch der erste, der gesagt hat, daß es so nicht geht. Augenblick mal, die hauen mir die Bude ein!«

Er schickt die Kinder nach Hause, was sie mit stürmischer Begeisterung quittieren. Johlend laufen sie hinaus.

»Und bring mir bitte das rote Leinenkleid mit. Clemma weiß schon Bescheid.«

»Du meinst wirklich, ich soll...«

»Lucas, ich halte es nicht mehr aus! Schröder behandelt mich wie ein kleines Kind, und dann versucht er andauernd, mich zu betatschen! Werner kann ich das nicht sagen, der hält viel zuviel von ihm.«

»Also gut, Sunny. In Gottes Namen.« Als bäte er um Entschuldigung, schaut der Pfarrer auf das große schwarze Kreuz, das an seiner Wand hängt.

Beate hat kaum aufgelegt, als die Schwester kommt und ihr mehrere Tabletten sowie ein Glas Wasser zum Nachspülen bringt.

Welche Farben gibt's denn heute? fragt sich Beate. *Rot, grün und pink. Pink ist neu. Wahrscheinlich sind das Schröders spezielle Liebesperlen.*

Widerspruchslos steckt sie die Pillen in den Mund, trinkt einen Schluck und legt den Kopf in den Nacken. Beate wartet, bis die Schwester zufrieden hinausgegangen ist, dann geht sie zum Waschbecken, spuckt die bunten Glücksbringer hinein und spült sich den Mund aus.

»Stefan ist in Italien. Er hat eben angerufen«, berichtet Clemma.

Jakob blickt sie traurig an: »Ich habe so was geahnt. Der ist auf dem Absprung. Ich glaube, ich bin schon jetzt soweit, daß ich alles wieder rückgängig machen würde, wenn ich nur könnte. Hältst du es denn für möglich, daß er auch noch sein Geld verlangt?«

»Verbieten könntest du es ihm nicht. Und ich würde es ihm nicht einmal übelnehmen.«

Jakob seufzt. »Jetzt muß gleich der Zuchtverband kommen. Möchte mal wissen, wo Werner steckt.«

»Bin schon da«, tönt es aus dem Flur, und Werner kommt mit hängenden Schultern herein. Er sieht immer noch arg mitgenommen aus.

»Setz dich, mein Sohn. *Ich* erzähle *dir* jetzt die Geschichte von unserem Fohlen Euphorie.«

Werner sieht ihn überrascht an, sagt aber nichts, gehorcht und setzt sich neben seinen Vater.

»Ellena ist nicht seine Mutter«, fährt der fort. »Seine richtige Mutter, meine ich. Das Ganze ist ein totaler Embryotransfer, stimmt's? Die richtige Mutter ist Divina. Gib's ruhig zu.« Jakob spricht es geradezu beiläufig aus, als würde er die Wetterprognose aus der Zeitung vorlesen.

»Nicht schlecht«, staunt Werner. »Wie hast du das herausgekriegt?«

»Überhaupt nicht. Bloß zwei und zwei zusammengezählt, damit ich vor dem Zuchtverband nicht wie ein Hampelmann dastehe. Ihr habt Divina künstlich befruchtet, ihr das Ei weggenommen und Ellena eingepflanzt. Junge, Junge, daß du dich für so was hergibst...«

»Tue ich ja gar nicht! Hänsgen hat sich das ausgedacht, und er hat die ganze Aktion ohne mein Wissen durchgezogen, wenn du's genau wissen willst. Ich habe erst davon erfahren, als es passiert war.«

»Aber du hättest es rückgängig machen können.«

»Hätte ich. Aber dann habe ich es halt laufen lassen. Herrgott, ob das richtig war, weiß ich auch nicht!«

Sein Freund Hans Hänsgen! Jakob hätte sich ja denken können, daß er wieder die Finger im Spiel gehabt hat. Der jahrzehntelange treue Kumpan wird in seiner Erinnerung immer mehr zu einem Hexenmeister mit stechenden Augen, einem hohen, spitzen Hut auf dem Kopf und einem schnurrenden Kater auf dem Buckel. Ob er in seinem Keller eine Galerie mit magischen Tiegeln voller klebriger, gründampfender Flüssigkeiten stehen gehabt hatte?

»Und das nennt sich nun Pferdezucht«, brummelt Jakob. Als er aber, wenige Minuten darauf, sieht, daß Bruno Schadewald es ist, der im Auftrag des Zuchtverbands auf den Hof gefahren kommt, da ist sein Kampfgeist wieder geweckt. Der hochnäsige eitle Bruno (*Häuptling Ondulierte Silberlocke*, wie Jakob ihn gerne nennt). Mit dem zankt er sich nun wirklich zu gerne! Zur Begrüßung verpaßt er dem Gast erst einmal einen Klaren, und als die beiden Eickes anschließend mit Schadewald hinüber zum Stall gehen, werden sie bei ihren ersten taktischen Bemühungen von Pfarrer Delbrück unterbrochen, der vor dem Schloß aus seinem Wagen steigt.

»Tag, Herr Eicke, ich komme wohl etwas ungelegen?«

Werner hat abermals keine Zeit für den Priester. Außerdem wundert er sich darüber, daß der so häufig hier aufkreuzt. War Pfarrer Walter auch nur ein einziges Mal auf Hof Eicke gewesen?

»Hallo, Herr Pfarrer. Ich habe wirklich wenig Zeit. Gibt es denn was Wichtiges?«

»Nun ja. Wir müßten mal in Ruhe über das Problem *Doktor Schröder* sprechen.«

»Herr Delbrück, ein Problem *Doktor Schröder* sehe ich nicht«, gibt Werner leicht genervt zur Antwort. »Im Moment haben wir ein größeres Pferdeproblem. Sie entschuldigen mich.« Er läßt den Pfarrer stehen und hinkt eilig hinter Jakob und Schadewald her.

Ich habe es versucht, denkt Delbrück. *Wenn er es so haben will – bitte! Es geht ja auch anders!* Als er sich umdreht und auf das Schloßportal zugeht, erscheint Clemma, die seine Ankunft bereits von der Küche aus bemerkt hat, und begrüßt ihn strahlend. Noch auf der Schwelle bietet sie ihm einen frischen Apfelpfannkuchen an, und er nimmt nur allzu gerne an. Lange bleibt er aber nicht. Er läßt sich Beates rotes Leinenkleid geben, und Clemma freut sich unheimlich darüber, daß Beate offenbar an so einem Kleid schon wieder Freude hat. Das müsse doch ein gutes Zeichen sein, meint sie. Delbrück verabschiedet sich lächelnd, ist aber innerlich schon sehr ungeduldig: Was er heute noch vorhat, das tut man nicht alle Tage.

Indessen stehen Werner und Jakob mit Bruno Schadewald vor der Box von Ellena und Euphorie und bearbeiten den Funktionär, vor allem Jakob, der ein großes Foto von Divina in der Hand hält:

»Bruno, das sieht doch ein Blinder, daß Euphorie ein Fohlen von Divina und nicht von Ellena ist. Eine schwarzbraune Stute und ein weißes Fohlen, das ist ja fast schon Beweis genug! Und dann sieh dir mal Rist, Beinstellung und Kruppe an! Sollen wir vielleicht auch noch genetische Fingerabdrücke machen lassen?«

Schadewald blickt blasiert ins Leere. »Jakob, ich bezweifle es doch gar nicht«, beginnt er gespreizt. »Das Problem ist vielmehr ein grundsätzliches. Auch wenn hundert und aberhundert Institutionen diese zweifelhafte Art einer Zucht sanktioniert hätten – wir tun es nicht. Basta. Ihr kriegt keinen roten Schein!«

»Könnten Sie sich vorstellen, daß ich Sie verklage?« fragt Werner ruhig.

Schadewalds aristokratische Maske bleibt ungerührt. »Tun Sie das. Es gibt hierzulande viele Pferdefreunde, auch unter unseren Richtern.«

Unter einer Kanonade von Vorwürfen verläßt Schadewald eilig den Stall. Werner und Jakob beruhigen sich nur langsam.

»Was kostet denn ein Fohlen *ohne* roten Schein?« fragt Jakob, als ob er davon keine Ahnung hätte.

Werner sieht ihn stirnrunzelnd an: »Das weißt du doch selber. Die Hälfte vielleicht.«

»Stimmt. Und was heißt das? Daß wir blöd sind, alle miteinander. Daß wir unbedingt Papiere sehen wollen, anstatt uns die Tiere selbst anzugucken. Weißt du, was ich mache? Ich kaufe dir das Fohlen ab.«

»Hä?«

»Zwanzigtausend. Das ist etwa soviel, wie du mit dem roten Wisch für ihn kriegen würdest.«

»Wieso das denn?«

»Junge, das Fohlen kann ja wohl nichts dafür. Ist doch ein Zauberkerlchen. Eines Tages kaufst du ihn für eine Million zurück und verkaufst ihn für zwei weiter. Wetten?«

»Vater, hier geht es doch nicht nur um Geld.«

»Nein, natürlich nicht. Weißt du, wenn ich mich persönlich um ein Fohlen bemühe, dann spricht sich das herum. Ich werde es aber umtaufen. Mir ist ein schöner Name eingefallen, auch mit *E*: *Everybody's Darling*. Denn das wird er noch, wirst sehn.«

Gipsy und Stefan haben sich für ein paar Stunden von ihrer Familie abgeseilt und fahren ins Grüne. Auf halbem Wege zwischen Florenz und Siena spazieren sie durch üppiges toskanisches Grün. Wiesen und Sträucher verströmen bezaubernde Düfte.

Gipsy ist nachdenklich. Sie spricht besonders behutsam. »Was hältst du von Massimos Bedingung? Ich weiß nicht, ob das fair ist. Auf keinen Fall will ich, daß du dich verpflichtet fühlst. Hinterher könnte es dir leid tun um deine Familie.«

»Ich habe doch gar keine mehr«, erwidert Stefan kopfschüttelnd.

Nach einer taktvollen Pause meint Gipsy fröhlich: »Wußtest du eigentlich, daß Raffaello mir gehört? Als er ein Fohlen war, hat Massimo ihn mir mal zum Geburtstag geschenkt. Seitdem steht er bei ihm im Stall und holt für ihn die Preise. Aber jetzt nehme ich ihn mit nach Deutschland – ob Massimo mir nun die Pferde verkauft oder nicht. Ich würde ihn gerne dir anvertrauen. Möchtest du Raffaello reiten?«

»Wow!« macht Stefan. »Du verstehst es, einen zu ködern. Raffaello ist ein tolles Pferd!«

»Ich weiß.« Gipsy schmiegt sich an ihn. Stefan ist hin und her gerissen. Er wollte, es fiele ihm leichter, Gipsys verlockendes

Angebot anzunehmen. Nachdem Divina außer Tritt ist, wäre Raffaello die beste Chance, die sich ihm überhaupt bieten könnte, im Hinblick auf die Weltmeisterschaften. Die würde er dann wahrscheinlich im Alleingang gewinnen, denn was kann Tucci ohne sein Europameisterpferd schon ausrichten? Aber Stefan spürt auch, daß sein letztes Kapitel in der Eicke-Chronik noch nicht geschrieben ist.

Lucas Delbrück hat Besuch in seinem Pfarrhaus. Dr. Marlies Baum, eine attraktive, blonde Mittvierzigerin, hört sich gelassen den erregten Bericht ihres geistlichen Freundes an.

»Marlies, ich bin mir auch nicht darüber im klaren, ob Beates Selbstmordversuch nun ernst gemeint war oder ob er eher als Hilferuf zu verstehen ist. Auf jeden Fall muß sie von diesem Doktor Schröder weg!«

»Er hat einen ausgezeichneten Ruf«, wendet die Ärztin ein.

»Aber er blickt nicht über seinen schulmedizinischen Horizont hinaus. Und er bedrängt sie, das ist das Schlimmste!«

»Du bringst mich damit in ziemliche standesrechtliche Konflikte, ist dir das klar?«

Lucas wird hitzig: »Deine Ärztekammer kann mir gestohlen bleiben! Es geht hier schlicht und ergreifend um Beates Leben!«

»Was sagt denn der Ehemann?« fragt Marlies Baum sachlich.

»Wieso Ehemann?«

»Lucas, Lucas: Zwei Motive sind nicht unbedingt besser als eines. Paß gut auf, was du tust.«

Delbrück wird ein ganz klein bißchen verlegen: »Ja, na gut. Ich weiß schon. Aber das ändert doch nichts an der Tatsache.«

Sie hebt die Hand und signalisiert ihr Einverständnis: »Ich mache es ja. Du würdest so etwas nicht tun, wenn es nicht nötig wäre, da vertraue ich dir. Aber ich mache es mit gemischten Gefühlen und wahrhaftig nicht nur dir zuliebe.«

Es geht bereits auf Mitternacht zu, und in der Klinik Dr. Schröder ist die Nachtschwester die einzige, die noch nicht schläft. Denkt sie zumindest. Aber als sie im Flur eine Diele knarren hört, ist sie da nicht mehr so sicher. Sie steht auf und geht nachsehen.

»Aber Frau Eicke!« sagt sie überrascht und ein bißchen böse. »Wo wollen Sie denn hin? Es ist doch schon längst zu!«

Beate trägt einen langen seidenen Bademantel. Sie antwortet nicht, und die Schwester will sie schon wieder zurück ins Bett scheuchen, als aus dem Schatten heraus eine dunkle Figur tritt: Lucas Delbrück, der die Wirkung seines Priesterkragens heute abend mit einem großen silbernen Kreuz unterstreicht, das ihm vor der Brust baumelt.

»Ach, Sie sind's!« stellt die Schwester erschrocken fest. »Guten Abend, Herr Pfarrer.«

Delbrück lächelt unsicher, aber seine ruhige Stimme macht das wieder wett. »Wir wollen nur einen kleinen Abendspaziergang machen«, lügt er. Er fragt sich, ob der Zweck solche Mittel heiligt, aber er verscheucht den Gedanken.

»Einmal ums Haus«, sagt Beate leise, und Lucas fügt hinzu:

»Ich bin ja dabei.«

Beate hält sich an seinem Arm fest. Die Schwester schließt die Tür auf, und Beate spaziert mit Lucas so langsam hinaus, als seien die beiden ein seit Jahren verheiratetes Paar, das einen vollkommen unverdächtigen Gang durch die klare Nacht unternimmt. Gelassen gehen sie über den Parkplatz zu Delbrücks Wagen, den er absichtlich außerhalb des Lichtkegels der Laternen geparkt hat. Die Nacht ist ruhig, der Kies knirscht unter jedem ihrer Schritte. Bevor Beate an der Beifahrerseite einsteigt, streift sie den Bademantel ab, unter dem sie das rote Leinenkleid trägt. Lucas setzt sich neben sie.

»Vielleicht war es ja doch eine Art Fügung«, flüstert er.

Statt einer Antwort lehnt sie sich zu ihm hinüber und küßt ihn so heftig, daß er fest in den Sitz gedrückt wird. Er küßt noch genauso gut wie damals. Warum nur wird so einer Priester?

Der folgende Morgen bringt neue Besucher auf Hof Eicke. In wenigen Tagen wird Jakobs Geburtstagsturnier stattfinden, und deswegen werden einige Springreiter mit ihren Pferden anreisen.

Den Anfang macht Henri Pichon, der dreißigjährige Franzose, dessen Karriere einer Berg- und Talfahrt gleicht. Wenn er gut aufgelegt ist, kann der temperamentvolle Pichon im Parcours alle schlagen, wenn es aber mal nicht so gut läuft, kann er genausogut letzter werden. Bei der Europameisterschaft in Dortmund hatte er mehrfach gepatzt und war unter ferner liefen gelandet. Als Pichon zusammen mit seinem Betreuer früh am Morgen vor dem Schloß ankommt, beide im Führerhaus eines großen Transporters, da veranstalten sie als erstes einen kleinen Tumult. Die Franzosen, von der langen nächtlichen Fahrt von Avignon bis ins Münsterland völlig übermüdet, sind drauf und dran, beim Herumrangieren mit ihrem Gefährt die Schloßmauern einzureißen. Der Betreuer sitzt am Steuer, und Pichon selbst turnt wild gestikulierend um das Fahrzeug herum und stößt wilde, dem deutschen Ohr der amüsiert stehenbleibenden Pferdepfleger gänzlich unbekannte Flüche aus.

Jakob bekommt die turbulente Ankunft nicht mit, er ist schon vor allen anderen aufgestanden und klammheimlich mit Hanno Bruns in seinem Kombi fortgefahren. Die beiden sind unterwegs nach Mecklenburg, um sich dort *in geheimer Mission* um Divina zu kümmern. Werner will einen kleinen morgendlichen Ausritt auf seinem neuen Pferd Teja machen und benutzt einen Seitenausgang, um den verrückten Franzosen nicht in die Hände zu fallen. Vor dem Frühstück ist er diesen wilden Jungs noch nicht gewachsen. Nachdem sein Sascha gestorben ist, hat es eine ganze Weile gedauert, bis Werner sich für ein neues Pferd entschieden hat. Die Wahl ist auf den rostroten Wallach Teja gefallen, weil der die nötige Ruhe hat, sich mit Werner gut zu vertragen. Ein schneller Galopp ist nämlich nichts für Werners rechtes Bein, und da braucht er schon einen Partner, der die langsame Gangart ebenso schätzt wie er. Mit Teja klappt es von Mal zu Mal besser, und an diesem schönen, sonnigen Morgen, der einen wunderbaren Tag erahnen läßt, macht es den beiden besonderen Spaß. Unterwegs, am Waldrand, kommt ihnen Jupp Rathmeyer entgegengetrabt. Die Männer begrüßen sich, und Jupp zieht ein leicht verknittertes Stück Papier aus seiner Windjacke.

»Schau mal, was ich gestern an Land gezogen habe.«

»Was denn? Lies halt vor«, entgegnet Werner ungeduldig. Er möchte lieber weiterreiten und sich an der Natur und seinem Pferd erfreuen, als sich um irgendwelche Papiere zu kümmern. Papier riecht nach Arbeit, und wenn Jupp ihm so kommt, dann riecht es sogar nach Ärger.

Jupp liest: »*Blanck Farmacie, Generaaldirecteur aan Vorstand.* Und ins Deutsche übersetzt steht dann hier: *Wenn wir wider Erwarten auch bloß in den Verdacht geraten sollten, an Tierversuchen gleich welcher Art beteiligt zu sein, ist in erster Linie an eine finanzielle Problemlösung zu denken.* Und das in einem internen Vorstandspapier. Wie findest du das?«

Werner zuckt mit den Achseln. »Interessant. Aber was haben wir davon?«

»Na, übertrag das doch mal auf Divina! Wenn das einer an die große Glocke hängt, daß die unsere Stute kaputtgemacht haben, dann ist bei denen doch sofort die Hölle los! *Finanzielle Problemlösung*: Das riecht doch nach einem Haufen Geld!«

»Nee, du, dazu sind die Brüder viel zu hartgesotten. Gegen deren gerissene Advokaten kommst du nicht an.«

Jupp Rathmeyer ist ein Zocker. Wenn der die Chance sieht, eine Kugel ins Spiel zu werfen, zögert er nicht. Aber er hat nun einmal auch eine gute Nase für Tricks und Kniffe. Nicht zuletzt deswegen hat Werner den studierten Juristen ja zum zweiten Geschäftsführer gemacht. Aber manchmal fragt er sich auch, was Jupp an seinen Abenden und an seinen freien Tagen so treibt. Wo um alles in der Welt hat er jetzt zum Beispiel dieses Papier her? So was findet man doch nicht im Briefkasten, so was wird nicht als Flugblatt verteilt! Nun ja, Werner ist es gewöhnt, Rathmeyer ab und zu bremsen zu müssen. Der Kerl neigt ein bißchen dazu, übers Ziel hinauszuschießen, aber in seiner Doppelfunktion als Bereiter und Geschäftsführer, die er zuverlässig erfüllt, ist er für den Hof seit Jahren ein Gewinn. Jupp weiß genau, daß er hinter Werner in der zweiten Startreihe steht, aber wenn er sich etwas so sehr in den Kopf gesetzt hat wie diesmal, dann gibt er nicht so schnell auf. Gerade will er das nächste Contra geben, um seinen

Chef doch noch zu überreden, als er durch das unüberhörbar harte Bremsen eines Wagens gestört wird. Auf der nur wenige Meter entfernten Landstraße steigt Dr. Schröder eilig aus seinem Wagen und kommt, er ist nicht mehr der Jüngste, mit schweren Schritten auf die beiden Reiter zugelaufen.

»Herr Eicke! Ihre Frau!« ruft er aufgeregt.

Werner versteht gar nichts: »Was denn? Was ist mit ihr?«

»Ihre Frau hat heute nacht die Klinik verlassen! Zusammen mit diesem Herrn Delbrück!«

»Mit dem Pfarrer?« fragt Werner ungläubig.

»Ich lehne jede Verantwortung ab, Herr Eicke. Sie sollten die Polizei einschalten!«

»Als ob die nichts anderes zu tun hätte«, lästert Jupp.

Werner ist konfus, und das kommt bei ihm nun wirklich ganz, ganz selten vor. »Moment mal, ich verstehe nicht ganz!« hakt er nach.

»Sie hören richtig, Herr Eicke: der Pfarrer! Ich glaube, daß bei Ihrer Frau eine unmittelbare Gefahr für Leib und Leben besteht! Es muß sofort etwas unternommen werden!«

Wenn Beate hier wäre, könnte sie feststellen, daß Schröder sogar in diesem Moment mit einem verkrampften Grinsen im Gesicht herumläuft.

»Wo ist sie? Wo sind die denn hin? Was soll denn das für einen Sinn haben?« Werner ist ratlos.

»Herr Eicke, ich muß darauf bestehen, Sie allein zu sprechen!« macht der Arzt sich wichtig.

»Sollte ich als Jurist nicht besser dabeisein?« meldet sich Jupp mit einem Seitenblick zu Werner. Aber Schröder besteht darauf, und so reitet Jupp achselzuckend zum Hof. Schröder stellt sich direkt neben Teja, und Werner beugt sich etwas zu ihm hinunter.

»Es gibt ein zusätzliches, sehr unerfreuliches Kapitel, Herr Eicke«, verrät er mit gedämpfter Stimme und leicht zusammengekniffenen Augen. »Ich muß Ihnen von Mann zu Mann sagen, daß ich stark annehme, daß Pfarrer Delbrück und Ihre Frau eine höchst verdächtige Beziehung unterhalten.«

Schröder erwartet die Wirkung seiner Worte, aber Werner läßt sich nicht darauf ein:

»Was reden Sie denn da! Das glauben Sie doch selber nicht! Der Gedanke ist ja absurd!«

Er hat nicht die Nerven, jetzt länger darüber herumzudebattieren. Diese seltsame Angelegenheit will auf der Stelle geklärt werden! Unhöflicher, als es seine Absicht ist, läßt er Schröder auf dem Feldweg stehen und reitet so schnell zurück nach Hause, daß Teja, der so ungestüme Reiterei nicht mag und auch nicht gewohnt ist, ein bißchen böse wird und bockig den Kopf hin und her wirft. Werner stürmt ins Schloß, ohne sich die Stiefel abzuputzen, und hinterläßt eine feuchte Lehmspur auf dem Teppichboden. Gerade will er zum Telefonhörer greifen, um bei Delbrück anzurufen, als Clemma ihm aufgeregt ein Telefax unter die Nase hält:

Ihr Lieben, ich steige aus. Ich respektiere Eure einsame Entscheidung und kündige hiermit zum nächstmöglichen Termin. Ich glaube, so vertragen wir uns auf die Dauer am besten. Den mir zustehenden Betrag von 1,5 Millionen DM bitte ich auf das Konto Massimo Pirri beim Schweizerischen Bankverein in Lugano zu überweisen.

Herzlich, Stefan

Bei der Lektüre des Briefes wird Werner kreidebleich und muß sich setzen. Daß es zum Krach kommen würde, damit mußte man rechnen – aber daß Stefan gleich derartige Konsequenzen zieht! Und dann auch noch das Geld: Natürlich steht es Stefan zu, aber es ist nicht da! Werner *kann* es nicht zahlen, zur Zeit jedenfalls nicht, und er weiß auch beim besten Willen nicht, wie er es auftreiben soll.

Ein Unglück kommt selten allein, denkt Werner. *Wer hat sich diesen Spruch ausgedacht? Ist der sich auch nur annähernd darüber im klaren gewesen, wie recht er gehabt hat?*

»Ich verstehe nicht, was er sich dabei denkt«, schimpft Clemma.

Werner sinkt in sich zusammen und murmelt: »Meine Güte, Stefan und Beate können doch nicht zusammen den Verstand verloren haben. An ein und demselben Tag!«

»Wieso Beate?«

Als würde er an einer Schnur hochgezogen, steht Werner wieder auf. Vom einen Moment zum anderen gewinnt sein Körper die ihm eigene Spannkraft zurück. Mit lauter Stimme verkündet er: »So! Eins nach dem anderen! Jetzt werde ich diesem scheinheiligen Geistlichen erst mal ein paar Fragen stellen!«

Er ist so schnell verschwunden, daß Clemma nur noch ein verständnisloser Blick bleibt. Jetzt versteht sie wirklich nur noch Bahnhof. Es hat auch mal Zeiten gegeben, da ging es hier gemütlicher und auch freundlicher und liebevoller zu. Manchmal wünscht sie sich die zurück, und dann fragt sie sich ernsthaft, ob sie auf dem Wege ist, langsam wirklich alt zu werden, eine Greisin, die allen mit ihrem Geschwätz über die guten alten Zeiten auf die Nerven geht und den ganzen Tag nichts weiter tut, als Kreuzworträtsel zu lösen. Aber Clemma weiß noch gut, was Sache ist. Das alte Eisen wird noch eine ganze Weile auf sie warten müssen.

Lucas Delbrück führt gerade vor einer zahlreich erschienenen Familie die feierliche Taufe eines süßen kleinen Schreihalses durch. Er und seine Meßdiener stehen in vollem Ornat. Lucas macht das gut, er hat das richtige Gefühl für eine warmherzige Tonlage und für sparsame und doch eindrucksvolle Gebärden. Außerdem, und das ist das Wichtigste: Er tut es mit Liebe, mit Liebe zu den Menschen und Liebe zum Ritual. Als er die Zeremonie beendet und die Orgel zu spielen beginnt, betritt Werner die Kirche. Die Familie und die Taufpaten schreiten zum Ausgang, genau auf ihn zu, und Werner tritt taktvoll zur Seite. Der Küster sieht ihn und versucht, ihn hinauszukomplimentieren, aber Lucas bedeutet dem Mann, er solle ihn mit Werner einen Augenblick alleine lassen.

»Wo ist meine Frau?« fragt Werner übergangslos und gerade so leise, wie er es in seinem hochgradig erregten Zustand fertigbringt.

»Herr Eicke«, begrüßt Delbrück ihn etwas zu munter. »Ich hätte Sie in diesen Minuten angerufen. Sie sehen ja: viel zu tun heute morgen.«

»Wo sie *ist*, will ich wissen!«

»In einer Klinik. Einer anderen Klinik. Es war besser so, glauben Sie mir.«

»Sind Sie noch ganz bei Trost!«

»Bitte lassen Sie mich ausreden. Jeder weitere Tag in der Schröder-Klinik wäre für sie die Hölle gewesen.«

Werner rammt seinen Gehstock mit einem lauten Knall auf den Boden, der durch die ganze Kirche hallt. »Ach ja! Sie haben also zu bestimmen, in welcher Klinik oder welchem Krankenhaus meine Frau behandelt wird!«

Delbrück bleibt ruhig: »Nein. Aber Sie auch nicht. Beate bestimmt ganz allein, wo sie sich wohl fühlt.«

»*Wo* fühlt sie sich wohl?!«

»Es geht ihr gut, Herr Eicke. Es ist Beates persönlicher Wunsch gewesen, dorthin zu kommen, wo sie jetzt ist. Ich habe ihr lediglich geholfen, weil ich es für eine richtige Entscheidung hielt.«

»Verdammt, sie ist krank! Wie soll sie etwas entscheiden können? Wieso sagen Sie eigentlich dauernd *Beate*?« fragt er, tritt nahe vor den Priester hin und blickt ihm prüfend in die Augen.

»Weil ich sie kenne«, antwortet Delbrück und wendet sich ab. Werners Blick ist dermaßen durchdringend und aggressiv, daß er ihn nicht erträgt.

»Weil Sie ein Verhältnis mit ihr hatten!« brüllt Werner und fuchtelt wild mit seinem Stock herum. »Deswegen haben Sie sich doch überhaupt hierher versetzen lassen!«

»Das ist nicht wahr! Doktor Schröder hat Ihnen offenbar irgendwelchen Unsinn erzählt!« erregt sich der Pfarrer. Auch er ist jetzt nahe daran, die Kontrolle zu verlieren.

»Es stimmt *doch*! Schauen Sie sich doch mal an! Wahrscheinlich hoffen Sie sogar, daß alles wieder von vorne anfängt!«

Ohne zu wissen, was er tut, hebt Lucas Delbrück den Arm

und ballt seine Hand zur Faust. »Noch ein Wort, und ich...«

Werner greift nach der Faust und umschließt sie.

»Lassen Sie es sein. Sie ziehen den kürzeren, verlassen Sie sich drauf«, warnt er ruhig.

Der andere zittert ein wenig. Die Positur eines Karatekämpfers ist ihm, man sieht es deutlich, ziemlich ungewohnt. »Noch ein einziges Wort, und ich vergesse, daß ich Ihnen die linke Backe hinzuhalten habe.«

»Ein Pfaffe, der sich prügelt? In seiner eigenen Kirche? Wie sieht denn das aus?« verhöhnt ihn Werner.

Lucas läßt die Faust sinken und beruhigt sich: »Ich kenne Beate tatsächlich länger als Sie.«

»Früher. Sie kennen sie von früher. Nicht länger!«

»Das heißt ja noch lange nicht, daß wir deshalb ein Liebespaar sind.«

»Und warum hängen Sie sich dann so rein?«

Der Pfarrer stöhnt. Wie zu einem Schüler, der seine Lektion nicht begreift, sagt er: »Ich sage es Ihnen gerne noch einmal: Es geht hier weder um Sie noch um mich, sondern ganz allein um Beate. Und um das, was Sie planen, Herr Eicke. Selbst Doktor Schröder hält es für eine Katastrophe, daß Sie Edgar und Linda ausgerechnet jetzt weggeben wollen!«

»Aha. Nun ist Schröder auf einmal Ihr Kronzeuge!«

»Wenn Sie dieser seelisch angeschlagenen Frau die beiden Kinder wegnehmen, rauben Sie ihr den allerletzten Halt.«

»Spielen Sie jetzt den Psychiater? Vielleicht sollten Sie selbst mal zu einem gehen!«

Delbrück hebt beschwörend die Hände: »Sie begreifen es nicht: Wichtig ist, daß Sie endlich vernünftig werden und daß Beate in guten Händen ist. Egal wo.«

Werner packt ihn wütend am Kragen und zieht ihn so fest zu sich her, daß die Nähte des Priestergewands zu reißen drohen: »Wo? Zum letzten Mal! Wo?«

»Sie ist bei Frau Doktor Baum in Bebendorf.«

»In dieser Alternativklinik? Auch das noch!« Werner stößt ihn von sich wie einen lästigen Hund.

»Herr Eicke, glauben Sie bloß nicht, daß Marlies Baum nur mit Fliederblüten und Löwenzahn behandelt! Wo wollen Sie denn hin?«

Werner, schon auf dem Weg zur Tür, dreht sich um. »Fliederblüten und Löwenzahn pflücken, was sonst?«

»Lassen Sie es lieber bleiben. Vor übermorgen können Sie Beate nicht besuchen.«

»Sie denken im Ernst, ich besuche sie, wenn es Ihnen paßt?«

»Beate *will* Sie nicht sehen. Und Sie werden sich ausnahmsweise mal nach ihr richten.«

»Stimmt das?« fragt Werner betroffen.

Lucas nickt. »Ich gebe Ihnen mein Wort als Priester. Sie will absolute Ruhe haben. Fürs erste zumindest.«

»Ruhe vor mir?«

»Ja.«

Plötzlich herrscht Stille. Werner blickt eine Weile wie betäubt auf die leeren, abgewetzten Sitzreihen der Kirche. Als Delbrück sich bei ihm dafür entschuldigt, daß er sich so sehr zum Streit hat hinreißen lassen und ein gemeinsames Treffen mit Beate und Frau Dr. Baum vorschlägt, hört Werner schon gar nicht mehr richtig zu. Ohne ein weiteres Wort hinkt er hinaus.

4

Beate geht es tatsächlich gut, so gut es jemandem kurz nach einem Selbstmordversuch jedenfalls gehen kann. Die Klinik von Frau Dr. Baum ist kleiner als die Schrödersche und lange nicht so steril und abweisend. Schwestern und Pfleger machen freundliche Gesichter und pflegen einen warmen, sympathischen Umgangston. Überrascht hat Beate festgestellt, daß in dieser Klinik sogar ab und zu richtig gelacht wird. Als eine Krankenschwester sich heute morgen über eine zu Boden gefallene Kaffeetasse amüsiert hat, die wie ein Frosch durch das ganze Zimmer hüpfte, mußte Beate spontan mitlachen. Im gleichen Moment kam es ihr ganz und gar unwirklich vor, daß sie versucht haben sollte, sich das Leben zu nehmen. Auf einmal war die Erinnerung daran wie ein Film, den sie gesehen und mit dem sie nichts weiter zu tun hatte. Ihr war, als sei es eine andere Person gewesen, die das getan hatte, nicht sie. Sie fühlte sich plötzlich so leicht, so unbeschwert, so ohne jeden Druck – warum sollte jemand, der so empfinden konnte, dem Leben ein Ende setzen wollen?

Der kleine Park hinter der Klinik ist romantisch verwildert, fast wie im Märchen, und nicht so pedantisch gepflegt wie der von Schröder. Bei dem ist der Park so durchdacht angelegt, da soll jeder Strauch, jeder Baum, jeder Grashalm Wirkung erzielen. Es macht keinen Spaß, sich dort aufzuhalten. Wo nichts dem Zufall überlassen wird, da fehlt es an Seele. Bei Marlies Baum dagegen sitzt Beate gerne auf der Holzbank unter der Birke und überläßt ihr blasses Gesicht dem Licht- und Schattenspiel, das die Sonne mit den sich im leichten Wind wiegenden Zweigen und Blättern austrägt.

Die Ärztin setzt sich zu ihr. Schon nach dieser kurzen Zeit empfindet Beate sie fast als eine Freundin. Sicher ist es ein Vorteil, daß sie eine Frau ist. Der weibliche Geist ist weicher, durchlässiger, verständnisvoller. Da müssen viele Dinge nicht lange erklärt werden. Eine Frau hat einfach einen Blick dafür, was mit einer anderen los ist – ob sie Liebeskummer hat, überarbeitet ist oder einfach nur ihre Tage hat. Männer sind meist zu rational, um die feinen, aber eindeutigen Signale einer Frau wahrzunehmen. Männer reden und analysieren und grübeln und tüfteln, und dabei erkennen sie nicht, daß viele Dinge viel einfacher zu lösen wären, wenn sie nur ein bißchen mehr auf ihre innere Stimme hören würden.

In einer Hinsicht hatte Schröder sogar recht: Werners Energie ist so dominierend, daß Beate oft das Gefühl hat, ihr fehle der Sauerstoff zum Atmen, weil alles von ihm aufgebraucht wird.

»Ich weiß gar nicht mehr, ob es richtig ist, daß ich nicht mit Werner spreche«, sagt Beate in die Stille hinein.

»Aber ja, Beate!« bestätigt Marlies Baum ihren Entschluß. »Er ist im Moment sicher nicht der Prinz, der Sie wachküssen könnte. Ein bißchen Abstand zu ihm und Ihren Problemen wird

Ihnen guttun. Aus einem gewissen Abstand sehen die Dinge anders aus, glauben Sie mir. Das verschafft Ihnen mehr Überblick.«

»Und nur wer den Überblick hat, kann über den Dingen stehen«, setzt Beate hinzu.

»Bravo! Sie lernen schnell.«

»Aber ob ich ihn nicht doch einmal anrufe? Heute kommen die Kinder aus Berlin zurück, da wird er mit ihnen reden müssen. Soll ich das alles ihm überlassen?«

»Ich denke schon, er wird wissen, was er zu tun hat. Sie können das Rad ja so oder so nicht mehr zurückdrehen. Was passiert ist, ist passiert, und vielleicht ist es sogar gut so. Sie brauchen sich weder vor Werner noch vor Ihren Kindern zu rechtfertigen. Lassen Sie den Dingen mal ein bißchen ihren Lauf und sehen Sie nach vorne, damit tun Sie auch Ihrer Familie einen Gefallen.«

»Wahrscheinlich haben Sie recht.« Beate atmet die klare, kühle Luft ein. Warum soll sie sich überflüssige Gedanken machen? Sie kann froh sein, daß sie eine so ruhige, beschauliche Insel gefunden hat, umgeben von sympathischen Menschen, die nichts von ihr wollen, die nicht versuchen, sie zu irgend etwas zu zwingen, und die sie nicht wie eine Kranke behandeln, sondern wie einen ganz normalen Menschen, der sich hier einen kleinen Urlaub gönnt.

»Marlies, ich glaube, heute brauche ich keine Tablette. Ich versuche es einfach mal ohne«, schlägt Beate vor.

Die Ärztin nickt anerkennend. Sie erkennt deutlich, daß ihre Patientin bereits auf dem Weg der Besserung ist. Ein kleiner Denkanstoß hier, ein sanftes Bremsen dort, und schon schlägt sie fast wie von selbst die richtige Richtung ein. Wegen solcher Momente liebt Marlies Baum ihren Beruf am meisten.

Beate steht auf. Gleich wird sie für ein paar Stunden schlafen gehen, eine gesunde Müdigkeit breitet sich in ihr aus. Dankbar blickt sie noch einmal an der schlanken, hochgewachsenen Birke empor, deren Rinde fast so hell ist wie das Fell von Divina, und als sie wenige Minuten später im Bett liegt und in wohligen Schlaf gleitet, da verformt sich der Baum, er zerfließt wie ein Schneemann in der Sonne und wird zu einem Pferdekörper, der fröhlich wiehernd über eine saftige, grüne Wiese galoppiert. Wenn sie wüßte, wie sehr ihr Traumbild in diesem Moment der Realität gleicht!

Divina wird ihrem Namen gerecht, als sie, einer Göttin gleich, über das Gras der Schmitterschen Pferdekoppel prescht. Mit dem kindlichen Vergnügen eines Fohlens wirft sie ihre hell schimmernde Mähne hin und her und wiehert dabei so laut, daß ein paar Amseln, die faul auf dem Holzzaun sitzen, erschreckt davonflattern. Auf der anderen Seite der Koppel steht Jakob Eicke, der zufrieden die Hände in seinem Mantel vergräbt. Die Stute fühlt sich hier pudelwohl, und an ihrem Fell kann er ablesen, daß Pia sich an seine Anordnungen gehalten hat. Es glänzt und ist so dicht, wie man es sich nur wünschen kann. Jakob braucht keine medizinischen High-Tech-Instrumente, um den Gesundheitszustand eines Pferdes beurteilen zu können. Hanno Bruns steht daneben und freut sich mit ihm: »Das wäre wirklich ein Knüller, wenn sie bei Ihrem Turnier mitspringen würde, Herr Eicke. Ich möchte nur mal wissen, warum Sie das alles so heimlich machen?«

»Weil mich sonst alle für verrückt halten würden, ich kenne das doch: Jakob und seine Wundermittelchen! Für plemplem würden die mich halten, vor allem Werner. Dagmar Lux dagegen weiß Bescheid. Die Frau ist nicht blöd, weißt du. Die ahnt schon, daß sie von mir noch was lernen kann.«

»Ich würde Divina ja auch gerne mal im Turnier reiten«, verrät Hanno mit wehmütigem Blick.

»Kann ich mir denken, mein Junge. Und das kann sogar schneller passieren, als du glaubst.«

»Wie meinen Sie das?«

»Ich habe schon geahnt, wieso ich dich mitgenommen habe. Gerade eben habe ich mit Werner telefoniert. Stefan ist in Italien, und wir müssen uns mit dem Gedanken anfreunden, daß er da länger bleibt. Nun, wenn wir Divina wirklich wieder fit bekommen, dann muß sie auch Turniere reiten, das ist das A und O. Das beste Training der Welt kann kein Turnier ersetzen. Und wer soll sie dann reiten? Jupp Rathmeyer? O nein, der ist zu grob für Divina, der würde sie gleich wieder einschüchtern, und wir könnten von vorne anfangen. Hanno Bruns, ich fürchte, jetzt mußt du zeigen, was du kannst!«

Hanno ist völlig platt und bringt kein Wort heraus. Fast möchte er sich kneifen, um festzustellen, ob er träumt. Und als er Divina von der Koppel holt und das erste Training mit ihr absolviert, steigert sich sein Gemütszustand in kaum noch zu kontrollierende Hochstimmung: Das Pferd müßte eigentlich etwas aus der Übung sein, aber es nimmt die Hindernisse, als seien sie nicht der Rede wert. Divina ist von einer so geschmeidigen Leichtigkeit, wie er es noch bei keinem Pferd erlebt hat. Jakob und auch Pia (deren rehbraune Augen beim Anblick des netten, talentierten Jungen einen schwärmerischen Glanz bekommen) sehen staunend, wie locker dieses Paar, das doch eben erst dabei ist, sich richtig kennenzulernen, den Parcours absolviert.

Für Werner ist die Tatsache, daß er mit Hanno einen jungen, talentierten Bereiter in der Hinterhand hat, im Moment die einzig erfreuliche Tatsache. Die heftige Begegnung mit dem Pfarrer hat ihm arg zugesetzt, mehr, als er sich eingestehen mag. Es fällt ihm schwer, sich zusammen mit Clemma durch all die Kontenbücher und Bankauszüge hindurchzukämpfen. Normalerweise hätten sie eine Auszahlung von anderthalb Millionen an Stefan schon irgendwie bewerkstelligt, aber im Moment sind so viele Rechnungen auf einmal fällig – sündhaft teure Geräte der neuen Pferdeklinik müssen bezahlt werden, die Kosten für den Umbau werden bald abgebucht –, es wird schon mehr als eng.

»Da gehen wir in die Knie!« schimpft Werner. »Da fallen wir tot um! Grundgütiger, ich hätte ihm alles mögliche zugetraut, aber das ist wirklich das allerletzte!«

»Werner, das Geld *gehört* ihm«, versucht Clemma zu vermitteln.

»Ja, aber er kennt auch unsere Verbindlichkeiten! Er dreht uns den Geldhahn ab, und das weiß er ganz genau! Und weißt du was? Ab sofort ist Hanno erster Bereiter, und Stefan kann mir gestohlen bleiben!«

»Hanno Bruns? Ist ja interessant!« meldet sich eine vertraute Stimme, und im nächsten Moment steckt Jupp Rathmeyer seinen Kopf durch die Bürotüre.

»Was machst du denn hier?« fragt Werner ärgerlich.

»Zuhören natürlich. Geht mich ja wohl auch was an, oder? Das eine wie das andere.«

Wäre es nicht logisch, wenn Rathmeyer erster Bereiter werden würde? Warum wird ihm dieser Grünschnabel vorgezogen? Immer gibt Werner ihm die zweite Geige zum Spielen: zweiter Geschäftsführer, zweiter Bereiter, es gibt immer jemanden, der ein Treppchen über ihm steht und auf ihn herabsieht. Jupp hat das längst registriert, und er weiß auch, warum das so ist. Werner will verhindern, daß er zuviel Macht bekommt, das ist es. Vielleicht macht er es noch nicht einmal absichtlich, vielleicht fürchtet er nur unbewußt, Jupps Zockermentalität könnte sich irgendwann einmal negativ bemerkbar machen, wenn er ihm ein zu gutes Blatt in die Hand gibt. Nun, auf den Grünschnabel kommt Jupp im Moment gar nicht zu sprechen. Mit dem, so denkt er sich, wird er sowieso fertig. Alles zu seiner Zeit. Im Moment hofft er erst einmal weiterhin auf die Wirkung des Jokers, den er bereits heute morgen ausgespielt hat.

»Vielleicht hältst du ja inzwischen mehr von meinem Vorschlag, wenn es wirklich so eng mit unseren Finanzen steht«, sagt er und zeigt Werner sein in langen Nächten erprobtes Pokerface.

»Du meinst wegen Blanck Pharma?«

»Klar. Gerade jetzt.«

»Jupp, komm auf den Teppich. Die werden uns nicht einfach einen Scheck in die Hand drücken.«

»Probieren müssen wir's doch wenigstens! Du kannst doch an Geld, das auf der Straße liegt, nicht einfach vorbeigehen!«

Werner will sich nicht überzeugen lassen: »Ich muß *hier* sehen, wie ich den Karren aus dem Dreck ziehe. Ich kann mir jetzt nicht erlauben, einen flotten Ausflug nach Amsterdam zu machen, um da mit diesen Pharmaheinis durch die Grachten zu rudern!«

»Brauchst du auch gar nicht. Keukenburg ist in Köln: Lions-Club-Tagung. Wenn wir jetzt losfahren, sind wir heute nachmittag wieder hier.«

Keukenburg? Der Name kommt Werner einigermaßen bekannt vor. Lions Club? In dem ist Werner selbst Mitglied, schon seit vielen Jahren. Und jetzt weiß er auch plötzlich genau, wieso Keukenburg zu der Kölner Tagung gefahren ist.

»*Jan* Keukenburg?« fragt er, um jeden Zweifel auszuschließen.

»Genau der. Oberboß von Blanck Pharma.«

Werner grinst und sagt: »Spann an, Jupp. In einer Viertelstunde fahren wir los.«

Während der Fahrt ruft Werner im Maritim in Köln an und stellt sich im Gespräch mit Keukenburgs Sekretär so geschickt an, daß er für den frühen Nachmittag einen Termin mit dem Chef bekommt. Werner und Jupp, die sich zu Hause noch rasch in besonders edle gedeckte Anzüge geschmissen haben, kommen gerade rechtzeitig an, um die Schlußsätze von Keukenburgs Vortrag vor dem zahlreich vertretenen Lions-Club-Publikum verfolgen zu können. Der knapp fünfzigjährige blonde Holländer pflegt bei seinem Auftritt die exakt kalkulierte Erscheinung eines sehr seriösen und doch ein wenig hemdsärmeligen Selfmademan. Er versteht es, die Aura eines Mannes zu verbreiten, der geradezu zwangsläufig mit allem, was er anpackt, Erfolg hat. In fehlerfreiem Deutsch, aber mit unverwechselbar niederländischem Akzent, den er ähnlich kokettierend einsetzt wie Rudi Carrell oder andere Renommier-Holländer, spricht er zu einem wohlwollenden, ausnahmslos männlichen Publikum:

»Meine lieben Lions-Freunde, ich komme zum Ende. Nous sommes existant pour le service! We serve! Wir dienen den Menschen überall in der Welt! Und ich danke Ihnen gerade am heutigen Tage, der dem Dienen dient, für Ihre großzügige Spende. Wenigstens einen Teil unserer Welt, Sie wissen das, werden Sie glücklich machen.«

Unter einem überdimensionalen grün-goldenen Schild mit dem Lions-Club-Emblem darauf nimmt Keukenburg den prasselnden Applaus entgegen. Während er sich händeschüttelnd durch das Spalier seiner Zuschauer kämpft, mokiert sich Jupp:

»Na, das sind ja vielleicht hohle Sprüche! Was soll das überhaupt?«

»Hörst du doch – spenden sollen sie. Tun sie auch immer. Und damit tun sie dann Gutes«, antwortet Werner, ebenfalls mit unüberhörbar ironischem Unterton. Die beiden gehen in die Lounge, wo Jupp andeutet, daß ein positives Gesprächsergebnis sich doch wohl auch für ihn persönlich auszahlen dürfte, in klingender Münze.

»Sieh mal einer an«, sagt Werner. »Du willst Prozente?«

»Na, entschuldige mal, es war ja schließlich meine Idee! Und man soll dem Ochsen, der da drischt, nicht das Maul verbinden. Oder lebst du von Luft und Liebe?«

Werner verdreht die Augen: »Wieviel Schulden *hast* du denn?«

Jupp will gerade aufbrausen, als er sieht, wie Keukenburg von seinem Sekretär zu ihnen herübergeführt wird. Im letzten Moment holt Werner seine Lions-Ehrennadel hervor und steckt sie sich ans Revers.

»Bitte, Mijnheers, was kann ich für Sie tun?« fragt Keukenburg mit einem strahlenden Jacketkronenlächeln, aber offensichtlich gewillt, sich mit den beiden nicht länger als dreißig Sekunden zu befassen. Dann entdeckt er Werners Abzeichen und entspannt sich deutlich: »Ah, ein Lions-Club-Freund! Und offenbar ein sehr verdienter! Herr Eicke: Keukenburg. Sehr erfreut.« Er schüttelt erst Werner und dann Jupp die Hand mit einem zu festen Händedruck, der fast die Schmerzgrenze streift.

»Setzen wir uns doch«, schlägt Werner vor. »Herr Keukenburg, Sie haben noch nie von uns... von mir gehört?«

»Nein, ist das schlimm? Wie ich höre, züchten Sie Pferde.«

»Richtig. Und eins davon heißt Divina. Den Namen kennen Sie doch, oder?«

»Divina, Divina«, überlegt Keukenburg und läßt eine angemessene Pause verstreichen, bis er zu erkennen gibt, daß er sich erinnert: »Ach ja, Divina! Nun sagen Sie bloß, Sie wollen uns an den Kruiwagen schieten – an den Karren fahren!«

Jupp greift nach dem ominösen Schreiben, um das sich alles dreht, liest es vor und schließt, indem er dem Firmenboß seine eigene Unterschrift zeigt: »JK, Jan Keukenburg. Ihr Diktatzeichen.«

Keukenburg läßt sich nicht anmerken, ob er beeindruckt ist, und hält lächelnd sein Gute-Laune-Banner aufrecht: »Ich erinnere mich. Es ging um Kaninchen, Mäuse und Meerschweinchen, um Versuchstiere, die bei einem Zugtransport verschwunden sind. Korrekt?«

»Korrekt«, bestätigt Jupp. »Aber leider nicht die ganze Wahrheit. Denn die sieht so aus.«

Aus einem Umschlag zieht er mehrere Fotos qualvoll verendeter Pferde zutage.

»Sie wollen das doch nicht mit Divina in Verbindung bringen?« fragt Keukenburg ungläubig.

»Doch, das wollen wir«, sagt Werner.

»Aber genau, Mijnheer«, bekräftigt Jupp. »Sie haben nämlich Divina von unserem Tierarzt Doktor Hänsgen zur Erprobung nicht zugelassener Medikamente benutzen lassen, und jetzt ist sie krank. Deshalb sind Sie schadensersatzpflichtig, so einfach ist das.«

»Und wie wollen Sie davon einen Richter, einen *officier van justitie*, oder auch nur eine einzelne Zeitungsredaktion überzeugen?« Keukenburg lächelt nachsichtig, doch reibt er nervös mit dem Daumen seiner linken Hand gegen die anderen Finger, ohne es selbst zu bemerken. Werner aber registriert es ganz genau.

»Wie wollen Sie uns etwas nachweisen, wenn Ihr Kronzeuge Hänsgen tot ist, wie ich höre?«

»Na, dann machen Sie doch mal einen vernünftigen Vorschlag«, fordert Jupp.

Keukenburg denkt kurz nach und sagt dann ganz ruhig: »Okay. Eine halbe Million Gulden für Ihre Divina, Herr Eicke, ohne Anerkenntnis einer Rechtspflicht. Dafür geben Sie uns das Pferd und ein für allemal Ruhe.«

Werner zieht an seiner eben entzündeten Zigarre und schüttelt so gelassen den Kopf, als sitze er hier am entschieden längeren Hebel. Fast hat man den Eindruck, Keukenburg habe ihn eben um eine Gehaltserhöhung gebeten. Der Pharmaboß ist mehr als überrascht, wird auf einmal sehr ernst und beginnt mit sich zu kämpfen.

»Aber Sie wird es gut haben bei uns! Wenn Sie glauben, wir würden Divina in unsere Forschung geben, so irren Sie. Daran denkt kein Mensch. Gut, eine Dreiviertelmillion. Mark! Aber keinen Pfennig mehr. Das ist sehr viel Geld für ein Pferd, das zur Zeit gar nichts wert ist, finden Sie nicht auch?«

Jupp sieht Werner aufmunternd an, aber der mimt weiterhin den Überlegenen: »Wissen Sie, Keukenburg, wenn Sie wenigstens anderthalb Millionen gesagt hätten – aber so! Nee, nee. Lassen wir mal offen, ob ich Sie anzeigen werde. Und Divina kriegen Sie so und so nicht.«

»Das ist alles, was Sie zu sagen haben?«

»Fast. Vielleicht lasse ich ja mit mir reden, wenn Sie in Zukunft nachweislich auf alle verbotenen Experimente verzichten.«

»Und sonst?«

»Sonst gehe ich todsicher zum *officier van* Ihre *justitie*, mein Guter. Ich gebe Ihnen zwei Tage Zeit, sich die Sache zu überlegen. Inzwischen können Sie ja mal darüber nachdenken, ob sich solche Machenschaften mit den hehren Grundsätzen des Lions Club vertragen. *Tot ziens*, Herr Präsident.«

Werner steht auf, schließt sein Jackett, greift nach seinem Stock, lächelt Keukenburg höflich zu, bedeutet Jupp, er möge ihm folgen, und geht. Jupp rafft eilig seine Unterlagen zusammen und eilt ihm hinterher. Keukenburg bleibt, was sicher nicht oft vorkommt, wortlos und mit leicht geöffnetem Mund zurück.

Trotz flirrender Sonne und dem sommerlichen Konzert von Dutzenden von Grillen läuft Stefan mit einem verhangenen Regengesicht durch den Palazzo Pirri. Massimo spürt, daß seine

Gedanken ins heimische Münsterland schweifen und dabei schwer werden, und versucht ihn zu trösten. Gipsy kommt hereingelaufen. Sie hat einen riesigen, bunten Blumenstrauß in den Armen und versucht lachend, eine Biene loszuwerden, die ihr begeistert von draußen in die Wohnung gefolgt ist und nun brummend auf den in voller Pracht stehenden Blüten zu landen versucht.

Massimo kommt gerade zum Geschäftlichen. »Liebste Nichte, deine Finanzen sind ja nun mehr als gut«, sagt er mit einem Seitenblick auf Stefan. »Aber sag mir: Weshalb brauchst du Ställe für achtzig oder hundert Pferde?«

»Weil ich achtzig oder hundert haben will. Wozu sonst?«

Massimo winkt ab: »Ich habe zehn Jahre gebraucht, um *cinquanta*, um fünfzig zu haben. Kleine, das ist auch nicht nur eine Frage von Geld. Es ist viel besser, wenn so etwas organisch wächst. So wie ein kleines Kind, das immer größer wird, Jahr um Jahr, bis ein Mann daraus geworden ist. Was meinen Sie denn dazu, Stefan? Sie wissen doch genau, wovon ich rede.«

Stefan antwortet nicht, sondern lächelt nur schwach.

Massimo begreift: »Oh, entschuldigen Sie, nun habe ich Sie wieder an zu Hause erinnert.«

»Kennen Sie das Gefühl«, fragt Stefan den Conte, »daß Sie einen Brief in die Faxmaschine stecken und ihn am liebsten wieder rausholen würden?«

Gipsys gute Laune verfliegt schneller, als ein erschrockener Vogel das Weite suchen kann. »Das darf doch nicht wahr sein! Stefan! Hast du dich nun entschieden oder nicht?«

»Natürlich habe ich«, antwortet Stefan ungewohnt kleinlaut. »Ich würde den Brief ja auch gleich wieder reinstecken, nur ein bißchen umformulieren würde ich ihn vielleicht.«

»Geht das schon wieder los! Langsam kann ich es nicht mehr hören!« Sie schmeißt den Blumenstrauß so heftig auf die Couch, daß die Biene, die gerade zufrieden auf einer Blüte hockte, sich kläglich summend unter dem Blumenmeer begraben sieht.

»Gipsy, was soll denn das?« ruft Stefan seiner Freundin hinterher, die wütend den Raum verlassen will.

»Hiergeblieben!« befiehlt Massimo, und tatsächlich bleibt Gipsy stehen. »Er hat völlig recht, Gabriella. Warum führst du dich so auf? So leicht ist es für ihn wirklich nicht, und er kann erwarten, daß du ein bißchen mehr Verständnis zeigst und ihn besser behandelst! Außerdem kennst du meine Bedingung.«

»Das ist es doch gerade. Wenn er so hin und her schwankt, sind plötzlich meine Pläne gefährdet! Davor habe ich Angst! Ihr müßt auch ein bißchen Verständnis für *mich* haben! Ich muß doch erwarten können, daß ein Ja auch ein Ja bleibt und nicht plötzlich zu einem Vielleicht wird!« Jetzt verläßt sie, noch immer außer sich, das Zimmer.

Massimo kann schon wieder lächeln: »Diese Frauen! Wie gut, daß wir bessere Nerven haben, damit wir sie lieben und ihnen verzeihen können.«

Stefan nickt zustimmend.

Endlich befreit sich die kleine Biene aus dem erdrückenden Dickicht des Blumenstraußes und brummt erschöpft durch den Raum. Massimo macht ein angelehntes Fenster weit auf, und das Tierchen fliegt dankbar hinaus.

Marlies Baum unternimmt mit Beate einen ausgedehnten Spaziergang hinüber in das angrenzende Dorf. Die Ärztin weiß: Erkennt ein Patient die Schönheit der Natur, so steigt die Wahrscheinlichkeit, daß er auch die Schönheit des Lebens erkennt. Um sich zu belohnen, setzen sich die beiden schließlich in einen lauschigen, kleinen Biergarten.

»Na, Beate: Immer noch so gut drauf?« fragt Marlies.

»Ich glaube schon. Ich bin deutlich ruhiger. So gelassen war ich schon seit Monaten nicht mehr.«

»Beate, ich denke sogar, daß Sie die Talsohle bereits durchschritten haben.«

»Wirklich?« wundert sich Beate.

»Es deutet alles darauf hin. Diese Flucht aus der anderen Klinik ist ja kein Davonlaufen, sondern ein klares Indiz für Ihre wiedergefundene Selbständigkeit. Die wird Ihnen Kraft geben für die anderen Probleme, die noch zu lösen sind.«

»Sie meinen Lucas?«

»Ja.«

»Da ist gar nichts. Er tut mir einfach gut«, behauptet Beate leise und merkt dabei selbst, wie unglaubwürdig sie klingt.

»O doch, Beate, da ist sogar eine ganze Menge. Machen Sie sich da mal lieber nichts vor. Und in dem Punkt kann ich Ihnen wenig raten. Da kann ich nur zuhören. Wenn Sie wollen.«

Beate wird nachdenklich und versucht, ihre Überlegungen in Worte zu kleiden: »Es zieht mich zu ihm, und ich will es nicht. Und im nächsten Moment will ich es mehr als alles andere.«

»Und er?«

»Es zieht ihn zu mir, glaube ich. Und im nächsten Moment... ach, ich werde kitschig!«

Marlies schmunzelt. »Sie haben es gut beschrieben.«

»Ja, aber fertigwerden muß ich erst noch damit. Einfach wird das nicht.«

»Sehen Sie, das ist es!« widerspricht Marlies. »Sie haben immer viel zuviel Rücksicht auf andere genommen und viel zuwenig auf sich selbst. Ändern Sie das, Beate: Machen Sie es sich nicht schwer, machen Sie es sich einfach! Ich rede dabei gar nicht von Lucas. Wenn Sie nächste Woche nach Paris fliegen wollen: Tun Sie es. Wenn Sie in die Oper gehen wollen: Tun Sie es! Tun Sie sich endlich selbst was Gutes!«

Beate schlägt beschämt die Augen nieder. Diese Frau hat so recht! *Wann habe ich zum letzten Mal etwas gemacht, das mir wirklich Spaß gemacht hat?* fragt sie sich. *Wann habe ich zum letzten Mal wirklich das getan, was ich wollte? Und nicht das, was sich jemand anderes für mich ausgedacht hat? Statt dessen verkrieche ich mich in der Dunkelkammer und komme nicht voran, weil ich mir das Hirn über Werner, Lucas und die Kinder zermartere! Wie beschränkt ist es, so seine Zeit zu vergeuden!*

Der Europiepser in Marlies' Handtasche meldet sich.

»Wir reden gleich weiter. Es könnte wichtig sein«, sagt die Ärztin und steht auf, um zu einer Telefonzelle auf der anderen Straßenseite zu gehen. Beate hält sie am Arm fest.

»Was würden Sie denn sagen, wenn ich mit *Lucas* nach Paris fliegen würde? Rein theoretisch?«

»Also, einerseits kenne ich ihn lange genug, um zu wissen, daß er für Frauen mehr sein kann als nur ein Beichtvater...«

»Und andererseits?«

»Beate, ich kann Ihnen schlecht raten, Ihren Ehemann zu verlassen.« Marlies lächelt und hebt die Schultern, als wolle sie sagen: *Ein Arzt kann nicht alles für Sie lösen. Das eine oder andere müssen Sie schon selbst herausfinden.* Kaum ist sie in der Telefonzelle verschwunden, da steht Beate auf, geht in die Gaststätte und fragt nach dem Telefon.

Am anderen Ende der Leitung meldet sich Clemma, die ganz aufgeregt ist, als sie Beates Stimme erkennt: »Schätzchen, wie geht es dir denn? Wir machen uns solche Sorgen um dich!«

»Ach, das braucht ihr nicht. Wie geht es Linda und Edgar? Sind sie schon zu Hause?«

»Werner holt sie gerade vom Bus ab. Er will ihnen das Internat zeigen.«

»Was? So schnell?« erschrickt Beate.

»Er tut es doch nur deinetwegen, Beate.«

Da ist sie, die Fremdbestimmung. Schon wieder denkt sich jemand etwas für mich aus.

Beate beendet das Gespräch schnell, als sie sieht, daß Marlies zur Tür hereinkommt und nach ihr sucht.

»Wir müssen gehen«, sagt die Ärztin. »Einem der Patienten geht es nicht gut.«

Beate steht einen Moment verlegen da, bis sie sich einen kleinen Ruck gibt: »Ich möchte Ihnen danken, Marlies.«

»Wofür?«

»Was hat man mir nicht schon alles eingeredet! Und dann kommen Sie und öffnen mir die Augen. Woher wissen Sie so genau, was ich will?«

»Weiß ich es denn?« fragt Marlies ernst.

»O ja. Besser als ich selbst, scheint mir.«

Linda und Edgar sind richtig froh, als sie in Münster endlich aus dem Bus steigen können. Die Klimaanlage war kaputt, und das einzige Fenster vorne beim Fahrer klemmte, so daß man es nicht öffnen konnte. Und wenn hundert schwitzende Kinder volle zehn Stunden lang lautstark herumquengeln, toben und Unsinn machen, sind am Ende nicht nur die Lehrer mit den Nerven fertig.

»Warum holst *du* uns denn ab?« fragt Edgar, als sein Vater auf ihn zukommt.

»Ich hatte gerade Zeit«, windet sich Werner und fügt dann hinzu: »Außerdem müssen wir gleich mal was besprechen wegen des Internats.«

»Nee, du, nicht mit mir!« wehrt sich Edgar sofort, und auch Linda ist alles andere als begeistert.

Trotzdem, Werner bleibt dabei:

»Laßt uns das Internat wenigstens mal angucken. Außerdem... ihr müßt wissen, daß Mami plötzlich ins Krankenhaus mußte.«

Edgar ist verwirrt: »Wieso? Was hat sie denn?«

»Was Schlimmes?« fragt Linda erschrocken.

Werner nimmt sich zusammen, sucht schluckend nach den richtigen Worten: »Ihr habt doch gemerkt, daß sie seit einiger Zeit immer so traurig war. Und jetzt war sie auf einmal so traurig, daß sie gar nicht mehr leben wollte.«

»Aber sie lebt doch noch?!« ruft Linda entsetzt aus.

»Ja«, sagt Werner, so ruhig er nur kann. »Es geht ihr auch schon wieder besser.«

Werner hat gut über diesen Schritt nachgedacht, und es ist die beste Lösung, die ihm einfällt. Er macht es sich damit nicht leicht. Es ist ja nun nicht so, daß er seine Kinder abschieben will. Er glaubt nur einfach, daß er nun – mehr denn je – für Beate mitdenken und mitentscheiden muß, daß er ihr auf dem Weg zur Genesung alles aus dem Weg räumen muß, was Streß bedeuten könnte. Und, so liebenswert und süß sie sein mögen, zwei halbwüchsige Kinder können für jemanden, dessen Psyche angegriffen ist, eine starke Belastung sein. Werner weiß ganz genau, daß es eine unpopuläre Entscheidung ist, die Kinder ins Internat zu stecken, aber er ist fest davon überzeugt, daß sie sich als richtig erweisen wird.

Unterwegs im Auto sind Linda und Edgar vor Schreck ganz stumm. Mühsam versucht Werner, die unangenehme Spannung aus der Situation zu nehmen.

»Wir können Mami sicher bald besuchen. Aber vor allem müssen wir uns jetzt alle gemeinsam Mühe geben und ihr helfen. Und ich glaube, es ist im Moment einfach besser für sie, wenn ihr erst einmal nach Amelingen kommt. Die Direktorin ist übrigens sehr nett.«

Die Kinder lassen auch die Besichtigung des Internats still über sich ergehen. Dr. Roswitha Heinze, die Direktorin, eine mollige, 48jährige Frau mit dauergewellter Kurzhaarfrisur, finden sie beide ziemlich gluckenhaft und affektiert. Das Internat selbst – ein geschmackvolles, helles Haus mitten im Grünen – gefällt Edgar dagegen gar nicht so übel. Linda andererseits *findet* es übel und vor allem viel zu weit weg von zu Hause.

Jakob fährt alleine nach Hause zurück. Hanno hat er in Mecklenburg gelassen, der soll weiterhin mit Divina trainieren. Die Stute ist auf dem allerbesten Wege, zur großen Form von früher zurückzufinden, da muß man jetzt am Ball bleiben. Als er an den Eicke-Stallungen vorbeifährt, sieht er, wie Rolli Böckmann ein weißes Pappschild mit schwarzer Schrift an die Tür nagelt.

»Was machst du denn da?« will er wissen.

»Ehre, wem Ehre gebührt«, verkündet Böckmann grinsend und geht einen Schritt zur Seite. *Gästehaus Jakob Eicke* steht in großen, handgemalten Buchstaben auf dem Schild.

Jakob ist direkt ein bißchen erschrocken: »Oh. Sind da inzwischen etwa noch mehr gekommen?«

»Mhm. Geh ruhig mal rein in die Stargarderobe, Herr Eicke. Wirst dich wundern.«

Jakob ist kaum in den Stall gegangen, da fährt Werners Wagen auf den Hof. Er und seine Kinder holen die Reisetaschen aus dem Kofferraum und schlurfen mit nach wie vor betrübten Gesichtern ins Schloß. So ein seltsames Gefühl hatten Linda und Edgar beim Nachhausekommen noch nie. Vor allem Linda kommt sich so vor, als solle sie schuld sein am Zusammenbruch ihrer Mutter, als wäre sie die Übeltäterin, die sich so aufsässig benommen hat, daß Beate deswegen nun halbtot im Krankenhaus liegt. Werner fehlt das Talent, solche Situationen aufzulösen. So treffsicher er seine psychologischen Fähigkeiten im geschäftlichen Bereich einzusetzen vermag, so sehr versagt er in bestimmten zwischenmenschlichen Krisen. Beate könnte ein Lied davon singen. Er denkt, die Abneigung gegen das Internat werde sich von selbst legen, spricht ein paar aufmunternde Worte und wartet ab – mit dem sicheren Gefühl, die Zeit werde schon in seinem Sinne arbeiten.

Einer hat die Probleme von Hof Eicke für ein paar Minuten völlig vergessen: Jakob. Inzwischen sind nämlich tatsächlich einige der besten Pferde eingetroffen, die vor Jahren ins In- und Ausland verkauft wurden: Rocco und Granato, zwei Brüder, die ihre Namen dem legendären italienischen Schnulzensänger Rocco Granata verdanken, für den Jakobs verstorbene Frau Annamaria in den sechziger Jahren so geschwärmt hatte; Hell's Angel, eine wunderschöne Grauschimmelstute mit vereinzelten rostroten Sprenkeln; Martini IV, der – so Jakob – eigensinnigste und intelligenteste Hengst, den es auf dem Hof je gegeben hat; und Belkanto, ein besonders eleganter, stolzer Rappe und momentan eines der besten Springpferde der Welt.

Wie ein Genießer, der von den erlesensten Weinsorten probiert, spaziert Jakob andächtig durch den Stall, begrüßt seine vierbeinigen Freunde, kostet die schönsten Erinnerungen aus, die er mit ihnen verbindet, saugt den warmen Duft ihres Fells ein und – ist glücklich. So glücklich, wie er es vielleicht seit Jahren nicht mehr gewesen ist. Diese Pferde bedeuten ihm mehr, als er sagen kann. Jedes einzelne von ihnen würde er unter Tausenden wiedererkennen, er erinnert sich an jede Mutterstute, jeden Vater, jede Großmutter, jeden Großvater, hat all ihre Blutlinien im Kopf. Jede Zeichnung des Fells, jede noch so kleine Blesse hat sich tief in seine Erinnerung eingegraben. Für ein paar Augenblicke wird der Stall zu einer kleinen Insel, von der er nie wieder fortmöchte. Erst die hinterste Box holt ihn in die Gegenwart zurück. Dort steht Ellena mit ihrem Fohlen Everybody's Darling, stehen Gegenwart und Zukunft von Hof Eicke. Beim zweiten Hinsehen erkennt er erschrocken, daß auch Linda in der Box steht und sich weinend an Everybody's Darling schmiegt, als wolle sie bei ihr Schutz suchen.

»Linni, mein Mädchen! Was hast du denn?«

»Ich will nicht ins Internat«, stammelt sie mit tränenerstickter Stimme. Ohne lange zu überlegen, geht Jakob in die Box und nimmt das Kind in den Arm.

»Da hätte ich auch ein dummes Gefühl, Linni. Aber es hilft ja nichts, da müssen wir alle gemeinsam durch.«

Linda nickt unter Tränen, und das kleine Fohlen schnuppert neugierig an ihr herum. Jakob ist froh, daß er etwas findet, mit dem er seine traurige Enkelin ablenken kann:

»Ihr versteht euch ganz gut, ihr beiden, stimmt's?« fragt er und tätschelt Everybody's Darling.

Linda, obwohl immer noch verheult, nickt eifrig: »Wenn ich mal Springreiterin werde, will ich ihn reiten.«

»Soll ich... soll ich ihn dir schenken?« fragt Jakob zögernd, und Linda starrt ihn aus ihren feuchten Augen fassungslos an.

»Also gut. Er gehört dir.«

Sie fällt ihm sprachlos um den Hals. Jakob sieht sie an und denkt: *Gibt es etwas Schöneres, als wenn Tränen der Traurigkeit zu Tränen der Freude werden?*

Während Jakob gleichzeitig seiner Enkelin und dem Fohlen den Kopf streichelt, sagt er: »Komisch, daß ich nicht schon früher auf die Idee gekommen bin. Everybody's Darling seid ihr doch beide!«

Das drohende Schreckgespenst des Internats ist mit einem Schlag vergessen. Fröhlich läuft Linda aus dem Stall, um aller Welt zu verkünden, was eben passiert ist.

Vor dem Schloß steht Werner. Eben will er zu den Stallungen hinübergehen, da stürzt Clemma aufgeregt hinter ihm her und drückt ihm ein Fax in die Hand. Werner angelt sich seine Lesebrille aus der Brusttasche, und schon als er das Schreiben nur überfliegt, öffnet sich sein Mund zu einem triumphierenden Grinsen.

Linda rennt auf ihn zu: »Papi, weißt du, was Opi gemacht hat?« Sie spricht nicht weiter, denn sie wird von Jupp Rathmeyer unterbrochen, der auf seinem Rennrad dahergefegt kommt und mit einer fast schon artistischen Vollbremsung vor der kleinen Versammlung zum Stehen kommt.

»So! Auf den Moment habe ich gewartet! Ihr Sohn ist bescheuert!« ruft er Jakob zu, der sich gerade zu den anderen gesellt. »Wenn der hier Boß bleibt, bin ich sofort weg!«

»Sag mal, bist du krank?« Jakob ist total verdattert.

»O nein. Aber ich mache das nicht mehr mit! Du kannst ruhig zuhören, Werner. Sollst du sogar!«

Jakob runzelt böse die Stirn. »Also nun mal langsam. Werner, was ist hier los?«

Aber Werner grinst nur, zuckt mit den Achseln und erwartet Jupps nächste Attacke, die auch nicht lange auf sich warten läßt:

»Er kann Divina in Köln für eine Dreiviertelmillion loswerden. Und was macht er? Er sagt nein! Na, da drehst du doch durch! Im Moment ist für die Stute keine müde Mark zu kriegen, und dann dieses Geschenk des Himmels. Und Werner? Macht er den Deal perfekt? Macht er eine Flasche Champagner auf, um zu feiern? Aber nein: Er spielt Robin Hood! Der Blanck-Boß ist total am Boden, hat nur noch Angst vor dem Staatsanwalt und ist kurz davor, *bitte bitte* zu sagen, und da stellt Werner sich hin und markiert den ganz dicken Maxe!«

Jakob versteht nichts, aber es ärgert ihn gewaltig, daß der Kerl hier so herumschreit: »Verdammt, jetzt rede endlich Klartext! Was ist los?«

»Ich habe Werner sofort gesagt, er hat sie nicht mehr alle. Aber schau ihn doch an: der grinst bloß. Seit Divinas Entführung ist er das reinste Nervenbündel. Zugegeben, er hat zur Zeit schwer was um die Ohren. Aber wir sind doch kein Wohltätigkeitsverein!«

»Fertig?« fragt Werner ruhig.

»Du kannst mich mal kreuzweise.«

Werner hält seinem Vater die Faxnachricht unter die Nase und sagt: »Ich wollte es ihm ja sagen, aber wenn er unentwegt so herumpöbelt...«

Jakob liest vor: »...sagt die Firma Blanck Pharma Systems, ohne daß damit erklärt wird, daß Pharmaversuche an Springpferden jemals vorgenommen worden sind, verbindlich zu, solche Versuche auch künftig nicht durchzuführen.«

»Na und?« motzt Jupp.

»Ferner zahlt Ihnen die Firma Blanck Pharma Systems VB in Amsterdam für entstandene Ungelegenheiten ohne Anerkennung einer Rechtspflicht eine einmalige Abfindung von 1,5 Millionen DM. In Worten: eineinhalb Millionen Deutsche Mark. Vertrag und Überweisung folgen. Keukenburg, Generaaldirecteur.«

Jupp wird kreidebleich. Den ganzen Tag lang hat er seine Wut über Werner in sich hineingefressen und hat den Aufstand geplant. Jetzt hat er sich erheblich zu weit aus dem Fenster gelehnt. Aber wie ist das nur möglich? Wie kommt dieser Holländer dazu, eine solche Kehrtwendung zu machen?

»Ja, aber damit ist doch alles in bester Ordnung«, freut sich Jakob. »Das können diese Brüder bestimmt steuerlich absetzen, vielleicht brauchen sie für dieses Jahr noch ein paar Betriebsausgaben.«

Werner grinst wie ein Entertainer vor dem großen Finale: »Weißt du, Jupp, ich habe meine Schularbeiten gemacht. Über Keukenburg habe ich nämlich das eine oder andere gehört. Und deswegen weiß ich: Wenn man den bei der Ehre packt, geht er schnell in die Knie. Drohen kannst du lange, das imponiert dem gar nicht.«

»Und wenn es nicht funktioniert hätte?« verteidigt Jupp sich mühsam.

»Keine Chance, Alter. Der Empfang da in Köln war quasi Keukenburgs letzter Wahlkampfauftritt. Der soll nämlich Lions-Club-Weltpräsident werden, stell dir vor. Was für eine

Ehre, was für eine Chance! Glaubst du, die läßt er sich für anderthalb lumpige Millionen kaputtmachen? Denn wenn das mit den Tierversuchen herauskommt: Leb wohl, Präsidentschaft!«

Rolli Böckmann schaut über Werners Schulter und fragt: »Und, Jupp? Willst du immer noch kündigen?«

Jupp streckt Werner zur Versöhnung die Hand hin, aber Werner will ihn noch ein bißchen schmoren lassen: »Ach, so einfach ist das auf einmal. Ein feuchter Händedruck, und alles soll vergessen sein, was?«

»Kannst du mir mal deinen Autoschlüssel geben?« fragt Jupp nun sehr kleinlaut.

»Ich? Dir? Du kannst ja noch froh sein, daß ich nicht alles erzählt habe.«

»Ich kann doch keine fünfzig Liter Bier auf dem Rennrad transportieren.«

»Das klingt schon besser. Schlüssel steckt.«

Jupp steigt mit hängenden Schultern in den Wagen. Was hat er für eine Schlappe erlitten! Er ist auf einen Bluff hereingefallen. Und das ihm, dem alten Pokerspieler!

»Na bitte!« meldet sich Jakob zufrieden aus dem Hintergrund. »Sind wir nicht doch eine Supertruppe?«

Neuer Mut

1

Am Abend wird auf Kosten von Jupp gefeiert. Im Hof stehen ein paar Tische und Bierbänke, und im Schein einiger Petroleumlampen sitzt die ganze Hof-Eicke-Mannschaft zusammen, vom Schloßherrn bis zum Pferdepfleger. Pichon singt – eher laut als schön – frivole französische Lieder, über die besonders Dagmar Lux sich köstlich amüsiert. Sie kommt aus dem Lachen überhaupt nicht mehr heraus.

Das Gelächter ist bis hinauf in Edgars Zimmer zu hören. Er liegt im Bett, und daneben hat Linda sich mit ihrer Matratze und Bettdecke gelegt. Das macht sie nur, wenn sie nicht alleine in ihrem eigenen Zimmer liegen mag; bei Gewittern oder wenn sie am Abend einen gruseligen Film gesehen hat. Linda hat schreckliche Angst vor dem Internat, während Edgar sich erwachsener und gelassener gibt. Vielleicht, so meint er, sei es in dem Internat ja vielleicht gar nicht so schlecht. Aber so einfach ist Linda nicht zu überzeugen.

Gerade als Edgar das Licht löscht und sich die Geschwister eine gute Nacht wünschen, hält ein Taxi vor der Auffahrt zum Hof. Eine Gestalt steigt aus, schließt die Türe und taucht, während das Taxi weiterfährt, in die Dunkelheit hinein. Sieht, daß vor dem Schloß gefeiert wird, und verschafft sich Zutritt über einen Seiteneingang.

Nur wenige Sekunden später öffnet sich ganz langsam die Tür zu Edgars Zimmer. Sie quietscht leise, und Edgar, der noch nicht ganz eingeschlafen ist, knipst instinktiv seine Leselampe wieder an. Auch Linda wacht davon wieder auf. Die beiden Kinder blinzeln angestrengt, um zu erkennen, wer da ins Zimmer gekommen ist.

»Mami!« ruft Linda.

Beate läuft auf die beiden zu und umarmt glücklich erst Linda und dann Edgar. Sie hatte sich so sehr gewünscht, ihre Kinder im Arm zu halten. Und wie hatte Marlies Baum gesagt: *Tun Sie es!*

Beate macht nicht etwa nur einen kurzen Ausflug ins heimische Schloß – sie hat beschlossen, nach Hause zurückzukehren. Ihr ist klargeworden, daß das Leben nicht ewig auf sie warten wird. Irgendwie hat diese Ärztin mit ihrer ungewöhnlich unkomplizierten Art ihr viel, viel schneller auf die Sprünge geholfen, als sie es je für möglich gehalten hätte. Beate strotzt so vor Tatendrang, wie sie es lange nicht mehr erlebt hat. Jetzt wird sie es allen zeigen, soviel ist sicher. Die Flügel wird sie sich nicht noch mal stutzen lassen: Sie wird sie ausbreiten und zum Flug über die Klippen des Lebens ansetzen!

Schon früh am nächsten Morgen ruft sie Marlies an und entschuldigt sich für ihren heimlichen Aufbruch.

»Nicht, daß Sie glauben, ich will jetzt als Ausbrecherkönigin Karriere machen, Marlies. Aber ich hatte solche Sehnsucht nach den Kindern, nach meinem Zuhause.«

»Auch nach Werner?«

Beate zögert. »Auch nach ihm. Und, stellen Sie sich vor, sogar nach meiner Arbeit. Ich habe auf einmal so viele mutige neue Ideen, und das verdanke ich Ihnen.«

»Ach, Beate, das verdanken Sie sich selbst. Ich kann doch nur Katalysator sein für das, was sowieso in Ihnen schlummert. Es ist sehr schön, daß es Ihnen so gutgeht. Aber muten Sie sich nicht zuviel auf einmal zu. Sie wissen doch: Wenn man sich den Magen verdorben hat, darf man anschließend auch nur ganz allmählich wieder damit anfangen, normale Nahrung zu sich zu nehmen. Und die Psyche kann genauso empfindlich sein. Wenn Sie Rat brauchen, bin ich jedenfalls immer für Sie da.«

»Sie haben also nichts dagegen, daß ich zu Hause bleibe?«

»Natürlich nicht.«

»Und Sie sind mir nicht böse, weil ich ausgebüxt bin?«

»Aber nein! Ich habe Ihnen doch indirekt sogar dazu geraten.«

»Das stimmt allerdings. Sie sind eine echte Freundin, Marlies.«

»Machen Sie's gut, Beate. Und melden Sie sich doch einfach ab und zu bei mir.«

»Das tue ich sehr gerne.«

Beate ist richtig froh, wieder zu Hause zu sein. Die Odyssee der letzten Tage beginnt ihr wie ein böser Traum vorzukommen, wie etwas, das gar nicht passiert ist. Die Nacht hat sie bei den Kindern verbracht, und das war überhaupt das Allerschönste an ihrer Rückkehr. Früher, als die beiden noch ganz klein waren, sind sie oft ins Schlafzimmer gekommen und zu ihr unter die Decke gekrochen, einfach so, um sich beschützt und liebgehabt zu fühlen. In der letzten Nacht aber ist es genau andersherum gewesen. Ihre Kinder haben sie beschützt und dabei fast so etwas wie elterliche Fürsorge entwickelt, für sie, ihre Mutter. Und Beate hat sich ganz klein gemacht und ist sich beinahe vorgekommen wie ein Baby im Mutterleib.

Beim Frühstück machen sie vielleicht Augen, als plötzlich Beate zur Tür hereinkommt! Werner verschluckt sich an seinem Kaffee, Clemma und Jakob starren sie an wie einen Geist. Frisch wie der junge Morgen, mit federndem Schritt, kommt Beate an den Tisch, gibt jedem einen fröhlichen Kuß auf die Wange und setzt sich, als ob nichts passiert wäre.

Werner verschiebt einen Termin mit Dagmar Lux und bleibt zunächst bei Beate. Die ersten Worte, die er seit ihrem Selbstmordversuch mit ihr spricht, gehen ihm nicht gerade leicht von den Lippen, und erst nach dem Frühstück, als die beiden in den Garten gehen, nimmt er sie fest in den Arm, und sie spürt, wie froh er ist, sie wieder bei sich zu haben.

»Werner, wir müssen auch über die Kinder reden«, sagt sie nach einer Weile.

»Das stimmt. Es ist wirklich besser, wenn sie ins Internat kommen, glaub mir. Ich tue das vor allem deinetwegen und ganz sicher nicht, um dich zu ärgern.«

»Ich möchte aber nicht, daß sie wegkommen. Gerade weil es mir wieder bessergeht! Als ich krank war, habe ich sie vernachlässigt, aber jetzt will ich mich mehr um sie kümmern. Außerdem ist es doch auch für die Kinder nicht schön, nach Amelingen zu müssen.«

Die beiden bemerken nicht das Richtmikrofon, das über ihnen aus Edgars Fenster hängt.Edgar hat Stereoanlage und Computer miteinander verbunden und sitzt nun, mit einem Kopfhörer auf den Ohren, vor dem Monitor. Mit seiner Tastatur kann er eine selbstgebastelte Abhöranlage bedienen, kann das Mikrofon schwenken, den Kassettenrecorder ein- und ausschalten und sich jedes Wort, das unten gesprochen wird, im gleichen Moment in jeder beliebigen Lautstärke anhören. Der Unterhaltung seiner Eltern folgt er mit gemischten Gefühlen.

»Aber du hast doch eben noch selbst gesagt, daß du dich auf deine Arbeit freust«, hakt Werner nach. »Denk doch auch mal an dich!«

»Meine Güte, sie sind doch keine Babys mehr!« Beate spürt schon wieder, wie die Gitterstäbe eines Käfigs um sie herum hochgezogen werden sollen. Nur diesmal wird sie das Spiel nicht mitmachen.

Werner jedoch läßt sich von seinem Vorhaben nicht abbringen: »Nein, aber erwachsen sind sie auch nicht. Bea, ich will ja nicht stur sein, aber du bist noch nicht völlig gesund. Ich möchte, daß du mehr Ruhe hast, und die hast du nur ohne die beiden.«

Fast könnte man meinen, er sei eifersüchtig auf seine eigenen Kinder, findet Beate. Weil sie zuerst zu ihnen und nicht zu ihm gekommen ist. Männer können komisch sein.

»Und wenn sie nicht wollen?« will sie wissen. »Wirst du sie dann zwingen?«

»Ach, wenn wenn wenn! Wenn Edgar Geburtstag hat, kann er ihn zu Hause feiern, und wenn Linda Heimweh hat, kommen wir doch gleich mit dem großen Taschentuch. Sobald irgendwas ist, sind wir bei ihnen oder sie bei uns. Und Samstag, Sonntag sowieso.«

»Und montags bis freitags?«

Werner greift nach seinem Stock und nach seiner Jacke, die er über einen Gartenstuhl gehängt hat. Beate kennt das Signal. Er will sich aus dem Staub machen. Gleich wird er etwas von einem wichtigen Termin erzählen und verschwinden.

»Man muß doch nicht dauernd aufeinanderhocken«, meint Werner. »Bea, das Internat ist beschlossene Sache. Ich weiß, daß ich da recht habe.«

Er gibt ihr einen flüchtigen Kuß auf die Wange und will gehen.

»Kannst du mich nicht wenigstens einmal *richtig* küssen!« sagt sie plötzlich. »Werner, soll es denn so weitergehen wie vorher?«

Wie vom Donner gerührt, bleibt Werner stehen, kommt vorsichtig zurück, beugt sich unbeholfen über sie und küßt sie auf den Mund. Ein wenig länger als vorher, aber er ist dabei unkonzentriert und unsicher. Er löst sich wieder von ihr und sagt entschuldigend: »Bea, Dagmar wartet. Wir wollen uns die Mastercup-Pferde noch einmal ansehen. Entschuldige, aber ich muß los.«

»Ja, ja, du mußt immer los. Geh ruhig. Aber vielleicht denkst du mal über eins nach: Depressionen werden nicht durch Bazillen übertragen!«

Werner gerät immer mehr ins Schwimmen. Der große Werner Eicke macht auf einmal einen hilfloseren Eindruck als ein Oberschüler vor seinem ersten Rendezvous: »Bea, ich habe tausend Dinge gleichzeitig zu tun, das weißt du doch. Wollen wir heute abend vielleicht...? Nur wir beide? Ich will doch auch, daß wieder alles in Ordnung kommt.«

»Findest du nicht, daß das mehr nach einem Vertrag klingt als nach Liebe und Zuneigung?«

Sie umarmt ihn zärtlich. Auf einmal ist sie die Überlegene.

Als er davonhumpelt – seine alte Verletzung macht heute deutlich mehr Probleme als sonst –, lächelt er gequält und winkt ihr zu. Kaum ist er hinter der Wegbiegung zu den Ställen verschwunden, greift sie zu einem drahtlosen Telefon, das auf dem Gartentischchen liegt, und tippt hastig eine Nummer.

»Ich bin's, Lucas. Können wir uns nachher treffen? Ich muß dich unbedingt sprechen.«

Pfarrer Delbrück hat gerade Besuch von Ordensschwester Magdalena, einer rundlichen, lieben alten Dame. Aber nicht nur aus diesem Grund versucht er, Beate abzuwimmeln. Wohin soll das denn führen? Die inneren Kämpfe, die diese Frau in ihm auslöst, sind doch schon damals nicht gut für ihn gewesen! Und heute sind sie es noch viel weniger, denn jetzt ist er kein Student mehr, sondern ein Priester, und sie ist nicht mehr die süße kleine Beate aus Köln-Nippes, sondern eine verheiratete Frau mit zwei Kindern und einem einflußreichen Mann. Hat er sein Leben jahrzehntelang seiner Kirche geweiht, um es jetzt vom einen Tag auf den anderen umzukrempeln? Du sollst nicht begehren Deines Nächsten Weib! Neuntes Gebot. Was ist denn ein Priester wert, der eines der Zehn Gebote bricht? Ist er nicht ein Heuchler, ein Verdammter, ein Verführter des Satans? Lucas Delbrück möchte Beate lieber auf Distanz halten, als alles aufs Spiel zu setzen, woran er glaubt und was er sich erarbeitet hat. Denn ihr zu widerstehen, wenn er erst einmal Angesicht in Angesicht vor ihr steht, übersteigt seine Kräfte. Sie ist einfach zu begehrenswert, und es ist nun mal so: Auch ein Priester ist nur ein Mann!

»Hm, heute ist es ganz schlecht«, druckst er herum. »Schwester Magdalena ist gerade da, und wir müssen uns am Nachmittag dringend um das Dach von Kloster Bergenbach kümmern.«

»Ach, das hat doch Zeit! Das ist jetzt schon so lange kaputt!« ruft Schwester Magdalena freundlich dazwischen.

»Ja, aber heute soll es Regen geben.«

»Bitte! Ich muß dich sehen«, bettelt Beate.

Lucas geht mit dem Hörer in der Hand auf und ab, als stünde er auf heißen Kohlen: »Also gut, meinetwegen. Sagen wir, um vier. Und wo?«

»Kennst du die alte Wassermühle?«

»Nein, aber ich werde sie finden.«

»Danke, du. Bis nachher«, haucht Beate und legt, verträumt lächelnd, den Hörer auf.

Dagmar Lux sieht sich mit Werner die illustren Gastpferde an, die zu Werners Erleichterung alle gesund und fit sind, nachdem so einige mit kleinen Wehwehchen hier eingetroffen waren.

»Ich glaube, wenn unsere Klinik nicht so einen guten Ruf hätte, dann hätte das nicht geklappt«, sagt Dagmar stolz.

»Das glaube ich auch«, pflichtet Werner bei. »Die Leute wären mit ihren Pferden zum Mastercup gekommen, aber bestimmt nicht zu uns.«

Dagmar grinst, als sie Pichon bei seinem Belkanto in der Box stehen sieht. »Ich habe mich ja kaum noch getraut, ins Bett zu gehen, aus Angst, ich würde träumen, wie Pichon mich auf kleinem Feuer kocht, falls mit seinem Hengst etwas nicht stimmt.«

»Nicht nur auf kleinem Feuer, Madame!« erwidert Pichon lachend und gibt ihr die Hand. Er hat den betonharten Händedruck eines Bauernjungen aus einem provenzalischen Bergdorf, und jeder auf dem Hof ist froh, wenn Pichons Pranke ihn wieder losläßt.

»Sagen Sie, Werner, stimmt das Gerücht, daß Sie Divina beim Mastercup nicht einsetzen wollen?«

»Fragen Sie Dagmar«, antwortet Werner und klopft dem Franzosen zur Begrüßung freundschaftlich auf die Schulter, um ihm nicht die Hand geben zu müssen.

»Sieht nicht so aus«, meint die Tierärztin. »Sie hat noch ihre Macken, und wir lassen kein Pferd untrainiert springen.«

Pichon ist ein bißchen enttäuscht: »Schade. Ich hätte sie gerne besiegt. Aber sagen Sie: Wer reitet eigentlich Juanita?« Diese Stute hat es ihm angetan. Er verbringt den halben Tag im Stall, nicht nur, um sich um Belkanto zu kümmern, sondern auch, um Juanita ganz genau in Augenschein zu nehmen. Diese Fesseln, diese Kruppe! Ein wunderschönes Pferd! Pichon ist überzeugt: Wenn Stefan länger auf ihr trainiert hätte, wären die beiden Europameister geworden, gar keine Frage.

»Jupp Rathmeyer. Wieso?« antwortet Werner auf die Frage des Franzosen.

«Eines Tages werde ich sie mal fragen, was sie kostet.«

»Dann fallen Sie aber bei der Antwort nicht in Ohnmacht«,

rät Werner und lächelt breit. »Außerdem: Noch brauchen wir sie.«

»On verra ça«, meint Pichon und läßt es auf diese salomonische Art vorerst dabei bewenden.

Linda hat beschlossen, das Leben zu Hause auszukosten, solange es noch geht, und möglichst viel zu reiten. Wenn sie wirklich den Weg ins Internat antreten muß, wird das sicher sehr bald sein, hat sie sich überlegt. Sie überredet Böckmann dazu, einen Ausritt mit ihr zu machen, und unterwegs bekniet sie ihn, ihr anschließend auf dem Abreiteplatz noch Springreitunterricht zu geben. Wenn Stefan nicht mehr da ist, wird sie die Fahne der Familie Eicke auf dem Parcours hochhalten müssen. Wer sollte es sonst tun? Edgar sicher nicht. Der hat für Pferde soviel übrig wie für Computerviren. Und Linda will sowieso eine große Reiterin werden – eine wirkliche Amazone.

Aber Böckmann sagt nur lächelnd: »Lern erst mal richtig reiten, alles andere kommt dann von selbst!«

»Ich kann richtig reiten!« entrüstet sich Linda.

»Da wäre ich mal nicht so sicher an deiner Stelle. Setz dich mal auf Juanita und versuch, oben zu bleiben.«

Das darf ja wohl nicht wahr sein! denkt Linda, als sie ihr Pferd in den Stall bringt und versorgt. Sie ist ziemlich sauer. *Dabei ist Böcki sonst so nett!*

Edgar lehnt sich oben aus seinem Fenster und ruft nach ihr. Mißmutig stapft sie die Treppe hoch. Er spielt ihr die Aufnahme vom morgendlichen Streitgespräch der Eltern vor. Beide hören betreten zu, bis Edgar auf ein Geräusch auf dem Flur reagiert und die Apparatur sofort abschaltet. Er springt auf und verdreht die Lamellen der Jalousie vor seinem Fenster, bis man das Mikrofon nicht mehr sieht, das noch immer montiert ist und in den Garten hinunterzeigt. Beate merkt nichts.

»Mami, müssen wir nun ins Internat oder nicht?« fragt Linda.

Beate setzt sich in Edgars roten Sessel und nimmt ihre Tochter auf den Schoß. »Ach, wenn es nach mir ginge: Ganz bestimmt nicht.«

»Du meinst, es geht nach Papi?«

»Linda, schau mich doch nicht so traurig an. Ich tue ja, was ich kann. Er überlegt es sich noch, meint er.«

»Ja, hoffentlich«, seufzt Linda leise.

Edgars glatte Jungenstirn legt sich in Falten. Er muß sich zwingen, nichts zu sagen, nicht über seinen Vater herzuziehen.

»Was glaubt ihr, wie schwer es mir fallen würde, auf euch zu verzichten?« sagt Beate.

Nun kommt auch Edgar, und sie umarmen einander zu dritt. Und als Beate gegangen ist, läßt Edgar die Aufnahme weiterlaufen. Jetzt kommt die Stelle, bei der Werner sagt, das Internat sei beschlossene Sache.

»Jetzt weißt du's«, meint Edgar. »Es ist *doch* alles schon endgültig.«

Linda ist ganz verstört: »Du hast sie abgehört? Aber das darf man doch gar nicht!«

»Ich weiß. Eigentlich wollte ich ja auch nur ausprobieren, ob das funktioniert. Und dann habe ich gleich so was auf dem Band! Weißt du, Linni, am meisten geht mir dieses ewige Hickhack auf den Geist, das sie immer um uns machen. Vielleicht ist es wirklich besser, wenn Mami sich nicht mehr unseretwegen mit Papi streiten muß.« Er sagt das mit der hilflosen Resignation eines Kindes, das das Gefühl hat, seinen Eltern mehr Probleme als Freude zu bereiten. Aber andererseits hat Amelingen einen gar nicht so schlechten Eindruck auf ihn gemacht. Die Direktorin scheint eine Zicke zu sein, aber eine von der Sorte, mit der man auskommen kann. Und die Leute, die da sonst noch so herumlaufen: Vielleicht geht es dort etwas entspannter zu als zu Hause. Dann wäre der Gang ins Internat kein so schlechter Tausch.

Es ist vier Uhr nachmittags. Das große, alte Rad der Wassermühle taucht seine hölzernen Streben in den Bach, der rauscht und murmelt, als erzähle er jahrein, jahraus die ewiggleichen Geschichten.

Lucas Delbrück, der mit Beate an der Mühle vorbeischlendert, wird melancholisch: »Sunny, ich hätte gar nicht erst Priester werden dürfen. Ich habe es gewußt, als ich dich kennenlernte. Warum haben wir damals nicht mehr Mut gehabt?«

»Ich hatte Mut. Aber du und deine Eltern...«

»Ach, die hätten das schon überlebt. Weißt du noch: Neulich, der Abend nach unserer Begegnung auf der Eisenbahnbrücke, mit der Rehleber von Clemma...«

»...von der ich kaum einen Bissen heruntergekriegt habe!« sagt Beate.

»Du tust ihr unrecht, geschmeckt hat es sensationell. Aber hinterher, als ich ins Pfarrhaus zurückgefahren bin, hätte ich am liebsten eine Leiter geklaut und wäre bei dir eingestiegen!«

Beate lächelt: »In Köln hast du das nie gemacht.«

»Da war die Tür ja auch offen! Und erinnerst du dich noch an den warmen Oktoberabend? An das erste Mal?«

»Du hattest diesen schrecklichen Rotwein dabei.«

»Bester Meßwein. Vier Mark fünfzig, bei Ali!«

Sie setzen sich auf eine Bank. Lucas' Humor verfliegt, seine Miene wird düster.

»Sunny, es hat keinen Zweck. Wir zerfleischen uns. Erst neulich habe ich deinen Mann belogen, ich bin für so was nicht geschaffen!«

»Mir geht es ja genauso. Aber was soll ich machen? Du bist nun mal meine glücklichste Zeit gewesen.«

Er nickt und sagt: »Du warst meine Jugend. Die einzige, die ich je hatte.«

Mit feuchten Augen lächelt sie ihn tapfer an. »Wenn ich bloß wüßte, wie ich mich ohne dich in dieser Welt zurechtfinden soll. Wenn du nicht gewesen wärst...« Beate streichelt ihm über den Kopf.

»Sunny, bitte«, wehrt er sich noch, aber jetzt reißt sie ihn an sich und küßt ihn leidenschaftlich. Nur einen Augenblick wirkt er noch wie zerrissen, dann erwidert er den Kuß. Das Herz klopft ihm bis zum Hals, der ihm zu eng wird unter seinem Priesterkragen. Er wünscht sich sonstwohin, wünscht sich, das Leben um volle zwanzig Jahre zurückdrehen zu können.

Ein seltsames Bild geben sie ab, wie sie sich da auf der Bank aneinanderdrängen: die Frau im weißen Sommerkleid und der schwarz gekleidete Pfarrer. Ohne seinen Priesterkragen würde jeder vorbeikommende Spaziergänger die beiden für ein besonders schönes, besonders verliebtes Paar halten.

Ganz in der Nähe, kaum eine Autominute entfernt, sitzt Bruno Schadewald im Park, der sein herrschaftliches Haus umgibt, und bastelt verbissen an einer Laudatio für Jakobs siebzigsten Geburtstag. Die Zeitung hat ihn gebeten, ein paar nette Worte zu verfassen, und Schadewalds Eitelkeit befiehlt ihm, alles daranzusetzen, ein sprachliches Feuerwerk allererster Güte aus dem Hut zu zaubern. Als Werner unangemeldet über den kurzgeschorenen Rasen auf ihn zukommt, freut sich Schadewald. Er hat ein Opfer gefunden, dem er seine gedrechselten Zeilen vorlesen kann.

»Er hat sein Leben lang gekämpft wie ein Tiger, hat gekämpft wie ein Rennpferd, das weiß, das es siegen muß und kann. Und deswegen hat er auch immer gesiegt. Gut, was?« Erwartungsvoll sieht er Werner an, der aber nur vielsagend grinst. Schadewald läßt sich nicht irritieren und liest weiter.

»Er ist wahrscheinlich einer der größten Parcourskünstler in Deutschland und ein Gentleman, wie es keinen zweiten gibt: Jakob Eicke, der in diesen Tagen siebzig wird... Na ja, und so weiter, nicht wahr?« Er strahlt über das ganze Gesicht. So brillante Formulierungen! Das soll ihm erst einmal einer nachmachen!

»Und jetzt kommt's! Geliebt, gefürchtet, verehrt und oft fast vergöttert: alles stimmt, wenn von dem rüstigen Jubilar die Rede ist. Jakob Eicke, ob es dem einen oder anderen nun paßt oder nicht, ist schlicht und einfach der Allergrößte der Branche! Na? Ist das nichts?« fragt er und sieht von seinem Blatt auf wie einer, der auf einen Beifallssturm wartet.

»Super ist das«, sagt Werner. »Bloß: Es stimmt nicht. Der Größte sind Sie, Bruno. Der größte Heuchler, der mir je über den Weg gelaufen ist!«

Schadewald macht große, verständnislose Augen: »Also, das muß ich mir ja nun wirklich nicht sagen lassen.«

»O doch! Seien Sie froh, daß ich meine Weisheit nicht anderswo loswerde!«

»Und was ist Ihre umwerfende Weisheit, wenn ich fragen darf?«

Werner lehnt sich zurück und macht es sich gemütlich. »Sie kennen doch den guten Herrn Keukenburg aus Amsterdam. Die große Nummer bei Blanck Pharma. Ein netter Kerl, wir hatten gerade erst das Vergnügen miteinander. Sie werden wohl kaum abstreiten, daß der Ihre Klitsche hier jahrelang gesponsert hat. Ausgerechnet ein Pharmamulti.«

»Woher wissen Sie das?« fragt Schadewald betreten.

Werner macht eine Geste, die besagen soll, er höre alles, was so herumgezwitschert werde.

Schadewald erhebt sich. Er wird böse: »Das war alles astrein! Das Geld hat er investiert, auf sein Risiko. Alles andere ist nicht mein Problem!«

»Doch. Ist es. Es könnte ja jeder behaupten, der große Tugendwächter des deutschen Springsports habe sich bestechen lassen.«

»Sie, das beweisen Sie mir erst mal!«

»Will ich ja gar nicht, Bruno. Kommen Sie, setzen Sie sich wieder. Sie wollen doch in sechs Wochen endlich zum FN-Präsidenten gewählt werden. Ja, glauben Sie denn, Sie kriegen auch nur eine Stimme, wenn das ruchbar wird?«

»Werner, was wollen Sie?« Schadewald nimmt jetzt den unterkühlten Tonfall an, der typisch ist für Geschäfte, die auf nicht ganz saubere Weise unter der Hand abgewickelt werden.

Werner bleibt gelassen: »Ach, wissen Sie. Eigentlich nur eine ganz kleine Gefälligkeit.«

Der Funktionär scheint zu begreifen. »Ach so. Ich kann es mir denken. Aber glauben Sie nicht, daß Leihmutterschaft bei Pferden irgendwie auch ein linkes Ding ist?«

»Wieso das denn?«

»Also gut. Ich sorge dafür, daß Ihr Euphorie, Ihr Everybody's

Darling, doch einen roten Schein bekommt. Damit Sie ihn endlich teuer genug loswerden können. Und Sie halten den Mund.« Er streckt Werner seine rechte Hand entgegen.

Werner grinst unverschämt, nimmt die dargebotene Hand und fragt: »Wissen Sie, warum ich eigentlich gekommen bin?«

»Das haben wir ja wohl gerade eben bereinigt.«

»Nein, nicht ganz. Das Fohlen gehört mir gar nicht mehr. Das hat Jakob mir abgekauft und meiner Tochter geschenkt. Ich wollte Sie bloß fragen, ob Sie Jakob zum Geburtstag nicht einen kleinen Orden verleihen könnten. Das war alles.«

Während Schadewald völlig fassungslos stehenbleibt, hebt Werner die Hand zum Gruß und geht. Jetzt muß er doch leise lachen, er hat es sich lange genug verkniffen. Ist es nicht komisch, wie angreifbar Leute sind, wenn es um irgendwelche honorigen Ehrenämter geht? Keukenburg, Schadewald, egal wer – in diesem Punkt sind diese Profilneurotiker wirklich alle gleich.

2

Im Palazzo Pirri haben sich die Gemüter mittlerweile wieder beruhigt. Gipsy und Massimo feilschen um die zu verkaufenden Pferde, beschimpfen sich in scherzhaftem Ton gegenseitig als Erpresser und Halsabschneider, und Massimo droht in jedem zweiten Satz damit, ihr die Pferde wieder wegzunehmen und die Beteiligung an ihrer Firma aufzukündigen, falls Stefan nicht bei ihr bliebe. Stefan sieht den beiden aus einem gewissen Sicherheitsabstand beim Verhandeln zu und amüsiert sich. Er ist dankbar für alles, was seine Gedanken von Hof Eicke ablenkt. Daß es ihm so schwerfallen würde, sich von zu Hause zu lösen, hätte er nicht gedacht. Er hat nie verstehen können, wieso Jakob seine Bindung zu Mecklenburg über die Jahre und Jahrzehnte so gepflegt hat, auch in den Zeiten des Eisernen Vorhangs. Jetzt beginnt er zu ahnen, was den Vater bewegt hat. Die Heimat bedeutet Stefan tatsächlich mehr, als er für möglich gehalten hätte.

Gipsy und Massimo schaffen es tatsächlich, sich zu einigen,

und um dieses Ereignis zu feiern, fahren die drei Teilhaber am späten Nachmittag auf einer winzigen, staubigen Nebenstraße zu Massimos Lieblingstaverne, wo man auf einer gemütlichen Terrasse inmitten üppiger Weinberge sitzen und die Abendsonne genießen kann. Sie prosten einander mit Champagner zu, und als Trinkspruch bringt Massimo aus: »Auf das verrückte Leben!« Seiner Meinung nach, erklärt er, seien sowieso alle Menschen verrückt, jeder auf seine Weise, und das sei auch gut so.

Gipsy fügt lachend hinzu: »Ich weiß auch genau, seit wann ich verrückt bin: Seit ich Stefan zum ersten Mal gesehen habe! Ich glaube, ich war acht Wochen alt, oder acht Monate, was weiß ich. Er ist vorbeigeritten wie ein König, daran erinnere ich mich genau.«

Stefan widerspricht: »Das war bestimmt Werner. Er war eigentlich viel begabter als ich. Bevor er... seinen Unfall hatte.« Stefans Miene wird plötzlich düster.

»Meinen Sie das im Ernst?« wundert sich Massimo.

»Ich war zwölf Jahre alt. Paps hatte mir mein erstes Pferd geschenkt, und ich bin einfach losgerast«, erzählt Stefan stockend. Gipsy blickt hilfesuchend gen Himmel. Offensichtlich kennt sie die Geschichte bis ins Detail und haßt es, sie zu hören.

Aber Massimo hört sehr aufmerksam zu, und deshalb fährt Stefan fort: »Ich hatte keine Ahnung, wieviel Kraft so ein Tier hat. Das Pferd ist mir prompt durchgegangen und auf die Autoschnellstraße zugerannt. Und plötzlich kommt Werner hinter mir hergaloppiert, ist auf gleicher Höhe, springt herüber und bringt das Pferd zum Stehen. Nur er stand nicht. Er lag auf dem Boden und hat gebrüllt wie am Spieß. Sie haben ihn mit einem Hubschrauber weggebracht und sofort operiert, aber sein Bein war total kaputt.«

»Schrecklich«, murmelt Massimo.

»Ja, es war schlimm für ihn. Und für mich auch. Ich war schließlich schuld dran.« Stefan schweigt. Von den Bildern und Alpträumen, die ihn seitdem, bis zum heutigen Tage, heimsuchen, erzählt er nichts: das schmerzverzerrte Gesicht, der weit aufgerissene, brüllende Mund, die hervorquellenden Augen seines Bruders; und vor allem: das zertrümmerte Bein, so grotesk deformiert, daß man es für alles mögliche halten mochte, aber nicht für ein Bein.

Es gibt immer wieder Momente, die jene grausigen Erinnerungen an die Oberfläche von Stefans Bewußtsein spülen, und manchmal träumt er dieses Ereignis auch mit vertauschten Rollen! Dann ist Stefan derjenige, der auf ein Pferd springt, um seinen kleinen Bruder zurückzuholen. Spannend ist das, wie im Film. Er kommt sich vor wie ein Held, und es scheint ja auch alles zu klappen, er macht sich lang und springt und springt und springt und bleibt mit der Fußspitze an irgend etwas hängen; es könnte der Steigbügel sein; und dann geht alles viel zu schnell. Klick, und alles ist dunkel, nur noch ein lautes Knacken und Splittern ist zu hören.

»Jetzt verstehe ich manches besser«, meint Massimo, und seine Stimme dringt nur verschwommen an Stefans Ohr.

Stefan faßt sich wieder. »Es ist ganz gut, mal darüber zu reden. Die Schatten dieses Tages wirken in unserer Familie immer noch nach, und das wird auch so bleiben, ob wir es wollen oder nicht. Nicht nur das *Glück* dieser Erde liegt auf dem Rücken der Pferde. Auch das Leid. Als Werner neulich Hanno Bruns als Bereiter engagiert hat, habe ich gedacht, er sucht seine eigene Jugend. Aber inzwischen bin ich ganz froh, daß er ihn hat, da kann er mich ein bißchen schneller vergessen.«

Die hübsche Wirtin (Massimo weiß schon, warum er hierherkommt) hat inzwischen die leeren Champagnergläser wieder aufgefüllt und sich, auf Massimos Geheiß, auch eines genommen. Der Bonvivant erhebt sich und greift nach seinem Glas. »Ja, es war gut, sich auszusprechen«, sagt er. »Aber wir sollten diese alten Geschichten jetzt vergessen. Alla salute, signori e signore!«

3

Jakob wird nun fast schon zum Pendler zwischen dem Münsterland und Mecklenburg. Kurz nach sieben Uhr am Morgen nimmt er einen Flieger nach Rostock, und als er bei Pia Schmitter eintrifft, ist Divina bereits gesattelt, und Hanno Bruns geht nervös auf und ab. Heute findet der große Härtetest statt, heute soll Divina zeigen, ob sie es noch kann. Auf dem Parcours stehen keine freundlichen Trainingshindernisse, sondern ein harter Brocken nach dem anderen. Hanno sitzt auf, und Divina trabt auf den Platz. Pia und Jakob sehen zu, sind mehr als gespannt. Gleich die allererste Stange wird abgeworfen. Hanno ist zu zaghaft an das Hindernis herangeritten. Jakob tut so, als hätte er es nicht gesehen. Die nächsten Sprünge dagegen bereiten dem Pferd keine Schwierigkeiten, werden fast so souverän genommen, als seien sie gar nicht vorhanden. Dann naht das letzte Hindernis – ein Sprung, so hoch und weit, wie er nur in den allerhärtesten Konkurrenzen einer Olympiade oder Weltmeisterschaft vorkommt. Wenn Divina dieses Monster bewältigt, ist sie wieder zum erlauchten Kreis der absoluten Toppferde zu rechnen.

Sie läuft auf das Hindernis zu, vergißt für einen Moment völlig, daß sie jemanden auf dem Rücken sitzen hat, und legt ihre gesamte Kraft in diesen einen Sprung. Ihre Vorderläufe steigen hoch und höher, die Hinterläufe stemmen sich in den Sand, um dann ebenfalls, wie von gewaltigen Sprungfedern beflügelt, in die Höhe zu schnellen. Elegant und ohne auch nur einen Balken zu touchieren, fliegt der bildschöne Schimmel über das Hindernis hinweg. Jeder Laie sieht: Die Balken hätten sogar noch höher liegen können. Jakob und Pia brechen in lauten Jubel aus und vollführen ein kleines Freudentänzchen, dann laufen sie auf Divina und Hanno zu, die ihnen zufrieden entgegengetrabt kommen.

»Na bitte! Das war's doch«, sagt Hanno stolz, als er absitzt. Jakob nimmt ihm die Zügel aus der Hand und läßt sich von Hanno hinaufhelfen. Er läßt es sich nicht nehmen, nun selbst auf Divina im langsamen Schrittempo um die Sprünge herumzureiten. Stolz ist er wie ein Vater auf sein Kind. Keiner außer ihm hatte noch daran geglaubt, daß Divina wieder zu solcher Leistung fähig sein könnte. Jetzt würde die Stute es ihnen allen zeigen, und zwar schon bald. Die Leute sollen sich wundern!

Pia und Hanno haben einander die Arme um die Schultern gelegt und schauen ihm zu. Hanno grinst sie an, und sie lächelt genauso strahlend zurück. Die beiden sind gerade dabei, sich ineinander zu verlieben, aber sie trauen sich noch nicht so richtig, sind sich über die Gefühle des anderen noch überhaupt nicht im klaren. Ist so eine scheue, vorsichtige Annäherung nicht eine der schönsten Phasen, die eine Liebesbeziehung erleben kann?

Erst am Vortag seines Geburtstags läßt Jakob sich wieder auf Hof Eicke blicken. In Mecklenburg ist es einfach viel erholsamer, und er wäre sogar noch länger geblieben, wenn nicht sein Siebzigster vor der Tür stünde. Aber er kann sie ja schlecht ohne ihn feiern lassen. Schadewalds Lobhudeleien über ihn stehen in der Zeitung, dreispaltig und mit Bild, unter der Schlagzeile:

Jakob Eicke wird 70. Der Gentleman aus der Stallgasse bekommt hohen Besuch.

Das findet Jakob so peinlich, daß er am liebsten gleich wieder abreisen will. Was wird da erst morgen auf ihn zukommen!

»Muß eigentlich jeder wissen, was ich für ein alter Knacker bin?« beklagt er sich, aber Clemma besänftigt ihn mit einem Lächeln.

»Senior, die freuen sich doch alle nur, daß sie dich haben und daß du immer noch so prima drauf bist!«

Jakob weiß noch nicht, daß er diesem Zeitungsartikel noch sehr dankbar sein wird.

Paula Rogowski, eine attraktive, jung gebliebene Mittsechzigerin mit naturblonder, modischer Lockenfrisur, hat gerade Herrn Lin Peng zu Gast, einen chinesischen Diplomaten, den sie schon seit fünfundzwanzig Jahren kennt, seit ihrer Zeit in Peking. Seit über vierzig Jahren arbeitet sie im diplomatischen Dienst, und während dieser langen Zeit hat die gebürtige Mecklenburgerin auf allen Kontinenten gewohnt. Seit ein paar Jahren lebt und arbeitet sie nun in Bonn.

Lin Peng ist heute gekommen, um einen Abschiedsbesuch zu machen, denn sowohl Paula als auch er ziehen sich in den Ruhestand zurück. Er beendet seine Arbeit bei der chinesischen Botschaft und kehrt zurück in sein Heimatdorf in der Nähe von Nanking, am Ufer des Yangtsekiang. Als Lin Peng gegangen ist, merkt Paula, daß ihr Gast eine Zeitung liegengelassen hat. Sie will sie bereits auf den Altpapierstoß legen, als ihr Blick auf den in fetten Lettern hingeklotzten Namen *Jakob Eicke* fällt. Paula weiß noch ganz genau, wer das ist, obwohl es über fünfzig Jahre her ist. Es gibt eben Leute, die vergißt man sein Leben lang nicht. Wenn sie so lächelt, wirkt sie sehr mädchenhaft. Beschwingt nimmt sie ein kleines gerahmtes Foto, das auf einem Wandregal steht, und betrachtet es, nachdem sie die Staubschicht weggeblasen hat: ein schüchternes zwölfjähriges Mädchen und ein verwegen dreinblickender etwas älterer Junge, beide zum Sonntagsspaziergang herausgeputzt. Paula greift noch einmal nach der Zeitung und stellt beim Überfliegen des Artikels fest, daß morgen ein Turnier zu Jakobs Ehren ausgerichtet wird, in Münster. Im Springsport hat sie nur einen einzigen Bekannten, aber der hat Einfluß. Paula setzt sich in ihren Wagen und fährt zu Egon Moosbacher, dem Kaufhauschef.

»Ob ich Jakob Eicke kenne?« poltert Moosbacher, als Paula überraschend vor seiner Tür steht. »Was für eine Frage! Der Jakob ist quasi ein alter Kumpel von mir. Aber wie die kürzlich meine kleine Irina behandelt haben, war wirklich das letzte. Ich werde nicht zu dem Turnier gehen.«

»Mußt du aber. Mir zuliebe«, widerspricht Paula.

»Kein Mensch muß müssen. Ich besorge dir eine Tribünenkarte.«

»Egon, hinterher gibt es einen Empfang. Da muß ich hin, nicht zu dem Turnier.«

Moosbacher gibt sich amüsiert: »Warum lernst du nicht Tennisspielen, das paßt doch viel eher zu dir als Springreiten.«

Paula lächelt und gibt ihm, statt einer Erklärung, das Foto.

Moosbacher betrachtet es und meint grinsend: »Seit dein Mann gestorben ist, habe ich immer geglaubt, du heiratest mal einen von deinen Chinesen oder Negerhäuptlingen. Und jetzt, wo du glücklich pensioniert bist, interessierst du dich plötzlich für einen Pimpf von anno dazumal?«

»Mußt du eigentlich immer alles wissen?« fragt Paula schnippisch und erwidert das Grinsen.

Moosbacher lacht. »Also gut, meinetwegen. Aber nur dem alten Jakob zuliebe. Der kann bestimmt Beistand gebrauchen.«

Da könnte Moosbacher recht haben. Denn von Mitternacht an dreht sich, so scheint es, nicht nur im Münsterland alles um Jakob, den Jubilar. Werner, Beate, Linda und Clemma fallen ihm jubelnd um den Hals und beladen ihn mit einer Vielzahl von Geschenken. Edgar überrascht seinen Großvater mit dem, was er am besten kann: Computertricks. Zehn Sekunden vor Mitternacht schaltet sich der große Fernseher in der Wohnhalle des Schlosses scheinbar von selbst an, als sei er von Geisterhand in Betrieb gesetzt. Eine bunte Mixtur aus einer Sylvestersendung (mit den letzten Sekunden vor Mitternacht), dem Glockengeläut des Kölner Doms mit dem dazugehörigen Feuerwerk und wilden Computergrafiken, die Edgar selbst entworfen hat, setzt ein und versetzt die Familie in Erstaunen. Die ganze Show wird zentral von Edgars Computer aus gesteuert. Durch den Lärm hindurch kaum zu hören, läutet im Hintergrund das Telefon. Stefan ist dran.

»Hallo, Paps!« ruft er und hält dabei seine Hand vor die Sprechmuschel, um etwas undeutlicher zu klingen. Er steht in der Halle von Schloß Bovens, direkt neben Gipsy, die versucht, ein bißchen zu lauschen. Hinter den beiden sitzt Massimo und freut sich über das kleine Täuschungsmanöver. »Alles Gute zum Geburtstag, Paps, direkt aus der Toskana. Auch von Gipsy und Massimo. Wir trinken gerade auf dein Wohl.«

Jakob ist glücklich, mit seinem Sohn zu sprechen: »Du, hier ist der Teufel los! Hörst du das Getöse? Das nennen die eine kleine

Familienfeier. Wo, sagst du, bist du? Das hört sich an wie von nebenan.«

»Paps, ich bin doch immer in deiner Nähe. Das weißt du doch, oder? Wir sehen uns bestimmt bald.«

Gipsy und Massimo staunen über Stefans Schauspielkunst.

Gerührt legt Jakob wieder auf und geht zu seinen Lieben zurück, die sich bereits das zweite Glas Champagner einschenken. Edgar genießt es, einmal über seine Computerkünste dozieren zu dürfen. »Ich habe einfach den Rechner mit der Frankfurter Atomuhr geschaltet. Das Signal kommt aus Braunschweig, da muß man dann nur noch rechtzeitig einschalten. Die Caesiumuhr hat eine Abweichung von einer Sekunde in einer Million Jahren.«

»Toll, mein Junge«, unterbricht ihn Jakob. »Ich bleibe aber trotzdem bei meiner Taschenuhr, die ich vor sechzig Jahren zur Kommunion bekommen habe; auch wenn ich sie jeden Tag aufziehen muß.«

Der Familienabend verläuft so harmonisch, daß Werner ins Grübeln gerät, ob er die Kinder denn nun tatsächlich ins Internat geben soll. Wäre damit wirklich etwas gewonnen? Würde dann nicht eher etwas ganz Wichtiges fehlen? Wäre es ohne Lindas glockenhelles Lachen nicht vielleicht viel zu ruhig im Schloß? Kinder sind noch so rein und klar wie frisches Quellwasser. Mag sein, daß ihre belebende, ungekünstelte Art wichtig ist, für Beate und für alle anderen Hofbewohner. Als Werner bereits im Bett liegt, beschließt er, es mit einem Kompromiß zu versuchen: Edgar und Linda kommen für eine Probezeit von einigen Wochen ins Internat, und nach Ablauf der Frist können sie selbst entscheiden, ob sie bleiben oder wieder nach Hause wollen. Damit müßten alle Beteiligten einverstanden sein, und keiner könnte Werner mehr vorwerfen, er spiele den Despoten.

An Jakobs Geburtstag geht es allerdings so drunter und drüber, daß er noch nicht dazu kommt, seinen Kindern diesen neuen Beschluß zu verkünden, zumal die beiden nicht mit nach Münster zum Turnier fahren: Linda behauptet, es gehe ihr nicht gut, und Edgar sagt, er müsse dringend für eine Lateinarbeit lernen.

Beim Turnier selbst sitzt Jakob mit seiner Familie in der Ehrenloge und genießt das allgemeine Erstaunen, das sich verbreitet, als die Neuigkeit die Runde macht, daß Divina mit auf der Startliste steht. Damit hat keiner gerechnet! Das hat Jakob hinter den Kulissen so eingefädelt, daß niemand Wind davon bekommen hat. Ein paar Reihen schräg hinter Jakob nehmen Paula Rogowski und Egon Moosbacher Platz. Paula hat kaum Augen für den Turnierverlauf, sie schaut immer nur verstohlen zu Jakob hinüber.

Henri Pichon legt als einer der letzten Starter auf Belkanto einen zunächst beeindruckenden Ritt hin, aber gegen Ende des Parcours fällt dann doch noch eine Stange: vier Fehlerpunkte! Damit setzt er sich aber dennoch an die Spitze. Wenige Meter neben dem spektakulärsten Hindernis steht ein Pulk von Fotografen, und mitten im Gedränge behauptet sich Beate. Sie will es wirklich wieder wissen! Schließlich, so denkt sie sich, besteht der Job eines Fotografen ja nicht nur aus der Arbeit in der Dunkelkammer. Die Jagd nach dem überragenden Motiv, dem überragenden Bild: das ist es, was ihr im Grunde am meisten Spaß macht.

Dann kommen Hanno Bruns und Divina. Jetzt muß die Entscheidung fallen. Hanno ist aufgeregt wie nie zuvor und kaum ansprechbar. Seine größte Sorge ist, daß seine Hände so feucht werden könnten, daß ihm während des Ritts die Zügel entgleiten. Noch unmittelbar bevor er in den Parcours einreitet, wischt er sich die Handflächen zum wiederholten Male an seiner Kleidung trocken.

Pia Schmitter hält die Zügel und sagt noch einmal: »Vier Punkte, Hanno! Wenn du ohne Fehler gehst, hast du gewonnen!«

»Aye, aye, Madam«, erwidert Hanno viel zu cool. Es ist soweit. Er wird aufgerufen. Divina, im Gegensatz zu ihrem Reiter die Ruhe selbst, tänzelt auf den Parcours und bleibt stehen. Hanno grüßt mit der Mütze und sieht hinüber zu Jakob, der die Arme hebt, um Hanno zu zeigen, wie sehr er ihm die Daumen drückt. Auch Jakob ist jetzt sehr angespannt. Training wird immer nur Training sein, egal wie hoch man die Latte legt. Die wahre Bewährungsprobe findet im Turnier statt. In diesem Turnier! Jakob faltet heimlich zwischen seinen Knien die Hände, um für Divina zu beten. Jeder im weiten Rund scheint den Atem anzuhalten. Die Leute erinnern sich noch genau an die Schlagzeilen und wissen, daß dies für Divina ein ganz besonderes Turnier ist. Wenn sie heute versagt, ist sie vielleicht schon erledigt. Aber mehr als auf ihr lastet dieser Druck auf Hanno. Er hat bislang nur Provinzturniere gewonnen, er ist ein Namenloser. Jetzt hat er die Chance, das vielleicht beste Springpferd der Welt zum Turniersieg zu führen. Bloß nichts vermasseln! Ruhe bewahren! Der erste Sprung. Die Nerven flattern, liegen bloß. Divina zittert sich hinüber, streift mit dem Hinterlauf einen Balken, der zwar klappert, aber nicht fällt. Ein Raunen geht durchs Publikum. Der zweite Sprung, ein Oxer, geht schon besser. Dann der Wassergraben: Er wird souverän bezwungen. Es naht die schwierige dreifache Kombination, das Herzstück dieser Konkurrenz! Hanno treibt Divina an, hoher, weiter Absprung, fast zu weit, der Raum vor dem zweiten Teil wird eng, aber Divina reißt sich zusammen, hat einen guten Rhythmus, nimmt die Hürde sicher, und auch der dritte Teil ist kein Problem. Jetzt ist völlig klar: Sie kann es schaffen! Es wird ruhig, ganz ruhig. Nur das dumpfe Geräusch, das Divinas Hufe auf dem Boden machen, ist noch zu hören. Die schwierigste Klippe, die jetzt noch kommt, ist ein besonders *hohes* Hindernis, fast so hoch wie jenes, das Divina in Mecklenburg bezwungen hat. Schräg neben diesem Sprung stehen die Fotografen. Hanno und Divina nehmen Anlauf für das Hindernis, und Beate schießt ein Foto nach dem anderen. Plötzlich wird ihr die Sicht versperrt. Ein junger Volontär einer kleinen Tageszeitung hat sich vor sie gedrängelt. Er träumt von einem Foto auf der Titelseite, aber er macht alles falsch, was man nur falsch machen kann: Die Belichtung stimmt nicht, und die Verschlußzeit ist so lang, daß ihm jedes Foto verwackelt. Nicht ein einziges Bild, das er hier macht, wird zu gebrauchen sein. Aber das Schlimmste ist: Er hat seinen Blitz so ausgerichtet, daß der Flash frontal auf das Pferd gerichtet ist! Den Bruchteil einer

Sekunde, bevor Divina zum Sprung ansetzen will, drückt der Dilettant auf den Auslöser. Irritiert bleibt die Stute stehen, versucht, zur Seite auszubrechen, und kann von Hanno nur mit Mühe daran gehindert werden. Die Menge schreit auf. Jakobs Hände klammern sich fassungslos an seinen Tribünensessel. Hanno bringt die verwirrte Divina dazu, zu wenden und noch einmal neu anzulaufen. Das macht drei Fehlerpunkte für Verweigern! Noch ist alles drin! Aber das Pferd ist jetzt nervös, springt zu spät ab und reißt das Hindernis mit den Hinterbeinen. Der Sieg ist dahin! Divina bringt den Rest des Parcours zwar fehlerfrei hinter sich, aber da gibt es nichts mehr zu retten.

Am Unmut seiner Kollegen liest der Unglücksfotograf ab, daß er sich möglichst schnell aus dem Staub machen sollte. Aber so einfach kommt er nicht davon: Beate folgt ihm mit energischen Schritten bis ins Festzelt neben dem Stadion und brüllt, ja sie brüllt ihn derart an, daß er Sekunde um Sekunde immer kleiner wird, bis er aussieht wie ein dummer Junge, der vor der versammelten Schulklasse von seiner Lehrerin fertiggemacht wird. In seinem gesamten Berufsleben wird der arme Tropf es nie wieder wagen, mit einer Kamera bei einem Sportereignis aufzutauchen.

Jakob und Werner sind mittlerweile zum Abreiteplatz geeilt. Hanno ist außerordentlich geknickt, als er vom Pferd steigt.

»Da haben wir sie gerade erst wieder hingekriegt«, erregt sich Jakob, »und dann kommt dieser Vollidiot und macht alles kaputt! Du warst prima, Mädchen«, sagt er und tätschelt Divina.

»Wir müssen Protest einlegen!« fordert Werner. »Die sollen euch einen zweiten Umlauf geben!«

Hanno nickt eifrig: »Genau! Und dann schaffe ich es! Ich schwör's euch!«

Aber Jakob lehnt ab: »Ihr seid wohl verrückt! Divina springt jetzt nicht noch mal! Schaut euch doch an, wie durcheinander sie ist. Ich lasse sie mir nicht mehr kaputtmachen. Hanno, du kannst noch genug gewinnen, auch mit Divina.«

Jakob zieht Werner zurück zur Tribüne. Eigentlich sollte das Turnier jetzt beendet sein. Aber anstatt die Plazierung zu verkünden, meldet sich der Stadionsprecher mit einer weiteren Ansage:

»Verehrte Damen und Herren, erwarten Sie nun die Überraschung des heutigen Tages. Bitte begrüßen Sie, in letzter Minute gemeldet: Stefan Eicke auf Raffaello, am Start für Gut Bovens!«

Werner, Jakob und einige andere schauen sich an, als hätten sie sich verhört. Aber als Stefan auf dem rabenschwarzen Pferd ins Stadion geritten kommt, gibt es keinen Zweifel mehr. Vor allem Jakob ist platt. Da hat sein Sprößling ihn ja schön hereingelegt! Und ihn, der geglaubt hatte, *er* hätte für die große Überraschung gesorgt, sogar noch übertrumpft. In einer hinteren Tribünenreihe sitzen Gipsy und Massimo und freuen sich über ihren gelungenen Coup. Gipsy ist wahnsinnig stolz: darauf, wie schön *Gut Bovens* sich über den Lautsprecher anhört; auf Stefan, der zusammen mit Raffaello ein göttliches Bild abgibt, das auf der Stelle gemalt gehört; darüber, wie blendend es mit der Überraschung für Jakob geklappt hat.

Wieder herrscht atemlose Stille. Raffaello schnaubt lauter als Divina, bis in den allerletzten Winkel kann man das hören. Mit lässiger Eleganz führt Stefan den Rappen über ein Hindernis nach dem anderen. Da klappert kein Balken, da spritzt kein Wasser. Die beiden reiten auf die letzte Hürde zu, und noch im Sprung, als bereits zu sehen ist, daß nichts mehr anbrennen wird, brandet tosender Beifall auf. Die Leute pfeifen, klatschen und jubeln. Aber Stefan läßt sich nicht feiern, sondern trabt mit Raffaello vor die Tribüne, direkt unter die Ehrenloge. Er sieht seinem Vater fest in die Augen, nimmt die schwarze Kappe ab und hält sie gegen seine leuchtend rote Jacke. Werner stößt Jakob mit dem Ellbogen an. Der Jubilar steht langsam auf und nimmt ebenfalls seine Mütze ab. Dieses rührende Bild läßt die Beifallsstürme zum Orkan werden. *Standing ovations* für Vater und Sohn!

Zu Hause sehen Edgar und Linda sich die Fernsehübertragung des Turniers an. Neben ihnen stehen gepackte Koffer.

»Gute Show, die er da macht«, kommentiert Edgar Stefans Auftritt reichlich abfällig.

Linda protestiert: »Das ist keine Show. Das meint er so.« Sie ist ebenfalls aufgestanden. Wenn es spannend wird, kann sie ohnehin nicht sitzenbleiben, das geht ihr immer so. Im Kino hat sie deswegen schon einige Male Ärger bekommen mit Leuten, die hinter ihr gesessen sind. Edgar steht nun auch auf und schaltet den Apparat ab.

»Dann wollen wir mal langsam«, sagt er.

Die beiden Kinder haben eine Entscheidung getroffen. Sie haben keine Lust, noch weiter das Streitobjekt ihrer Eltern zu sein. Wenn die Familie vom Festbankett zurückkommt, werden sie schon im Internat sein. Edgar geht zum Telefon und bestellt ein Taxi. Ihm fällt die Entscheidung gar nicht so besonders schwer, aber auch Linda hält es inzwischen für das beste. Schweren Herzens hat sie sich von Everybody's Darling und allen anderen Pferden verabschiedet, als werde sie erst in vielen Monaten wieder zurückkehren. Edgar dagegen kümmert sich, wie immer, mehr um die praktischen Dinge: Er hat die Reste von Lindas und seinem Taschengeld zusammengeschmissen, ausgerechnet, wieviel die Fahrt kosten wird, und festgestellt, daß das Geld reicht. Draußen hupt es: Das Taxi ist da. Wortlos greifen die Kinder nach ihrem Gepäck und gehen hinaus.

Bei Jakobs Empfang lassen die handverlesenen Gäste inzwischen eine gestelzte Ansprache Bruno Schadewalds über sich ergehen. Der Funktionär verleiht dem Geburtstagskind das goldene Reiterabzeichen der Deutschen Reiterlichen Vereinigung, eine Auszeichnung, die sonst nur an besonders erfolgreiche Aktive, an Olympiasieger, Weltmeister und Medaillengewinner verliehen wird. Anschließend muß Jakob viele Hände schütteln und Küsse verteilen. Stefan erscheint als einer der letzten vor seinem Vater.

»Du bist mir ja der allergrößte Strolch unter der Sonne«, meint Jakob schmunzelnd.

»Ich weiß, Paps. Aber heute bin ich nur für dich geritten. Der Siegerpokal gehört dir.« Er hält den vergoldeten Cup hoch, und Jakob nimmt ihn beschämt entgegen.

Aber es gibt noch eine Überraschung: Egon Moosbacher trifft

ein, gratuliert Jakob, und in seinem Gefolge tritt auch Paula Rogowski hinzu.

»Ich wollte auch ein kleines Geschenk vorbeibringen«, sagt sie, unsicher lächelnd. Sie ist furchtbar aufgeregt. Wenn er sich nun nicht mehr erinnert?

Jakob sieht sie an und grübelt: »Vielen Dank, meine Dame. Aber um ehrlich zu sein: Im Moment stehe ich ein bißchen auf der Leitung.«

Da gibt sie ihm das Foto, das nun einen schöneren Rahmen trägt und mit einer hübschen Schleife verziert ist. In Jakob arbeitet es angestrengt.

»Paula«, murmelt er, und ohne zu glauben, daß sie es wirklich sein könnte: »Paula Ritter.«

Paula lächelt erleichtert und sagt: »O nein. Paula Rogowski. Geborene Ritter.«

Jakobs Gesicht leuchtet freudestrahlend. »Paulchen!« ruft er und fällt ihr um den Hals.

Falsches Spiel

1

Das Leben auf Hof Eicke verändert sich. Die Kinder, die auf Probe im Internat Amelingen sind, fehlen. Clemma, Böckmann, Beate, Jakob und sogar die ganzen Pferdepfleger, unter die Linda sich gern gemischt hat, vermissen die beiden. Sogar Werner wünscht sie sich zurück.

Dafür ist Paula Rogowski nun öfter zu Gast. Alte Liebe rostet nicht, sagt man, und obwohl sie und Jakob seinerzeit noch zu jung für eine richtige Liebesbeziehung gewesen sind, verstehen sie sich jetzt so gut, als hätten sie einander nie aus den Augen verloren.

Werner fährt eines Tages mit einem dunkelblauen Kabrio auf den Hof und kurvt so lange laut hupend im Kreis herum, bis Beate aus ihrer Dunkelkammer kommt, um nachzusehen, wer da so ein Spektakel veranstaltet.

»Gefällt dir das Auto, Bea? Wenn du es haben willst, schenke ich es dir!«

Sie ist sprachlos. Natürlich gefällt es ihr, und das weiß er auch ganz genau. Er kennt ihren Geschmack; zwar nicht in jeder, aber doch in mancherlei Hinsicht. Es ist das kostspieligste Geschenk, das er ihr in all den Jahren gemacht hat, und es gibt noch nicht einmal einen konkreten Anlaß dafür.

»Weil ich dich liebhabe«, sagt er. »Reicht das denn nicht als Grund?«

Es ist der schönste Grund, den Beate sich vorstellen kann. Sie ist sofort völlig vernarrt in den Wagen. Wenn die Sonne sich blicken läßt, unterbricht sie nun oft abrupt ihre Arbeit, kurbelt das Verdeck herunter und fährt los. Eine der ersten Spritztouren führt nach Amelingen, und als sie dort ankommt, ist gerade große Pause. Kinder spazieren über den Vorplatz, die Atmosphäre ist entspannt und unbeschwert. Edgar bewundert den Wagen, stellt Mutmaßungen über die PS-Anzahl an und darüber, wie schnell er wohl von Null auf 100 beschleunigt.

»Ich denke, du interessierst dich nicht für Pferdestärken«, fragt Beate lächelnd.

»Na, manchmal doch«, meint Edgar vielsagend.

Linda ist nicht so glücklich. Sie hat Heimweh und vermißt ihre Freundinnen. Aber als Beate fragt, ob sie wieder nach Hause möchte, verneint sie. Sie spürt, wie gut es ihrer Mutter geht. Vielleicht ist es ja tatsächlich besser für sie, zu Hause mehr Ruhe zu haben. Linda glaubt, es sei wichtig, noch eine Weile tapfer zu sein und hierzubleiben. Beate verbirgt ihre Enttäuschung. Sie hatte geglaubt, ihre Kinder würden sicher wieder zu ihr zurückwollen. Aber sie läßt sich ihre gute Laune jetzt nicht verderben. Während der Rückfahrt läßt sie den Wind durch ihr Haar wirbeln, und sie dreht das Radio auf volle Lautstärke: *All Right Now* von Free, ein Rocksong, der Anfang der Siebziger in allen Hitparaden war. Beate weiß noch genau, wie sie damals in Köln dazu getanzt hat. Mit Lucas. Immer und immer wieder haben sie den Refrain mitgesungen, nein, mitgegrölt, bis sie heiser waren: *All right now, baby, it's all right now!* Was für einen grenzenlosen Optimismus sie hatten! Sie singt immer noch, als sie auf den Hof fährt. Gleich ist sie mit Werner verabredet. Er höchstpersönlich soll ihr Modell stehen für den neuen Prospekt, und zwar in den verschiedensten Aufmachungen. Vorgestern hat sie ihn in Arbeitskleidung gesteckt und Aufnahmen von ihm als Pferdepfleger gemacht, gestern hat er auf Teja den Bereiter gespielt, und heute zwängt er sich in einen Smoking, um den smarten Oberboß zu mimen. Er ziert sich bei all dem fürchterlich, aber Beate duldet absolut keine Widerrede, und im Grunde macht es ihm auch Spaß.

Stefan zieht auf Gut Bovens ein und trainiert täglich mit Raffaello. Renato Tucci, so hat er gehört, soll ziemlich wütend sein. Im Krieg und in der Liebe, so soll er gesagt haben, sei zwar alles erlaubt, aber einem Kollegen ein Pferd unter dem Hintern wegzuziehen, sei etwas anderes. Stefan kümmert das nicht, er hat andere Dinge zu tun. Es hat ihn immer geärgert, daß er zu faul gewesen ist, um seine Doktorarbeit zu Ende zu schreiben, obwohl sie schon zu drei Vierteln fertig war. Nun hat er sich im Schloß Bovens eine Ecke als Schreibtisch eingerichtet. Hier stapeln sich Bücher, Zeitschriften und Aufzeichnungen, und inmitten des Durcheinanders thront ein Laptop, auf dem Stefan im Zweifingersystem herumhämmert. Gipsy sieht ihm gerne heimlich beim Arbeiten zu. Es ist beinahe so, als seien sie ein Ehepaar, und es gefällt ihr. Sie träumt schon lange davon, mit Stefan eine Familie zu gründen. Drei Kinder wünscht sie sich, zwei Jungen und ein Mädchen.

»Weißt du eigentlich, wovon ich heute nacht geträumt habe?« fragt sie und krault dabei Stefan zärtlich den Nacken.

»Von einem gut durchgezogenen Tiramisu?«

»Nein, ich habe geträumt, daß wir heiraten. Ich hatte ein weißes Kleid an. Es war ein wunderschöner Traum.«

»Wir beide, Gipsy? Ich sage dir: Manche Verlobungen enden glücklich, die anderen führen zur Ehe. Du hast einen Alptraum gehabt.«

Gipsy lacht: »Mit dir kann man überhaupt kein ernstes Wort reden!«

»Wieso ernst? Das hast du doch nicht ernst gemeint?«

»Natürlich nicht. Du weißt doch, daß ich nie träume«, sagt sie, und die Doppeldeutigkeit ihrer Bemerkung scheint ihm zu entgehen. Aber so schnell muß es ja nun auch nicht sein. Gipsy ist sehr froh, daß er bei ihr wohnt, ihr Teilhaber ist und für sie reitet, und vor allem freut sie sich darüber, daß ihre Partnerschaft im Moment so harmonisch wie selten verläuft. Alle paar Tage werden aus Italien sehr gute Pferde gebracht; Massimo schöpft für Gipsy den Rahm ab von dem, was auf dem Markt zu haben ist. Es läuft alles sehr, sehr gut. Neuerdings spielt sie sogar ernsthaft mit dem Gedanken, nicht nur ins Springreiten einzusteigen, sondern auch in den Galoppsport. So ein paar rassige Rennpferde würden sich in ihrem Stall auch noch gut machen...

Werner hat ähnliche Pläne. Er möchte zu einer von Egon Moosbacher ausgerichteten zweitägigen Vollblutauktion bei Köln fahren und bittet Stefan, ihn zu begleiten. Stefan will zunächst nicht und erfindet Ausflüchte: Bei Moosbachers wolle er sich nicht so gerne blicken lassen, und außerdem habe er viel zuviel zu tun. Schließlich läßt er sich aber doch überreden. Während der Fahrt nach Köln gesteht Werner, daß er nicht nur, wie er zuerst gesagt hatte, zum Zuschauen zur Auktion fährt, sondern auch, um dort Galopper zu kaufen.

»Also willst du jetzt tatsächlich einen Rennstall aufmachen?« fragt Stefan überrascht.

»Höchstens ein kleines Ställchen, mein Lieber. Immer langsam mit den jungen Pferden. Euer Tempo, was den Pferdekauf angeht, werde ich dabei sicher nicht vorlegen.«

»Was für Pferde willst du denn kaufen?«

»Ach, mal sehen. Nur bei einem bin ich mir ganz sicher.«

»Und zwar?«

»Ramadan heißt er. Der ist mir wärmstens empfohlen worden, soll derzeit der beste Dreijährige weit und breit sein.«

Stefan wird es unbehaglich. Am liebsten würde er gleich wieder aussteigen und nach Hause fahren.

Jakob vergnügt sich derweil mit Paula in Münster. Die beiden albern herum wie zwei Backfische, bummeln Hand in Hand durch die malerische Innenstadt und bleiben mitten in der Fußgängerzone stehen, um sich zu küssen. Jakob hat völlig vergessen, daß man so verliebt sein kann. Am liebsten wäre ihm, Paula würde sofort zu ihm ziehen, aber dazu ist sie noch nicht zu überreden.

»Weißt du, Jakob, manchmal denke ich, ich bin Bonn und Brüssel und Köln leid wie sonstwas. Aber ich glaube, so ganz ohne Stadt, da würde ich eingehen wie eine Primel.«

»Primeln sind die widerstandsfähigsten Blumen überhaupt«, kontert er.

»Aber irgendwann verwelken sie doch!«

Jakob hebt den Zeigefinger: »Bei mir nicht! Du glaubst gar nicht, wie ich dich begießen würde.«

Daß Beate sich mit Werner wieder besser versteht und ihn inzwischen zum Mittelpunkt ihres Prospekts stilisiert, hindert sie nicht daran, sich weiterhin mit Lucas Delbrück zu treffen. Ihre Zusammenkünfte haben etwas Konspiratives: Sie radelt in den Wald, wo er, an einem vereinbarten Treffpunkt, in seinem Wagen auf sie wartet. Sobald sie kommt, wird ihr Fahrrad im Laderaum des Autos verstaut. Aber dem Pfarrer wird das Ganze allmählich zu brenzlig. Als die beiden in einem abgelegnen Waldcafé sitzen, versucht er, ihr klarzumachen, daß eine Beziehung zwischen ihnen keine Zukunft haben kann. »Wir würden es nicht schaffen, Sunny. Wir können es nicht schaffen. Ich bin Priester, aber das ist nur das eine Problem. Du hast deinen Mann und die Kinder.« Er ist bedrückt. Es ist sein Verstand, der ihm diese Worte diktiert, nicht sein Herz. Sein Herz rät ihm, mit Beate in ein Flugzeug nach Kolumbien zu steigen und die Rückflugtickets in Bogotá an jemanden zu verschenken, der das gleiche Problem hat, nur umgekehrt.

Beate fühlt sich auch nicht besser. Lucas hat ihr seelisches Hoch zum Absturz gebracht. Sie lauscht den Vögeln, die in den Bäumen über ihr ein fröhliches Konzert geben, und beobachtet ohne jedes Interesse die beiden Männer, die ein paar Tische weiter ein Würfelspiel austragen. Das Klacken der Würfel geht ihr auf die Nerven.

»Ja, ja. Konsequenzen verbieten sich da von selbst«, sagt sie resignierend, ohne Lucas anzusehen.

»Konsequenzen, Konsequenzen. Das ist nach außen hin, das ist das Geringste. Wenn es nur darum ginge: Das würde ich hinkriegen. Ich schon. Aber du nicht. Das Hauptproblem sind die Kinder. Was würdest du denn mit ihnen machen, wenn wir...«

»...zusammensein würden?«

»Wenn wir zusammen*leben* würden, Sunny.«

»Wenn wir immer zusammenleben würden?« flüstert Beate, weil der Gedanke so etwas Unaussprechliches an sich hat, und greift nach seinen Armen, um sich an ihm festzuhalten.

Er nickt: »Wenn wir Gott und die Welt herausfordern würden.«

»Ich weiß es nicht, Lucas. Ich weiß nur, daß es mit dir so ist wie damals.«

»Und was ist mit Werner?«

Beate zögert. Die klackenden Würfel behindern sie beim Nachdenken. Über ihr Verhältnis zu Werner ist sie sich nicht im klaren. Sie könnte nicht so einfach sagen, ob sie ihn noch liebt. Irgendwie tut sie das schon, aber andererseits auch nicht. Vor ihrem Selbstmordversuch hat sie sich von ihm im Stich gelassen gefühlt und danach auch. Lucas ist viel einfühlsamer, in seiner Gegenwart fühlt sie sich einfach wohler. Dieses Gefühl ist so eindeutig, daß Beate ihm gerne nachgeben möchte. *Tun Sie es!* Marlies Baums Worte klingen ihr in den Ohren. Früher ist es auch mit Werner anders gewesen. Vielleicht haben sie sich wirklich auseinandergelebt, wer kann das schon so ohne weiteres sagen? So eine Entwicklung vollzieht sich ja nicht über Nacht. Aber soll Beate ewig darauf warten, daß sich das wieder ändert, wenn da ein Mann ist, mit dem alles ganz anders und viel schöner ist? Kann man ihr das zumuten? Die Kinder sollen das Hauptproblem sein? Da würde Beate schon etwas einfallen.

Lucas ist in dieser Hinsicht nicht ganz ehrlich. Er versucht ein bißchen, die Problematik auf Beate abzuwälzen, um seinem eigenen Gewissenskonflikt aus dem Wege zu gehen. Er ist sich nämlich ganz und gar nicht sicher, ob er wirklich in der Lage wäre, die Konsequenzen zu tragen.

»Du würdest alles im Stich lassen?« fragt er ungläubig.

Beate durchschaut ihn. »Da staunst du, was?« sagt sie. »Aber warum fragst du mich, was ich tun würde? *Du* traust dich doch nicht. Du bist mal so und mal so.«

Er schweigt. Der Karren ist verfahren. Beate holt eine Kamera aus ihrer Handtasche und richtet das Objektiv auf Lucas.

»Damit ich wenigstens ein Bild von dir habe.«

Lucas zwingt sich ein dünnes Lächeln ab, wartet das Klicken des Verschlusses ab und resümiert: »Beate, weißt du: Weder mein Bischof noch mein Herrgott sind das Problem. Es ist deine Familie. Na ja, und meine verdammte Erziehung.«

»Deine verdammte Erziehung! Was meinst du, wie ich erzogen worden bin? Und wie ich meine Kinder erziehe?« Da fällt ihr ein, daß sie versprochen hat, Linda anzurufen. Sie steht auf und geht in die Gaststätte. Ihre Tochter hat einen Tiefpunkt: Alle, so behauptet sie am Telefon, seien fies zu ihr. Ihrer Meinung nach haben sämtliche Schüler und Lehrer nur das eine im Sinn – ihr das Leben zur Hölle zu machen. Beate gelingt es nicht, sie zu beruhigen, und in ihrer Not verspricht sie Linda, nachher noch einmal vorbeizukommen.

Währenddessen gehen die beiden Würfelspieler nach Hause. Lucas sieht den Würfelbecher mit den drei Würfeln auf dem Tisch liegen. Er grinst, dann steht er auf und geht zu dem Tisch hinüber, wo er die Würfel in den Becher legt, ein wenig schüttelt und sie dann auf den Tisch rollen läßt. Die Würfel zeigen zwei Sechsen und eine Eins. Lucas sieht Beate kommen. Mit dem Zeigefinger dreht er die Eins um und macht aus ihr eine dritte Sechs.

»Ich habe das Orakel befragt«, sagt er.

Aber Beate versteht die Andeutung nicht. »Bist du so lieb und fährst mich nach Amelingen?« fragt sie.

»Jetzt? Haben die Kinder Probleme?«

»Ja. Linda. Wahrscheinlich, weil ich sie heute besucht habe. Ich hätte nicht zulassen dürfen, daß die Kinder im Internat bleiben.«

»Aber geht es dir nicht viel besser, seit sie dort sind? Vielleicht hat Werner da gar nicht so unrecht gehabt, wie wir alle geglaubt haben. Du hast mehr Zeit, du fotografierst wieder und bist fröhlich.« Er streichelt ihr über die Wange.

»Ja und nein«, sagt sie. »Im Grunde habe ich ständig ein schlechtes Gewissen.«

»Aber das ist doch Unsinn. Du hast die schwerste Krise deines Lebens bewältigt. Und jetzt diese Skrupel.«

»Nein, nein, Lucas, so einfach ist das nicht. Ihretwegen bin ich aus der Klinik geflüchtet, bei Nacht und Nebel. Und jetzt habe ich das Gefühl, total versagt zu haben.«

Lucas fühlt sich hin und her gerissen. Beate will schon zum Wagen gehen, aber er hält sie fest und sagt: »Sunny, ich liebe dich. Ich... ich würde auch deine Kinder lieben. Warum bloß fahren wir nur nach Amelingen und nicht ans Ende der Welt?«

Statt einer Antwort zieht sie ihn zu sich her und küßt ihn.

Die Auktionsgäste stehen vor dem Führring, in dem die zu versteigernden Vollblüter alle auf einmal vorgeführt werden. Der dunkelbraune Hengst Ramadan entspricht genau Werners Vorstellungen. Er ist begeistert. Dieses Pferd muß er unbedingt haben!

»Und du glaubst, das sieht keiner außer dir?« spöttelt Stefan.

»Ramadan ist nicht sehr groß«, sagt Werner leise. »Das dürfte das Interesse erst einmal zurückhalten. Ich glaube nicht, daß mir da einer querkommt.«

Ein paar Meter weiter steht ein großer, vierschrötiger Mann, etwa Anfang Vierzig, und blickt auffällig zu Stefan hinüber.

»Entschuldige, ich muß mal Gipsy anrufen«, lügt Stefan und verschwindet zwischen den Zuschauern.

Von der anderen Seite her schiebt sich Moosbacher neben Werner. »Also, ich beiße doch nicht«, sagt der Kaufhauschef grinsend. »Er braucht doch nicht gleich stiftenzugehen, wenn er mich sieht.«

»Ach wo, Egon. Stefan ist freiwillig hier.«

»Eigentlich müßte ich ja noch stinksauer auf ihn sein, wenn ich bedenke, wie er meine kleine Irina damals behandelt hat. Aber inzwischen hat sie was Besseres, das können Sie Ihrem sauberen Herrn Bruder ruhig sagen.«

»Mach ich, Egon«, erwidert Werner knapp und hofft vergeblich, von Moosbacher in kein längeres Gespräch verwickelt zu werden.

»Sagen Sie mal, Werner, auch wenn es mich nichts angeht: Was wollen Sie als Springpferdezüchter überhaupt hier?«

Werner hat es geahnt: Sobald Moosbacher ihn in die Finger bekommt, fragt er ihm ein Loch in den Bauch. Er erzählt dem Hausherrn von der immer intensiver werdenden Zusammenarbeit mit Pia Schmitters Gestüt in Mecklenburg und läßt sich so lange ausquetschen, bis Moosbacher befriedigt wieder abzieht.

»Wie hoch kann ich denn nun gehen, Herr Eicke?« fragt Hermann Boldt, der Mann, der Stefan vorhin Zeichen gegeben hat. Stefan ist nervös. Die ganze Sache paßt ihm überhaupt nicht. Aber er hat jetzt keine Wahl mehr. Wenn er Boldt in die verschwommenen, verschwiemelten Augen blickt, fragt er sich allerdings, ob er dieses Hintenrumgeschäft nicht auch mit einem anderen hätte abwickeln können. Aber Boldt hat Schulden bei Gipsy und ist außerdem für jeden Drecksjob zu haben, wie es heißt.

»Hundertzwanzigtausend ist das absolute Limit, Herr Boldt.«

»Schön, dann geben Sie mal her.«

»Das hat Zeit bis morgen.«

»Wieso das denn? Denken Sie, ich haue damit ab oder was?«

»Nein, aber vor morgen passiert hier ja nichts.«

»Wie Sie meinen«, entgegnet Boldt verärgert.

Stefan staunt darüber, was für eine großporige Nase der Mann hat. Er ist überzeugt davon, daß der Kerl an einem Abend einen fünfstelligen Betrag versaufen kann, aber das Geld gibt er ihm eher deshalb noch nicht, weil er hofft, daß der Himmel ein Einsehen haben und dafür sorgen wird, daß die Auktion aus irgendeinem Grund nicht stattfinden kann, weil das Haus zusammenbricht oder abbrennt oder so etwas, oder daß Werner nicht bis morgen bleibt, weil ihm irgend etwas besonders Wichtiges dazwischenkommt.

Am Abend sitzt er mit seinem Bruder noch beim Bier zusammen, und um seine Gedanken abzulenken, fragt er Werner: »Sag mal, was würdest du davon halten, wenn ich Gipsy heirate?«

»Gar nichts«, antwortet Werner wie aus der Pistole geschossen. »Wie kommst du denn darauf?«

»Vergiß es. Das hätte ich mir denken können.«

»Na, wenn du mich schon fragst.«

»Sie hat praktisch mich gefragt«, gibt Stefan zu. »Und weshalb sollte ich nicht ja sagen?«

»Sie ist die Falsche für dich. Meiner Meinung nach jedenfalls. Du rennst schon ewig hinter ihr her, das ist nie gut. Und wenn sie hinter dir herrennt, ist ihr jedes Mittel recht, um dich zu kriegen.«

»Wieder mal der Schnee von gestern«, bemerkt Stefan unwillig.

»O nein. Schnee von heute, von morgen. Du rennst da in was rein, mein Lieber.«

Stefan wird böse: »Du hast dich ein paarmal über Gipsy geärgert, und damit ist sie für dich erledigt. Weil du so verdammt stur bist!« Er haßt es, wenn Werner den großen Bruder raushängen läßt.

»Ich? Stur?«

»Natürlich! Das Wort ist für dich erfunden worden! Du solltest es als Beinamen tragen! Stur bist du und nachtragend bis in die Steinzeit. Ich habe dich nur locker mal was gefragt, aber auf solche Ratschläge pfeife ich, Bruderherz!«

»Was soll denn das?« erregt sich jetzt auch Werner. »Du machst ja doch, was du willst!«

»Sehr richtig«, sagt Stefan und steht auf, um zu gehen. An der Tür dreht er sich noch einmal um: »Weißt du was, Werner: Manchmal tut es mir echt leid, daß ich von Eicke weg bin. Aber im Moment bin ich heilfroh. Schade drum.« Er geht.

»Dann frag mich doch nicht!« ruft Werner ihm hinterher.

Viel später am Abend sind Paula und Jakob fast die letzten Gäste in einer vornehmen Münsteraner Hotelbar. Sie tanzen, und der Pianist spielt eigentlich nur noch für sie, aber das aus Überzeugung. Für ein so verliebtes Paar würde er sogar umsonst spielen.

»Das war ein schöner Tag mit dir«, flüstert Paula.

»Könnte es nicht auch noch eine schöne Nacht werden?« fragt er schelmisch.

Paula lacht so laut, daß der Pianist verwundert die Augenbrauen hebt. Aus dem Takt kommt er aber nicht, er ist ein eiserner Routinier.

»Wärst du damals mal so stürmisch gewesen, Jakob! Das heißt, das wäre ja wohl gar nicht gegangen, oder? Ich war ja gerade erst vierzehn, als du aus Mecklenburg verschwunden bist.«

»Also gegangen wäre es«, stellt Jakob fest.

»Kinderschänder!« feixt Paula. »Aber wer weiß: Vielleicht wäre dann wirklich alles anders gekommen.«

»Aber sicher, Paulchen: Geschieden wären wir. Also, dann schon lieber so.«

Der Pianist macht eine Pause, und Jakob führt seine Paula an den Tisch zurück.

Sie wird ernst: »Weißt du, daß ich immer noch Angst habe?«

»Wovor? Vor dem Scheidungsrichter?«

»Ach Quatsch! Vor dir, du alter Elefant. Aber eigentlich stimmt das auch nicht.«

»Und wovor dann?«

»Jakob, laß mir einfach ein bißchen Zeit. Das ist hier bestimmt ein hervorragendes Hotel, aber schlafen wollen wir heute noch getrennt.«

»Aber wovor? Wovor hast du Angst, Paula?« fragt Jakob und versucht, sich nicht anmerken zu lassen, daß er ein bißchen enttäuscht ist.

»Ich weiß es doch nicht. Wahrscheinlich vor mir selbst. Würde das nicht jeder Frau so gehen? Auch einer noch jüngeren?«

Clemma macht sich Sorgen. Man könnte auch sagen: Sie ist mächtig eifersüchtig. Irgendwie ist da Sand im Getriebe, seit diese Frau aufgetaucht ist. Paula hier, Paula da! Jakob benimmt sich auf einmal wie ein verliebter Pennäler, und das in seinem Alter! So etwas muß ja nun wirklich nicht sein. Natürlich ist sie nicht eifersüchtig, weil sie etwa gehofft hätte, Jakob würde sie irgendwann heiraten, Gott bewahre! Aber seit diese Rogowski in Jakobs Leben hineinmarschiert ist, da gibt es Unruhe im Haus. Da flutscht es nicht mehr richtig. Findet jedenfalls

Clemma. Er läßt sich kaum noch blicken, und wenn er mal da ist, sind seine Gedanken woanders. Solche Unregelmäßigkeiten sind doch völlig überflüssig, wohin soll das noch führen? Daß Jakob ihre engste Bezugsperson ist und daß sie Paula einfach die Aufmerksamkeit neidet, die er nun ihr – statt, wie üblich, Clemma – entgegenbringt, das würde sie sich nicht eingestehen, aber genau das ist der Grund für ihre Besorgnis. Neben der Angst, durch Paula irgendwann einmal als Haushälterin überflüssig gemacht zu werden. Clemma lädt Pfarrer Delbrück am Vormittag zu Kaffee und Kuchen ein und spricht mit ihm darüber. Mit einem Geistlichen lassen sich solche Dinge gut bereden; da kann man sicher sein, daß er einem eine wohlüberlegte Antwort gibt und es nicht weitertratscht.

»Sie könnten mich vielleicht falsch verstehen, Herr Pfarrer, aber es paßt mir einfach nicht. Diese Verbindung ist nicht gut für ihn, wissen Sie.«

»Ja, aber sollte er das denn nicht selbst wissen, Frau Schille? In seinem Alter?« Lucas ist ein wenig amüsiert über Clemmas Problem, aber er zeigt es nicht.

»Nein, nein. Es bringt Unruhe, die Dinge kommen durcheinander.«

»Ein bißchen Unruhe ab und zu ist ganz gut«, beschwichtigt Lucas.

»Schon, aber Jakob ist schon so lange allein: Da bekommt der Mensch seine Marotten. Und die hat er, glauben Sie mir. Ich denke da natürlich auch an Frau Rogowski.«

Lucas lächelt. »Ist das nicht ein bißchen scheinheilig, Clemma? Liebe kann bekanntlich Berge versetzen. Warum lassen Sie den Dingen nicht einfach ihren Lauf?«

Da läßt sich schlecht widersprechen, aber überzeugt ist Clemma nicht. Als Beate dazukommt, geht sie in die Küche, um eine weitere Tasse Kaffee zu holen.

Kaum ist Clemma draußen, sagt Beate: »Das würde ich ja auch gerne tun.«

»Was?« fragt Lucas.

»Den Dingen ihren Lauf lassen.«

»Aber?«

Beate vergewissert sich, daß Clemma tatsächlich außer Reichweite ist, und flüstert: »Heute geht es wieder nicht. Ich weiß nicht, wann Werner zurückkommt.«

Lucas ist sichtlich enttäuscht: »Gestern die lieben Kinder, heute der Gatte.«

»Komm, sei nicht traurig«, sagt sie und sieht ihn zärtlich an. Einem plötzlichen Impuls nachgebend, beugt sie sich zu ihm und küßt ihn vorsichtig auf den Mund. Lucas erwidert den Kuß und denkt: *Des Nächsten Weib in des Nächsten Haus zu küssen, ist schon eine besondere Frechheit. Fast eine Blasphemie.* Und tut's trotzdem noch mal.

Auf Moosbachers Anwesen braut sich indessen ein weiteres typisches Eicke-Desaster zusammen. Warum bloß lernen die Schloßherren nicht, daß ihre Heimlichtuereien alle irgendwann herauskommen und fürchterliche Folgen heraufbeschwören, die so einfach zu vermeiden wären?

Stefan übergibt Hermann Boldt, der heute noch zerknitterter aussieht als gestern, einen dicken Umschlag, in dem einhundertzwanzig Tausendmarkscheine stecken, und befiehlt dem Strohmann, sich ab sofort nicht mehr in seiner Nähe blicken zu lassen.

Wenige Minuten später beginnt die Auktion. Werner fiebert bereits in freudiger Erregung dem Auftritt Ramadans entgegen und bemerkt nicht, daß Stefan schmallippig neben ihm steht und inständig hofft, das Ganze möge schnell vorbeigehen. Da ist er endlich, der dunkle Superhengst! Der redselige Auktionator überschlägt sich fast mit seinen Lobeshymnen auf das Pferd und zählt Siege, Plazierungen und Stammbaum auf, als gelte es, eine leidenschaftliche Laudatio zu halten. Die Gebote klettern schnell auf zwanzigtausend. Werner steigt ein und erhöht um fünftausend. Nun meldet sich auch Boldt. Er steigert die Summe nicht etwa ebenfalls um fünftausend, so wie es üblich ist, sondern kräht großkotzig:

»Vierzigtausend!«

Werner runzelt die Stirn.

»Vierzigtausend sind geboten, meine Damen und Herren«, kommentiert der Auktionator, der ebenfalls überrascht ist. »Vierzigtausend zum ersten, zum zweiten...«

»Fünfundvierzig«, sagt Werner, aber Boldt erhöht ohne das geringste Zögern:

»Sechzig.«

Jetzt wird Werner grantig. Wer ist das? Und warum benimmt er sich so, als würde hier eine Partie Monopoly gespielt? Der Kerl sieht doch so aus, als könne er nicht einmal seine Miete bezahlen.

»Fünfundsechzig!« ruft er.

»Siebzig!« meldet Boldt.

Die ganze Halle fiebert nun mit. So umkämpft ist heute noch kein Pferd gewesen.

»Siebzigtausend zum ersten, siebzigtausend zum zweiten...« Der erfahrene Auktionator hält inne. Er spürt genau, daß das noch nicht alles ist. Hier geht es um eine sechsstellige Summe, darauf würde er sein letztes Hemd verwetten. Es ist nun ganz ruhig. Ramadan scharrt mit den Hufen, und eine Dame faltet ihre Brille auseinander, um die Kontrahenten, die sich da beharken, besser sehen zu können.

»Achtzigtausend«, sagt Werner und läßt es wie eine Feststellung klingen, wie eine Tatsache, an der es nichts mehr zu rütteln gibt.

»Achtzigtausend Mark, meine Damen und Herren!« freut sich der Auktionator. »Was für ein Gebot! Achtzigtausend Mark zum ersten...«

Boldt hebt viel zu lässig die Hand und sagt, indem er jede einzelne Silbe voll auskostet: »Einhunderttausend.«

Der Auktionator ist ganz aus dem Häuschen. Er hat es doch gewußt! Wenn einer sich in dem Geschäft auskennt, dann er!

Werner blickt betreten zu Boden. Stefan, der schräg hinter ihm steht, hat den Blick ebenfalls abgewandt. Boldts Auftreten ist ihm einfach zu peinlich. Der Auktionator schaut fragend herüber, aber Werner winkt ab. Boldt erhält den Zuschlag, der Hammer saust krachend auf das hölzerne Pult, und die Menge applaudiert für die gelungene Darbietung. Boldt genießt grinsend den Beifall, und Werner fixiert ihn. Sein Gesicht ist starr, nur die Augen blitzen und scheinen giftige Pfeile abzuschießen. Dann dreht er sich um und geht, auf seinen Stock gestützt, aus der Halle. So etwas ist ihm noch nie passiert. Verkommt der Pferdehandel denn immer mehr? Was haben solche stillosen Preistreiber überhaupt auf einer anständigen Auktion zu suchen? Wenn da einer dahintersteckt, so schwört Werner insgeheim, der ihn ärgern will, so wird sich der noch umgucken!

Plötzlich kommt Gipsy vorgefahren.

Stefan, der die Halle inzwischen ebenfalls verlassen hat, ruft seinem Bruder zu: »Mach's gut, Werner! Wir sehen uns.«

Gipsy grüßt Werner, während Stefan zu ihr in den Wagen steigt, dann fährt sie davon. Stefan hat Gipsy herbestellt. Jetzt noch mit seinem ahnungslosen, wütenden Bruder nach Hause zu fahren, würde er nicht verkraften.

Werner wundert sich. Stefan hat ihm gar nichts davon gesagt, daß er nicht mit ihm zurückfährt. Vielleicht, so denkt er beiläufig, ist es ja wegen gestern abend. Er ist maßlos wütend, kann sich gar nicht mehr beruhigen. Moosbacher versucht ihn zu trösten, aber es bringt nichts.

»Kennen Sie eigentlich diese Frohnatur, die so scharf auf Ihren Ramadan ist?« fragt Werner unwirsch.

»Boldt? Der war mal ein ganz guter Reiter, bevor er sich halbtot gesoffen hat. Hat wohl irgendwo Geld gerochen. Ziemlich komische Gestalt.«

»Allerdings, Egon. Solche Leute machen sich nicht gut auf einer Auktion, die nicht zu einer Jahrmarktbude verkommen will. Sehen Sie bloß zu, daß Sie von dem Ihre Mäuse kriegen.«

Rotlicht flutet schwach durch Beates Dunkelkammer, als sie das Foto von Lucas entwickelt, das sie im Waldcafé von ihm gemacht hat. Das ist der Mann, den sie liebt! Die Würfel sind gefallen! Man darf einfach nicht gegen seine Natur ankämpfen, das kann nicht gutgehen. Das hat sie von Marlies gelernt, und es stimmt.

Werner kommt nach Hause und unterbricht ihre schwärmerischen Gedanken. Sie versteckt schnell das Foto von Lucas. Als sie merkt, wie verbittert er ist, tröstet sie ihn, nimmt ihn in den Arm, und er wird plötzlich ganz weich und durchlässig. Sie wünscht sich, er würde öfter einmal, so wie jetzt, Schwäche zeigen und sich fallen lassen und nicht, wie meistens, den Unbezwingbaren spielen. Dann würde es ihr sicher leichter fallen, ihn zu lieben. Oder *wieder* zu lieben.

Stefan verdrängt die Erinnerung an den Ausflug nach Köln und hockt sich im Schloß Bovens wieder vor seinen Computer. Aber nicht, um endlich seine Doktorarbeit zu beenden! Als Gipsy in Hörweite ist, liest er – ohne sie vorzuwarnen – seinen eben geschriebenen Text vor:

»Gabriella Gräfin von Bovens und Stefan Eicke geben sich, nach so vielen Jahren einer, wie Sie wissen, stets ungetrübten Beziehung, die Ehre, Sie zu ihrer bevorstehenden Vermählung einzuladen.«

Gipsy, die gerade auf einer Kommode herumliegende Zettel ordnet, traut ihren Ohren nicht. Sie dreht sich langsam zu ihm um. »Sag das noch mal...«, sagt sie wie erstickt.

»Ich habe deinen gestrigen Antrag wohlwollend geprüft und nehme ihn dankend an.« Stefan grinst verschmitzt.

»Aber ich habe dir doch gar keinen Antrag gemacht«, stammelt Gipsy.

»Doch. Hast du. Geträumt hast du, aber das gilt genauso.«

Werner und seine dämlichen Bemerkungen sind ein bißchen schuld daran, daß Stefan es auf einmal so eilig hat. Aber warum noch warten? Diese Frau ist die eine, die er will, die er begehrt, mit der er leben möchte.

Gipsy bekommt feuchte Augen. Stefan steht auf, und die beiden fallen sich wortlos in die Arme, verlieren dabei das Gleichgewicht und plumpsen mit viel Glück auf einen weichen Sessel, ohne sich dabei weh zu tun. Im Gegenteil. Das Schicksal meint es gut mit Liebenden. Manchmal wenigstens.

2

Das Brautpaar beschließt, nicht lange zu fackeln. Noch bevor der Sommer vorüber ist, soll die Hochzeit stattfinden, damit im Park von Gut Bovens gefeiert werden kann. Nur fünf Wochen später, am Morgen der Trauung, steht eine Hochzeitsanzeige in der Zeitung, die den Bewohnern von Hof Eicke, die gerade damit beschäftigt sind, ihre Festtagskleider anzulegen und letzte Hand an ihre Frisuren zu legen, gehörig die Sprache verschlägt.

Carlotta Gräfin von Bovens
gibt sich die Ehre, die Vermählung ihrer Tochter
Gabriella Gräfin von Bovens
mit
Herrn Dr. rer. nat. Stefan Maximilian Eicke
bekanntzugeben.

Rerum naturalium; zu deutsch: Naturwissenschaften.

Werner reibt sich die Augen, als er die Anzeige liest: »Das gibt's doch gar nicht. So was müßte ich doch wissen.«

Einen Doktor hat es in der Familie der Eickes noch nie gegeben. *Dr. Eicke* - wie ungewohnt sich das liest! Und noch dazu bei Stefan, zu dem ein solcher Grad am allerwenigsten zu passen scheint. Sollte er seine akademischen Ehren etwa vor seiner Familie verheimlicht haben? Das allerdings würde wieder sehr gut zu Stefan passen.

Dabei ist Stefan an diesem Mißgeschick völlig schuldlos: Offiziell ist er ja noch gar kein Doktor. Zwar ist seine Dissertation mit *summa cum laude* bewertet worden, aber solange man ihm die entsprechende Urkunde noch nicht ausgestellt hat, darf er sich noch nicht Doktor nennen. Gipsy und Carlotta, die beim Texten der Anzeige der Meinung waren, so ein *Dr. rer. nat.* mache sich aber ganz vortrefflich und gleiche irgendwie Stefans fehlenden Adelstitel aus, setzten es kurzerhand so in die Zeitung.

Jakob, der bereits in aller Frühe nach Bonn gefahren ist, um Paula abzuholen, sitzt ebenfalls ungläubig vor der Zeitung.

»Habt ihr das denn nicht gewußt?« fragt Paula, die schon den ganzen Morgen über fröhlich plaudernd von den Hochzeiten exotischer Diplomaten erzählt, an denen sie teilgenommen hat, und währenddessen gutgelaunt im Bademantel durch die Wohnung schwirrt.

»Kein Mensch«, antwortet Jakob grämlich. »Ich weiß auch gar nicht, ob es stimmt.«

»Na hör mal. Natürlich stimmt das. Paragraph hundertzweiunddreißig a eins eins, Strafgesetzbuch: Mißbrauch akademischer Grade. Da kann man sich bis zu einem Jahr Freiheitsstrafe einhandeln.«

»Und ich habe immer geglaubt, er hätte ein paar Semester Agrarwissenschaft studiert und dann die Brocken hingeschmissen. So ein Doktor ist doch eine wichtige Sache!« Jakob ist traurig. Wie kommt es, daß sein Sohn ihm so etwas verheimlicht? Da ist ein Vater doch stolz auf sein Kind! Will er ihm das nicht gönnen? Er weiß nicht, was er von Stefan halten soll. Einerseits setzt der Filius Himmel und Hölle in Bewegung, um ihn beim Mastercup zu Tränen zu rühren, und andererseits tut er so, als gäbe es seinen Vater gar nicht.

»Na ja, *so* wichtig ist er nun auch wieder nicht«, meint Paula und sorgt mit einem kleinen rhetorischen Trick auf humorvolle Weise dafür, daß Jakobs Laune sich wieder bessert: »Mein Lieber: *Ich* habe dir ja schließlich auch nichts davon gesagt, daß ich einen Doktor habe.«

»Du?«

»Ja – Jura. Da staunst du, was? Deine kleine Paula. Dein Paulchen!«

Auf Gut Bovens laufen die Vorbereitungen für die große Feier auf vollen Touren. Zahlreiche Helfer stellen Zelte und Sonnenschirme auf, errichten eine Bühne, stellen Lautsprecher auf, verlegen Kabel, hängen Lampions und Luftballons auf. Allerorten herrscht emsige Betriebsamkeit, und der Zeitpunkt der kirchlichen Trauung rückt näher und näher. Weit und breit gibt es nur einen, der sich nicht um die Hochzeit kümmert, und das ist der Bräutigam. Stefan gönnt sich mit Raffaello ein entspanntes Morgentraining, elegant gleiten die beiden über gar nicht einmal allzu niedrig gelegte Hindernisse. Er trägt seinen Indiana-Jones-Hut, was bei ihm stets als Zeichen für Freiheit und Abenteuer steht. Jeder andere würde sich mit seinem Hemdkragen, der zu engen Fliege und den schwarzen Lackschuhen abmühen – er nicht. Jedem anderen würde der Schweiß auf der Stirn stehen, unter der Tausende von Gedanken herumschwirren. Letzte Zweifel würden an ihm nagen: Ist es wirklich der richtige Schritt? Werden mir die Ringe aus der Tasche fallen, so daß ich sie nicht wiederfinde? Nichts von alledem quält Stefan. Er freut sich darüber, wie gut sein Schwarzer in Form ist, kann es geradezu riechen, daß das Tier sich wohl fühlt. Die Mähne flattert im Wind, das Fell glänzt, die Ohren sind aufmerksam aufgerichtet. Sein Paps hat schon recht: Man braucht kein HighTech, um zu wissen, was mit einem Pferd los ist. Stefan schwitzt unter der morgendlichen Spätaugustsonne, und er fühlt sich im absoluten Einklang mit seinem Pferd. Dieses wunderbare Gefühl hat er zuletzt mit Divina gehabt, vor ihrer Entführung. Solche Momente sind im Grunde schöner als alle Pokale, Medaillen und Siegerehrungen.

Kolle, der Verwalter, kommt vom Schloß zum Abreiteplatz herüber und ruft: »Stefan! Wollen Sie sich nicht langsam umziehen?«

Stefan nickt fröhlich, grüßt kurz mit der Hand und reitet auf den nächsten Sprung zu.

»Die Gräfin flippt aus, Stefan! Wollen Sie Ihren ersten Krach riskieren?«

»Den ersten? Da sind Sie aber nicht ganz auf dem laufenden: Es wäre der siebenhunderteinundneunzigste! Ich bin gleich da, keine Panik.«

Stefan sieht keinen Grund zur Eile. Ohne ihn fangen sie sowieso nicht an. Er steigt ab, bringt Raffaello in den Stall und schlendert ins Schloß, um nachzusehen, wie seine Liebste sich in ihrem Hochzeitskleid macht. Hinreißend sieht sie aus in ihrem prachtvollen, weißglitzernden Kleid, und dennoch zankt sie sich mit Couturier Lautenbach, der mit Nadel und Faden um sie herumturnt, um jeden Zentimeter Saum. Man könnte meinen, die beiden stecken gerade in Abrüstungsverhandlungen. Als Gipsy Stefan sieht, verdreht sie die Augen zur Decke.

»In zwanzig Minuten fängt die Trauung an, Stefan, und du läufst durch die Gegend wie John-Boy in Bonanza.«

»Das waren die Waltons«, bemerkt Lautenbach. »Der in Bonanza hieß Little Joe.«

»Ach was?« fragt Stefan albern, schwenkt seinen Hut wie ein Cowboy, singt die Bonanza-Melodie und versucht Gipsy zu küssen.

»Laß das sein! Du bist total verschwitzt und verdreckt!« schreit sie und rennt vor ihm davon. Ihre Schleppe schlängelt lustig hinter ihr her. Stefan läuft ihr nach, noch immer singend und lachend (»Jippiiehh!«), und Lautenbach, der das Schlimmste befürchtet, trippelt ebenfalls hinterher. Als Ferdinand Bückle, der renommierte Chefkoch mit Hang zur Show, der in einem verwegenen expressionistischen Kochgewand mit turmhohem Hut steckt, den Raum betritt, glaubt er, drei erwachsene Menschen zu sehen, die gerade, ungeachtet der unmittelbar bevorstehenden Trauung, die *Reise nach Jerusalem* spielen. Bückle hat ein ernsthaftes Problem: Aus Madrid hat er frische Purpurgranadillas angefordert. Die braucht er, um eine seiner berühmtesten Kreationen – Passionsfruchtschaum an zweierlei Saucen – zu komponieren. Aber: Fluglotsenstreik in Spanien, alle Flüge sind gestrichen! Was soll er nur machen? Warum nur besteht das Leben aus solch niederschmetternden Katastrophen? Nun, mit der Gräfin scheint im Moment nicht gut zu reden zu sein. Er wird einfach auf ein kaum geringeres Mandelparfait mit Schokoladenmousse und Panaché von Mangos und Erdbeeren ausweichen, das ist fast genauso brillant.

»Bleib mir vom Leib!« ruft Gipsy drohend und schwer atmend. »Nie wieder werde ich heiraten! Dich schon gar nicht!«

Stefan albert noch immer herum: »Mein Gott, muß es denn so

todernst zugehen, nur weil zwei Leute mal eben zum Pastor gehen und ein paar Freunde zum Essen einladen?«

Als sein Blick auf die Zeitung fällt, wird aber auch er ernst: »Was soll denn das, Gipsy? Du weißt doch genau, daß ich diesen Titel noch nicht tragen darf.«

»Glaubst du denn, das wird irgend jemand so genau nehmen?« Sie gibt ihm nun, wobei sie sehr auf Distanz bedacht ist, doch noch einen Kuß. »Und nun zieh dich endlich um, sonst heirate ich Herrn Lautenbach.«

Vor der Kirche von Pfarrer Delbrück herrscht große Aufregung. Alle sind sie da: Carlotta und Massimo mit ihrer zahlreich vertretenen Familie aus der Toskana; Werner, Beate und die Kinder; Clemma, Jupp Rathmeyer, Dagmar Lux und Rolli Böckmann; und viele, viele Freunde und Freundinnen. Jeder Gast wird von Lucas Delbrück per Handschlag begrüßt. Sein Ornat kleidet ihn wirklich gut.

Jakob und Paula sind die einzigen, die noch fehlen. Sie hat so lange hin und her überlegt, welchem Lippenstift und welchen Ohrringen sie den Vorzug geben soll, daß Jakob, der bereits auf glühenden Kohlen saß und gemeckert und geflucht hat, die Verspätung nicht mehr verhindern konnte.

Massimo Pirri ist der bestgelaunte Hochzeitsgast. Er liebt es, wenn Leute heiraten, vor allem kirchlich. Der Bund fürs Leben, was für eine wundervolle Sache! Was für eine herrliche Zeremonie! Er selbst käme nie auch nur auf die Idee, zu heiraten, schließlich ist er ja nicht verrückt. Das ist etwas, was man als Zuschauer erleben muß, dann ist es wunderbar und tief bewegend.

Lucas und Beate gelingt es, einen Moment unbeobachtet zu sein, und Lucas, angeregt von Lebenskünstler Massimo, sagt leise: »Sunny, tu sei la donna piú bella, du bist wunderschön! Ich wollte, ich wäre auf der anderen Seite.«

Beate lacht. »Na, dann wechsle die Fronten doch einfach. Wie kommt es, daß du so gut italienisch sprichst?«

»Es steckt an, es ist so musikalisch. Außerdem ist es nützlich, die Muttersprache von Kardinal Panadoria zu beherrschen.«

»Wie bitte?«

»Das ist der Mann, der die Seelsorge für die gestrauchelten Priester leitet.«

»Bist du still!« fordert Beate , teils erschrocken, teils amüsiert.

Er greift ihr vorsichtig um die schmale Taille und nähert sich ihrem Gesicht. »Sunny, sono pazzo di te, ich bin verrückt nach dir, ich liebe dich.«

»Ich liebe dich auch, Hochwürden«, flüstert sie. »Aber du solltest dich schämen.« Das Blut steigt ihr plötzlich zu Kopfe, und sie macht sich los und geht zu ihrer Familie zurück, denn gerade jetzt ertönt der Hochzeitsmarsch, und Gipsy und Stefan kommen auf einer zweispännigen Kutsche vorgefahren, hinter einem graubefrackten Kutscher mit einem hohen Zylinder.

Die Hochzeitsgesellschaft schreitet gemessen in die Kirche, die fast bis auf den letzten Platz gefüllt ist. Nur zwei Personen, die gerade auf der Bundesstraße 64 hinter einem Tanklastzug herfahren, den Jakob seit fünf Minuten vergeblich zu überholen versucht, die fehlen noch.

»Ich bitte nun die Trauzeugen, sich in der Nähe des Brautpaares einzufinden«, sagt der Pfarrer, und daraufhin stehen Werner und Massimo auf und stellen sich hinter das Brautpaar, das vor dem Geistlichen kniet. Mit getragener Stimme fährt Delbrück fort:

»Liebe Brautleute. Gott hat die Ehe zu einem Abbild seiner Liebe zu uns Menschen, seinen Kindern, gemacht. Er segnet und heiligt die Liebe von Mann und Frau und macht ihre Verbindung unauflöslich, so wie auch seine Liebe zu uns unwiderruflich ist. Im Sakrament der Ehe schenkt er den Ehegatten seinen Beistand, damit sie einander ein Leben lang treu bleiben und ihre übernommenen Pflichten in Ehe und Familie gemeinsam tragen können.«

Gipsy und Stefan strahlen sich glücklich an. Die Hochzeitsgäste, allen voran Massimo, sind tief bewegt. Nur Beate fühlt sich bei den Worten ihres Geliebten irgendwie unangenehm berührt.

Jakobs Kombi fährt so schneidig vor die Kirche, daß man es drinnen bis in die erste Reihe hören kann. Er macht sich nicht die

Mühe, noch einen Parkplatz zu suchen, sondern nimmt den kürzesten Weg. Er schließt den Wagen noch nicht einmal ab, sondern zieht Paula, die in ihrer Handtasche nach einem Taschentuch sucht und Jakobs Eile gar nicht verstehen kann, fast ruppig hinter sich her. Als sie die Kirche betreten und, von sämtlichen Anwesenden mißbilligend beäugt, zu ihren Plätzen streben (was Jakob entsetzlich peinlich ist, während Paula sich nichts daraus macht), kommt der Priester gerade zum entscheidenden Teil.

»Sind Sie bereit, Stefan Eicke, die Kinder, die Gott Ihnen schenken will, anzunehmen und sie im Geiste Christi und seiner Kirche zu erziehen?«

»Ja.« Stefans Stimme ist staubtrocken, aber entschlossen.

»Sind auch Sie dazu bereit, Gabriella von Bovens?«

»Ja.«

»Dann laßt uns jetzt die Ringe segnen.«

Ein Ministrant bringt ihm ein silbernes Tablett, über das ein azurblaues Seidenkissen gespannt ist. Darauf liegen zwei filigrane goldene Ringe, Meisterleistungen der Goldschmiedekunst.

Lucas Delbrück hat gemischte Gefühle, als er weiterspricht: »Wie der Ring den Finger ganz umschließt, so umschließe das Band der Treue jene beiden, welche diese Ringe tragen. Herr Jesus Christus, segne die Ringe und schütze diese Ehe vor allem, was sie je bedroht, denn du lebst und herrschest in alle Ewigkeit. Amen.«

Ein langgezogenes, vielstimmiges *Amen* geht durch die Kirche, von Mund zu Mund. Mit einer vergoldeten Kelle benetzt Delbrück die Ringe mit Weihwasser, dann nimmt er das Tablett und stellt sich vor die Brautleute. Stefan greift nach Gipsys Ring und steckt ihn an ihren Finger, und sie tut das gleiche mit seinem. Sie legt ihre Hand auf die seine, der Pfarrer umwindet die Hände mit einem breiten, golddurchwirkten Band und legt seine eigene rechte Hand schützend darüber.

»Im Namen Gottes und seiner Kirche bestätige ich den Ehebund, den Sie heute geschlossen haben.«

Wie zwei Königskinder werden Gipsy und Stefan bei ihrer anschließenden Kutschfahrt zurück zum Gut Bovens gefeiert. Das aufwendige Fest ist ein großer Erfolg. Eine Zigeunerband (bei einer Gastgeberin, die den Kosenamen *Gipsy* trägt, fast eine Selbstverständlichkeit) spielt folkloristische, hervorragend tanzbare Lieder, das vielseitige Buffet von Meister Bückle erfreut sowohl die Gaumen als auch die Augen, und das scheinbar einzige disharmonische Element wird wenigstens so einigermaßen ausgeräumt. Jakob versammelt seine beiden Söhne im Inneren des Schlosses zu einem vertraulichen Gespräch.

»Wann hast du denn eigentlich deinen Doktor gebaut?« fragt Jakob seinen Jüngsten.

»Ich habe meine Dissertation fertiggeschrieben und abgegeben. Sie war ja sowieso schon fast fertig, deswegen ging das ziemlich schnell.«

»Und warum hast du uns nie etwas davon gesagt?«

»Ach, Vater, ist das denn so wichtig? Besteht bei uns gegenseitige Informationspflicht?«

»Meinst du nicht, daß Vater auch gerne stolz gewesen wäre?« mischt Werner sich ein. »Ein bißchen früher vielleicht?«

»Leute, es ist doch noch gar nicht amtlich. Natürlich hätte ich es euch gesagt, sobald es soweit gewesen wäre. Ich bin nicht daran schuld, daß es in der Zeitung steht, davon habe ich nichts gewußt. Reicht das jetzt?«

Werner reicht es noch nicht ganz: »Worüber hast du denn eigentlich promoviert? Gentechnik im katholischen Münsterland?«

»Nein. Springreiten als Wirtschaftsfaktor im Spätkapitalismus«, gibt Stefan genauso patzig zurück. »Und jetzt will ich mich mal um meine Gattin kümmern, wenn's recht ist«, sagt er, greift nach seinem Champagnerglas und geht wieder nach draußen.

»Nun wissen wir also mehr«, sagt Jakob schwach lächelnd.

Werner schüttelt noch immer den Kopf: »Er begreift es nicht. Seit er mich dazu überredet hat, seinen Trauzeugen zu spielen, haben wir mindestens ein dutzendmal miteinander geredet.

Hätte er mir da nicht was sagen können? Das ist doch irgendwie komisch, oder?«

Jakob stimmt zu: »Ein Zeichen von mangelndem Familiensinn ist es, du hast ganz recht. Aber, weißt du, geben wir ihm heute mal mildernde Umstände und gehen wir lieber feiern. Prost, mein Sohn!« Sie lassen die Gläser klingen, und nun könnte es ein rundum gelungenes Fest werden, für alle Beteiligten. Musik, Tanz, edle Getränke, raffinierte Speisen, schönes Wetter – was will man mehr? Sogar Werner und Gipsy feiern angesichts des harmonischen Anlasses so etwas wie Versöhnung und zeigen sich bereit, einander in Zukunft nicht mehr in die Quere zu kommen. Aber wie ein einziger Tropfen Wermut ein ganzes Faß besten Weines verderben kann, so ist es ein einzelner Gast, der nur durch seine Anwesenheit dafür sorgen wird, daß die ausgelassene Partystimmung einen empfindlichen Dämpfer erhält. Und diesen Tropfen haben sich Gipsy und Stefan selbst ins Faß geschüttet: Hermann Boldt, der Strohmann, der Ramadan ersteigerte, treibt sich nämlich ebenfalls auf der Feier herum. Der bullige Mann spricht ausgiebig dem Alkohol zu und versucht sein Glück bei verschiedenen Frauen, die ihn aber angesichts seiner deutlich wahrnehmbaren Fahne ausnahmslos stehenlassen. Es dauert eine ganze Weile, bis Werner ihn überhaupt entdeckt, und dann ist Boldt auch schon wieder im Getümmel verschwunden.

Stefan geht inzwischen auf die Bühne, zu der Zigeunerband, nimmt sich ein Mikrofon und beginnt eine Ansprache: »Liebe Gäste, liebe Freunde, liebe Freundinnen.«

Gleich mehrere junge Damen applaudieren heftig. Stefan unterbricht sich lächelnd und fährt dann fort, nachdem Gipsy sich zu ihm gesellt hat:

»Wir sind sehr glücklich, daß nach so vielen Jahren einer heiteren, bisweilen aber auch recht wolkigen Liebe die Pferde endlich ihren Stall erreicht haben.«

Die Zuhörer applaudieren amüsiert, und die Band improvisiert, mit drei akustischen Gitarren und einer Klarinette, einen Tusch.

»Es liegen spannende Jahre hinter uns, aber, und darauf wette ich, noch viel mehr vor uns. Mit Gipsy erlebt man oft an einem Tag mehr als andere Leute in einem ganzen Jahr. Und dafür, Gipsy, möchte ich dir von ganzem Herzen danken.«

Die Leute klatschen noch lauter, und der Tusch fällt diesmal noch wesentlich leidenschaftlicher aus.

»Ich möchte auch euch allen danken, liebe Freunde, und überhaupt jedem, der heute zu diesem herrlichen Fest beigetragen hat. Mein besonderer Dank gilt da dem Kollegen Petrus, der uns so schönes Wetter gönnt. Dann natürlich dem heiligen Christophorus, daß er dafür gesorgt hat, daß alle unsere Gäste aus dem In- und Ausland trotz der vielen Staus auf den Autobahnen rechtzeitig eingetroffen sind, und dafür, daß er meinen Vater beschützt hat, der, wie ich höre, gefahren ist wie ein gesengter Eber.«

Die Menge jubelt vor Lachen, und Jakob wird, was als absolute Rarität angesehen werden muß, tatsächlich ein bißchen rot und droht scherzhaft mit dem Finger.

»Ich danke außerdem unserem Pfarrer, dem irdischen Stellvertreter all dieser Heiligen, für die schöne Trauungszeremonie und dafür, daß er dabei weder gestottert noch Weihwasser verschüttet hat. Und, meine lieben Freunde, ich möchte auch noch etwas ganz Besonderes zum ersten Mal offiziell bekanntgeben: Wir feiern heute nicht nur eine Hochzeit, sondern auch so eine Art Verlobung. Die Verlobung nämlich von Gut Bovens und meinem Freund Conte Massimo Pirri mit all ihren Pferden!«

Stefan verneigt sich unter dem donnernden Applaus, der ihm zuteil wird, und reicht das Mikrofon an Gipsy weiter.

»Eine Hochzeit und eine Verlobung an einem einzigen Tag«, beginnt sie, »das ist schon eine ganze Menge. Aber es ist noch nicht alles, denn mit dem heutigen Tage wird noch eine neue Verbindung geschaffen, eine, die schon lange fällig ist: die Zusammenarbeit von Gut Bovens und Hof Eicke! Werner und Jakob – ihr beide und alle anderen Anwesenden seid meine Zeugen, wenn ich sage: Bovens und Eicke werden immer freundschaftlich zusammenarbeiten. Wir werden der Konkurrenz das Leben schwermachen, aber niemals uns gegenseitig in die Suppe spucken, so wahr ich Gabriella Eicke-Bovens heiße!«

Jetzt toben die Leute! Die kleine Inszenierung, die Gipsy und Stefan da bieten, schlägt voll ein – es wird geklatscht, gejohlt und gepfiffen. Die Brautleute fallen einander in die Arme und küssen sich so innig, als wären sie ganz alleine und nicht dem Blick von weit über hundert Augenpaaren ausgesetzt. Auch Jakob und Werner sind sehr gerührt, applaudieren so laut sie können und rufen *Bravo!* und *Zugabe!*.

Später, am Buffett zu fortgeschrittener abendlicher Stunde, sieht Werner erneut den mittlerweile noch stärker angetrunkenen Boldt, folgt ihm und setzt sich zu ihm an den Tisch.

»Na, Herr Boldt? Erinnern Sie sich noch? Wir haben uns doch neulich bei Moosbachers Auktion so ein bißchen beharkt. Das war ganz lustig, nicht?«

»Doch, doch...«, stimmt Boldt unsicher bei. Er wundert sich darüber, daß Werner ihm so auf die kumpelhafte Tour kommt.

»Jetzt können Sie mir ja ruhig mal erzählen, für wen Sie das Pferd tatsächlich ersteigert haben«, meint Werner, grinst unverfänglich und schiebt sich ein leckeres Käsehäppchen in den Mund. »Diesen Galopper meine ich. Diesen, na, wie hieß er noch gleich?«

»Ramadan«, ergänzt Boldt. »Wissen Sie das denn nicht, Herr Eicke? Wollen Sie das wirklich wissen?«

»Also, ein bißchen würde es mich schon interessieren. Na, kommen Sie, Boldt, von Kumpel zu Kumpel: Für wen?«

Boldt beugt sich vor: »Für Klaus Ehrensmann in Neumünster.«

»Ehrensmann? Den Busenfreund vom alten Graf Bovens?« Werner legt die Stirn in Falten. Er wird sehr nachdenklich.

»Busen ist gut!« lacht Boldt anzüglich und meint: »Den Rest können Sie sich ja denken, nicht?«

Werner erhebt sich langsam, schlägt Boldt kumpelhaft auf die Schulter und rät ihm: »Dann amüsieren Sie sich mal noch gut, Boldt. Aber passen Sie auf, daß Sie nachher nicht in den Burggraben fallen!« Er stützt sich auf seinen Stock und geht, ohne seinen noch fast vollen Teller mitzunehmen, auf direktem Weg hinüber zu den Bovensschen Stallungen. Er muß nicht lange suchen. In der einzigen Box, die kein Namensschild trägt, steht ein dunkler, nicht allzu großer Hengst mit einer kleinen weißen Blesse auf der Stirn. Werner öffnet die Box und schaut sich das Pferd genauer an, beugt sich hinunter, um die Gelenke zu prüfen, geht einmal ganz um das Tier herum und weiß anschließend ohne jeden Zweifel: Es ist Ramadan! Es ist zwar einige Wochen her, daß er ihn gesehen hat, aber er hat einen Blick für Pferde, und wenn eines ihn auch nur halbwegs interessiert, vergißt er es nie. Werners Atem geht schwer. Von draußen dringt fröhlicher Partylärm herein, den er auf einmal als aufdringlich und unpassend empfindet. Er wünscht sich, ein Unwetter möge überfallartig über die Festgesellschaft hereinbrechen und sie mit seinem Regenguß in alle Richtungen scheuchen. Der Blitz möge in den Stall schlagen und ihn in Brand setzen, so daß nur noch Zeit bliebe, die Pferde freizulassen, aber nicht, das wütende Feuer zu löschen.

Kolle kommt in den Stall. Er hat sich gewundert, wer da wohl Licht gemacht haben mag, und geht nachsehen.

»Ach, Sie sind's, Herr Eicke.«

»Ja, ich wollte nur mal einen alten Bekannten begrüßen. Den kleinen Ramadan. So heißt er doch, oder?«

»Ja, ja, Ramadan. Ein schönes Pferd, nicht wahr? Steht es denn nicht dran?«

»Wann haben Sie ihn denn hereingekriegt?«

»So vor vier, fünf Wochen müßte das gewesen sein. Der läuft wie ein Hase. Wenn der demnächst ins Rennen geht, macht er alles nieder, da wette ich«, erklärt Kolle stolz.

Werner nickt. »O ja, allerdings, ein sehr gutes Vollblut. Tja, das war's dann wohl.« Werner geht entschlossen an Kolle, der ihm befremdet hinterhersieht, vorbei und zurück in Richtung Schloß.

Abseits der Tanzfläche, wo Gipsy und Stefan gerade unbeschwert lachend übers Parkett wirbeln, flanieren Beate und Lucas langsam durch den Park.

»Wie ist das eigentlich, wenn man den Leuten ewige Treue predigt und dabei im Herzen an ganz etwas anderes denkt?« möchte Beate wissen.

»Das fragst du mich, Sunny? Was soll ich dazu sagen?«

»Denk an Marlies Baum. Sie hat mir beigebracht, auf Träume zu hören und sie auszuleben.«

Wie aus dem Nichts kommt Werner plötzlich grimmig entschlossen auf die beiden zu. Sie erschrecken, fühlen sich ertappt, aber Werner hat ganz etwas anderes im Sinn.

»Bea, ich muß leider nach Hause.«

»Jetzt schon?« fragt sie verständnislos.

»Ja. Wahrscheinlich werde ich auch nicht wiederkommen.«

»Ist etwas passiert?«

»Allerdings. Du kannst ja noch bleiben, wenn du willst. Ich sehe auf jeden Fall mal nach den Kindern.«

Gipsy hat inzwischen erschöpft die Tanzfläche verlassen und beobachtet die Szene von weitem. Instinktiv spürt sie, daß etwas nicht stimmt.

»Der hat was gemerkt«, mutmaßt Lucas.

Beate jedoch ist anderer Meinung: »Nein, das glaube ich nicht. Dann würde er sich anders benehmen. Ich kenne ihn doch.«

»Wenn ich mir das vorstelle. Nicht auszudenken.«

Hasenfuß! denkt Beate und sagt: »Und wenn! Dann laß es mein Problem sein!«

Sie wendet sich ab und will Werner folgen. Lucas versucht, sie zum Bleiben zu bewegen, aber Beate hält es für besser, mitzugehen. Sie spürt genau, daß hier gerade eine gefährliche Mischung zu brodeln beginnt. Lucas bleibt frustriert alleine zurück, bis Gipsy vor ihm steht.

»Wollen die beiden etwa weg?« fragt sie nervös.

»Na ja, lange werden sie wohl nicht mehr bleiben, glaube ich.«

Gipsy trippelt davon. Ihre Schleppe schwänzelt aufgeregt nach links und rechts. Sie alarmiert Stefan, der gerade von einer Handvoll Gäste belagert wird und Turnieranekdoten erzählt, und zieht ihn beiseite.

»Gipsy! Was ist denn los?«

»Werner will gehen.«

»Jetzt schon? Wieso das denn?«

»Ich vermute, er hat mit Boldt gesprochen. Wieso hast du den überhaupt eingeladen?«

»Ich? Du doch wohl!«

Gipsy seufzt. »Dann ist er von selbst gekommen. Jedenfalls mußt du etwas tun. Sonst könnte es ausgerechnet heute einen Skandal geben!«

Stefan läuft zum Parkplatz und fängt Werner ab, der gerade Beate und die Kinder in den Wagen steigen läßt. »Werner! Warte doch mal einen Moment! Was soll denn das jetzt? Soll ich dir noch eine Nackttänzerin besorgen?«

Werner, der schon halb im Wagen sitzt, steigt wieder aus und schlägt mit Wucht die Tür zu. »Nein danke. Ein Hengst reicht völlig.«

»Aha«, sagt Stefan. »Habe ich es mir doch gedacht. Dieser Boldt, der alte Suffkopf.«

Werner wird laut: »Ach komm! Red doch keinen Unsinn! Irgendwann wäre es ja doch herausgekommen!«

Stefan hält dagegen: »Was denn? Daß wir ein Pferd gekauft haben, an dem wir schon länger interessiert sind als du?«

»Länger als ich? Davon hast du mir bei der Auktion keine Silbe gesagt! Das ist der Punkt, verstehst du?«

»Aber das hätte doch nichts geändert. Werner, wir hätten doch nur unnötig den Preis in die Höhe getrieben.«

»Das haben wir so auch.«

Die Brüder stehen Auge in Auge, wie zwei Boxer in der entscheidenden Runde. Keiner gibt auch nur einen Zentimeter nach. Tatsächlich ballen beide, ohne daß sie es bemerken, ihre Hände zu Fäusten. Werners rechtes Bein schmerzt, als sei es von dem alten Stachel getroffen; als würden die Bilder von damals noch einmal in abgeschwächter Form vor ihm ablaufen, einer dieser verwackelten, überbelichteten Super-8-Filme, die Vater Jakob früher so gerne gemacht hat, als Werner noch ein Junge war. Im Gegensatz zu Stefan kann er sich an das Unglück nicht mehr erinnern. Sein Gedächtnis setzt in dem Moment aus, in dem er – nach geglückter Verfolgungsjagd – mit Stefans Pferd auf gleicher Höhe war. Alles weitere – den Sprung, den Sturz, den unerträglichen Schmerz, den markerschütternden Schrei, den tobenden Wahnsinn bis hin zur Ohnmacht – hat sein Gehirn aus dem Bewußtsein ausgelöscht. Der Selbsterhaltungstrieb des Menschen vollbringt erstaunliche Dinge. Werner hätte die Erinnerung daran, wie sein Bein zermalmt wurde, nicht ertragen, ohne zu einem kauzigen, der Welt abgewandten Sonderling zu werden. Die Erinnerung hat Stefan zu tragen, der auch in diesem Moment, am Rande seiner beinahe geglückten Hochzeitsfeier, die grauenhaften Bilder wieder ganz genau vor sich sieht. Werners Erinnerungsvermögen dagegen setzt erst in dem Moment wieder ein, als er zwei Tage später (dank starker Beruhigungsmittel konnte er so lange durchschlafen) erstmals das Bewußtsein wiedererlangte. Werner sagt leise: »Weißt du, daß ich den Hengst nicht bekommen habe, das kann ich verschmerzen. Aber auf diese Art? Das geht tiefer. Das geht sehr tief.«

Er will in den Wagen steigen, aber Stefan hält ihn zurück: »Bitte, Werner, hör mir doch wenigstens zu. Ich wollte es dir ja erklären, am Abend vor der Auktion. Aber dann hatten wir diesen blöden Streit wegen der Hochzeit. Außerdem sind wir nun mal Konkurrenten beziehungsweise: Wir waren es. Willst du mir jetzt wirklich hier die Party versauen?«

Müde schüttelt Werner den Kopf. »Daß du mein Vertrauen mißbrauchst und mich kurz darauf als Trauzeugen anheuerst: Findest du das nicht selbst charakterlos? Würdelos? Hinterfotzig? Jedenfalls wünsche ich dir und deiner fabelhaften Angetrauten alles Gute. Ihr werdet euch noch sehr wundern. Sehr bald wahrscheinlich.« Er läßt Stefan stehen, setzt sich in den Wagen zu seiner Familie, die mucksmäuschenstill und betreten auf ihn gewartet hat, und fährt ab.

3

Stefan bleibt stumm zurück, mit noch immer geballten Fäusten, die sich nicht wieder entspannen wollen. Er ist nahe daran, seinen Bruder zu verfluchen, und dabei hätte er diesem Zwist auf so simple Weise aus dem Weg gehen können, wenn er nur im Vorfeld der Auktion den Mund aufgemacht hätte. Dann hätte man sich auf die eine oder andere Weise geeinigt, und der Preis für Ramadan wäre längst nicht so hoch gewesen. Aber die Eickesche Unfähigkeit, unangenehme Dinge auszusprechen und reinen Tisch zu machen und statt dessen alles lieber hübsch unter den Teppich zu kehren, in der absurden Hoffnung, es werde nicht herauskommen, die wird vielleicht nie behoben werden.

Der neue Familienstreit wirft einen großen, dunklen Schatten auf die Feier. Die Nachricht von dem Zerwürfnis verbreitet sich in Windeseile, und viele Gäste verlassen Gut Bovens umgehend, aus Angst, es könnten noch unangenehmere Dinge geschehen. Boldt ist einer der ersten, die sich davonmachen. Aber er kommt nicht weit. Sein Fahrstil ist zwar trotz hochgradiger Alkoholisierung sehr unauffällig und kontrolliert (richtige Säufer können sich ausgezeichnet beherrschen), aber er fährt die ganze Strecke mit Fernlicht, und so wird eine entgegenkommende Polizeistreife auf ihn aufmerksam. Bei der Kontrolle schlägt den Beamten eine so dichte, penetrante Alkoholwolke entgegen, daß sie sich angewidert abwenden müssen. Das Röhrchen zeigt 3,6 Promille. Der ältere der beiden Polizisten stellt trocken fest, das sei neuer Landkreisrekord. Boldt wird für sehr lange Zeit auf seinen Führerschein verzichten müssen.

Jakob ist sehr traurig über den Streit seiner Söhne. Endlich sah es einmal danach aus, als würden alle sich vertragen und einander wohlgesonnen sein, da gerät schon wieder alles aus den Fugen.

»Sag mal, war das denn wirklich nicht zu vermeiden?« fragt er Stefan.

»Ach, Vater, ich hatte diesen Ramadan-Blödsinn doch längst vergessen.«

»Verdrängt, willst du wohl sagen. Ich schlage vor, wir treffen uns morgen und bereden die Sache unter Männern. Was meinst du?«

Stefan schüttelt den Kopf: »Nein, Paps. Das hat keinen Sinn mehr. Werner hat mir die Tür zugeschlagen.«

Jakob spürt: Gegen so entschlossenen Widerstand kommt er nicht an. Schließlich weiß er, aus welchem Holz seine Söhne geschnitzt sind. Mit hängenden Schultern geht er davon und nimmt seine Paula in den Arm. Diese Frau ist ein so großes Glück für ihn, wie er es in seinem Leben nicht mehr erwartet hat. Sie ist eine Insel der Liebe, eine Bastion der guten Laune, ein Rettungsanker für jeden Sturm und jedes Unwetter.

Die beiden fahren nun ebenfalls nach Hof Eicke. Jakob bietet Paula sein Schlafzimmer an und richtet für sich selbst eine Lagerstatt auf dem Sofa her. Paula sieht auf einem Tisch unten in der Eingangshalle ein dickes, großformatiges Buch, so einfach gebunden wie ein wissenschaftliches Fachbuch mit ganz geringer Auflage. Clemma hat es bei ihrer Heimkehr dort hingelegt. Paula liest den Einband und nimmt das Buch interessiert mit.

Völlig rastlos eilt Werner noch um Mitternacht durchs ganze Haus, studiert Pferdekataloge, führt ein Telefonat auf spanisch, wobei er sich gar nicht mal so schlecht anstellt, und verkündet anschließend seinem Vater, der gerade erschöpft zu Bett gehen will, er könne schon einmal seine Koffer packen.

»Wie bitte?« fragt Jakob unwillig.

»Ich habe eben mit Pepe Delgado in Sevilla telefoniert. Morgen nachmittag treffen wir uns mit ihm, und dann kaufe ich ihm Romero ab. Das ist der Bruder von Ramadan und mindestens genauso gut, eher besser. Morgen früh um sechs Uhr geht es los.«

In Werners Gesicht spiegelt sich grimmige Zufriedenheit. Er ist fest entschlossen, die Scharte auszuwetzen, koste es, was es wolle.

Meine Jungs waren schon so schlechte Verlierer, als sie noch ganz klein waren, denkt Jakob. *Immer wollte der eine besser sein als der andere. Nie haben sie dem anderen einen Triumph gegönnt.*

»Werner, meinst du nicht, daß ich irgendwann mal was anderes im Kopf habe als Pferde?« Jakob schiebt Werner von der Türschwelle herunter, sagt: »Morgen stehe ich auf, wann ich will. Gute Nacht.« und schließt die Türe vor Werners Nase. In der Tat sind Jakobs Gedanken im Moment bei einem anderen, viel spannenderen Thema: Paula liegt in seinem Bett! Die kleine süße Paula!

»Paula, schläfst du schon?« ruft Jakob zum Schlafzimmer hinüber, dessen Türe angelehnt ist. Als keine Antwort kommt, brummelt er enttäuscht: »Heiliger Strohsack, früher hatten die Mädchen noch ein anderes Stehvermögen.«

Er geht zum Sofa hinüber, als er die Türe leise quietschen hört. Paula trägt Jakobs Bademantel, der ihr viel zu groß ist, und hält das vorhin in der Halle gefundene Buch geöffnet in der Hand.

»Da mußt du mal hineinschauen«, sagt sie, setzt sich auf das Sofa, schiebt sich ihre Lesebrille ein Stückchen höher und liest vor: »Die Aufgabe der Agrarwissenschaft ist, Kenntnisse der verschiedenen Einflußfaktoren aufzuarbeiten und damit Basismaterialien an die Hand zu geben, die als Entscheidungs- und Problemlösungshilfen eingesetzt werden können. Das Ziel ist, die Wirtschaftlichkeit landwirtschaftlicher Betriebe zu erhöhen, ohne die ökologischen Aspekte außer acht zu lassen. Das klingt doch hochinteressant, nicht?«

»Theoretisches Geschwafel«, urteilt Jakob. »Keine Ahnung von der Praxis. Wer schreibt denn so einen Quatsch?«

Paula blättert nach vorne, zur allerersten Seite: »Die Anwendung biologisch-dynamischer Anbaumethoden in Westfalen-Lippe. Inaugural-Dissertation zur Erlangung des Doktorgrades der Naturwissenschaften im Fachbereich Agrarwissenschaft. Vorgelegt von Stefan Eicke. Deinem Sohn.«

Jetzt ist Jakob still. Und er schämt sich ein bißchen. Wie oft hat er seinen Söhnen gepredigt, sie mögen sich erst den Überblick über eine Sache verschaffen, bevor sie ein vorschnelles Urteil abgeben? Und er – so stellt er nun ungern fest – leistet sich den Fehler trotz seiner siebzig Jahre noch immer selbst.

»Und hier«, fährt Paula fort: »Meinem Vater Jakob Eicke und

meinem Bruder Werner Eicke gewidmet. Das ist doch unheimlich lieb, nicht? Aber die Brüder Eicke haben mal wieder den ganz großen Krach, und der Senior hält diese Arbeit für Quatsch. Könnt ihr euch nicht einfach mal ganz naiv freuen und stolz auf Stefan sein?«

Jakob steigen Tränen in die Augen. Er setzt sich neben Paula auf das Sofa.

»Und nun komm, Jakob«, sagt Paula leise. »Komm zu mir ins Bett. So viel Zeit haben wir auch nicht mehr.«

Es wird eine aufregende, aber tatsächlich ziemlich kurze Nacht, denn Jakob fliegt doch mit nach Andalusien, zu Pepe Delgado, einem ehemals sehr erfolgreichen und heute noch erfolgreicheren Pferdezüchter. Er und die Eickes kennen sich schon lange und sind einander sehr freundschaftlich verbunden. Der kleine, magere Delgado, dessen schwarzer Schnurrbart von störrischen silbergrauen Fäden durchzogen ist, begrüßt Jakob und Werner so herzlich, als seien sie hochgeschätzte Vettern, die sich nach längerer Zeit endlich einmal wieder blicken lassen. Die drei Männer setzen sich auf eine kleine, an den Trainingsplatz grenzende Tribüne und beobachten, wie Romero über die Rennbahn galoppiert. Jakob und Werner staunen. Nicht nur darüber, mit welcher Leichtfüßigkeit und welcher Kraft der Hengst sich bewegt, sondern auch über seine Ähnlichkeit mit Ramadan. Der gleiche, verhältnismäßig kleine Wuchs, der gleiche dunkle Farbton, absolut ähnliche Gelenke. Francisco Delgado, der gerade mal zwanzig Jahre junge Sohn des alten Pepe, beendet sein Training mit Romero und reitet zu den Gästen herüber.

»Ist Romero denn wirklich so gut wie Ramadan?« fragt Werner den jungen Delgado, um seine Schlagfertigkeit zu testen. Denn daß Romero vermutlich sogar noch mehr Klasse hat , hat Werner längst erkannt.

»Si, si«, antwortet Francisco. »Der einzige Unterschied zwischen den beiden ist: Romero hat doppelt soviel Temperament wie Ramadan.«

»Und was soll er nun kosten?« will Werner vom Vater wissen.

Pepe lächelt vielsagend: »Oh, *amigo*, der Preis ist natürlich auch doppelt so hoch...«

Werner muß schlucken: »Sie sprechen sicher nicht von Ramadans Auktionspreis.«

»Ich gehe davon aus«, meint Pepe Delgado lässig, »daß ich Ihnen Romero für, lassen Sie mich rechnen, dreihunderttausend Mark verkaufen könnte.«

Werner und Jakob machen lange Gesichter.

»Zugegeben, das sind eine Menge Pesetas«, beeilt sich Pepe, »aber glauben Sie vielleicht, es sei ein Zufall, daß Romeros Futtertrog in Andalusien und der von Ramadan in Alemania steht? Wir Andalusier verstehen mehr von Pferden als die Deutschen, wir suchen uns nur die allerschönsten Edelsteine heraus. Sie beide sind eine große Ausnahme, und deswegen sind Sie ja auch hier, um Romero zu kaufen.«

»Pepe, ich habe das Gefühl, Sie sind ein ziemlicher *usurero*«, stellt Jakob fest, halb im Spaß, halb im Ernst.

»Ein Halsabschneider? Wo haben Sie dieses Wort denn aufgeschnappt?«

»Das habe ich vorhin im Wörterbuch nachgesehen, weil ich geahnt habe, was auf uns zukommt. Ich weiß doch, was für ein Halunke Sie sind.«

Die erst gestern so vollmundig von Gipsy angekündigte Zusammenarbeit zwischen Hof Eicke und Gut Bovens wird heute bereits realisiert, aber auf eine ganz andere Art und Weise. Jupp Rathmeyer, der heute morgen beobachtet hat, wie Jakob und Werner nach Spanien aufgebrochen sind, hat sich Gedanken gemacht. Seit den beiden Abenden, die er in der letzten Woche im Spielkasino von Bad Neuenahr verbracht hat, ist seine finanzielle Lage miserabler denn je. Wie ein Spürhund sucht er nach Möglichkeiten, seine Bank zu besänftigen, und heute morgen hat er einen brillanten Dreh gefunden. Er rief sofort bei Gipsy von Bovens an und bat sie um ein Treffen. Er habe interessante Neuigkeiten für sie. Ein abgebrühter Zocker wartet nicht lange, wenn er eine gute Karte ausspielen kann. Nun, am frühen Nachmittag, sitzen die beiden in einem Straßencafé in Münster, und Jupp tut so, als könne er kein Wässerchen trüben.

»Schauen Sie, Gipsy, das ist doch der reine Schwachsinn: Statt am selben Strang zu ziehen, graben sich Eicke und Bovens das Wasser ab. Wegen so lächerlicher Geschichten wie gestern abend kriegen die Herren sich in die Haare, und dann ist wieder monatelang Funkstille. Sie, Teuerste, versuchen ja, daran etwas zu ändern, das merkt man. Aber diese verstockten Kerle müssen wahrscheinlich zu ihrem Glück gezwungen werden. Und dabei möchte ich Ihnen helfen, denn ein bißchen mehr Harmonie wäre wirklich eine schöne Sache.«

»Und was wollen Sie tun?«

»Es darf nicht mehr soviel Heimlichtuerei geben, das ist das reinste Gift für jede Beziehung, im Großen wie im Kleinen. Ich möchte für mehr Transparenz sorgen, der eine soll wissen, was der andere tut. Ein Beispiel: Es interessiert Sie doch sicher, daß Werner und Jakob heute morgen in aller Frühe nach Spanien geflogen sind, oder?«

»Nach Spanien? Heute?« Gipsy wird immer hellhöriger. Sie mag diesen Rathmeyer nicht, aber er soll erst mal erzählen, was er nicht für sich behalten kann.

»Andalusien. Südspanien. Und zwar zu Pepe Delgado. Vielleicht kennen Sie den sogar, er hat ein großes Vollblutgestüt.«

»Wollen sie ihm einen Galopper abkaufen?«

Jupp lehnt sich zurück und genießt die überlegene Position desjenigen, der als einziger Bescheid weiß. »Nicht irgendeinen. Haben Sie schon einmal von einem Hengst namens Romero gehört?«

Natürlich hat sie das, aber sie tut so, als müsse sie genau nachdenken.

»Herr Rathmeyer, warum erzählen Sie mir das eigentlich alles?« fragt sie, um ihm endlich genauer auf den Zahn zu fühlen.

»Wie gesagt, Gräfin: In erster Linie, weil ich gerne dazu beitragen möchte, daß zwischen Eicke und Bovens endlich Frieden herrscht. Das müßte ja wohl langsam mal möglich sein. Als Geschäftsführer trage ich schließlich auch eine gewisse Verantwortung, und ich will nicht länger tatenlos zusehen, wie wir uns gegenseitig zerfleischen.«

»Sehr schön, Herr Rathmeyer. Sehr edel. Und in *zweiter* Linie?« Gipsy nimmt einen gönnerhaften, geradezu einladenden Gesichtsausdruck an.

Jupp lächelt: »Sie meinen, das wäre Ihnen ein Honorar wert?«

Gipsys Miene verwandelt sich in ein Pokerface. »Ich weiß mehr von Ihnen, als Sie glauben, Herr Rathmeyer. Daß Sie jeden einzelnen Spieltisch in so ziemlich allen legalen wie illegalen Spielbanken weit und breit kennen, zum Beispiel. Daß Sie mehr Kartentricks beherrschen als die härtesten Burschen vom Kiez. Und ich weiß sogar noch mehr.«

Das Gespräch läuft zwar nicht so, wie Jupp es sich erhofft hat, aber es gefällt ihm trotzdem, denn jetzt ist es zu einer Pokerpartie geworden: »Nämlich?« fragt er cool. »Kommen Sie ruhig rüber damit.«

»Sie sind nicht nur deshalb zur Reiterei gegangen, weil Sie ein so großer Pferdenarr sind.«

»Sondern?«

»Weil man Ihnen ausdrücklich nahegelegt hat, die Finger von der Juristerei zu lassen. Sie haben Ihre Mandanten nicht nur juristisch beraten, sondern auch noch den Anlageberater für sie gespielt. Und das hat einige Leute sehr viel Geld gekostet. Inwiefern Sie sich daran bereichert haben, weiß ich nicht. Aber es würde mich schon sehr wundern, wenn Sie dabei leer ausgegangen sein sollten.«

Mit einer solchen Rundumattacke hat Jupp nicht gerade gerechnet. Etwas zu beiläufig sagt er: »Was sich an Gerüchten so alles herumspricht. Ich habe nur ein bißchen Pech gehabt, das war alles. Heute stehe ich da drüber, das ist alles lange her.«

»Gut und schön, aber Geld braucht der Mensch immer, nicht wahr?« meint Gipsy mit einem gehörigen Schuß Sarkasmus in der Stimme.

»Klar, Gräfin, und stinken tut es bekanntlich auch nicht. Dieses Thema gefällt mir schon viel besser, wollen wir das nicht gleich noch ein bißchen mehr vertiefen?«

Der ist ja noch viel ekelhafter, als ich dachte! denkt Gipsy. *Aber vielleicht kann er mir ja wirklich noch mal nützlich sein.*

Sie greift in ihre Handtasche, zieht fünf Hundertmarkscheine aus ihrem Portemonnaie und schiebt sie ihm über den Tisch.

Jupp steckt sie zufrieden ein. »Na, sehen Sie! Das ist doch schon mal ganz nett für den Anfang.«

»Pepe, ich möchte Romero wirklich sehr, sehr gerne haben«, beteuert Werner. »Aber ich hätte gedacht, Sie könnten mir einen faireren Preis machen.«

Er sitzt mit Delgado bei einer Tasse Kaffee zusammen, während Jakob einen Spaziergang durch die Ställe macht.

»Das ist nicht zu teuer, Werner! Sie finden zur Zeit in ganz Europa kaum ein besseres Pferd.«

»Natürlich ist er gut. Und ich muß ihn einfach haben. Aber lassen Sie uns...«

»Wegen Stefan?« unterbricht Delgado.

Werner ist überrascht: »Wie kommen Sie denn darauf?«

»Na, kommen Sie. Wenn Werner Eicke mich mitten in der Nacht anruft, dann möchte ich doch wissen, warum.«

Werner gibt es zu.

»Hören Sie mir zu«, meint Delgado freundlich. »Zwei Dinge sage ich Ihnen. *Primero*: Wir können über den Preis sprechen, aber er ist teuer, und er bleibt teuer. Ich bin zwar kein *usurero*, aber ein *comerciante*, und ich kann so ein Goldstück wie Romero nicht unter Wert abgeben, nicht einmal an Sie. *Segundo*: Ich freue mich sehr, daß Sie bei mir sind, und Sie haben überhaupt nur dann eine Chance, Romero zu bekommen, wenn Sie und Ihr Vater bis morgen meine Gäste bleiben.«

Dazu läßt Werner sich gerne überreden. »Einverstanden«, sagt er. »Dann bleibt mir mehr Zeit, Sie von einem günstigeren Preis zu überzeugen.«

Im Pferdestall hat Jakob inzwischen einen Liebling entdeckt: Ausgerechnet vor der Box des magersten, schwächlichsten Kleppers steht er schon seit Minuten und kann sich gar nicht mehr loseisen. *Minusculo* heißt der traurige Hengst – *der Winzling*.

Die Delgados haben ihn offenbar abgeschrieben, er gilt als krank und faul und sei, so heißt es, zu nichts zu gebrauchen. Jakob aber sieht etwas anderes in dem dunkelgrauen Pferd, etwas, das nur zu sehr vernachlässigt wurde. Wenn Minusculo in bessere Hände käme, genauer gesagt: in seine Hände, dann würden die Leute sich nach einiger Zeit wahrscheinlich ganz schön wundern.

Paula Rogowski kommt mit einem Taxi auf Hof Eicke gefahren. Jakob hat sie eingeladen, ein paar Tage hier zu verbringen, und da hat sie aus Bonn einige Sachen geholt. Clemmas Begrüßung fällt nicht gerade freundlich aus. Jakob komme erst morgen aus Spanien zurück, sagt sie, er habe gerade eben angerufen. Sie hofft, die Frau Doktor möge daraufhin gleich wieder verschwinden, aber Paula denkt gar nicht daran. Dann werde sie bis dahin eben Clemma Gesellschaft leisten, zwitschert sie und hievt ein großes, flaches Paket aus dem Kofferraum, das sie zusammen mit Clemma ins Schloß trägt.

»Was ist denn das?« stöhnt Clemma.

»Eine Überraschung für Jakob. Er wird wiehern vor Freude. Ach, sagen Sie, Clemma, haben Sie vielleicht eine Bohrmaschine?«

»Eine was?«

»Eine Bohrmaschine. So eine, mit der man – rums! – ganz tiefe Löcher in die Wand machen kann.«

»Natürlich haben wir eine Bohrmaschine.« Clemma ist ganz schön genervt. Sie findet Paula nun mal zickig, dagegen kann sie nichts machen. Die beiden tragen das Paket in Jakobs Zimmer. Paula hält es an verschiedenen Stellen vergnügt gegen die Wand und fragt:

»Clemma, können Sie Haken eindübeln? Hier macht es sich, glaube ich, am besten.«

»Also, erst mal muß ich wissen, was das soll und was das ist.«

»Ein Bild natürlich. Was sonst? Ein Gemälde«, lacht Paula.

»Und warum packen Sie es nicht aus?«

»Weil es eine Überraschung ist. Das wird erst später enthüllt.

Übrigens: Diese Recamière, die würde mir da drüben viel besser gefallen.«

Clemma spürt, daß das Unheil seinen Lauf nimmt: Die Person wird versuchen, die ganze Wohnung umzumodeln, wenn sie nicht aufpaßt. Obwohl ihr eher danach wäre, Paula mit einem Trick auf den Flur zu locken, Jakobs Zimmer abzuschließen und den Schlüssel zu verstecken, greift sie grimmig nach der Bohrmaschine, läßt das Ding testweise laut aufheulen und setzt es dann an die Wand, um das erste Loch zu bohren.

Paula freut sich schon wie ein kleines Mädchen auf den Augenblick, wenn Jakob morgen nach Hause kommen und das Bild sehen wird. Vor ein paar Tagen, als sie mit ihm in Münster durch eine Kunstausstellung gebummelt ist, war er staunend vor dem Bild eines jungen Künstlers aus dem Münsterland stehengeblieben. Es zeigte die sowohl von expressionistischer als auch von naiver Malerei leicht angehauchte Darstellung zweier Pferde im Sprung. Er hatte wissen wollen, was das Bild kostet, aber man hatte ihm gesagt, es gehöre dem Westfälischen Kunstverein und sei unverkäuflich. Paula, nicht faul, hat anschließend auf eigene Faust den Künstler, einen gewissen Clemens Brockbach, ausfindig gemacht und bei einem ausgiebigen Telefonat herausgefunden, daß Pferde zur Zeit seine große Vorliebe sind und er noch ein halbes Dutzend weitere Bilder in ähnlichem Stil zu Hause stehen hat, die noch keine einzige Ausstellung gesehen haben. Sie besuchte den Mann und fand ein Gemälde, das ein ganz ähnliches Motiv zeigt, aber noch viel schöner als das in Münster ausgestellte ist. Ohne lange zu fackeln, kaufte sie es. Daß Jakob jetzt nicht zu Hause ist, kommt ihr deshalb gar nicht so ungelegen, denn so kann sie die Überraschung so richtig perfekt machen und das Bild aufhängen, ohne daß er etwas davon weiß.

Lucas Delbrück hat eine äußerst ernsthafte Beratung. Bei ihm zu Gast im Pfarrhaus ist Pater Augustin, ein ebenfalls sehr gutaussehender Geistlicher, mit dem ihn eine lange Freundschaft verbindet.

»Ich möchte die Zeit wirklich nicht noch einmal durchmachen, Lucas, das kannst du mir glauben«, sagt Augustin. »So schön das mit Agnes auch war, aber es führt zu nichts.«

Lucas hält sich ziemlich deprimiert an einem Glas Rotwein fest. »Mut machst du einem ja nicht gerade. Außerdem ist das mit Beate und mir etwas ganz anderes. Niemand weiß etwas davon.«

»Ach was, mach dir nichts vor. Es kommt immer irgendwann heraus. Und ich sage dir noch einmal: Es bringt nichts. Sieh zu, daß du Schluß machst. Ich kann erst wieder richtig aufatmen, seit ich es hinter mir habe.«

Lucas steht auf und geht unruhig im Raum auf und ab. »Und wie hast du es hinter dich gebracht? Ich meine, offiziell.«

»Gar nicht. Ich war beim Bischof, und der war insofern ganz nett, als er gemeint hat, nun würde ich wenigstens ein paar andere Seiten des Lebens kennen. Falls ich ihm versprechen könnte, daß es endgültig aus wäre, würde er es offiziell nicht zur Kenntnis nehmen. Aber ich bitte dich: Behalte das für dich, ja?«

»So einfach ist das also«, sagt Lucas fatalistisch.

»Oh, das kann aber auch ganz anders laufen. Hubert Schmalstich mit seiner Nora sitzt heute ohne Nora in Maria Laach und sortiert alte Kirchenbücher. Wir müssen ihn aufheitern, wenn wir da sind.«

Lucas lächelt gequält. Er fühlt sich zerrissen, spürt, daß er am entscheidenden Wendepunkt seines Lebens steht. »Hast du hinterher noch einmal Kontakt mit Agnes gehabt?« fragt er.

Augustin seufzt. »Nie wieder. Und das ist auch besser so. Es wäre ja gleich wieder losgegangen zwischen uns, dagegen kann man nichts machen. Und was soll unsereiner dann tun? Wir können Paulus und die Korinther herunterleiern, aber was bringt das? Wovon willst du dann leben? Glaub mir: einmal Priester, immer Priester.«

»Die meisten arbeiten dann doch als Religionslehrer«, wendet Lucas vorsichtig ein.

»Die meisten? Die wenigsten, mein Lieber. Der Arm unserer heiligen Kirche reicht weit. Du glaubst doch nicht, daß die Schulbehörden Interesse daran haben, sich grundlos mit der Una Sancta anzulegen!«

»Und was soll ich jetzt machen?«

»Schluß, aus, Ende«, faßt Augustin brutal zusammen. »Lucas, das ist wie bei jeder Liebe. Das gibt Tränen, wenn es vorbeigeht, so ist das immer. Aber es ist doch besser, jetzt Tränen zu vergießen, als ein Leben lang vor Scham und Angst mit den Zähnen klappern zu müssen.«

Lucas ist allmählich der Verzweiflung nahe. »Das könnte ich Beate nie ins Gesicht sagen!«

»Himmel, dann schreib ihr doch! Das ist vielleicht sogar das Beste.«

Stumm schenkt Lucas seinem Freund ein. Die beiden leeren noch ein Gläschen, und dann verabschiedet sich Augustin. Bevor er geht, nimmt er, einer plötzlichen Regung folgend, seinen Amtsbruder mitfühlend in den Arm. Lucas erwidert die Umarmung, klammert sich fast an den anderen. Tränen rinnen ihm die Wangen hinunter und benetzen Augustins schwarzen Pullover.

Als er hinter ihm die Türe schließt, weiß er, daß es nur ein Abschied für ein paar Stunden ist und daß er wenig Zeit hat, den Brief zu schreiben. Er nimmt sich das letzte Glas Wein und setzt sich an seinen Schreibtisch. Nur wie in Zeitlupe bewegt sich die Feder in seiner Hand; jedes Wort, das er zu Papier bringt, erscheint ihm hohl, abgedroschen und absolut sinnlos. Er faltet den Brief, legt ihn in einen Umschlag, schreibt *Frau Beate Eicke persönlich!!* darauf und geht ans Fenster, um einen Ministranten zu rufen, der gerade unten im Garten Unkraut jätet. Er gibt dem Jungen einen Zehnmarkschein und bittet ihn, den Brief nach Hof Eicke zu bringen.

Stefan wagt sich nach Hause, in die Höhle des Löwen sozusagen. Aber nur, weil er weiß, daß der Hausherr seinen Bau verlassen hat. Stefan steuert einen Pferdetransporter auf Hof Eicke und lädt vor der Pferdeklinik seinen Raffaello aus. Der Wallach kränkelt schon seit ein paar Tagen, und Verwalter Kolle nervt ihn tagein, tagaus mit hysterischem Gefasel über Pferdepest und andere mörderische Krankheiten, die das Pferd haben könnte.

Dagmar Lux stellt bei Raffaello leichtes Fieber, erhöhten Puls und eine leichte Schwellung an der Lymphdrüse fest. Stefan meint zwar, das habe nicht viel zu bedeuten und glaubt, das Pferd habe nur eine leichte Erkältung, aber Dagmar geht lieber auf Nummer Sicher und bereitet eine gründliche Untersuchung mit Ultraschall, Nasenabstrich und Blutprobe vor. Stefan beschließt, Raffaello über Nacht dazulassen und fährt wieder zurück.

Er ahnt nicht, daß Beate wenige Meter entfernt in der Eingangshalle von Schloß Eicke sitzt und hemmungslos weint. Vor ihr liegt der aufgerissene Brief. Paula kommt gutgelaunt die Treppe herunter und erschrickt bei ihrem Anblick.

»Beate, was haben Sie denn?« ruft sie erschrocken und läuft zu ihr. Beate unterdrückt ihr Schluchzen, stopft den Brief in die Tasche und wischt sich die Tränen aus den Augen.

»Ach, nichts«, lügt sie wenig glaubwürdig.

»Ist es wegen Werner?«

»Nein. Manchmal läuft es halt nicht so, wie man es sich vorstellt.«

»Geht Ihnen der Krach mit Stefan so unter die Haut? Ist es das?«

Beate entzieht sich ihr, läuft zur Treppe und sagt, um eine normale Stimme bemüht: »Vergessen Sie einfach, daß ich geweint habe. Es wird schon wieder.« Sie flüchtet die Stufen hinauf.

Ein wenig ratlos bleibt Paula unten stehen und blickt ihr besorgt nach. Dann fällt ihr Blick auf den liegengebliebenen zerfetzten Briefumschlag. In solchen Dingen ist ihre Intuition unfehlbar. Sie begreift sofort, daß es hier nur um einen anderen Mann gehen kann, auch wenn sie nicht die geringste Ahnung hat, wer es sein könnte. Aber Paula ist keine Klatschtante, sie wird kein einziges Wort darüber verlieren.

Am frühen Abend besteigen Augustin und Lucas einen Überlandbus nach Köln. Lucas ist schweigsam, aber Augustin gibt sich alle Mühe, ihn zu trösten. In Köln nutzt er die Zeit bis zur Abfahrt des Anschlußbusses dazu, um in Sichtweite des Kölner

Doms mit ihm ein Kölsch zu trinken, und wenige Minuten später, es ist bereits dunkel, sitzen sie in einem Bus, der in die Eifel und bis nach Koblenz fährt. Als sie in Maria Laach aussteigen, steht ihr Freund Hubert Schmalstich bereits an der Haltestelle, um sie abzuholen. Die beiden Geistlichen aus dem Münsterland wollen hier ein paar Tage der Andacht verbringen. Die drei Priester, die alle bereits einmal gestrauchelt sind, nicken einander wissend zu.

Einen fröhlicheren Abend verbringen Werner und Jakob. Pepe Delgado hat ihnen zu Ehren einige Freunde in seinen großzügigen Innenhof geladen und ein kleines Flamencofest organisiert. Prächtige, bunte Blumenbeete und ein spielerisch verschnörkelter Brunnen sorgen obendrein für eine leichte, luftige Atmosphäre. Eine außerordentlich versierte, sympathische Flamencogruppe spielt und tanzt gerade eine leidenschaftliche Sevillana.

»Ich würde sterben für diese Musik!« schwärmt Pepe Delgado. »Das ist der klassische Ausdruck unserer andalusischen Seele. Hören Sie das? Das ist Flamenco, vergessen Sie das, was Sie in Chipiona und all den Touristenbodegas in Jerez gehört haben!«

Werner stimmt eifrig zu und genießt das farbenfrohe Spektakel. Jakob dagegen stiehlt sich heimlich davon, und erst als er so lange wegbleibt, daß er nicht nur zur Toilette gegangen sein kann, fangen Werner sowie Vater und Sohn Delgado an, sich darüber zu wundern, wo er wohl stecken mag. Werner ahnt plötzlich, wohin es seinen Vater gezogen haben könnte, aber Francisco Delgado findet ihn zuerst. Jakob sitzt bei Minusculo, dem schwächlichen Hengst, in der Box, mitten im Stroh, und hält liebevoll Zwiesprache mit dem Pferd:

»Ich wußte sofort, daß ich einen neuen Godolphin Arabian gesehen habe. Und du hast Glück, mein Kleiner, denn ich werde dich mit nach Hause nehmen, und dann werden wir der Welt mal zeigen, was du kannst. Hast du verstanden?« Der Hengst scheint interessiert zuzuhören, und als Antwort erschallt auch tatsächlich ein lautes Wiehern. Gleichzeitig lacht Francisco vom Stalleingang her. »Si, comprendo!« ruft er und kommt schmunzelnd zu Jakob in die Box.

»Seinen Namen werden sich die Leute merken, er ist wirklich ein Kämpfer. Wie der alte Godolphin Arabian. Aber du weißt wahrscheinlich gar nicht, wer das ist, stimmt's, Francisco?« Jakob steht langsam auf und tätschelt den mageren Kopf des Pferdes.

»Godolphin Arabian? Gehört habe ich den Namen schon mal.«

»Als Probierhengst hat man ihn mißbraucht. Das ist einer, der die Stuten anmacht, bevor der richtige Hengst kommt. Verkannt hat man ihn. Aber er hat ihnen gezeigt, wer der Bessere war. Er hat Roxana besprungen – die berühmte Stute –, ehe man ihn daran hindern konnte. Und dann wurde Lath geboren, der berühmteste Galopper seiner Zeit. Das war Godolphin Arabian, vor zweihundertfünfzig Jahren. Und so wird es auch bei Minusculo sein, Jakob Eicke schwört es dir. Aber zuerst einmal muß er selber laufen lernen. Laufen und gewinnen!«

Pepe Delgado und Werner stehen nun ebenfalls am Eingang des Stalles und haben, von den anderen unbemerkt, den letzten Teil von Jakobs Vortrag fasziniert mit angehört. Sie beschließen, lieber nicht zu stören, und gehen leise zurück in Richtung Innenhof.

»Ihr Vater ist ja ein richtiger Schamane«, bemerkt Pepe Delgado beeindruckt.

»O ja, das ist er«, pflichtet Werner bei. »Godolphin Arabian war einer der Stammväter des englischen Vollbluts, nicht wahr?«

»Er war der Wichtigste von allen. Als er starb, wurde er begraben wie ein König. Aber mit diesem armen Kerl, mit Minusculo, da hat Jakob Eicke sich verrannt, bei allem Respekt. Das Pferd ist reif für den Metzger.«

Später, bevor Werner zu Bett geht, ruft er zu Hause an. Beate liegt zwar im Bett, aber schlafen kann sie nicht, obwohl sie es schon seit zwei Stunden versucht.

»Ja?« flüstert sie in den Telefonhörer.

»Ich bin's, Bea. Schläfst du schon?«

»Ja, tief und fest. Was ist denn?«

»Entschuldige, ich wollte dich nicht wecken. Aber ich wollte so gerne für einen Moment deine Stimme hören. Bis morgen, Bea. Ich hab dich lieb.«

»Bis morgen...«

Beate legt den Hörer weg und steht auf. Mit plötzlicher Entschlossenheit geht sie zu einer Schublade, schließt sie auf und holt das Foto heraus, das sie im Waldcafé von Lucas gemacht hatte. Sie betrachtet es lange, völlig regungslos. Eine gute Viertelstunde steht sie so da, dann plötzlich reißt sie das Bild langsam entzwei, legt die beiden Hälften übereinander und zerreißt sie ein weiteres Mal. Immer schneller und hektischer reißt sie auf geradezu gewalttätige Weise die Teile in immer kleinere Schnipsel, als wolle sie damit eine Art Voodoo-Zauber entfachen. Als die Schnipsel so winzig sind, daß sie nicht mehr zerrissen werden können, läßt sie sie in einen Aschenbecher fallen, entzündet ein Feuerzeug und verbrennt sie.

Pepe Delgado ist ein ebenso leidenschaftlicher Pferdenarr wie Jakob. Jeden Tag reitet er kreuz und quer über seine Hacienda, um seine Lieblinge auf der Weide in Augenschein zu nehmen. Er beobachtet, wie sie wachsen und sich entwickeln und erfreut sich einfach an ihrem Anblick. Pferde haben so etwas Geschmeidiges an sich, verströmen eine Aura aus Kraft, Edelmut und auch Sinnlichkeit. Wenn man Pepe fragen würde, was für ihn und seine Landsleute besonders charakteristisch sei, so würde er sagen: »Andalusische Männer kennen nur drei Gründe, sich zu prügeln: Pferde, Freiheit und Frauen. Und zwar in dieser Reihenfolge!«

Nie würde Pepe es zulassen, daß einer seiner Hengste kastriert wird, dazu achtet er diese Tiere viel zu sehr. Wenn man das schon mit einem Menschen nicht tun würde, dann doch wohl mit einem Pferd erst recht nicht! Mit großer Genugtuung beobachtet er, daß selbst modernste Technik es nicht schafft, das Pferd als Transportmittel überflüssig zu machen. Wer einmal versucht hat, in einem noch so geländegängigen Jeep über die *cañadas* zu den Bergdörfern der *alpujarras* zu gelangen, der weiß, was er meint: Das geht nur auf einem Pferd!

Pepe verlangt für Romero einen so stolzen Preis, weil er ihn eigentlich gar nicht verkaufen will. Jedem anderen gegenüber hätte er ihn sowieso für unverkäuflich erklärt. Werner und Jakob aber schätzt er so sehr, daß er eine Zahl genannt hat – die allerdings hat er so astronomisch hoch gewählt, daß er sicher sein kann, daß die Eickes abwinken werden. Auch am nächsten Morgen will er noch keine Zugeständnisse machen.

»Bevor wir uns im Kreis drehen, Werner: Sie kennen den Preis. Dreihunderttausend Mark ist keine Peseta zu teuer, glauben Sie mir.«

»Pepe, ich hätte nicht gedacht, daß Sie ein so harter Brocken sind. Aber gut, abgemacht; auch wenn es ganz schön weh tut.«

Werner ist tatsächlich entschlossen, soviel Geld für Romero auf den Tisch zu legen! Unglaublich! Pepe begreift, daß er sich verkalkuliert hat: Er wird den geliebten Hengst hergeben müssen, schließlich steht er im Wort. Da gibt es jetzt kein Zurück mehr. Als Jakob zu den beiden stößt und fragt, ob sie sich endlich einig geworden seien, sagt Pepe: »Si. Zweihundertfünfzigtausend.« Er sieht ein, daß Werner das Tauziehen um Romero gewonnen hat, und aufs Geld ist es Pepe dabei die ganze Zeit ohnehin nicht angekommen. Warum also sollte er einem guten Freund keinen Rabatt geben?

Werner ist mehr als überrascht. Er hatte schon befürchtet, Delgado würde sich eher mit ihm prügeln, als ihm Romero zu verkaufen, aber der Gastgeber zeigt wirklich wahre Größe.

»Aber nur, wenn ich Minusculo billig dazubekomme«, fordert Jakob. »Ich will sehen, ob ich ihn wieder hinkriege.«

»Absurdo!« lacht Pepe. »Wie Sie wollen, mein lieber Jakob: Den schenke ich Ihnen!«

»Nein, nein, geschenkt taugt nix«, widerspricht Jakob und drückt Delgado einen symbolischen Tausendpesetaschein in die Hand. »Den Handel werden Sie noch bereuen, Pepe«, orakelt Jakob und gibt dem Spanier die Hand. Werner legt seine Rechte auf die der beiden anderen: Das Geschäft ist gemacht.

Beate betrachtet am Morgen die verkohlten Überreste im Aschenbecher. Ihr Geist schwankt. Im einen Augenblick möchte sie den Brief am liebsten auch verbrennen, aber dann wieder drehen sich ihre Gedanken um, und sie will nur noch Lucas in die Arme fliegen. Sie beschließt, ihn anzurufen. So einfach kann er sich nicht aus der Affäre ziehen, das muß ihm klar sein. Aber am anderen Ende der Leitung meldet sich nur Ordensschwester Magdalena, die Lucas Delbrück für ein paar Tage im Pfarrhaus vertritt. Er sei in die Eifel gefahren, sagt sie und fragt freundlich, ob sie ihm etwas ausrichten solle.

»Ja, sagen Sie ihm einen schönen Gruß«, sagt Beate zögernd. »Von Frau Sunny.«

Schwester Magdalena notiert sich den Namen: »Ah ja. Zanni? Mit *a* und doppeltem *n*?«

»Er weiß dann schon Bescheid. Auf Wiederhören, Schwester.«

Magdalena hat kaum aufgelegt, da läutet es ein zweites Mal. Diesmal ist es der Pfarrer selber, der sich nach seiner Post erkundigt, und zwar nur, um zu erfahren, ob etwas von Beate gekommen ist. Aber Magdalena berichtet nur von einer Telefonrechnung und einem kleinen Prospekt für eine Kaffeefahrt.

»Herr Pfarrer, raten Sie, wohin die gehen soll?«

»Na?«

»In die Eifel! Ist das nicht lustig? Da sind Sie ja sowieso schon!« lacht Magdalena. Kaum hat sie sich mit einem herzlichen »Gott befohlen, Herr Pfarrer« von ihm verabschiedet, da fällt ihr doch noch etwas ein: »Ach, Moment, Herr Pfarrer: Eine Frau Zanni oder Zinni hat angerufen. Ich soll Sie herzlich grüßen.« Erst jetzt merkt sie, daß die Leitung tot ist und legt achselzuckend auf. Es wird schon nicht so dringend sein.

Stefan fährt am Nachmittag nach Hof Eicke, um Raffaello abzuholen, und wird dabei von Gipsy begleitet, die beschlossen hat, Beate einen kleinen Besuch abzustatten, solange Werner noch unterwegs ist. Mit einer eisgekühlten Flasche Champagner, die beim Fest übriggeblieben ist, und zwei Gläsern in den Händen, klopft sie mit dem Fuß gegen die Tür der Dunkelkammer. Als Beate öffnet, sieht Gipsy sofort, daß der Zeitpunkt für Veuve Clicquot nicht sonderlich gut gewählt ist. Beates Augen sind vom Weinen gerötet und angeschwollen. Ein halbes Dutzend feuchter Papiertaschentücher liegt auf dem Tisch, in beinahe symmetrischer Anordnung um den mit Tränen vollgetropften Brief herum. Gipsys Kombinationsgabe ist nicht ganz so gut wie die von Paula, aber daß in dem Brief etwas stehen muß, das Beate zu schaffen macht, ist auch ihr gleich klar.

Beate liest vor: »Sunny, ich habe mich entschlossen, dich eine Weile nicht zu sehen und mich nicht sehen zu lassen.«

»Sunny?« unterbricht Gipsy. »Das ist aber hübsch!«

»Sunny, mir wird von Tag zu Tag immer klarer, daß Gott oder das Schicksal oder wen auch immer wir da verantwortlich machen wollen keine Chance mehr für uns bereithält.«

»Keine Chance *mehr*? Also habt ihr eine gehabt?«

»Ach, nicht nur eine. Aber er hat ja recht.«

»Ein bißchen hochgestochen und dramatisch ist er aber schon«, stellt Gipsy fest. Vorsichtig, damit der Korken keinen taktlosen Lärm veranstaltet, öffnet sie die Flasche und schenkt ein. Veuve Clicquot ist jetzt vielleicht doch nicht so schlecht.

»Nennen wir es eine Denkpause«, fährt Beate fort. »Eine Denkpause und Liebespause für Herz und Hirn – einen Abschied. Ich melde mich bei dir, sobald ich zurück bin. Wann das sein wird, weiß ich noch nicht. Ein Kollege, den du nicht kennst, begleitet mich. Er hilft mir sehr. Und du weißt, wer dir immer helfen würde: Marlies Baum.«

»Deine letzte Ärztin?« Gipsy reicht Beate ein Glas und stößt mit ihr an. Leider fällt ihr kein geeigneter Trinkspruch ein. Sie trinkt am liebsten auf die Freuden des Lebens, aber das würde ja jetzt wirklich nicht passen.

Beate setzt das Glas wieder ab. Sie weiß nicht, ob es ihr guttut. So ähnlich hat der Champagner geschmeckt, mit dem sie die mörderische Tablettenlösung heruntergespült hatte.

»Ja«, sagt sie. »Marlies hat mich zuletzt behandelt. Aber ich werde sie nicht mehr brauchen. Es ist wohl auch besser, wenn er nicht mehr wiederkommt. Ich weiß nicht, ob ich es je geschafft hätte, alles zu verlassen: Edgar, Linda, Werner...«

»Dein ganzes Leben«, sagt Gipsy beeindruckt. Sie hatte ja keine Ahnung, daß hinter Beates beiläufigen Anspielungen von neulich eine solche Tragödie stecken könnte! »Du sagst mir nicht, wer es ist?« fragt sie leise.

»Nein, Gipsy. Obwohl du meine Freundin bist. Eine sehr gute sogar. Aber es ist besser, du weißt es nicht. Du würdest es sowieso nicht glauben.«

Die beiden schauen gemeinsam aus dem Fenster und sehen den Wolken dabei zu, wie sie sich zu einer dichten, grauen Masse zusammenballen.

Wolken, neue Wolken auch in anderer Hinsicht über Hof Eicke. Weder Gipsy und Beate noch Paula und Clemma, die unten in der Wohnhalle gemeinsam Kaffee trinken, ahnen es.

Die Stimmung zwischen den beiden Damen ist gespannt.

»Sie sind Haushälterin, Köchin, Ersatzmutter und Sekretärin in einem, Clemma«, stellt Paula fest. »Mädchen für alles gewissermaßen. Sie machen viel zuviel.«

Clemma blickt sie halb feindselig, halb ängstlich an, wie ein Hase, der vorsichtig aus seinem Bau späht, vor dem der Fuchs auf ihn lauert. »Das habe ich immer gemacht und habe es immer geschafft. Worauf wollen Sie eigentlich hinaus?«

»Na, wir werden doch alle älter. Wenn Sie glauben, ich würde Ihnen Verhaltensmaßregeln geben wollen, irren Sie sich gewaltig. Ich will weder etwas von Ihnen...«

»Nein, aber von Jakob«, fällt Clemma ihr ins Wort. »Den wollen Sie. Aber Sie wissen viel zuwenig von ihm. Ich kenne doch meinen Senior: Der fällt glatt vom Stuhl, wenn er sieht, was Sie aus seiner Wohnung gemacht haben. Und mir paßt es auch nicht, wenn Sie es wissen wollen.«

Paula lächelt. Ihre diplomatische Erfahrung sagt ihr, daß sie die Aussprache behutsamer angehen sollte: »Clemma, wie wäre es denn, wenn wir mal ein paar Dinge beim Namen nennen würden?«

»Ich wüßte nicht, was.« Clemma spielt die Widerborstige. Die Fremde, immer noch Fremde soll sich an ihr ruhig die Zähne ausbeißen!

»Na ja, es ist doch wohl so: Mal angenommen, ich würde hier einziehen, ich hätte Heiratsabsichten. Sie fürchten, daß Sie sich dann nach über vierzig Jahren aufs Altenteil zurückziehen müßten. Es paßt Ihnen doch hinten und vorne nicht, daß ich hier hereingeschneit bin. Stimmt's?«

»Allzu falsch liegen Sie da nicht«, windet sich Clemma.

»Sehen Sie. Wie gut, daß wir es ansprechen. Glauben Sie mir eins: Ich denke momentan gar nicht daran, mich hier einzunisten. Da fließt noch sehr, sehr viel Wasser den Rhein hinunter. Und noch etwas kann ich Ihnen versprechen: Ich würde an dem Tag verschwinden, an dem Sie kündigen und Ihren Senior alleine lassen.«

»Nett, daß Sie das sagen«, erwidert Clemma und lächelt erstmals. »Aber denken Sie nicht, ich hätte mir jemals Hoffnungen auf Jakob gemacht oder würde sie mir sogar noch machen.«

»Wirklich nicht, Clemma? Mal ganz ehrlich.«

»Nein, dazu habe ich seine Frau viel zu gut gekannt. Annamaria hatte kein leichtes Leben mit ihm, wirklich nicht. Gut, inzwischen ist er ruhiger geworden, aber manchmal hat er immer noch...«

»...Hummeln im Hintern?«

»Genau.«

»Das war allerdings vor fünfzig Jahren schon so, als wir noch halbe Kinder waren.« Paulas Augen leuchten, als sie an all die Dinge denkt, die Jakob als Junge angestellt hat.

Dagmar Lux findet Raffaellos Zustand sehr bedenklich. Sie hält zwar nichts von Panikmache und will erst noch das Ergebnis der Blutuntersuchung abwarten, die sie bei ihren alten Kollegen in Münster in Auftrag gegeben hat, aber sie hat bereits ein schlechtes Gewissen, weil Raffaello in der Klinik mit mehreren Pferden Kontakt gehabt hat und erst nach der Voruntersuchung in eine isolierte Box gekommen ist. Der Anruf von Professor Schulte muß jeden Moment kommen. Er hat versichert, er werde sich auf jeden Fall heute abend noch melden. Dagmar und Stefan sind inzwischen hochgradig nervös. Ihre Unterhaltung stockt immer mehr, und bald starren sie nur noch stumm auf das Telefon. Wenn es tatsächlich etwas Ernsthaftes ist, kommt angesichts der Symptome nur eins in Frage, und das wäre verheerend, wäre so entsetzlich, daß Stefan gar nicht wagt, es sich vorzustellen und lieber krampfhaft an toskanische Gärten und blauschimmernde Swimmingpools denkt, um sich irgendwie abzulenken.

Das Klingeln zerreißt die Stille wie einen straff gespannten Vorhang. Dagmar stürzt zum Telefon, und ihr bemühtes Lächeln gefriert in einem Sekundenbruchteil. Schon am bloßen Klang von Schultes Stimme erkennt sie, daß ihre schlimmsten Befürchtungen sich erfüllen. Coggins-Test negativ (ein letzter Hoffnungsschimmer), aber die Differentialprobe besiegelt die Katastrophe, und der Nasenabstrich zeigt mehr Streptokokken, als Schulte je auf einem Haufen gesehen hat.

Werner und Jakob kommen nach Hause. Sie sind müde, aber zufrieden. Die Reise hat sich gelohnt. Die beiden Pferde werden in den nächsten Tagen nach Deutschland transportiert, und bis dahin wird Werner schon einmal die Galopprennpläne durchforsten. Romero soll bald schon zeigen, was er kann. Die beiden beschließen, in Jakobs Zimmer noch einen kleinen Whisky auf den gelungenen Ausflug zu trinken.

Im Dunklen sitzt Paula, direkt unter dem inzwischen enthüllten Bild von Clemens Brockbach. Die Möbel hat sie nach ihrem Geschmack umgestellt, und einige andere Bilder, die ihrer Meinung nach nicht zu dem neuen Gemälde passen, einfach abgehängt. Sie wartet schon eine Weile auf Jakobs Heimkehr. Als sie eben das vertraute Brummen des Kombis hörte, hat sie schnell das Licht gelöscht und sich in Positur gesetzt.

Jakob öffnet die Tür, knipst das Licht an und erstarrt. Hat er sich in der Tür geirrt? Das kann nicht sein, denn dies ist kein Hotel, sondern sein Zuhause.

Paula strahlt. Ihre Augen blinzeln. »Hallo, ihr Lieben«, sagt sie. »Er malt tatsächlich sehr gerne Pferde, dein Herr Brockbach.«

Jakob sieht das Bild, sucht nach seinen Möbeln. »Ja, aber ich habe doch in einer ganz anderen Wohnung gelebt«, stammelt er. Werner grinst, muß sich ein Kichern verkneifen.

»Ja und? Gefällt es dir?« fragt Paula erwartungsvoll.

»Äh, wunderbar. Schön, schön. Oha. Hier ist ja wirklich alles völlig anders. Tolles Bild.«

So verwirrt hat man Jakob lange nicht gesehen.

»Na, darauf trinken wir doch erst mal einen«, schlägt Werner vor und holt drei Whiskygläser aus dem Schrank.

Auf dem Flur ertönen eilige Schritte, die die Treppe hinaufhasten. Dagmar und Stefan erscheinen schwer atmend in der Tür. Werner, Jakob und Paula spüren, daß etwas nicht stimmt.

»Herr Eicke, entschuldigen Sie die Störung«, sagt Dagmar aufgeregt. »Es ist ganz fürchterlich! Wegen der Inkubationszeit haben wir zwar noch eine Galgenfrist...«

»Herrgott, was ist denn los?« will Werner wissen.

»Wir haben die Druse auf dem Hof!«

»Um Himmels willen«, flüstert Jakob.

»Und ich befürchte, daß Raffaello sie eingeschleppt hat«, gesteht Stefan kleinlaut und zwingt sich dabei, nicht zu Boden, sondern seinem Bruder ins Gesicht zu sehen. Es ist die erste Begegnung der beiden nach ihrem Zerwürfnis.

»Ist das so schlimm?« fragt Paula.

Es ist noch schlimmer. Die Druse ist eine lebensgefährliche, höllisch ansteckende Entzündung der Nasen- und Rachenschleimhaut, die aber auch auf andere Körperteile des Pferdes übergreifen kann. Wenn das passiert, besteht kaum eine Chance, vor allem ein junges Tier noch vor dem Tod zu retten.

4

Die folgenden Tage sind ein einziges Trauerspiel. Die Seuche ist kaum mehr zu kontrollieren, ein Pferd nach dem anderen wird von der Krankheit befallen, bald sind es schon über fünfzig, die sich angesteckt haben. Vor allem Fohlen und Jungtiere sind anfällig dafür, und drei der kleinsten Tiere sterben. Die Stimmung auf dem Hof ist mehr als gedrückt. Es wird kaum noch gesprochen. Dagmar und einige Helfer versorgen die Tiere mit Medikamenten und führen Präventivmaßnahmen durch, die anderen wechseln in jeder der über einhundert Boxen dreimal am Tag das Stroh aus und verbrennen es. Jeder einzelne – von den Eickes bis hin zum letzten Pferdepfleger – arbeitet bis zur totalen Erschöpfung, mit dem einzigen Ziel, die Auswirkungen der Druse einzudämmen und weitere Ansteckungen zu verhindern. Alle vorherigen Querelen sind vergessen, haben schlagartig an Wichtigkeit verloren. Wenn es um Leben oder Tod geht, verblassen Neid, Eitelkeit und Stolz und werden zu einem Luxus, den man sich nicht mehr leisten kann. Sogar Stefan verbringt fast Tag und Nacht hier und packt mit an. Er wird ganz massiv von einem schlechten Gewissen geplagt, macht sich die größten Vorwürfe, redet sich ein, daß er die Symptome Raffaellos hätte ernster nehmen müssen, und hält sich für den Hauptschuldigen an der Misere. Und die reicht ja noch weiter, denn wer will schon Pferde kaufen von jemandem, der die Druse auf dem Hof hat? Kaufinteressenten sagen gleich reihenweise ihre Besichtigungstermine ab, andere stornieren Pferdekäufe, die schon so gut wie abgewickelt waren, und auch die Pferdeklinik verzeichnet verständlicherweise keine neuen Patienten. Die finanzielle Situation, die durch den Kauf Romeros sowieso schon auf wackligen Füßen stand, wird von Tag zu Tag desolater. Nur Henri Pichon macht eine Ausnahme: Gerade *weil* er von der Tragödie auf Hof Eicke gehört hat, reist er schnurstracks an, um Juanita zu kaufen, die er ja schon vor dem Mastercup unbedingt haben wollte. Natürlich ahnt er, daß Werner im Moment dankbar ist für jede Mark, die in die Kasse kommt, und nicht zu langem Feilschen aufgelegt ist. Pichon erwirbt Juanita zu einem vergleichsweise günstigen Preis, nur mitnehmen darf er sie vorerst noch nicht. Die französischen Behörden würden sie, solange bei den Eickes noch die Druse virulent ist, nicht über die Grenze lassen.

Als Linda davon hört, daß zu Hause eine gefährliche Pferdekrankheit grassiert, gerät sie in helle Aufregung, steigt in den allernächsten Bus und fährt nach Hause. Sie hat Angst um Everybody's Darling, um ihr kleines, geliebtes Fohlen. Erst als Böckmann ihr erlaubt, einen Blick in den Stall zu werfen, und sie sich mit eigenen Augen davon überzeugen kann, daß es dem Fohlen gutgeht, ist sie einigermaßen beruhigt, auch wenn die ohnmächtige Geschäftigkeit auf dem Hof, der fast ständig von irgendwelchen stinkenden Rauchschwaden eingenebelt wird, sie sehr deprimieren. Sie beobachtet, wie die Pfleger den gesunden Tieren die Nüstern waschen und mit Vaseline ausstreichen und wie sie Futter- und Putzutensilien mit desinfizierender Lösung abspritzen.

Jakob kümmert sich eigenhändig um Divina, die zum Glück ebenfalls bisher verschont geblieben ist. Er stülpt ihr eine Plastikhaube über die Schnauze, durch die sie ein Antibiotikum bekommt. An Divina läßt er keinen anderen heran. Vor ein paar Wochen erst hat er Werner nur mit Mühe dazu überreden können, sie nicht in die Zucht zu geben, sondern sie weiterhin von Hanno Bruns trainieren zu lassen, und dann so etwas. Wo die Stute doch so ein Sensibelchen ist! Sie wiehert widerspenstig, als der Dampf an den Seiten aus der Haube quillt, aber Jakob weiß sie zu beruhigen. Wenn er da ist, weiß sie, daß ihr nichts passieren kann.

Clemma und Beate machen im Büro nun die meiste Zeit Doppelschichten, hauptsächlich um Kaufinteressenten mit diplomatischem Geschick ein paar Tage hinzuhalten. Die beiden Telefone stehen kaum still. Von überall her kommen außerdem besorgte Anfragen von anderen Pferdehändlern, Freunden und Bekannten.

Während Clemma bereits auf einer Leitung telefoniert, erhält Beate einen unvermuteten Anruf von Lucas. Ihr Herz macht einen Sprung. Es ist ein Gefühl, als ob inmitten einer trostlosen Müllhalde eine kleine Rose unbekümmert ihre leuchtend rote Blüte öffnet. Beate bemüht sich, so zu sprechen, daß Clemma keinen Verdacht schöpft.

»Tag und Nacht habe ich an dich gedacht, anstatt mich mit liturgischen Neuerungen zu befassen«, sagt Lucas mit weicher Stimme. Wenn er sehen könnte, wie Beates angestrengtes Gesicht sich entspannt! Die beiden verabreden sich, dann legt Beate schnell wieder auf und vergewissert sich, daß Clemma nichts gemerkt hat.

Obwohl Werner seinem Bruder nicht den leisesten Vorwurf gemacht hat, überlegt Stefan hin und her und kommt zu einem Ergebnis. Er beschließt, Werner Geld zu pumpen – zinslos, unbürokratisch und schnell. Werner nimmt das Angebot dankbar an. Eine solche Maßnahme würde ihm im Moment schon sehr aus der Patsche helfen. Komisch ist es ja: Plötzlich ziehen die Brüder wieder an einem Strang, plötzlich benehmen sie sich endlich einmal so, wie Brüder sich benehmen sollten. Werner muß an früher denken, an die Zeit vor seinem Unfall, als sie sich gemeinsam Streiche ausgedacht haben, mit denen sie dann Clemma geärgert haben. Was hat Clemma geschrien, als diese Mäuse kreuz und quer durch die Küche witschten! Oder als sie Zement ins Mehl gemischt haben, so daß der Geburtstagskuchen für Vater so hart und ungenießbar geworden ist wie ein Ziegelstein! Vielleicht bringt sogar die Druse am Ende noch etwas Gutes mit sich.

Beate fährt mit ihrem offenen Kabrio zum Lieblingstreffpunkt, der Wassermühle. Sie springt aus dem Wagen, läuft auf Lucas zu und fällt ihm um den Hals.

»Mach das nie wieder, Lucas!« bringt sie mit erstickter Stimme hervor. »Ich wäre fast gestorben.«

Lucas versucht, etwas zu sagen. Ihm kommt die Umarmung zu überraschend, aber das merkt Beate nicht.

»Sag jetzt gar nichts!« befiehlt sie. »Sei bloß wieder da. Küß mich!«

Sein Widerstand schwindet. In leidenschaftlicher Umarmung stehen sie auf dem Feldweg, nahe der Straße, und sehen nicht, wie ein roter Jeep herangerollt kommt. Jupp Rathmeyer sieht aus dem Seitenfenster und bemerkt erstaunt, daß Beates Kabrio am Straßenrand steht. Er bremst und stößt ein paar Meter zurück, bis zwischen den Bäumen ein eng umschlungenes Paar sichtbar wird. Die beiden gehen dann aber weiter, in Richtung Wassermühle, und sind nicht mehr zu sehen. Jupp stellt seinen Wagen ab, steigt aus und schließt leise die Tür. Er riecht gute Karten, sozusagen, verdammt gute sogar. Es ist immer viel wert, etwas zu wissen, was sonst niemand weiß.

Lucas hat sich mit Beate getroffen, um ihr von Angesicht zu Angesicht zu sagen, daß er nicht in der Lage ist, weiterhin eine Liebesbeziehung mit ihr zu haben. Er ist überfordert. Es würde über seine Kräfte gehen. Beate gibt ihm in einer Mischung aus Traurigkeit und Wut unmißverständlich zu verstehen, daß sie seine Entscheidung nicht begreift, daß sie sich sogar noch ein weiteres Kind von ihm wünschen würde.

»Sunny, du wolltest ernsthaft mit mir leben?« fragt er unglücklich.

»Vergiß es. Ja, ich wollte. Das waren meine Träume. Meine Träume und dein Zölibat.«

»Ich gebe zu, Sunny: Ich weiß wirklich nicht, wie ich mich entschieden hätte, wenn ich in Maria Laach auch nur einen Anruf von dir bekommen hätte.«

»Ich habe angerufen«, sagt Beate resigniert. »Ich wollte dir auf deinen Abschiedsbrief antworten und dich umstimmen. Vielleicht war es ja Gottes Wille, daß Schwester Magdalena vergessen hat, dich zu grüßen«, fügt sie ironisch, ja sarkastisch hinzu.

Lucas wehrt sich: »Gottes Wille! Es war die Vergeßlichkeit einer alten Frau!«

Unvermittelt bleibt Beate stehen. »Schluß jetzt mit dem Geschwafel! Ich halte das nicht mehr aus! Sag mir endlich, warum!«

»Warum, warum. Weil ich nicht mehr kann, Sunny. Weil ich

mir seit Wochen nicht mehr in die Augen sehen kann. Ich habe panische Angst davor, deinen Mann immer weiter belügen zu müssen. Ich will einfach nicht mehr lügen!«

Beate nickt. »Und was willst du tun?« fragt sie ruhig und setzt sich auf eine Bank. Lucas setzt sich daneben:

»Ich gehe nach Kolumbien. In wenigen Tagen.«

»Und du glaubst, daß das reicht? Daß das weit genug ist, um vor sich selber fortlaufen zu können?«

»Das Bistum Hildesheim hat mit der kolumbianischen Kirche einen Patenschaftsvertrag. So etwas wollte ich schon immer machen, ich bin nur immer zu träge gewesen. Aber wann, wenn nicht jetzt? Sunny, ich liebe dich, aber wir könnten nie zusammen glücklich werden.«

Ihr ist jetzt alles egal. Sie reißt ihn an sich und küßt ihn wild auf den Mund.

Ein faszinierendes Schauspiel ist das für Jupp Rathmeyer, der in einiger Entfernung hinter einem Busch steht und beeindruckt zusieht. Das hätte er Hochwürden nun wirklich nicht zugetraut! Da soll noch einer sagen, die Kirche sei weltfremd! Na, er hat genug gesehen. Jupp schleicht sich zu seinem Wagen zurück. Das trifft sich alles sehr gut. Er will ohnehin der Gräfin von Bovens bald mal wieder einen Besuch abstatten.

»Wir werden uns nicht aus den Augen verlieren, Sunny«, beruhigt Lucas. »Wir werden uns schreiben, und wir werden einander sehen, wenn ich im Urlaub hier bin.«

»Es geht doch nicht um Urlaub. Es geht um uns!« Beate stehen Tränen in den Augen. Sie wendet sich ab, steht auf und läuft voller Verzweiflung davon.

Gipsy ist fassungslos, als Stefan ihr berichtet, er habe Werner einen Notkredit in Aussicht gestellt.

»Du fühlst dich mitschuldig? Weil du Raffaello hingebracht hast? Das darf ja wohl nicht wahr sein! Wozu haben die denn da eine Klinik?« Sie ist richtig erbost, will das Thema vom Tisch fegen.

Aber Stefan läßt sich nicht einschüchtern. »So einfach ist das nicht, Gipsy. Ich muß blind gewesen sein, ich hätte einfach merken müssen, daß Raffaello Druse hat. Ich kann jetzt nicht so tun, als wäre alles in Ordnung.«

»Und wir sollen Werner deswegen jetzt einen Kredit geben? Der hat mir nicht mal Geld geliehen, als der Gerichtsvollzieher vor meiner Türe stand!«

»Verdammt noch mal! Du hast es doch selbst gesagt!« schreit Stefan, denn jetzt reißt ihm der Geduldsfaden. »Bovens und Eicke werden immer freundschaftlich zusammenarbeiten! Niemals werden wir uns gegenseitig in die Suppe spucken, so wahr ich Gabriella Eicke-Bovens heiße! Alles nur dumme Sprüche? Ich habe gedacht, daß nur Schlangen mit gespaltener Zunge reden!«

Auch Gipsy ist nicht mehr zu halten: »Na, sieh mal einer an! Ich bin also die Hexe! Wer hat denn das Tischtuch zwischen uns zerschnitten? Werner oder ich? Ich habe ihm die Hand hingehalten, und er hat darauf gespuckt! Und du stellst dich auch noch auf seine Seite! Verstehst du das unter Loyalität? Verstehst du das unter einer guten Ehe?«

Die beiden sind es fast gewohnt, auf so temperamentvolle Art aufeinander herumzuhacken. Alle paar Wochen oder Monate entzündet sich eine solche Zankerei, meistens an einer ganz unwichtigen Sache. Irgendwie brauchen sie das, und die Versöhnung folgt fast immer auf dem Fuße. Diesmal aber hat die Angelegenheit weitaus mehr Brisanz, denn Gipsy und Stefan sind jetzt nicht nur Ehe-, sondern auch Geschäftspartner, und da kann einer nicht so ohne weiteres über bedeutende Geldmittel verfügen, ohne die Zusage des anderen einzuholen.

»Langsam reicht's mir!« zischt Stefan und tritt wütend gegen die Stalltür, vor der sie ihren Streit austragen. »Entweder-oder, Gipsy!«

Sie sieht ihn verblüfft an, als rede er in einer fremden Sprache. »Wie bitte? Was ist das? Du willst mir doch wohl nicht drohen!«

»Gipsy, bitte. Zwing mich nicht zum Äußersten«, sagt er, nun wieder einigermaßen ruhig, denn er merkt schon, daß er hier nicht weiterkommt.

»Nichts zu machen, Stefan! Mich erpreßt keiner! Auch du nicht!« Sie dreht sich um und geht. Stefan verschränkt trotzig die Arme und sieht ihr grimmig hinterher.

Es gibt auch noch andere Möglichkeiten, Schätzchen! denkt er. *Du wirst schon sehen, was du davon hast!*

Schon bald wird es eine weitere Konfrontation zwischen Eicke und Bovens geben.

Jakob steht in ständigem Kontakt mit Pia Schmitter, auf deren Anwesen in Mecklenburg inzwischen die beiden Hengste aus Andalusien eingetroffen sind: Romero und Big Jim, wie Minusculo jetzt heißt. *Winzling* sollte man ein Pferd nicht nennen, fand Jakob, das müsse sich ja negativ auf sein Selbstbewußtsein auswirken. Und *Jim* ist zu seiner Mecklenburger Zeit Jakobs Spitzname gewesen. Die beiden Galopper scheinen sich in ihrer neuen Umgebung rundum wohl zu fühlen; auch Big Jim, über den sie alle gelächelt haben, macht erstaunliche Fortschritte.

Jakob hat gehandelt, ohne lange zu überlegen, und die beiden Pferde für ein Rennen angemeldet. Am Sonntag findet in Düsseldorf der AGA-Preis der All-German-Air-Fluglinie statt, der mit einer halben Million dotiert ist. Auch wenn Romero und Big Jim noch nicht ganz austrainiert sein sollten, man muß doch irgend etwas tun, um die Gedanken inmitten der Misere zwischendurch auf etwas Erfeulicheres zu lenken. Außerdem läßt sich da im Siegesfall ganz schön was verdienen, und das hat der Hof ja bitter nötig.

Werner ist von Vaters Idee wenig begeistert, hat im Moment auch gar nicht die Kraft, sich noch um irgend etwas anderes zu kümmern, sagt ihm aber, er solle ruhig mal machen. Schaden könne es nichts. Das Startgeld für Big Jim, so meint Werner, hätte Jakob aber lieber versaufen sollen, davon hätte er mehr gehabt.

Der alte Eicke spricht Jupp Rathmeyer an, der vor seiner Zeit hier auf dem Hof ein gar nicht mal so schlechter Jockey gewesen ist, und überredet ihn mühelos dazu, in Düsseldorf Romero zu reiten. Pia wird auf Big Jim ins Rennen gehen.

Jupp hat kaum zugesagt, da steigt er in seinen roten Jeep und fährt zu Gipsy von Bovens. An der letzten Abzweigung, die zum Gut führt, kommt ihm der alte Kadett von Rolli Böckmann entgegen, der aus Münster heimkehrt, wo er eine Wagenladung voller Medikamente besorgt hat. Böckmann fragt sich, was Jupp bei den Bovens zu suchen hat. Jupp sieht ihn aber gar nicht, er ist viel zu sehr in Gedanken. Gipsy empfängt ihn, und er teilt ihr Jakobs Pläne mit und versucht im gleichen Atemzug, sie dafür zu ködern, Ramadan ebenfalls für das Rennen zu melden.

»Dabei können Sie herausfinden, wie stark dieser Romero wirklich ist, Verehrteste. Angeblich liegt es ja auch ein bißchen am Jockey, wer gewinnt. Sie verstehen doch, was ich meine, oder?«

Gipsy läuft es kalt den Rücken herunter. Soll sie den Kerl nicht lieber einfach rauswerfen? »Ich würde gerne mal wissen«, beginnt sie nachdenklich, »wieso Sie so versessen darauf sind, daß wir starten und Sie besiegen.«

Jupp merkt: Bei der Gräfin schlägt die adelige Herkunft durch. Solche Leute spielen meistens ungern offen, sondern verstecken sich dabei hinter einem seidenen Mäntelchen. Sie lieben die Camouflage, das ganze Leben ist ein Maskenball! Bitte schön, Jupp beherrscht auch diese Variante. Edelmut heißt die Karte, nach der er greift.

»Gräfin, wenn Sie das Rennen gewinnen und somit das Preisgeld kassieren, dann wird Werner sich vielleicht eines anderen besinnen und möglicherweise etwas höflicher werden, weil er merkt, daß die Brechstange nicht immer zum Ziel führt. Eine erzieherische Maßnahme, wenn Sie so wollen. Aber das gehört nun einmal dazu, wenn man Frieden stiften will. Vielleicht wird er dann endlich ein bißchen weiser werden, bei all dem Ärger, den er sowieso schon am Hals hat.«

»Die Druse«, nickt Gipsy bestätigend.

»Oh, das ist nicht der einzige Ärger, den er hat.«

»Was ist denn noch?«

»Hm, ich weiß nicht, ob ich darüber wirklich...«, gibt Jupp sich zögerlich.

»Dann lassen Sie es doch. Erst gackern und dann kein Ei legen? Das paßt nicht zu Ihnen, Herr Rathmeyer.«

Er lächelt. Sie ist wirklich eine gute Gegnerin. »Ich darf mich darauf verlassen, daß das unter uns bleibt? Ich habe Beate Eicke an der Wassermühle gesehen, rein zufällig. Sie hat sich dort mit einem Mann getroffen, und die beiden haben eines der wenigen Spiele gespielt, die spannender sind als Siebzehn und Vier.«

Gipsy ist angewidert davon, auf was für erniedrigende Weise Rathmeyer sich dazu herabläßt, schmutzige Wäsche zu waschen – aber Neugier überwiegt Abscheu, das ist fast immer so.

»Mit wem denn?« fragt sie.

»Raten Sie doch mal. Die Schäfchen zur Rechten des Herrn, die Böcke zur Linken. Heißt das nicht so?«

»Was soll das?«

»Es ist mir einfach peinlich«, kokettiert Rathmeyer. »Na ja, aber da wir ja jetzt gemeinsam in einem Boot sitzen, Gräfin, will ich mich mal nicht lange bitten lassen: Pfarrer Delbrück ist der verschwiegene Liebhaber! Hochwürden Lucas Delbrück und Beate Eicke haben ein süßes Geheimnis. Das ist doch witzig, nicht?« Er lacht schmierig, während Gipsy es noch gar nicht fassen kann. Dabei erscheint es ihr bei genauerem Nachdenken als ganz logisch: der sakrale Stil des Briefes; Beates Geheimniskrämerei; Gipsy nickt, das paßt alles zusammen. Und sie kann sich sogar vorstellen, daß Lucas und Beate ein schönes Paar abgeben würden. Aber warum muß sie sich eine so komplizierte Beziehung aussuchen? In der Toskana würde man Delbrück wahrscheinlich mit Schimpf und Schande davonjagen oder für Beate gleich einen Exorzisten kommen lassen; aber selbst im liberalen Westfalen kann so etwas doch nicht gutgehen!

Rathmeyer verabschiedet sich. Er muß noch einmal nach Hof Eicke, um seine Sachen zu packen, und dann zum Flughafen, um die Maschine nach Rostock zu bekommen, damit er in Mecklenburg wenigstens ein bißchen, ein paar Stunden praktisch nur, auf Romero trainieren kann, bevor er mit ihm ins Rennen geht.

Auf Hof Eicke nimmt Stefan Paula beiseite. »Sagen Sie, Paula, ich hätte mal eine Frage, so von Doktor zu Doktor. Kennen Sie sich ein bißchen im Gesellschaftsrecht aus?«

»Ja, schon. Um was geht es denn?«

»Also, mal rein theoretisch. Angenommen, ich möchte ohne Massimos und Gipsys Einverständnis meine anderthalb Millionen aus Bovens wieder abziehen. Kann ich das so ohne weiteres?«

»Theoretisch schon.«

»Und praktisch? Wissen Sie, ich hätte keine Lust, eine Gesellschafterversammlung zu dritt mit mir selbst einzuberufen.«

Paula sieht ihn zweifelnd an. »Stefan, praktisch würde ich Ihnen raten: Lassen Sie das lieber. Oder überlegen Sie es sich dreimal, bevor Sie so etwas tun. Sie könnten Ihrer Ehe den Rest geben, und das wäre doch schade drum. Sie sind doch gerade erst verheiratet!«

»Paula, ich weiß noch ziemlich genau, was ich tue!« antwortet Stefan kopfschüttelnd und ein bißchen unwirsch. »Hof Eicke hat allergrößte Schwierigkeiten, und daran bin ich ja wohl nicht ganz unschuldig.«

»Warten Sie doch erst mal ab, Stefan. Ich weiß zufällig, daß Jakob sich morgen selbst um diesen Engpaß kümmern will.«

»Und wie?«

»Er spielt Golf mit Bankdirektor Cordes.«

»Gut, soll er machen. Aber es wird Zeit, daß ich endlich etwas unternehme. *Ich*, Paula, verstehen Sie das?«

Die Golfrunde am folgenden Tag verläuft nicht so, wie Jakob es sich gewünscht hat. Cordes weigert sich, den laufenden Eicke-Kredit aufzustocken und besteht auf ordentlicher Tilgung.

»Stell dich bloß nicht so an!« meckert Jakob. »In ein paar Tagen kommt schon wieder Geld ins Haus, dann hast du deine blöde Tilgung!«

»So?« zweifelt Cordes.

»Ja. Übermorgen starten zwei Pferde von uns beim Großen Preis in Düsseldorf. Das bringt hundertfünfzigtausend.«

»Jakob, das ist reine Zockermentalität! Euer Kapital sind die Pferde, und wenn die alle sterben...«

»Drei sind es im ganzen«, schneidet Jakob ihm das Wort ab. »Vier werden es höchstens. Und das sind alles Jungpferde!«

Cordes läßt sich nicht stoppen: »...dann wird die Bank ja wohl noch das Recht haben, nervös zu werden.«

»Also, was ist nun?« fragt Jakob sauer. »Kriegen wir eine Kreditaufstockung und einen Zahlungsaufschub oder nicht?«

»Nein. Und jetzt rutsch mir den Buckel herunter.«

Jakob unterdrückt mühsam seine Wut. »Das werde ich tun, sobald ich Zeit dazu habe, alter Junge. Wer mit dir Golf spielt, ist sowieso automatisch ein Zocker.« Er geht zu seinem Golfball, den er die ganze Unterhaltung über hat warten lassen, schlägt ihn wuchtig und mit voller Absicht in den Sandbunker, ruft: »Viel Spaß noch!!« und geht davon. *Was für ein Pfennigfuchser!* denkt er. *Soll er doch verschimmeln auf seiner Kohle!*

Cordes blickt ihm ungläubig nach.

Tags drauf treffen Pia und Jupp mit ihrem Doppeltransporter in Düsseldorf ein. Jakob freut sich. Seine beiden Spanier machen einen guten Eindruck. Big Jim ist kaum wiederzuerkennen und sieht fast so aus, als sei er noch ein Stück gewachsen.

Auch Jupp ist gerne in Düsseldorf. Hier gibt es in der Altstadt ein paar interessante Adressen, wo er sein Konto aufbessern kann. Das verspricht ein lustiger Abend zu werden. Wird es aber nicht. In einem verräucherten Hinterzimmer wird Jupp am Black-Jack-Tisch nach allen Regeln der Kunst abgezockt. Wieso hat er sich auch auf Black Jack eingelassen! Poker liegt ihm viel mehr. Als er am frühen Morgen die viertausend Mark, mit denen er hergekommen ist, und weitere dreitausend, die er sich auf Schuldschein hat geben lassen, in den Sand gesetzt hat, brennt ihm eine Sicherung durch. Er bezichtigt seine Mitspieler der Falschspielerei (zu Recht, aber was nützt ihm das?) und will ihnen an den Kragen. Das ist genau das, worauf die Runde schon seit Wochen wartet: Endlich ist mal wieder was los hier! Sie nehmen Jupp in die Mangel und prügeln ihn windelweich. Der älteste Spieler am Tisch, ein blankpolierter Glatzkopf und offenbar der Boß hier, packt ihn am Kragen.

»So, du Scheißadvokat! Sieh zu, daß bis Montag die Kohle rüberwächst, sonst machen wir dich so fertig, daß du die Abreibung von eben für ein lustiges Kaffeekränzchen halten wirst!« Er schubst ihn durch eine schmale Tür auf den Hinterhof.

Die ersten Sonnenstrahlen blenden ihn sehr. Zum Schlafen wird er nun nicht mehr kommen. Er hat gar nicht gemerkt, wie schnell die Zeit vergangen ist. In zwei Stunden muß er jedenfalls an der Galopprennbahn Grafenberg sein, denn in etwa drei Stunden wird das Rennen gestartet. *Kein Problem*, denkt Jupp. *Ich bin aus hartem Holz geschnitzt.* In einem Autospiegel kontrolliert er sein Gesicht. Na ja, er hat sicher schon mal besser ausgesehen: Rotgeäderte, kleine Augen hat er, und sein bleicher Teint kontrastiert doch auf sehr auffällige Weise mit der Platzwunde über der linken Augenbraue. Egal! Er findet noch einen Zwanzigmarkschein in seiner Jackentasche. Jetzt ein kräftiges Frühstück und einen strammen Kaffee, dann wird es schon wieder gehen.

Pia Schmitter erschrickt, als sie Jupp kommen sieht. Zombies in Düsseldorf? Und was er für eine Fahne hat! Na, das kann ja was werden. Als Jupp sich umzieht, werden die Pferde gerade im Führring dem Publikum präsentiert. Die Leute machen sich Notizen in ihre speckigen Hefte und belagern anschließend die zahlreichen Wettschalter. So ein Rennen ist ein gesellschaftliches Ereignis. Feine Damen in teuren Kleidern und mit aufregenden Hüten sowie Herren in edelstem Zwirn beziehen ihre Tribünenplätze, und wenn man sie so distinguiert da sitzen sieht, ahnt man nicht, daß sie wenige Minuten später die Pferde ihrer Wahl zum Sieg zu brüllen versuchen.

Unten in den Katakomben dagegen stehen die notorischen, fanatischen Zocker schwitzend um jede Menge Monitore herum und verfolgen dort, eine Zigarette nach der anderen paffend, die Rennen. Von hier aus kommt man schneller an die Schalter, wenn einen eine urplötzliche, geniale Eingebung für einen Außenseitersieg beseelt. Die hier unten sind die Suchtkranken, die oben die profilneurotischen Genießer. Unten fließt Bier, oben Champagner. Normale Leute, die nur mal zum Gucken kommen, sind eher selten.

Endlich stehen die Pferde in den Startboxen. Unter Helm und Schutzbrille sieht man Jupp seinen desolaten Zustand gar nicht mehr so an. Direkt neben ihm und Romero starten Ramadan und Peter Claussner, ein ziemlich namhafter Jockey. Klar, für Gabriella von Bovens ist nur das Beste gut genug. Pia und Big Jim haben eine Außenbahn. Acht Pferde und ihre Reiter starren auf die eisernen Gitterstäbe, die ihnen noch den Weg versperren. Die letzten Sekunden vor dem Start sind sehr kribblig, nicht nur für Pferd und Jockey, sondern auch für das Publikum. Wer den Start verschläft, hat kaum noch eine Chance. Endlich zieht die Startmaschine die Gitter weg. Ein geglückter Start! Zehn Pferde schießen auf die Bahn und liefern sich einen furiosen Kampf um die besten Positionen. Ein hellbrauner Wallach namens Groundhog setzt sich an die Spitze, aber es ist gar nicht so gut, gleich am Anfang die Führung zu übernehmen. Vom zweiten oder dritten Platz aus hat man das Feld viel besser im Griff, und das wissen auch Claussner und Rathmeyer: Ramadan setzt sich an die zweite, Romero an die dritte Stelle. Big Jim hat keinen so guten Start und läuft im hinteren Mittelfeld.

Werner und Jakob sitzen auf der Tribüne, streiten sich um das Fernglas und genießen das spannende Spektakel. Romero und Ramadan tauschen nach der ersten Kurve die Plätze, und wenig später fällt Groundhog zurück, das Tempo ist zu hoch für ihn. Romero liegt jetzt dicht vor Ramadan an der Spitze, aber auch Big Jim läßt sich nicht lumpen und ist bereits Vierter. In der zweiten Runde macht Big Jim, der als krasser Außenseiter gewettet wird, Meter um Meter gut, zieht an Groundhog vorbei und ist bald mit Ramadan auf gleicher Höhe. Jakob gerät aus dem Häuschen.

»Komm, komm, komm!« brüllt er, und allmählich fangen auch andere Leute an, sich lautstark bemerkbar zu machen. Der Kommentator, der laufend die genauen Plazierungen durchgibt, kann gar nicht glauben, was er da sieht, und muß erst einmal nachsehen, wie dieses Pferd überhaupt heißt, das sich jetzt an die Spitze setzt. Von Big Jim hat er noch nie etwas gehört. Pias Pferd geht an Romero vorbei, übernimmt die Führungsposition und geht schnell eine Länge in Führung. Romero hält mit großer Mühe Anschluß, aber Ramadan fällt zurück, scheint bereits geschlagen. Eingangs der Schlußkurve sieht Big Jim bereits wie der sichere Sieger aus, aber dann hat er plötzlich eine unerklärliche Unregelmäßigkeit im Bewegungsablauf und versucht vergeblich, den Sturz noch abzufangen. Die Vorderläufe knicken ein wie Streichhölzer, der schwere Pferdeleib plumpst wie ein Sack auf die Aschenbahn und überschlägt sich. Pia wird aus den Steigbügeln geschleudert, vollführt einen mehrfachen unfreiwilligen Salto und landet hart mit dem Rücken auf der Bahn. Ein entsetzter Aufschrei gellt über die Anlage. Jakob schlägt die Hände vors Gesicht, Werner steht da mit offenem Mund. Romero kann nur mit knapper Not ausweichen. Der Kommentator ist sprachlos, kann das Rennen kaum zu Ende kommentieren. Romero hat zu Beginn der Zielgeraden fast drei Längen Vorsprung vor Ramadan, der eine gute Länge vor dem restlichen Feld liegt. Aber Romero scheint auf den letzten Metern keinen Saft mehr zu haben, läßt Ramadan immer näher auflaufen, der auf gleiche Höhe kommt, vorbeizieht und mit einer knappen Länge Vorsprung gewinnt! Romero wird mit Ach und Krach gerade noch Zweiter. Fassungslosigkeit bei den Eickes: So hatten sie sich ihre Rennbahnpremiere wahrhaftig nicht vorgestellt.

Pia ist mit einer schmerzhaften Prellung und einem Schock davongekommen, aber Big Jim hat einen gebrochenen Vorderlauf und wiehert erbärmlich vor sich hin. Wie die Geier kommen die Abdecker auf die Bahn gefahren und laden das gestrauchelte Tier in ihren LKW. Einer von ihnen hat einen Bolzenschußapparat in der Hand. Jakob protestiert lautstark, aber sogar Werner hält es bei allem Mitgefühl für das beste, Big Jims Qualen mit diesem Gerät ein rasches Ende zu bereiten. Jakob nickt traurig. Aber dann will er es wenigstens selbst tun! Nur widerstrebend händigt der Abdecker ihm den Apparat aus, und Jakob steigt langsam zu dem Pferd auf die Ladefläche. Es herrscht Totenstille, im wahrsten Sinne des Wortes, bis das gedämpfte Geräusch eines Schusses nach draußen dringt. Und dann kommt Jakob wieder heraus – und strahlt!

»Es ging nicht«, sagt er strahlend. »Ich habe ein Loch in den Boden geschossen. Mensch, ich konnte es einfach nicht.«

Werner schüttelt den Kopf: »Fessel- und Röhrbeinfraktur, Vater. Da ist doch nichts mehr zu machen. Der wird nie mehr rennen.«

»Warum muß er denn rennen? Es reicht doch, wenn er auf der Weide herumläuft, glücklich ist und ab und zu eine Stute besteigt, oder? Wozu haben wir denn eine Klinik? So wie die Fraktur aussieht, kriegt Dagmar das schon wieder hin. Die sollen ihm hier eine Schmerzspritze geben, und dann nichts wie ab nach Hause!« Als wolle er diese Aussage unterstreichen, läßt Big Jim ein leises Wiehern hören. Jakob drückt dem Abdecker als Entschädigung für das geschossene Loch gedankenverloren ein paar Scheine in die Hand.

In dem ganzen Getümmel fällt keinem auf, daß Jupp sich bereits umgezogen und aus dem Staub gemacht hat. Er bedauert das arme Pferd und seine unglückliche Reiterin, aber immerhin ist wenigstens seine Rechnung aufgegangen. Er setzt sich eine Mütze auf, um die Platzwunde zu verdecken, und fährt auf dem kürzesten Wege zum Gut Bovens.

»Ich sagte ja schon: Es liegt auch am Jockey, wer gewinnt«, meint er grinsend. »Es hat schon mancher versucht, sein Pferd zurückzuhalten, und ist damit aufgeflogen. Das muß man können. Was ist denn nun mit meinem Anteil?«

Gipsy starrt ihn an, als sei er eine widerwärtige, schleimige Kröte. Er ist zu weit gegangen. Gipsy hat ihm nicht den Auftrag erteilt, eine solch niederträchtige Aktion durchzuführen, und sie will auch nichts damit zu tun haben. Wenn er das anders verstanden hat, so ist es sein Problem. Wer sagt denn außerdem überhaupt, daß es stimmt, was er sagt? Vielleicht war Ramadan auf den letzten Metern einfach besser, schließlich ist Romero erst seit ein paar Tagen in Deutschland und das hiesige Klima noch nicht gewohnt. Gipsy geht zur Tür und macht sie auf.

»Raus, Herr Rathmeyer. Ich bedaure, Ihnen je Geld für Ihre schäbigen Dienste gegeben zu haben. Kommen Sie nie wieder her, ich erteile Ihnen Hausverbot.«

Jupp will protestieren, aber Gipsy strahlt eine solche Entschlossenheit aus, daß er es lieber läßt. Ohne sie anzusehen, geht er eilig aus dem Haus. Heute ist einfach nicht sein Tag. Innerhalb von nicht einmal zwölf Stunden hat er zwei herbe Schlappen erlitten. Ist das noch gerecht? Er braucht dringend ein paar Stunden Schlaf, das ist jetzt das Wichtigste. Bis morgen muß er dreitausend Mark auftreiben. Eine schöne Scheiße ist das. Da bleibt ihm nur die allerletzte Möglichkeit: seine Mutter in Bochum und ihre Schatulle, die sie ganz hinten im Kleiderschrank versteckt hat und von der sie glaubt, daß niemand etwas davon weiß. Er wird es ja zurücklegen, sobald er wieder ein bißchen flüssiger ist. Bis Bochum müßte die Tankfüllung gerade noch reichen.

Dagmar Lux operiert Big Jim gleich nach seiner Ankunft auf Hof Eicke. Inmitten des ständigen Kampfes gegen die Druse ist das direkt eine willkommene Abwechslung, ja fast eine Erholungspause für sie. Die Fraktur ist ziemlich glatt und unkompliziert, es gibt keine Schwierigkeiten. Jakob ist sehr froh darüber, zu diesem Pferd hat er nun einmal eine ganz besondere Beziehung.

»Die Druse scheint langsam unter Kontrolle zu sein, oder?« fragt Werner die Ärztin.

Dagmar lächelt müde: »Es sieht so aus. Das Fieber ist weg, die Leukozyten sind überall okay. In ein paar Tagen dürften alle wieder auf dem Damm sein. Sie glauben gar nicht, wie froh ich bin! Ich glaube, meine Augenringe gehen schon fast bis zum Kinn, so kaputt bin ich.«

Auch Werner ist erschöpft. Er spürt ein leichtes Ziehen in der Herzgegend, und auch sein rechtes Bein tut heute wieder mehr weh als sonst.

Jetzt endlich kommt Jakob dazu, sich Gedanken über den merkwürdigen Ausgang des Rennens zu machen. Zusammen mit Böckmann diskutiert er darüber, wie es möglich sein konnte, daß Romero nach so einer sicheren Führung noch verloren hat.

»Böcki, es sah so aus, als hätte Jupp Romero stehenlassen! Er konnte das Ding eigentlich gar nicht mehr verlieren!«

Böckmann denkt nach. »Vielleicht hat es ja nichts zu sagen«, beginnt er vorsichtig. »Ich habe mich vorgestern gefragt, was um alles in der Welt Jupp bei Gipsy von Bovens zu suchen hat, während bei uns die Seuche wütet und wir jeden Mann brauchen.«

»Er war bei Gipsy?«

»Ja. Ich habe ihn gesehen, als ich aus Münster gekommen bin.«

»Das ist ein ungeheurer Verdacht, den du da aussprichst.«

»Ich weiß nur, daß er mir anschließend zwei Blaue wiedergegeben hat, die ich ihm vor Monaten mal geliehen hatte.«

»Oha«, macht Jakob. Es sieht ganz so aus, als würde er heute noch etwas zu tun bekommen.

Gipsy wundert sich, als Jakob vor ihrer Türe steht. »Jakob! Das ist ja eine Überraschung! Eben habe ich versucht, Sie anzurufen. Wollen Sie mir zum Sieg in Düsseldorf gratulieren?« Sie bittet ihn herein.

»So ähnlich. Aber eigentlich interessiere ich mich mehr dafür, was Sie zu dem merkwürdigen Schwächeanfall von Jupp Rathmeyer sagen.«

»Von Romero, meinen Sie.«

»Sie haben mich schon richtig verstanden.«

Gipsy zögert. »Sie wissen, was Sie da sagen?«

»Es gibt Leute, die mir einen guten Pferdeverstand nachsagen. Meinen Sie, das schließt einen guten Menschenverstand aus? Gabriella, ich möchte doch bloß noch mehr Ärger zwischen uns vermeiden. Was ist das für eine Sache mit Jupp und mit Ihnen?«

»Also gut, Jakob. Rathmeyer hat bei dem Rennen geschoben, und er hat sich eingebildet, ich würde es gutheißen und ihn dafür belohnen. Ich habe ihn rausgeworfen. Und was meinen Sie, wieso ich gerade versucht habe, Sie zu erreichen?«

»Na, Gott sei Dank!« freut sich Jakob. »Ich bin heilfroh, daß ich das weiß. Und ich glaube Ihnen nur zu gerne.«

»Sie sind ein ungewöhnlich fairer Mann, Jakob. Und einer der liebenswertesten Menschen, die ich kenne.«

Er lächelt, fast entschuldigend. So ist er eben.

»Wollen Sie etwas trinken?« fragt sie, und während sie zwei Gläser Grappa einschenkt, meint sie: »Wie schlimm steht es denn um Ihre Finanzen? Neulich habe ich mich gewehrt, weil Stefan mich vor vollendete Tatsachen stellen wollte, und so etwas treibt mich zur Weißglut. Aber Ihnen, Jakob, würde ich sofort einen Kredit geben.«

Jakob grinst überrascht. Er hat immer gewußt, daß man mit einem Händedruck mehr erreichen kann als mit einem Faustschlag. »Wenn Sie meinen, daß Sie das verantworten können, sage ich nicht nein.«

In aller Stille wird jetzt doch noch Frieden geschlossen zwischen Eicke und Bovens. Wer hätte das gedacht? Die beiden prosten sich zu, und Jakob nimmt sogar, obwohl er schon seit vielen Jahren keinen Tabak mehr anrührt, von Gipsy eine Havanna an, die er genießerisch zwischen den Fingern dreht, bevor er sie anzündet: Feuerwasser und Friedenspfeife. Aber Eicke und Bovens wären nicht das, was sie sind, wenn auf einmal zwischen ihnen alles so glattgehen würde. Während Gipsy und Jakob einander das Du anbieten und sich gegenseitig Komplimente machen, trifft Stefan sich mit Alfred Cordes, um die umgehende Auszahlung seiner 1,5 Millionen einzuleiten. Noch bevor Gipsy dazu kommt, ihrerseits Cordes anzurufen, um ihm mitzuteilen, er solle einen großzügigen Betrag auf Jakobs Konto buchen, meldet sich der Bankdirektor bei ihr. Er hält es für seine Pflicht, sie über Stefans Transaktion zu informieren.

Gipsys Augen verengen sich. Das hat Stefan hinter ihrem Rücken und gegen ihren Willen getan! Was für ein ungeheuerlicher Affront! Das kann sie sich nicht gefallen lassen. Er soll gefälligst bleiben, wo der Pfeffer wächst!

»Der große Friede fällt aus!« verkündet Gipsy.

»Wieso? Was ist denn los?« fragt Jakob verständnislos.

»Stefan hat sein Geld aus der Firma gezogen. Eine originelle Art der Kündigung hat er sich da ausgedacht. Meinen Kredit braucht ihr dann ja wohl nicht mehr!«

Der Zusammenbruch

1

Zwei Wochen später sieht die Welt auf Hof Eicke schon wieder ganz anders aus. Die Druse ist nur noch Erinnerung, und auch Beate sorgt dafür, daß erfreulichere Themen auf der Tagesordnung stehen: Ihr Prospekt ist fertig! Zu diesem Anlaß wird ein hausinterner Champagnerempfang ausgerichtet, zu dem alle Eicke-Mitarbeiter sich in der Wohnhalle des Schlosses versammeln. Alle bis auf einen: Jupp Rathmeyer ist seit dem Düsseldorfer Rennen krank geschrieben. Gesehen hat man ihn seitdem nicht, er hat ein ärztliches Attest geschickt, das vorgibt, er habe eine Bronchitis.

Werner hat für seine Leute eine besondere Überraschung parat: Jeder, der mitgeholfen hat, die Seuche zu besiegen, erhält eine Prämie von tausend Mark! Besonders unter den Pferdepflegern steigt die Stimmung bei dieser Nachricht enorm. Aber auch der Prospekt findet so großen Anklang, daß Beate richtig ein bißchen verlegen wird. Sie sieht gut aus. Die Verkrampftheit früherer Tage ist von ihr gewichen. Man fühlt sich besser, wenn man weiß, woran man ist. Seit der letzten Begegnung mit Lucas jagt sie keinen Seifenblasen mehr hinterher, hat sie das Kapitel abgeschlossen. Und sie ist froh drum, denn mit Werner klappt es so gut wie lange nicht. Er nimmt sich mehr Zeit für sie, geht auf sie ein und macht lange Ausritte mit ihr. Und Beate hat nicht nur das Gefühl, von ihm geliebt zu werden, sie hat auch ihre Zuneigung zu ihm wiederentdeckt.

Als Beates Prospekt gerade von allen Anwesenden interessiert durchgeblättert wird, schneit Alfred Cordes herein. Er ist eigentlich nur gekommen, um Jakob den Golfball zu bringen, den der neulich wütend in den Sand geschlagen hat, aber als Werner ihm die letzte Seite des Prospekts zeigt, erwacht sein Interesse. Dort ist eine Fotomontage abgedruckt, die – gleich neben dem Hof – ein mehrstöckiges Hotel zeigt, das Werner irgendwann in den nächsten Jahren bauen will. Cordes weiß natürlich, daß die wirtschaftliche Lage der Eickes wieder in Ordnung ist und zeigt sich spontan daran interessiert, in die Finanzierung des Projekts einzusteigen.

Aber diesmal ist es Jakob, der ihn zappeln läßt. »Alfred, da müssen wir uns erst mal genau überlegen, ob ihr noch eine Chance verdient habt, bei unserer Finanzierung dabeizusein. Wenn du uns noch mal hängenläßt, ist der Ofen endgültig aus.«

»Meine Güte, Jakob! Jeder macht mal einen Fehler. Eure Situation sah nicht gerade rosig aus vor ein paar Wochen.«

»Genau darum geht es. Gerade dann sollte man sich ja wohl auf seine Bank verlassen können, nicht wahr? Es gibt auch noch eine Menge anderer Banken.«

»Aber keine mit einem Direktor, der so gut Golf spielt.« Cordes holt den Golfball aus seiner Jackentasche und hält ihn Jakob vor die Nase.

»Da hast du allerdings recht.«

Die beiden grinsen einander an.

Werner fährt Stefan, dessen Wagen in der Inspektion ist, zum Gut Bovens. Seit dem Ärger mit dem Kredit sitzt Stefan zwischen den Stühlen. Nach Bovens kommt er fast nur noch, um Raffaello zu trainieren, zwischen ihm und Gipsy aber herrscht ziemliche Funkstille. Die beiden schenken sich so eisige Blicke und pflegen einen so knappen, geschäftsmäßigen Ton, daß Kolle, wenn er in der Nähe ist, nicht recht weiß, ob er sich darüber amüsieren oder eher Trübsal blasen soll. Ein Zustand auf Dauer kann das nicht sein.

Werner macht sich über diesen Zwist keine Gedanken. Er ist froh, wenn er seine eigenen Angelegenheiten unter Kontrolle hat, und da läuft im Augenblick alles ganz gut. Zu Hause ist Frieden eingekehrt, und was die in wenigen Wochen bevorstehende Weltmeisterschaft in Aachen angeht, da sind die Rollen klar verteilt: Hanno wird Divina reiten, die einen guten Eindruck macht. Freilich, die Psyche des Schimmels ist labil, und man kann sich nie sicher sein, was als nächstes passiert. Seit der Geschichte mit dem Blitzlicht beim Mastercup hat sie noch mehr Angst vor Gewittern als vorher, randaliert bei Blitz und Donner wild im Stall herum und ist hinterher wie apathisch. Wenn es am Tag vor der WM heftig gewittert, ist alles gelaufen. Dann braucht er sie gar nicht erst nach Aachen zu schicken. Stefan hat es da mit Raffaello schon leichter, denn der Wallach hat Nerven wie Drahtseile. Nur körperlich hat er noch ein bißchen mit den Auswirkungen der Druse zu kämpfen. Aber bis es soweit ist, kann er seinen Trainingsrückstand wieder wettmachen. Vorausgesetzt, sein Reiter hilft ihm dabei, und da hapert es ein bißchen. Denn weil Stefan den Weg nach Bovens mehr und mehr scheut, trainiert er zu selten.

Werner dagegen kann eigentlich recht zufrieden sein. Die ganzen Ereignisse vor und während der Druse haben schon sehr von seiner Substanz gezehrt, da waren etwas ruhigere Zeiten dringend nötig. Das Ziehen in der Brust, daß er seit einigen Tagen immer häufiger spürt, ignoriert er. Auf solche Dinge hört er nicht, Schmerzen ist er seit vielen Jahren gewohnt. Wenn sein Bein weh tut, so registriert er das nicht mit größerer Aufmerksamkeit als einen Wetterumschwung, der ihm nicht gefällt.

Er bringt seinen Bruder nach Bovens und verabredet mit ihm, ihn in einer halben Stunde wieder abzuholen. Schließlich will Stefan nur ein paar Unterlagen zusammensuchen. Werner will in der Zwischenzeit einen Blumenstrauß für Beate besorgen, einen, der zu dem blauen Kleid paßt, das sie heute trägt.

Stefan hatte gehofft, seiner Gattin aus dem Weg gehen zu können, aber als er im Stall nach Raffaello sieht und ein bißchen mit ihm spricht (fast kann man meinen, das habe er von seinem Vater geerbt), da spürt Gipsy ihn auf. Sie will endlich ein klärendes Gespräch mit Stefan führen.

»Findest du nicht, daß wir uns etwas erwachsener benehmen könnten?« fragt sie.

»Ich?« sagt er. »Ich werde doch nie ganz erwachsen, Gipsy.«

»Du und deine Sprüche! Ich finde das nicht komisch. Meinst du, es macht mir Spaß, den Laden hier alleine zu schmeißen? Ich habe zu wenig Ahnung von Pferden und Kolle auch. Erinnerst du dich noch an Massimos Bedingung? Du fehlst an allen Ecken und Enden, Tag für Tag.«

»Und in der Nacht?«

»Da auch. Aber das kann ich noch am ehesten verkraften.«

»Wie schmeichelhaft für mich.«

»Irgend etwas muß sich ändern, Stefan. So geht es nicht weiter.«

Auf Werners Beifahrersitz liegt ein großer Strauß aus gelben und blauen Chrysanthemen, in glitzerndes Zellophan verpackt. Im CD-Player läuft *Carmen* von Bizet, Werners Lieblingsoper. Er pfeift gutgelaunt mit. Was für eine herrliche Musik! Was für ein grandioses Thema aus Liebe und Leidenschaft, aus Lug und Betrug, aus Mord und Totschlag! Als er vor dem Gut Bovens zum Stehen kommt, dreht er leiser. Die Gräfin könnte die Beschallung sonst noch als eine böswillige Anspielung verstehen und ihm einen magischen Bannstrahl an den Hals hexen, wer weiß?

Kolle sagt ihm, die beiden seien drüben im Stall, und so geht Werner langsam hinüber. Durch die weit offene Stalltür belauscht er unfreiwillig das Gespräch, das Stefan und Gipsy in Raffaellos Box führen.

»Nie wieder werde ich heiraten!« schwört Stefan. »Nach einem Mal ist man wirklich für alle Zeiten geheilt!«

»Vielleicht hast du da sogar recht«, pflichtet Gipsy ihm bei. »Manche Verlobungen enden glücklich, die anderen führen zur Ehe.«

»Und das aus deinem Munde?« staunt Stefan.

»Ja, mein Lieber. Nicht nur wir haben unsere Probleme.«

»So? Wer denn noch?«

»Werner und Beate.«

Werner, der gerade den Stall betreten und seinen Mund zu einem halbwegs lockeren »Hallo allerseits!« öffnen will, hält erschrocken inne und bleibt, wo er ist. Gipsy und Stefan können ihn nicht sehen.

»Was erzählst du da für einen Quatsch?« schüttelt Stefan den Kopf.

»Beate hat ein Verhältnis mit Pfarrer Delbrück. Aber behalt das bloß für dich!«

»Das gibt's doch nicht!«

»Jemand hat es mit eigenen Augen gesehen.«

»Weiß Werner das?« Stefan ist betroffen.

»Sicher nicht. Sonst hätte er doch längst etwas unternommen. Aber irgendwann kommt so etwas immer heraus, und dann ist da drüben der Teufel los. Meinst du nicht, daß du dann bei mir besser aufgehoben bist?« Sie greift nach seiner Hand.

Er antwortet, indem er nach ihrer anderen Hand greift.

»Ich brauche nicht dein Geld«, sagt sie leise. »Ich brauche dich.«

»Hier? Jetzt gleich?« grinst er.

»Es wäre jedenfalls schön, wenn du heute hierbleiben würdest«, sagt sie, ohne darauf einzugehen. »Massimo hat sich angesagt. Wollen wir ihm nicht zeigen, was wir für ein glückliches Paar sind?«

Sie kann nicht weitersprechen, da er ihr mit einem Kuß den Mund verschließt.

Werner wankt benommen zu seinem Wagen zurück. Kleine, schmerzhafte Explosionen in seinem Kopf und in seinem Herz. Er versucht, einen klaren Gedanken zu fassen, irgendeinen, ganz egal, welchen, aber sie entgleiten ihm wie kleine Fische, die man mit der Hand zu fangen versucht. Er fühlt sich wie auf einer Rolltreppe, die rasend schnell unter ihm dahinsaust. Der Boden wird ihm weggezogen, gleich wird er über den Rand der Erdscheibe stürzen! Es ist alles Lüge: Die Erde ist keine Kugel! Nichts ist wahr, alles ist erfunden! Irgendwie stolpert er in seinen Wagen, findet den Zündschlüssel und braust mit quietschenden Reifen davon. Geschwindigkeitsbegrenzungen? Alles Lüge! Diese Schilder da am Straßenrand sind nichts weiter als Luftspiegelungen!

Hanno Bruns ist heute vormittag ziemlich müde. Pia ist zu Besuch, und er ist in der letzten Nacht nur wenig zum Schlafen gekommen. Jakob beobachtet sein Training mit Divina und ahnt bereits Böses, als er sieht, wie schlecht Hanno sich die Distanzen zwischen den Hindernissen einteilt.

»Mensch, reiß dich zusammen!« brüllt er. »Gerade bei Divina! Die wickelt sich doch gleich eine Stange um die Beine, wenn du so weitermachst!«

So etwas soll man ja eigentlich nicht beschreien. Am allernächsten Sprung bereits bewahrheitet sich nämlich Jakobs Befürchtung: Hanno zwingt Divina zu einem verfrühten Absprung und kracht mit ihr voll in das Hindernis. Mehrere Balken fallen, einer davon zersplittert sogar in der Mitte und geht zu Bruch, und der ganze Aufbau verschiebt sich um einen halben Meter. Hanno wird aus dem Sattel katapultiert, purzelt durch die Luft und landet mit voller Wucht auf seiner linken Schulter. Divina wurstelt sich ängstlich wiehernd aus dem demolierten Hindernis heraus.

Jakob ist außer sich: »Bist du wahnsinnig, Junge! Denk doch an die WM!« Er läuft mit Pia zu Hanno, der wie betäubt auf dem Boden liegt. Sie bringen den Jungen, der bei jeder unüberlegten Bewegung vor Schmerzen schreit, sofort ins Krankenhaus. Die Diagnose ist niederschmetternd: eine schwere Schulterverrenkung! Hannos Start bei der Weltmeisterschaft ist damit stark gefährdet, und er kann sogar noch froh sein, daß er bei dem Sturz nicht noch mehr abbekommen hat.

Als Werner, noch immer völlig verstört, zu Hause ankommt und erst einmal ins Büro zu Clemma geht, sieht sie seinem starren Gesicht gleich an, daß bei ihm etwas nicht stimmt. Die Nachricht von Hannos Sturz nimmt er mit völlig untypischem Gleichmut auf. Das Telefon läutet. Er hebt ab und erklärt mit monotoner Stimme, Werner Eicke sei nicht da. Von Clemma will er nur wissen, wo Beate ist. Sie meint, sie sei in der Dunkelkammer. Werner nickt nur und hinkt davon. Das Bein tut weh, aber wenn das nur das einzige wäre, was schmerzt… Er geht hinaus und will hinüber zum Schloßportal, als er durch die Windschutzscheibe seines Wagens den Blumenstrauß auf dem Beifahrersitz liegen sieht. Werner geht um den Wagen herum, nimmt die Blumen, wirft sie, Blüten zuerst, in einen Mülleimer und macht sich auf den Weg zu Beate.

»Werner, es ist der reine Wahnsinn, was sie mir anbieten!« ruft sie freudestrahlend, als er hereinkommt. »Ich soll Mode mit Pferden am Piccadilly Circus in London fotografieren, stell dir das vor! Dafür soll die ganze Gegend abgesperrt werden! Ist das nicht toll?« Sie will Werner begeistert um den Hals fallen, als sie bemerkt, wie kalt ihn das alles läßt. »Wie siehst du denn aus? Was ist los?«

Mit hängenden Schultern steht er da. Jedes Wort, das er spricht, scheint von ganz weit her zu kommen: »Dieser Priester ist also doch dein Liebhaber.«

Beates Miene gefriert. Sie muß sich an der Tischkante festhalten. Himmel und Hölle liegen dicht beieinander. »Wer hat dir denn das erzählt?«

»Also stimmt es?«

»Ja, es stimmt.«

Dämme brechen, Mauern stürzen ein. Die Erde tut sich zwischen ihnen auf und reißt einen unsichtbaren Graben.

»Und seit wann läuft das schon?« ruft Werner von der anderen Seite der Schlucht herüber. »Wann hat es wieder angefangen?«

Beate versteht ihn kaum. Er ist so weit weg. Zitternd lehnt sie sich an den Tisch, die Beine drohen den Dienst zu versagen. »Vor Stefans Hochzeit«, bringt sie leise hervor. »Aber danach war ja kaum noch was.«

»Was heißt das, kaum was? Einmal? Zweimal? Zwanzigmal?«

»Ist das wichtig jetzt?!« sagt sie mühsam.

»Allerdings.«

»Werner, es ist vorbei. Er ist weg. Er hat mich verlassen.«

»Aha. *Er* hat *dich* verlassen. Bea, ich habe immer geglaubt, wir hätten eine gute Ehe geführt.« Er greift sich ans Herz. Weh tut das da, das kann er jetzt gar nicht brauchen! Beate ist hilflos. Was soll sie bloß tun? Sie hat Angst, daß ihre Ehe ihr zwischen den Fingern zerrinnt, zerbröckelt wie ein staubiger, vertrockneter

Pilz. Sie nimmt ihren ganzen Mut zusammen und greift Werner an die Schulter, aber er schüttelt sie ab.

»Werner, ich schwöre dir, daß er weg ist! Nach Kolumbien. Ein für allemal!«

»Soso. Und wenn der gute Herr Pfarrer nicht weggegangen wäre? Was hättest du dann gemacht? Wärst *du* dann weggegangen? Von mir, von deiner Familie, von Eicke?«

Beate vergräbt die Hände in den Taschen ihres Kleides. Sie wünscht sich weit weg, ganz weit. Nein, nicht nach Kolumbien, nur einfach weit weg.

»Ja, wahrscheinlich«, sagt sie ruhig und sieht ihm dabei in sein gequältes Gesicht. Sie wendet sich ab, geht zum Fenster und fügt hinzu: »Nun weißt du's.«

»Gar nichts weiß ich!«

»Werner, ich möchte bei dir bleiben. Wenn es nicht so wäre, hätte ich dir längst alles gesagt. Begreifst du das?«

Er schüttelt müde den Kopf. »Nein, Beate. Ich weiß nicht, ob ich das alles begreifen kann.« Werner dreht sich um und geht, schwer auf seinen Stock gestützt, hinaus. Er läßt sich von Böckmann seinen Teja satteln und schwingt sich, ohne sich reitermäßig umzuziehen, mühevoll in den Sattel. Wenn gar nichts mehr hilft, weiß Werner, gibt es nur noch eins, was einem den Kopf freimachen kann: ein einsamer Ritt über die münsterländischen Ebenen, bei dem einem eine leichte Brise ins eine Ohr herein- und aus dem anderen wieder hinausweht. Manchmal wird sogar sein Bein davon besser. Vielleicht liegt das an den geschmeidigen, rhythmischen Bewegungen, die man dabei macht, synchron mit denen des Pferdes. Dann verschmilzt man mit dem Roß zu einer homogenen Einheit und fühlt sich plötzlich in der Lage, auf die ganze Welt zu pfeifen. Dieses Gefühl, alles Glück der Erde mit den Armen umfassen zu können, kennt Werner nur beim Reiten. Aber heute klappt das ganz und gar nicht. Zu tief geht diese frische Wunde, die Beate ihm geschlagen hat. Und auch das Ziehen in seiner Brust wird immer schlimmer. *Herz scheint sich tatsächlich auf Schmerz zu reimen*, denkt er bitter.

Beate steht vor dem Schloßportal und schaut ihm traurig hinterher, bis er am Horizont verschwunden ist.

Werners Schmerzen werden jetzt unerträglich. Kalter Schweiß steht ihm auf der Stirn. Er greift sich ans Herz und beginnt zu stöhnen. Teja verfällt in immer langsameres Schritttempo. Auch das Pferd merkt, daß sein Partner krank ist.

Werner schreit plötzlich auf, sinkt aus dem Sattel und bleibt verkrümmt im Gras liegen. Er kann sich kaum rühren, geschweige denn aufstehen. Keine Menschenseele weit und breit. Mehrere Minuten liegt er so da und ringt nach Luft, als sich die trabenden Schritte zweier Männer nähern. Seit die beiden auf ihrer täglichen Joggingstrecke vor vielen Wochen den toten Hans Hänsgen gefunden haben, nennen sie sie *die Todestour*. Ihr makabrer Humor wird ihnen aber gründlich vergällt, als sie einige Meter neben dem Weg einen Mann liegen sehen, der mit dem Tod kämpft. Der eine bleibt bei Werner, obwohl er nicht die geringste Ahnung von Erster Hilfe hat, der andere sprintet zum Dorf, um Hilfe zu holen.

2

Hanno Bruns liegt im Krankenhaus und trägt einen eindrucksvollen Stukaverband, der ihn so aussehen läßt, als habe er unentwegt eine unsichtbare Tanzpartnerin im Arm. Er hat Besuch von seiner Pia, die ein schlechtes Gewissen hat, weil sie der Grund dafür ist, daß Hanno so unausgeschlafen war. Auch Jakob kommt vorbei und muntert seinen Bereiter ein bißchen auf, als draußen das Martinshorn eines Krankenwagens heulend näher kommt. Werner, der nicht mehr bei Bewußtsein ist, wird schnell in die Notaufnahme geschoben. Verdacht auf Herzinfarkt! Als Jakob informiert wird und hinzueilt, ist das Nötigste bereits getan worden, und man bringt Werner hinüber in die Intensivstation. Das läuft alles so routiniert, präzise und schnell ab, daß man meinen könnte, die Ärzte und Krankenschwestern tun den ganzen Tag nichts anderes. Trotzdem ist Jakob außer sich und steht fürchterliche Angst aus, bis ihm endlich definitiv versichert wird, Werner sei außer Lebensgefahr. Man wird ein Langzeit-EKG und was nicht alles machen müssen, aber er scheint mit viel Glück knapp an einem Infarkt vorbeigeschrammt zu sein.

»Wenn sich das bewahrheitet, wird er schon bald wieder entlassen werden können«, prognostiziert der Chefarzt. »Aber dann wird er viel Ruhe brauchen. Wenn er sich die nicht gönnt, wird er sich auf direktem Wege auf den Friedhof befördern.«

Beate trifft im Krankenhaus ein und eilt zu Werner. Er ist in einem Dämmerzustand. Ein Schlauch in seiner Nase versorgt ihn mit Sauerstoff.

»Ich habe dich sehr lieb, Werner«, stammelt sie.

»Schön, Bea«, murmelt er.

Er wird sich später an diese Begegnung nicht mehr erinnern können. Beate ahnt das, aber dennoch sagt sie: »Ich darf nicht lange bei dir bleiben. Aber ich bin immer bei dir, hörst du? Auch wenn ich nicht da bin.«

Sie küßt ihn zart auf die Stirn, und er lächelt ein bißchen, bevor er wieder in einen tiefen, aber unruhigen Schlaf fällt und in eine wirre Traumszenerie hineingleitet, in der er, ein splitternacktes, winziges Baby, von seiner Mutter auf dem Arm gehalten wird. Die beiden befinden sich in einem gleißend hellen Lichtkegel, der von finsterer Dunkelheit umschlossen wird. Die Mutter sieht aus wie Gipsy. Ein Pfarrer tritt aus der Dunkelheit hervor und bespritzt den Säugling mit lauwarmem Weihwasser. Der Priester hat so lichtes Haar wie Pfarrer Delbrück, aber seine Gesichtszüge erinnern eher an Beate. Stefan steht auch mit dabei, er ist der stolze Vater.

Conte Massimo ist auf Gut Bovens zu Besuch, und er nutzt die Gelegenheit, um mit Stefan ein ernstes Gespräch unter Männern zu führen.

»Stefan, als ich vor zehn Tagen unsere *estratti di conto* gelesen habe, bin ich schon ziemlich erschrocken. Meinst du, das war so ein kluger Schritt? Wie soll es denn jetzt weitergehen? Auch mit Gabriella und dir?«

»Ach, Massimo, was soll schon sein? Ich werde weiter für Bovens reiten; aber was unsere Ehe angeht, da würde ich keine Prognose wagen.«

»Findest du nicht, daß du deine Ehe etwas voreilig aufs Spiel gesetzt hast, nur weil Gabriella sich vielleicht ungeschickt verhalten hat? Jeder Mensch hat ein Recht auf Irrtum – auch eine Frau.«

»Ich kann und will das jetzt nicht mehr rückgängig machen.«

»Du weißt aber, was ich seinerzeit zur Geschäftsgrundlage erklärt habe.«

»Sicher.«

Massimo seufzt. Schwierig, diese Deutschen! Komplizierte Querköpfe sind sie alle, gerade Stefan. Er versucht, ihm anders zu kommen: »Wie sieht es denn in eurem *letto matrimoniale* aus, mein Lieber?«

Stefan lacht: »Wie gesagt, Massimo: Prognosen sind nicht möglich.«

»Ihr seid vielleicht ein verbohrter Haufen hier. Es wäre sowieso viel vernünftiger, wenn Eicke und Bovens sich endlich zusammentäten, und zwar richtig. Stell dir mal vor: Eicke, Bovens und ich, mit einer einzigen Firma! Wir hätten den europäischen Markt voll im Griff, wir wären die Größten! Bei uns in Italien wäre das überhaupt kein Thema mehr, da wissen wir, wie so etwas geht.«

»Das hört sich so an, als ob du von der Mafia redest.«

»Siehst du, Stefan: Ihr wollt immer bei allem gleich das Negative sehen. Auf diese Weise steuert man dem Herzinfarkt entgegen, glaub mir. Eine etwas konstruktivere Sichtweise würde euch allen guttun.«

Gipsy reißt die Türe auf: »Stefan, dein Bruder liegt auf der Intensivstation! Kolle fährt dich zum Krankenhaus!«

Mit aufgerissenen Augen und offenem Mund springt Stefan auf und rennt hinaus.

Massimo sieht ihm besorgt hinterher. Er atmet tief durch. Eine so drastische Bestätigung seiner These hat er sich nun wirklich nicht gewünscht!

Werner schläft, als Stefan im Krankenhaus ankommt. Gemeinsam mit Beate betrachtet er seinen Bruder durch eine Scheibe. Ganz entspannt sieht er aus, und wenn der Schlauch in der Nase, der Tropf an seinem Arm und die irgendwie bedrohliche Ausstrahlung, die so eine Intensivstation nun einmal hat, nicht wären, würde man gar nicht glauben wollen, daß er vor nicht viel mehr als einer Stunde mit knapper Not dem Tod von der Schippe gesprungen ist. Stefan versucht, Beate zu trösten, aber das gelingt ihm nicht.

»Ich bin doch schuld an seinem Zustand«, sagt sie. »Ich mit meinen Eskapaden. Wer weiß, ob er mir je verzeihen wird?«

Er nickt verständnisvoll. »Entschuldige die blöde Frage: Ist es denn wirklich aus mit deinem heiligen Lucas?«

»Das kannst du vergessen, das ist vorbei. Ich stehe nicht zwischen zwei Männern – ich habe eher das Gefühl, gar keinen mehr zu haben.«

Jakob ist ein Mann der Tat. Er kann sich eine Misere nicht einfach nur angucken und Däumchen drehen, da würde er verrückt werden. Er wird Werner, wenn er aus dem Krankenhaus nach Hause kommt, unterstützen, wo er kann, und ihm möglichst viel Arbeit abnehmen, aber es besteht noch anderer Handlungsbedarf: Wer soll jetzt Divina in Schuß halten? Hanno fällt erst mal aus, Stefan sowieso, und Jupp, der ohnehin auf der Abschußliste steht, hat sich verkrochen. Jakob geht entschlossen in den Stall und sattelt Divina. Er versucht, sich daran zu erinnern, wann er zum letzten Mal über einen Parcours gegangen ist, aber es fällt ihm nicht mehr ein. Egal, die Vergangenheit zählt nicht. Nach vorne muß man schauen.

Rolli Böckmann staunt nicht schlecht, als er den Seniorchef auf Divina über einen Oxer springen sieht. Zuerst kann er gar nicht glauben, was er da sieht, aber es ist wirklich wahr. Und Jakob stellt sich gut dabei an. Zwar hat er die Balken alle etwas tiefer gelegt, aber die Vorstellung ist dennoch beeindruckend. Und auch wenn es Jakob hier und da etwas zwickt: Es macht ihm großen Spaß.

»Divina, mein Mädchen!« ruft er und lacht. »Auf dir kann sogar ein Rentner noch Weltmeister werden!«

Als Stefan am nächsten Tag wieder in die Klinik fährt, liegt Werner in einem normalen Einzelzimmer und ist schon wieder ganz munter. Nur seine Stimme ist tief und kratzig, als hätte er eine durchzechte Nacht hinter sich.

»Es ist schon ein komisches Gefühl, auf der Intensivstation wach zu werden«, sagt er lächelnd.

»Also, ich an deiner Stelle würde jetzt echt mal Pause machen«, schlägt Stefan vor.

»Will ich ja auch. Ich überlege schon, ob ich für ein paar Tage zu Pepe fahre, nach Andalusien. Morgen soll ich ja schon entlassen werden.«

»Da habe ich noch eine bessere Idee, Bruderherz. Ich habe mit Massimo gesprochen: Er lädt dich zu sich nach Hause in die Toskana ein. Wie findest du das?«

»War das deine Idee?«

»Nein, das hat er von sich aus vorgeschlagen. Er ist ein offener Mensch, das weißt du doch. Und obwohl er uns irrsinnig kompliziert findet, hat er uns alle sehr gerne. Dich auch.«

»Na dann: Auf nach Italien!«

»Siehst du! Massimo schwärmt übrigens auch immer sehr von Bea...«

Werner stockt: »Eigentlich... wollte ich gerne mal alleine fahren.«

»Ach so. Na ja, wenn du meinst.«

»Ich bin da vielleicht ein bißchen altmodisch, aber ich kann nicht alles sofort vergessen. Ich glaube, ich brauche ein bißchen Zeit zum Nachdenken.«

Beate steht in der Tür. Sie grüßt verlegen und kommt langsam herein, so als sei sie sich nicht ganz sicher, ob sie das darf. Werner gibt sie einen schüchternen Kuß, dann setzt sie sich. Als er ihr erzählt, er werde ohne sie für einige Tage nach Italien fahren, ist sie zwar zunächst ein bißchen erschrocken, aber dann sieht sie es ein. Es ist ihr schon klar, daß er jetzt Abstand braucht. Und

Ruhe. Auch vor ihr. Der Graben zwischen ihnen läßt sich nicht an einem einzigen Tag wieder zuschütten.

Clemma atmet auf, als sie tags darauf Werner aus seinem von Beate chauffierten Wagen steigen sieht: Er sieht ziemlich blaß aus und scheint drei bis vier Pfund abgenommen zu haben (dafür hat Clemma einen untrüglichen Blick), aber das ist ja wieder hinzukriegen. Seine Koffer hat sie jedenfalls schon fertig gepackt. In ein, zwei Stunden kommt Conte Massimo, und dann soll die Fahrt ja schon losgehen.

Werner macht mit Beate einen Abschiedsspaziergang durch den Schloßgarten.

»Bea, da ist eine Sache, die mich am meisten beschäftigt«, sagt er. »Wärst du auch von unseren Kindern weggegangen?«

»Wollen wir wirklich jetzt darüber reden?«

»Ja. Wann denn sonst? «

Sie schaut ihm fest in die Augen. Hat es einen Sinn zu lügen? Nein, hat es nicht. Zu lange schon hat sie zu viel vor ihm verheimlicht. »Also gut«, sagt sie zögernd. »Ja, ich wäre.«

»Und du hättest Edgar und Linda bei mir gelassen?«

»Wenn du es unbedingt genau wissen mußt: Ich hätte versucht, um sie zu kämpfen und sie mitzunehmen.«

»Auch vor Gericht?«

»Wenn du darauf bestanden hättest: Ja. Auch das.«

»Du glaubst ernsthaft, das hätte ich mitgemacht?« fragt er bedrückt.

»Ich weiß ja nicht einmal, ob die beiden es mitgemacht hätten. Aber jetzt ist Schluß. Ich streike, Werner! Haben wir denn nichts Wichtigeres zu besprechen?« Sie hakt sich zaghaft bei ihm unter und ist froh, daß er sie gewähren läßt. Die beiden schlendern noch ein paar Minuten am Wassergraben entlang, bis Stefan mit Massimo neben sich hupend auf den Hof fährt. Werner will ihn begrüßen, aber Beate hält ihn noch einmal zurück:

»Eigentlich könntest du mir zumindest einen Abschiedskuß unter vier Augen geben.«

Werner zögert kurz, dann tut er es. Aber es wird ein Kuß auf die Wange, und es bleibt eine eher kumpelhafte Umarmung. Mehr hat Beate aber auch nicht erwartet.

»Jakob, Sie werden einen total neuen Sohn zurückbekommen«, verspricht Massimo.

Jakob grinst. »Total neu muß er nun auch nicht sein. Die eine oder andere gute Seite hat er ja schon.«

»Er bekommt eine Kur für Körper, Geist und Seele. Ich weiß schon, was ich mit ihm machen werde. Habe ich selbst schon ausprobiert. Aber fragen Sie mich nicht: Es ist ein kleines Geheimnis, und importierbar ist es sowieso nicht.«

Werner und Beate kehren von ihrem Spaziergang zurück und staunen darüber, wer sich alles vor dem Schloß versammelt hat, um Werner Lebewohl zu sagen: Außer Massimo und Jakob stehen Clemma, Paula, Dagmar Lux, Rolli Böckmann und sogar Edgar und Linda bereit. Beate rennt lachend auf ihre Kinder zu und schließt sie in die Arme.

»Wir wollen Papa wenigstens auf Wiedersehen sagen«, verkündet Linda.

»Und dafür schwänzt ihr die Schule, ihr Schätze?« freut sich Werner und läßt sich ebenfalls von seinen Kindern umarmen.

»So, dann mal los«, beschließt er. »Und wehe, es weint einer.«

Nachdem er sich von allen verabschiedet hat, hindert Massimo ihn daran, auf der Fahrerseite einzusteigen: »*No, no, prego.* Sie sitzen rechts, Werner. Ich fahre. Wo denken Sie hin?« Wie ein beflissener Diener öffnet er ihm die Beifahrertüre.

»Schönen Dank, Conte. Einen Chauffeur wollte ich immer schon mal haben.«

Die ganze Versammlung winkt eifrig, als Massimo hupend vom Hof fährt.

»Ihr habt ja gehört«, sagt Jakob scherzhaft drohend. »Wehe, es weint einer.«

Die Gruppe geht langsam auseinander, und nur Beate bleibt zurück. Sie muß trotzdem weinen. Jakob legt tröstend den Arm um sie. Und dann sieht sie die Tränen auch bei ihm.

Abschied und Wiederkehr

1

»Conte, warum fahren wir eigentlich mit dem Wagen? Wieso wollten Sie kein Flugzeug nehmen?« will Werner unterwegs wissen.

»Was für eine Frage! Weil Sie die Toskana von Anfang an erleben müssen! In Florenz aus dem Flieger steigen kann jeder. Aber wenn Sie erleben, wie die Landschaft sich verändert – Süddeutschland, die Alpen, Österreich, der Brenner, Norditalien – und dann eintauchen in meine wunderbare Heimat, Kilometer für Kilometer! Sie werden sehen, wie Stunde um Stunde die Gesichter der Menschen entspannter, fröhlicher werden. Die Leute scherzen, sitzen am Straßenrand, trinken einen Kaffee und pfeifen den Mädchen hinterher, deren Röcke hin und her wippen wie Blumen im Sommerwind. Das Leben wird leichter, wärmer, unbeschwerter. Das ist bereits Teil der Therapie, mein Freund.«

Und er hat recht. Die Fahrt dauert zwar zwei volle Tage, aber es ist wirklich so, wie Massimo es beschrieben hat. Werner fühlt sich an die strapaziösen, aber unvergeßlichen Urlaubsreisen seiner Jugend erinnert und empfindet die Toskana, als es endlich soweit ist, als eine wahre Belohnung. Als sie vor dem Palazzo Pirri aus dem Wagen steigen, strecken die beiden Männer ihre Glieder von sich, und Werner lächelt seinen Reiseführer dankbar an.

Am nächsten Morgen kommt gutaussehender, langbeiniger Besuch in den Palazzo. Giulietta Longo, eine 37jährige hochgewachsene Schönheit mit langen, braunen Locken, die ihre schmalen, aber doch kräftigen Schultern sanft umspielen, parkt ihren roten Spider auf der Zufahrt und stöckelt lässig-elegant durch das Eingangsportal. Massimo und Werner sitzen in der Morgensonne auf der Terrasse, trinken einen Espresso und beobachten die Ankunft der schönen Frau.

»Buon giorno, signori«, begrüßt sie die beiden, die sich bereits von ihren Sesseln erhoben haben, mit einem strahlenden Lächeln.

»Ah, Giulietta!« ruft Massimo und breitet die Arme aus. »Wie schön, dich zu sehen! Hier ist er: Werner Eicke, einer der erfolgreichsten und schönsten Männer Deutschlands! Du siehst, ich habe dir nicht zu viel versprochen. Und das ist Giulietta Longo, die begehrenswerteste und zudem klügste Frau südlich der Alpen!«

Die beiden geben sich die Hand, und ihre Blicke begegnen sich auf eine Art, die sofortige gegenseitige Sympathie verrät.

Wer steigt am gleichen Morgen vor Schloß Eicke aus seinem roten Jeep? Jupp Rathmeyer! Jakob, der ihn durch ein Fenster kommen sieht, hat schon gedacht, der werde sich gar nicht mehr hierhertrauen. Aber da ist er, und er tut so, als habe er alle, denen er begegnet, gestern abend zum letzten Mal gesehen. Mit der größten Selbstverständlichkeit setzt er sich ins Büro und beginnt, die Post durchzugehen. Jakob schenkt sich eine weitere Tasse Tee ein, liest in aller Ruhe den Wetterbericht in der Tageszeitung zu Ende (Münster: Regen, 14°; Florenz: wolkenlos, 27°), trinkt seine Tasse aus und geht dann hinunter. In der Tür stehend, sagt er: »Herr Rathmeyer, bevor Sie sich unnötige Arbeit machen: Sie sind entlassen.«

»Ich bin was?«

»Gefeuert. Entlassen. Und zwar fristlos. Mit sofortiger Wirkung. Verlassen Sie das Büro, steigen Sie in Ihren Wagen und machen Sie sich einen schönen Tag. Aber nicht hier. Auf Wiedersehen.«

»Sind Sie noch ganz bei Trost? Was soll der Scheiß?«

»Ach so, habe ich das ganz vergessen? Sehen Sie, so ist das im

Alter. Rathmeyer, Sie haben nachweislich krumme Sachen gemacht. Betriebsgeheimnisse ausgeplaudert. Dem Unternehmen geschadet. Ersparen Sie mir die schäbigen Details.«

Jupp tut so, als würde er sich weiterhin der Post widmen. »Ich bin hier zweiter Geschäftsführer, Herr Eicke. Sie können mich gar nicht rausschmeißen. Schon gar nicht, ohne den Eigentümer davon in Kenntnis zu setzen.«

»Doch, doch, ich kann. Und ich tue es auch.« Jakob wirft die Tageszeitung, die er immer noch in der Hand hat, auf den Poststapel vor Jupp. »Schauen Sie mal: Im Süden ist viel besseres Wetter. Verlängern Sie doch Ihren Urlaub noch ein bißchen und fahren Sie nach Ibiza. Da gibt's ein schönes Spielkasino.«

Rathmeyer fährt aus der Haut: »Herr Eicke, wir sind hier nicht bei der Stasi! Das sind Mafiamethoden! Nacht-und Nebel-Aktionen, kaum daß Werner den Rücken gekehrt hat!«

»Der ist schon länger weg«, meint Jakob achselzuckend. »Ich habe Ihnen gesagt, was ich Ihnen vorzuwerfen habe. Warum schreien Sie so?«

»Nichts haben Sie gesagt! Aber auch gar nichts! Nichts Konkretes! Ich hätte Gut Bovens Betriebsgeheimnisse verpfiffen! Das ist doch lächerlich!«

Jakob grinst. »Von Gut Bovens war ja gar nicht die Rede, Rathmeyer. Wie kommen Sie denn darauf? Mir scheint, Sie müssen noch ein bißchen üben.«

»Klar habe ich mit der Gräfin geredet. Wir haben an einem Strang gezogen, wollten Frieden stiften! Ist das verboten? Wenn die Herren von Hof Eicke sich dauernd gegenseitig das Wasser abgraben?«

»Jupp, nun machen Sie doch keinen solchen Budenzauber. Wer soll Ihnen das abnehmen? Seien Sie doch froh, wenn ich über ein geschobenes Rennen Gras wachsen lasse.«

Rathmeyer steht auf, mit zornrotem Gesicht. »Sie, das geht zu weit«, grollt er, aber er merkt, daß seine Niederlage sich nicht nur abzeichnet, sondern nicht mehr abzuwenden ist. Er greift nach dem Köfferchen, das er mitgebracht hat. Um sich eine Hintertür aufzuhalten, schreit er: »Zum Glück leben wir in einem

Rechtsstaat! Ich bin mal gespannt, was das Arbeitsgericht dazu sagen wird!« Er stürmt aus dem Büro und hinaus auf den Hof.

Beate, die den Streit von der Treppe aus verfolgt hat, läuft ihm entschlossen hinterher.

Jupp verschwindet in dem Stallgebäude, in dem er seinen Spind hat. Darin hängen seine Reitklamotten und einige andere persönliche Dinge. Er greift nach einer Sporttasche und stopft die Sachen wahllos hinein.

»Soso«, meldet sich Beate aus dem Hintergrund. »Sie wollen also vors Arbeitsgericht.«

»Natürlich, klarer Fall. Glauben Sie, ich lasse mir so etwas gefallen?«

»Ich weiß nicht, ob Sie sich das nicht noch einmal überlegen sollten.«

»Frau Eicke, ich weiß schon, was ich tue. Es ist manchmal ganz nützlich, Jura studiert zu haben.«

»Sie hatten eine gute Zeit bei uns als Bereiter und Geschäftsführer. Werner hat Ihnen oft blind vertraut.«

»Eben. Und ich habe nicht vor, mir das einfach wegnehmen zu lassen! Ich bin schließlich ein anständiger Mensch!«

»So? Glauben Sie das wirklich?« fragt sie abschätzig.

Er geht drohend auf sie zu. »Daß hier ein einigermaßen anständiges Betriebsklima herrscht, ist ja wohl nicht zuletzt mein Verdienst!«

Beate läßt sich nicht einschüchtern. »Ah ja. Sie haben also meiner Freundin Gabriella von Bovens Geschichten über mich und Pfarrer Delbrück erzählt, um Frieden zu stiften. Offensichtlich haben Sie eine recht krankhafte Vorstellung von Frieden.« Sie läßt ihre Worte einen Moment wirken, dann kommt sie richtig in Fahrt: »Wissen Sie eigentlich, was Sie damit angerichtet haben? Daß Sie beinahe eine Ehe kaputtgemacht und meinen Mann an den Rand des Grabes gebracht haben? Dient das vielleicht dem Betriebsfrieden? Rathmeyer, ich sage Ihnen eines: Gründen Sie bloß niemals eine Friedensbewegung!«

»Hat sie... hat die... Was hat die Gräfin Ihnen denn gesagt?« stottert er. Beates Zorn setzt ihm mehr zu, als er gedacht hätte.

Er stellt fest, wie hart diese sanftmütige Frau urplötzlich sein kann.

»Überlegen Sie sich in Zukunft gründlicher, ob es nicht Dinge gibt, die nur zwei Leute etwas angehen! Und noch gründlicher sollten Sie sich überlegen, ob Sie wirklich zum Arbeitsgericht gehen wollen! Jedenfalls, wenn Sie noch irgendwo einen Funken Anständigkeit im Leib haben! Guten Tag!« Sie dreht sich um und geht hoch erhobenen Hauptes davon. Jupp sieht ihr noch eine ganze Weile betroffen nach.

2

Hanno Bruns lernt, daß es manchmal besser ist, Geduld zu haben. Er hat sie nicht, als er sich zu früh schon wieder gesund glaubt, im Krankenhaus lachend hinter Pia herläuft und sie mit seinem eingegipsten Arm zu fangen versucht. Er stößt mit dem Gips an die Wand, schreit auf und weiß im gleichen Augenblick mit grausamer Gewißheit, daß die Weltmeisterschaft für ihn vorbei ist. Der Arzt bestätigt diese Befürchtung: Hanno wird umgehend von einem Neurochirurgen operiert und bekommt anschließend einen noch monströseren Verband verpaßt.

»Eigentlich sollte man Sie ans Bett ketten«, sagt der Chefarzt kopfschüttelnd.

»Ich wünschte, Sie hätten es gemacht«, erwidert Hanno traurig. Dann ruft er Jakob an.

»Operiert?« ruft Jakob entgeistert.

»Ja. Es läuft nichts mit Aachen. Jetzt auch noch 'ne Nervenschädigung oder so. Endgültig.«

Das ist auch für Jakob ein harter Schlag. Für den ganzen Hof. Jakob denkt genau zwei Minuten nach, und dann weiß er: Es ist endgültig Zeit, Nägel mit Köpfen zu machen. Er ruft Gipsy an und fragt nach Stefan. Aber da ist er nicht. Vermutlich sei er in Münster, meint Gipsy, aber wo, das wisse sie auch nicht. Am Abend in Münster? Jakob überlegt. So viele Möglichkeiten gibt es da nicht. Er setzt sich in seinen Kombi und fährt los. In der dritten Kneipe findet er seinen Sohn, der mit einem Bier in der Hand am Tresen sitzt und mit Edith, der vollbusigen Kellnerin, schäkert. Vater und Sohn setzen sich an einen ungestörten Tisch, ganz hinten im Lokal, und lassen sich noch zwei Bier bringen. Stefan ist gespannt, was jetzt wohl kommt. Er kennt diesen festen, stählernen Blick bei seinem Vater. Der hat etwas Besonderes auf Lager. Jakob berichtet von Hannos erneutem Mißgeschick, mit dem er sich um die WM-Teilnahme gebracht hat.

»Weltmeisterschaft ist nicht alle Tage«, stellt er vielsagend in den Raum und wartet, wie der Sohn reagieren wird.

»Paps, ich habe euch mein Geld gegeben. Mehr kann ich nicht für dich tun. Reiten werde ich für Bovens.«

»Junge, Eicke hat Tradition. Und du bist ein Eicke.«

»Versteh doch, Paps, es geht nicht. Ich kann das nicht machen.«

»Auch nicht, wenn ich dir hoch und heilig sage, daß Divina besser drauf ist als je zuvor?«

»Ach komm! Das meinst du doch nicht im Ernst.«

»Mit Divina könnte sogar ich in den Parcours gehen, so gut ist die. Natürlich: Weltmeister kannst du mit Divina *und* Raffaello werden. Aber mit Divina wirst du es eher.«

Stefan atmet tief durch. »Weißt du auch, was das für Konsequenzen haben würde für mich?«

Jakob nimmt einen großen Schluck, wischt sich den Mund ab und meint: »Natürlich. Gipsy macht dir die Hölle heiß, und zwar nicht zu knapp. Würde ich auch tun an ihrer Stelle.«

»Paps, ich bin froh, daß wir uns gerade mal wieder halbwegs arrangiert und versöhnt haben.«

»Junge, man muß wissen, wo man hingehört.«

»Nein, du, wirklich nicht. Ich würde mich in Teufels Küche bringen.« Es fällt Stefan nicht leicht, abzulehnen. Aber was soll er tun? Sich zerteilen? Er kann nun einmal nur ein Pferd reiten!

Aber der Auftritt seines Vaters bringt ihn mehr ins Wanken, als es zuerst den Anschein hat. Als er nach Hause fährt, geht ihm eine Menge durch den Kopf. Welches ist das kleinere Übel? Seine Frau vor den Kopf zu stoßen oder die Familie im Stich zu lassen?

Es ist schon paradox: Da hat er die freie Auswahl zwischen den beiden wahrscheinlich besten Springpferden der Welt. Aber jede Entscheidung, die er trifft, zieht zwangsläufig eine Katastrophe nach sich. Er wünscht sich, es möge eine gute Fee im Dunkel der Straße vor ihm herabgeschwebt kommen, die ihm zuflüstert, was er tun soll. Er weiß es nicht!

Stefan fährt rechts ran und steigt aus dem Wagen. Kalte, saubere Nachtluft und ein ganz leichter Wind. Ist das hier nicht die Straße, auf die damals das Pferd preschen wollte? Sie ist es. Am Rande dieser Straße, nur wenige Kilometer weiter, ist Werners Bein zermalmt worden. Wenn das nicht passiert wäre, könnte heute vielleicht Werner auf Divina über die Hindernisse fliegen. Die Brüder könnten gegeneinander antreten – das wäre bestimmt eine spannende Sache. Aber Werner kann nicht einmal einen scharfen Galopp reiten, ohne daß seine Schmerzen zu stark werden. Stefan hält den Atem an, um das leise Rauschen der Baumkronen zu hören. Er weiß, was er zu tun hat. Ganz genau weiß er es.

3

Gipsy schläft schon, als Stefan nach Hause kommt, aber als er vorsichtig das Schlafzimmer betritt, erwacht sie sofort.

»Schon halb zwei«, beschwert sie sich und räkelt sich lasziv unter ihrer Satinbettdecke. Sie trägt ein verführerisches schwarzes Spitzennachthemd.

»Entschuldige. Tut mir leid, daß ich dich geweckt habe.«

»Macht nichts. Komm schnell zu mir ins Bett.«

»Bist du sehr müde?« fragt er. »Oder können wir noch etwas besprechen?«

»Klar können wir das«, gurrt sie und setzt sich langsam auf.

»Wir haben ein ziemliches Problem, Gipsy.«

»Aber nur, wenn du nicht bald ins Bett kommst.« Sie zieht ihr Nachthemd aus und wirft es ihm lächelnd zu. Er fängt es auf und betrachtet sie. Ihren fordernden, einladenden Blick, ihren wundervollen Körper. Natürlich ist sie die Schönste, natürlich liebt er sie! Aber darum geht es jetzt nicht! Wie soll er ihr das bloß sagen?

»Ich soll wieder für Eicke reiten«, sagt er.

Gipsy hält sich schützend die Bettdecke vor. »Du sollst was?«

»Für Eicke reiten. Bis nach der Weltmeisterschaft.«

»Aber das wirst du ja wohl nicht machen.«

»Sie haben für die WM keinen Bereiter. Außerdem habe ich auf Divina wahrscheinlich noch bessere Chancen als auf Raffaello.«

»Und das wäre dir wichtig genug, um das, was wir aufgebaut haben, einfach hinzuschmeißen?«

»Langsam, langsam. Weltmeister ist Weltmeister. Das wäre für Bovens auf jeden Fall gut, ganz egal, wie das Pferd heißt.«

»So könntest du umgekehrt genauso argumentieren!« zischt Gipsy. »Aber jetzt komm erst mal her. So etwas sollte man nicht mitten in der Nacht besprechen und schon gar nicht im Bett. Morgen früh sieht doch schon wieder alles ganz anders aus.« Sie schlägt die Bettdecke wieder zurück. Stefan, der sich inzwischen ebenfalls ausgezogen hat, kann ihr nicht mehr widerstehen und kuschelt sich an sie.

Gar nichts sieht am nächsten Morgen anders aus. Als Stefan bereits fertig angezogen aus dem Haus gehen will, schläft Gipsy noch. Er gibt ihr einen Kuß, und sie blinzelt ihn an.

»Du hast ja Reitzeug an«, murmelt sie und gähnt herzhaft. »Willst du so früh schon mit Raffaello trainieren?«

»Trainieren schon. Aber nicht mit Raffaello.«

Mit einem Schlag ist Gipsy hellwach. »Das ist nicht dein Ernst! Du willst doch nicht etwa nach Eicke?«

»Doch. Auch wenn du mir den Teufel an den Hals wünschst. Ich muß es machen. Versuch bitte, das zu verstehen.«

»Ist das dein letztes Wort?«

Stefan nickt traurig.

»Dein allerletztes?«

Er steht auf und will ihr noch einen Kuß geben, aber sie dreht sich so heftig ab, daß ihm ihre Haare ins Gesicht fliegen. Stefan geht. Dieser Karren steckt jetzt zu tief im Dreck, als daß man ihn auf die Schnelle herausholen könnte. Gipsy beginnt zu weinen. Als Stefan schon längst weg ist und sie den Wagen unten abfahren hört, schleudert sie sein Kopfkissen in die Richtung, in der er davongegangen ist.

Was Werner bisher nicht wußte: Giulietta ist ausgebildete Krankengymnastin, und Massimo hat sie kommen lassen, um Werner – und vor allem seinem lädierten Bein – die Kunst ihrer Behandlung angedeihen zu lassen. Für Werner ist es nur teilweise ein Vergnügen, von dieser schönen, sympathischen Frau in die Mangel genommen zu werden, denn einige Übungen sind reichlich schmerzhaft und quälen ihn schon sehr. Aber was ein richtiger Mann ist, denkt sich Werner, der muß das mit einem Lächeln wegstecken. Giulietta merkt das natürlich. Sie kennt die Reaktionen ihrer Patienten, vor allem die der männlichen. Die meisten denken, vor einer Frau müßten sie den harten Kerl spielen. Und dabei verkrampfen sie sich dann, und die Behandlung ist nur halb so wirksam, wie sie sein könnte.

Darum sagt sie: »Wenn Sie stöhnen wollen, Werner, dann tun Sie es ruhig. Und wenn Sie schreien wollen, schreien Sie. Ich habe sehr widerstandsfähige Trommelfelle. Es ist viel besser, wenn Sie sich entspannen und Ihren Regungen freien Lauf lassen, anstatt die Zähne zusammenzubeißen.«

Werner staunt. Das klingt ja schon fast wie eine Aufforderung ganz anderer Art!

»So. Jetzt habe ich Sie genug malträtiert«, sagt Giulietta. »Stehen Sie mal vorsichtig auf und sagen Sie mir, wie Sie sich fühlen.«

Er gehorcht. Zuerst stöhnt er noch, aber dann merkt er, wie sich ein angenehmes, kribbelndes Gefühl in seinem Bein ausbreitet. »Das fühlt sich gut an, Giulietta. So bin ich wirklich noch nie behandelt worden.«

»Es hängt viel davon ab, ob auch die Seele eines Menschen bereit ist, sich helfen zu lassen«, stellt sie fest.

»Meiner Seele tun Sie schon gut, seit Sie bei Massimo auf die

Terrasse gekommen sind. Ich danke Ihnen.« Er gibt ihr einen unverfänglichen Kuß auf die Wange.

»Überlegen Sie sich, was Sie sagen«, droht sie scherzhaft.

»Jedes Wort. Sagen Sie: Wie wäre es denn zur Abwechslung mal mit Wassertherapie?«

»Können wir gerne machen. Im Wasser steckt eine große Heilkraft.«

Er grinst jungenhaft. »Was ich sagen will, ist: Wollen wir nicht mal ans Meer fahren? Morgen zum Beispiel?«

Sie schmunzelt, aber in die Karten läßt sie sich nicht schauen. Noch nicht. »Wenn Sie gerne möchten. Warum nicht?«

Strahlende Gesichter auf Hof Eicke: Jakob und Böckmann beobachten frohlockend, wie Stefan auf Divina den Trainingsparcours absolviert. Wie zwei Freunde, die sich lange nicht gesehen haben und die erst prüfen wollen, ob der andere noch der alte ist, brauchen Roß und Reiter ein paar Minuten, um sich wieder aneinander zu gewöhnen, aber dann läuft das Training von Hindernis zu Hindernis immer besser. Jakob jubelt innerlich. Er hatte schon gedacht, sein Junge hätte vergessen, wo er hingehört. Selten in seinem Leben hat er sich so gern eines Besseren belehren lassen.

Beates Kabrio hält neben dem Abreiteplatz. Sie kommt gerade von einem Fotojob, hat in einer Kleinstadt bei Paderborn die Familie eines Barons zusammen mit seinen drei Pferden aufgenommen. Das Städtchen heißt Delbrück. Sachen gibt es, die gibt es gar nicht.

»Vater! Hat Werner angerufen? Oder geschrieben?« ruft sie zu Jakob hinüber.

»Nein, nicht daß ich wüßte!«

Beate, sichtlich enttäuscht, fährt mit verkniffener Miene zum Schloß hinüber.

Jakob runzelt die Stirn und fragt Stefan, der sein Training beendet und zufrieden vom Pferd steigt: »Warum ist Beate denn so hektisch? Was hat sie denn?«

Stefan schickt Böckmann auf den Parcours, um alle Hindernisse von ihm ein bißchen höher legen zu lassen, und fragt, sobald Böckmann außer Hörweite ist, seinen Vater: »Weißt du das etwa nicht, Paps?«

»Was weiß ich nicht? Mir sagt ja keiner was.«

»Beate hat einen Liebhaber. Das heißt, sie *hatte* einen.«

»Was denn? Kenn ich den?« stottert Jakob.

Stefan nickt. »Ganz bestimmt sogar. Aber ich glaube, es ist besser, wenn du sie selber fragst.«

Das läßt Jakob sich nicht zweimal sagen. Als Stammesältester fühlt er sich immer noch dafür verantwortlich, was in seinen Wigwams vor sich geht. Ein guter Häuptling hält nicht nur die Familie zusammen, er versteht sich auch als Anlaufpunkt für Sorgen und Nöte der Seinen. Auf direktem Wege geht er ins Schloß und zu Bea, die in der Wohnhalle sitzt und in ihrem Terminkalender blättert.

»Bea, darf ich dich mal was fragen?«

»Ja, sicher. Was ist denn los? Du machst so ein ernstes Gesicht.«

Jakob zögert. »Mädchen, stimmt es, daß du... wie soll ich sagen?« Er windet sich, ist verlegen. So eine Frage hat er noch nie jemandem gestellt. »Ich glaube, du weißt, was ich meine, hm?«

Beate sieht ihn erschrocken an und bleibt stumm. Sie steht auf und geht zum Kamin.

»Du mußt es mir ja nicht sagen. Aber wenn das wahr ist, dann verstehe ich plötzlich so manches. Ich mache mir Sorgen, weißt du. Ist da was dran an dieser Geschichte mit dem Liebhaber?«

Beate dreht sich um und sieht ihn an. »Ja. Es stimmt«, sagt sie leise. »Es war schon vorbei, als Werner davon erfahren hat. Er ist sehr verletzt.«

»Willst du mir sagen, wer es ist? Wer es war?« fragt Jakob behutsam.

Beate ringt mit sich. Sie will nicht darüber reden, aber Jakob hat eine Antwort verdient. Nach einer längeren Pause sagt sie: »Pfarrer Delbrück. Lucas Delbrück. Ich kenne ihn von früher.«

Jakob sieht sie an, als sei sie gar nicht da. Keine Antwort, das war klar, hätte ihm mehr die Sprache verschlagen können. »Das gibt's doch gar nicht«, flüstert er. »Auf dieser Welt ist ja wirklich nichts mehr heilig.«

»Es tut mir leid, Vater!« sagt sie, setzt sich wieder zu ihm und greift nach seiner Hand. »Ich habe Angst, weil Werner weggefahren ist.«

»Du meinst, es könnte sein, er kommt nicht wieder?«

»Ja.«

Linda und Edgar, die übers Wochenende zu Hause sind, beobachten zusammen mit Paula, wie einige Fohlen – unter anderem Everybody's Darling – ihre Brandzeichen bekommen. Böckmann führt die Prozedur durch, bei der dem Nachwuchs, am Zügel festgehalten, ein *E* von der Größe eines Hühnereis aufs Fell gebrannt wird. Dabei dampft es kurz, das Fohlen hüpft, schlägt aus und wiehert, wird losgelassen und läuft erschrocken davon.

»Das ist ja schrecklich!« findet Edgar, der sich die Prozedur zum ersten Mal anschaut, und schüttelt sich.

Paula widerspricht: »Überhaupt nicht, sagt dein Großvater. Ein kleiner Pieks, und alles ist vergessen. Wieso regst du dich eigentlich über alles auf, was mit Pferden zu tun hat?«

»Ich hasse meinen Vater und projiziere es auf seine Pferde, weil ich ihn nicht hassen darf. Ödipus. Kann leicht zu Neurosen führen.«

Paula macht große Augen und muß sich ein Lachen verkneifen. Einen so altklugen Jungen hat sie ja noch nie erlebt! »Was tust du? Das klingt ja, als hättest du das auswendig gelernt! Wer redet dir denn solchen Blödsinn ein?«

»Unser Schulpsychologe. Der weiß, wovon er redet.«

Jakob hat die letzten Sätze aus dem Hintergrund mit angehört. »Weißt du, da gibt es schon ziemliche Spinner«, meldet er sich. »Vor allem, wenn sie selber keine Pferde mögen. Schaut euch den da mal an.« Jakob zeigt auf Big Jim, der in einiger Entfernung von Dagmar Lux vor der Klinik herumgeführt wird. Big Jim trägt inzwischen keine Manschette mehr, ist aber noch ziemlich wacklig auf den Beinen.

»So einen lieben Kerl wie den kann man gar nicht hassen«, stellt Jakob fest. »Ich habe euch doch die Geschichte von Godolphin Arabian erzählt und wie er zum Stammvater einer ganzen Zucht wurde.«

»Kannst du mir das irgendwann noch mal genauer erzählen?« fragt Edgar.

»Dir? Das ist ja ganz was Neues!«

»Ja, ich habe da so was vor«, meint Edgar zögernd. »Ich werde es dir demnächst mal zeigen.«

»Verstehe ich nicht«, meint Jakob, sobald Edgar gegangen ist. »Seit wann gibt der Junge was auf Pferdegeschichten?«

Jakob weiß nicht, daß Edgar einen Weg gefunden hat, die bislang so verhaßten Pferde mit seiner Computerleidenschaft in Verbindung zu bringen. Er arbeitet an einem Programm, das er *Brandzeichen und Blutlinien* nennen will und sammelt auf einmal wie ein Wilder abstammungsgeschichtliche Daten von Pferden aus aller Welt, stellt Stammbäume zusammen, läßt sich Prospekte schicken und telefoniert mit Züchtern im In- und Ausland. So etwas tut er für sein Leben gern. Und was er macht, das macht er gründlich.

Aber Jakob hat im Moment ganz andere Sorgen. Das Gespräch mit Beate beschäftigt ihn sehr. Und weil er weiß, was für ein sturer Kerl Werner sein kann (das liegt nun mal in der Familie), kommt er schnell zu der Überzeugung, daß er vermittelnd eingreifen sollte. Wer denn, wenn nicht er? Er sieht nach, ob von Münster-Osnabrück aus ein Flug mit Anschluß irgendwo nach Florenz geht. Er hat Glück: Der Flieger startet in nicht viel mehr als einer Stunde, und heute abend gibt es sogar noch einen, der in der Gegenrichtung unterwegs ist. Um die Maschine zu kriegen, muß er sich aber ganz schön beeilen. Da bleibt weder Zeit, eine Tasche zu packen noch sich umzuziehen. Er verabschiedet sich knapp, sagt Paula, er sei heute abend wieder da, und fährt davon. Am Flughafen nimmt er sich zwischen den anderen Reisenden mit seinen hohen, schlammbespritzten Reitstiefeln ein wenig seltsam aus, aber das ist ihm egal.

Als der westfälische Flughafen die Boeing in die Luft entläßt, ist Werner mit seinen Gedanken weiter von Hof Eicke entfernt als wohl je zuvor. Er sitzt mit Giulietta auf einem Badetuch, sieht ihr in die dunklen Augen und küßt ihren großen, vollen Mund.

»Es hilft aber nur bei regelmäßiger Anwendung«, sagt er.

»Aber höchstens zweimal pro Tag«, erwidert sie lachend. »Sonst tritt eine Überreaktion ein. Die richtige Dosierung ist das Geheimnis jeder Behandlung.«

»Ach, *signora*!« ruft er schwärmerisch. »Ich möchte mich zu gerne in dich verlieben!«

Sie flüstert: »Ich mich auch in dich.«

»Und weißt du, Giulietta, was ich glaube? Ich bin es schon ein bißchen.« Er küßt sie noch einmal und streichelt sie. Durch den bunten einteiligen Badeanzug ertastet er ihren sportlich-straffen und doch sehr weichen, weiblichen Körper. Begierde breitet sich in ihm aus, es wird ihm allmählich ganz egal, ob Leute ihnen zuschauen könnten hier am Strand. Giulietta merkt es. Kokett entwindet sie sich ihm und läuft mit wehendem Haar zum Wasser. Werner steht mit ungewohnter Leichtigkeit auf und läuft ihr nach, ohne an seinen Stock auch nur zu denken. Wasser spritzt zur Seite, als die beiden jubelnd hineinlaufen, bis sie einander an der Stelle, an der Giulietta den Boden unter den Füßen verliert, leidenschaftlich um den Hals fallen.

Massimo amüsiert sich köstlich, als er Jakob in Empfang nimmt. »Jakob, ich habe immer gedacht, Männer sterben in ihren Stiefeln. Aber wenn sie in ihren Stiefeln *verreisen*, dann muß es ernst sein.«

»Da haben Sie recht. Jeder zweite fragt mich, ob ich vorhabe, Italien zu erobern. Und am Flughafen hat so ein Witzbold vor mir die Hacken zusammengeschlagen, salutiert und gerufen: *Zu Befehl, Herr Oberst!* Aber ich wollte nur auf einen Sprung vorbeikommen und sehen, wie es Werner geht.«

Massimo glaubt ihm nicht ganz, aber er ist klug genug, sich zurückzuziehen, als Werner von seinem Ausflug ans Meer zurückkommt. Jakob beobachtet von der Terrasse aus, wie Werner sich mit einem langen Kuß und einer festen Umarmung von Giulietta verabschiedet, die daraufhin in ihren kleinen Flitzer steigt und wegfährt.

Werner staunt ganz schön, als er vor seinem Vater steht. Aber Jakob ist auch verblüfft: Werner macht so einen lockeren, unbeschwerten Eindruck, wirkt, als könne er die ganze Welt umarmen. Die beiden umarmen sich mit großem Hallo.

»Du hast einen Sonnenbrand, mein Sohn. Warum kommt deine schöne Signora denn nicht mit rein?«

»Meine Signora? Schön wär's.«

»Du hast jedenfalls einen guten Geschmack. Alle Achtung. Tolle Frau.«

Werner grinst mißtrauisch. »Vater, machst du hier etwa einen Kontrollgang? Was tust du hier?«

»Gucken, wie es dir geht, natürlich. Was sonst?«

»Aha. Interessant. Prima geht es mir. Sind im Münsterland die Telefone ausgefallen?«

»An der Strippe kann man den anderen nicht sehen, und außerdem kann man da manche Dinge nicht so gut sagen.«

»Schieß los, Vater: Was trägst du mit dir herum? Du kommst doch nicht angeflogen ohne einen handfesten Grund. Kannst es mir ruhig sagen. Man soll seinen Regungen freien Lauf lassen, habe ich gelernt.«

Jakob seufzt. »Also gut. Ich weiß, was zwischen dir und Beate vorgefallen ist. Oder besser: zwischen Beate und dem Pfarrer.«

»Du hast deine Ohren ja wohl an jeder Wand«, meint Werner und schüttelt den Kopf. »Und was hast du damit zu tun?«

»Es ist nicht gut, daß du Beate so im unklaren läßt. Sie wartet auf ein Zeichen von dir. Inzwischen wird mir natürlich klar, warum du nichts von dir hören läßt. Eigentlich wollte ich dich nur mal eben ein bißchen auf deine ehelichen Pflichten hinweisen, aber mittlerweile scheinen sich ja auch noch außereheliche Pflichten ergeben zu haben.«

»Deinen Stiefeln nach zu urteilen, willst du jetzt vielleicht den Feuerwehrmann spielen?« macht Werner sich lustig.

Jakob möchte Werner dazu überreden, anschließend gleich

mit ihm zurückzufliegen, aber es klappt nicht. Dennoch ist der Vater nicht bekümmert, als er zum Flughafen zurückfährt. Er denkt daran, wie die Worte, die er erst vor kurzem mit Stefan gewechselt hat, *auch* erst nachträglich etwas bewirkt haben.

Diesmal ist es ganz ähnlich. Werner fährt gegen Abend zu der Stelle am Meer zurück und betrachtet melancholisch den Sonnenuntergang. Was soll er tun? Er kann ja wohl schlecht hier unten ein völlig neues Leben beginnen. Oder Giulietta mit nach Deutschland nehmen. Oder erscheint ihm das alles nur als unmöglich, weil er es nicht schafft, über seinen Schatten zu springen? Wer sollte ihn schon daran hindern? Er hat doch immer alles geschafft, was er sich vorgenommen hat! Aber um welchen Preis? Er greift sich vorsichtig an sein Herz. Daß er Glück gehabt hat, weiß er genau. Genausogut könnte er jetzt unter der Erde liegen. Soll er sich schon wieder gegen alles und jeden stemmen? Vielleicht würde er das nicht mehr verkraften. Vielleicht ist es einfach besser, nach Hause zurückzugehen. Vielleicht ist es ja die entspannte Art, mit dem Leben umzugehen, die er mit nach Hause nehmen sollte! Nach Hause... Sein Zuhause ist Eicke und wird es immer sein. Da gehört er hin.

Die Eickes sind schon eine merkwürdige Sippe. Andauernd kreuzen sie die Klingen, wünschen sich gegenseitig den Teufel an den Hals und halten sich für unabhängig von ihrem Clan. Aber trotzdem sind sie eine Familie, in der der eine nicht ohne den anderen kann. Auch wenn sie es nicht wahrhaben wollen.

Werner hört, wie ein Wagen neben seinem parkt. Es ist Giuliettas Spider. Sie hat von Massimo erfahren, daß Vater Eicke dagewesen ist, und sie hat nicht nur geahnt, wo Werner hingefahren ist, sie kann sich auch den Rest zusammenreimen. Sosehr sie sich in den kantigen Deutschen verliebt hat – ihr war von Anfang an klar, daß es nicht von Dauer sein konnte. Er muß gar nicht viel erklären. Sie umarmen sich ein letztes Mal, und zwar sehr lange. Es fällt ihnen nicht leicht, sich voneinander zu trennen. Unter anderen Umständen, zu einer anderen Zeit, das wissen sie beide, hätte es mit ihnen klappen können.

4

Auf der Suche nach neuen Daten für sein Pferdeprogramm ist Edgar außergewöhnlich erfolgreich. Es gelingt ihm, sich mit seinem Computer ins Netzwerk der FN einzuschleusen, und er findet Zugang zu den Dateien, in denen die Blutlinien aller deutschen Deckhengste verzeichnet sind. Das Password war denkbar leicht zu knacken: Roßapfel. Was ein gelernter Hacker ist, der läßt sich davon nicht lange aufhalten. Da er ein ehrlicher Mensch ist und auch gar nicht auf die Idee kommt, etwas Verbotenes zu tun, gibt er unter *User* seinen eigenen Namen ein.

Die Sekretärin Bruno Schadewalds hört es rattern und holt, als sie feststellt, was da im Netzwerk vor sich geht, aufgeregt ihren Chef herbei.

»Edgar Eicke?« liest er ungläubig vom Monitor ab. »Das ist doch der Sohn von Werner Eicke! Ist ja nett, daß er sich wenigstens vorstellt. Aber wie um alles in der Welt hat der bloß unser Password herausgefunden?« Bruno hat seinerzeit tagelang hin und her überlegt, bevor ihm eines eingefallen ist, daß er für absolut sicher hielt. *Roßapfel* fand er genial, zu diesem Einfall hat er sich damals beglückwünscht. »Aber der Junge hat doch mit Pferden gar nichts im Sinn«, denkt er laut nach. »Muß ich mir näher ansehen. Das kann einen Riesenskandal geben!«

Schadewald fährt zu den Eickes und läßt sich von Jakob in Edgars Zimmer führen. Jakob ist verwirrt, er kapiert überhaupt nicht, worum es hier geht. So aufgebracht hat er Silberlocke noch nie gesehen.

»Wer bezahlt dich, Freundchen?« fragt Schadewald den harmlos vor seinem Computer herumlümmelnden Edgar.

Der Junge erschrickt. »Wieso bezahlen?« fragt er.

»Da hängen doch Hunderttausende dran! Los, sag die Wahrheit!«

»Hör sofort auf, ihn so anzuschreien!« geht Jakob dazwischen. »Du wirst jetzt erst einmal sagen, was überhaupt los ist, oder du fliegst hier sofort wieder raus!«

Schadewald schnaubt verächtlich. »Euer Bengel hat sich über

den FN-Computer illegal Zugang zum zentralen Rechenzentrum für die gesamte Pferdezucht verschafft!«

Jakob ist verblüfft! Sein Enkel! Mehr stolz als böse sagt er: »Na, ist ja schrecklich. Und was ist daran so schlimm? Abgesehen davon, daß es illegal ist?«

Vor so viel Unwissenheit verdreht Schadewald entnervt die Augen. »Wenn diese Blutlinienergebnisse zu früh herauskommen, kann doch ein jeder, der Lust hat, sich Erbgut von einem Erfolgshengst für sieben Mark fünfzig kaufen! Bevor das veröffentlicht wird, hat keiner eine Ahnung, welcher Hengst ein Erfolgshengst ist und die besten Fohlen produziert. Aber nur acht Tage später, wenn es dann offiziell heraus ist, kostet so eine Portion über tausend Mark! Kapierst du das jetzt endlich, Jakob? Also, Junge, wer bezahlt dich fürs Anzapfen?«

»Ich«, sagt Jakob unbekümmert. »Aber jetzt erst.« Er befiehlt Edgar, den Computer abzustellen, reißt das Papier aus dem Drucker, zerknüllt es und drückt Schadewald den Haufen in die Hand. »Steck den Kram in deinen Ofen. Sonst denkst du noch, wir gehen damit einkaufen.« Dann holt er einen Hunderter heraus und gibt ihn Edgar. »Der ist für dich. Damit du beim nächsten Mal rechtzeitig darüber nachdenkst, was du anrichten könntest, du Genie.«

Als Werner die Toskana allmählich hinter sich läßt, nimmt er sich vor, den fröhlichen Geist dieses Landstrichs mit nach Eicke zu nehmen. Er fährt die ganze Nacht hindurch, mit mehreren kurzen Pausen. Das macht ihm nichts aus, denn er hat es von Minute zu Minute eiliger, zurück nach Hause zu kommen. Zu Beate. In einem Rasthof bei Siegen nimmt er ein schnelles Frühstück, und noch am Vormittag ist er am Ziel. Beate, so nimmt er enttäuscht zur Kenntnis, sei wegen eines lukrativen Fotoauftrags nach Köln gefahren und komme erst morgen wieder. Ein übler Verdacht beschleicht ihn. Er geht in sein Schlafzimmer und ruft Marlies Baum an.

»Hallo, Frau Doktor Baum, einen schönen guten Morgen. Hier ist Werner Eicke. Sagen Sie, wann ist Pfarrer Delbrück eigentlich nach Kolumbien abgereist? Wissen Sie das?« Sein Gesicht gefriert, während er zuhört. »Er fliegt erst morgen abend, sagen Sie? Und von wo? Aha, von Köln. Wissen Sie das mit Bestimmtheit?« Benommen legt er den Hörer auf. *Ciao, Toskana, ciao, Giulietta, buon giorno, Werner Eicke!* denkt er bitter. *Kaum bin ich zurück, schon trage ich wieder Hörner!*

Indessen freut Jakob sich wie ein Schneekönig über die Heimkehr des verlorenen Sohnes. In einem Hochgefühl denkt er schelmisch, jetzt sei der richtige Zeitpunkt, die Familie komplett zu machen. Er setzt sich zu Paula aufs Sofa und stammelt verlegen:

»Sag mal, Paulchen, meinst du nicht, wir könnten in Zukunft noch ein bißchen enger zusammen und so... ?«

Erstaunt setzt sie ihre Lesebrille ab. »Was soll das denn jetzt heißen? Ist das etwa ein, ein...«

»Ja, ein Heiratsantrag!« platzt er heraus. »Es ist doch nicht gut, wenn der alte Mensch allein ist. Zwei schon gar nicht!«

Sie lacht und streichelt ihm über den Kopf. »Das könnte wirklich ganz nett sein mit uns beiden.«

»Nett?«

»Gib mir noch ein bißchen Zeit, Jakob. Ich sage ja nicht nein, aber dein Tempo kann ich mal wieder nicht mithalten.«

»Du meinst, wir sollen erst einmal den zweiten Umlauf abwarten? Na gut, wenn es denn sein muß.«

Die Göttliche kehrt zurück

1

Stefan verschärft das Training. Die Weltmeisterschaft rückt immer näher. In drei Tagen ist es soweit, und seine Zuversicht ist grenzenlos. Kaum setzt sich Divina unter ihm in Bewegung, glaubt er zu schweben. Es tut ihm zwar leid für Gipsy, daß es so gekommen ist, aber das läßt sich nicht ändern. Seit diesem ominösen Morgen herrscht mal wieder Funkstille zwischen den beiden, und Stefan wohnt auf Hof Eicke. Davon mal ganz abgesehen, findet er, ist es natürlich geradezu frevelhaft, daß man ein so großartiges Pferd wie Raffaello bei einer WM im Stall stehen läßt.

Er ahnt nicht, daß er sich da gründlich irrt. Gipsy hat längst dafür gesorgt, daß ein hochkarätiger Reiter in Raffaellos Sattel sitzen wird. Und wer anders könnte das sein als Renato Tucci? Der Europameister, der sich schon damit abgefunden hatte, in Aachen mit einem eher durchschnittlichen Pferd in den Parcours gehen zu müssen und die Vorbereitung dazu reichlich lustlos betrieben hat, mußte nicht lange überredet werden. Es bedurfte eines kurzen Anrufs, und wenige Stunden später stand er schon vor der Tür. Renato rechnet sich auch noch ganz andere Chancen aus: Wenn Gipsy und Stefan sich so sehr miteinander überworfen haben, wie es den Anschein macht, dann ist jetzt vielleicht doch noch die Gelegenheit gekommen, dem alten Rivalen die geliebte Frau auszuspannen. Dabei hat Gipsy im Moment ganz andere Sorgen. Sorgen, von denen außer ihr niemand etwas weiß.

Auch Jakob ist mit den Vorbereitungen für die WM beschäftigt, koordiniert die Termine mit der Nationalequipe und kümmert sich um alle weiteren Kleinigkeiten, die organisiert sein wollen. Seit dem Rauswurf von Jupp Rathmeyer hat er sich selbst wieder in die Geschäftsführung hineingemogelt. Aber da hat niemand etwas dagegen, am wenigsten Werner, der es jetzt alles ein bißchen ruhiger angehen lassen möchte als vorher. Als er gestern aus Italien zurückgekommen ist, hat er sich erst einmal gründlich ausgeschlafen. Allein. Beate hat noch nicht einmal angerufen. Aber was soll's? Die Frauen sind auch nicht alles! Noch zehrt er von seiner toskanischen Gelassenheit. Er schlendert hinüber zum Abreiteplatz und sieht Stefan beim Training zu. Nach wie vor braucht er keinen Stock, das rechte Bein ist noch immer gelenkig wie seit Jahren nicht. Ein Wagen kommt neben Werner zum Stehen. Es ist Lucas Delbrück, der aussteigt.

»Herr Eicke! Frau Doktor Baum hat mit mir telefoniert«, ruft er Werner aufgeregt zu. »Müssen wir uns denn wirklich bis zum Schluß mit derart blödsinnigen Mißverständnissen herumschlagen?«

»Mißverständnisse nennen Sie das?«

»Ja, sicher, deswegen bin ich ja hier. In ein paar Stunden geht mein Flugzeug nach Bogotà, und ich habe kein Rückflugticket, falls Sie das interessiert.«

»Sie fliegen von Köln, nehme ich an.«

»Ja und? Von Köln über Frankfurt.«

»Beate ist auch in Köln, Herr Delbrück. Aber das wissen Sie sicher besser als ich.«

Delbrück hebt beschwörend die Hände: »Herr Eicke, ich habe Beate ewig nicht mehr gesehen.«

»Nur letzte Nacht haben Sie sie gesehen. Ihre Abschiedsnacht, nicht?«

»Es ist aus und vorbei. Begreifen Sie das doch endlich!«

»Das soll ich Ihnen glauben? Sie haben mich mehr als einmal belogen!«

»Mann, glauben Sie doch, was Sie wollen! Am besten fragen Sie Sunny selber.«

»Ach, Sunny soll ich fragen?« Werner grinst höhnisch. »Mache ich, Herr Pfarrer. Sobald Sunny hier vorbeikommt.«

»Herr Eicke, ich sehe, es hat keinen Zweck. Leben Sie wohl.« Lucas geht kopfschüttelnd zu seinem Wagen zurück und fährt ab. Kaum ist er von der Zufahrt auf die Landstraße abgebogen, da sieht er, daß Beates Kabrio ihm entgegenkommt. Er betätigt mehrmals die Lichthupe, aber weil Beate gerade am Radio herumhantiert und den unsauber eingestellten Sender verstellt, sieht sie es nicht und fährt an ihm vorbei. Lucas nimmt den Fuß vom Gas und sieht im Rückspiegel, wie Beates Wagen abbiegt und über die Zufahrt rollt.

Göttliche Fügung, denkt er, schaut nach vorne und gibt entschlossen wieder Gas. Kolumbien wartet nicht.

Beate traut ihren Augen kaum, als sie Werner aufs Schloß zugehen sieht. Sie springt aus ihrem Wagen, rennt strahlend auf ihn zu und fällt ihm um den Hals.

»Werner! Wann bist du denn gekommen?«

»Gestern«, antwortet er, kalt wie ein Eiszapfen.

»Du, ich freue mich wahnsinnig, daß du da bist!«

»Hast du Delbrück noch gesehen?«

»Delbrück?« fragt sie irritiert. »Wieso? War Lucas hier?«

»Ja, gerade eben. Du mußt ihn doch noch gesehen haben.«

»Nein, habe ich nicht. Was hast du denn? Du schaust so streng.«

»Du warst fotografieren. In Köln?«

Beate versteht nur Bahnhof. »Nicht in Köln. Im Siebengebirge. Sommernacht auf dem Rhein. Ich bin kaum zum Schlafen gekommen. Aber sie zahlen unheimlich. Ich muß gleich entwikkeln und die Bilder losschicken.«

Ganz unvermittelt packt Werner Beate am Arm, drückt sie fest an sich und vergräbt zärtlich seine Hände in ihrem von der Kabriofahrt zerzausten Haar. Sie läßt es nur allzugern geschehen und umarmt ihn ebenfalls. Wie gut es tut, seinen kräftigen Körper zu umfassen!

»Bea: Ich glaube, ich bin ein ziemlich blöder Hund«, sagt er lächelnd und küßt sie.

Jakob und Paula stehen Hand in Hand am Fenster, sehen erst zufrieden auf die beiden herab und tun es ihnen dann gleich.

Renato versucht herauszufinden, ob Gipsy mit dem Gedanken spielt, sich scheiden zu lassen. Sie hält sich bedeckt, sagt weder ja noch nein und bittet ihn, solche Überlegungen bis nach der Weltmeisterschaft zu verschieben.

»Bekomme ich dann den Hauptpreis?« fragt er.

»Die Goldmedaille, meinst du?« sagt sie und tut so, als würde sie nicht verstehen, worauf er hinauswill.

»Die auch. Aber nicht nur. Entschuldige, ich bin frech.«

Gipsy nickt nur und geht nicht weiter auf seine Anspielungen ein. Wenn er wüßte! Ein Hauptpreis, wie er ihn sich vorstellt, ist sie nun ganz sicher nicht mehr. Es ist schon erstaunlich, wie sehr so ein kleiner Streifen in nur zwei Minuten das ganze Leben verändern kann, aber offensichtlich nimmt die Biologie keine Rücksicht auf Ehekräche und fragt nicht nach einem günstigen Zeitpunkt.

Werner entzieht sich der Hektik, die Jakob, der aufgeregt der WM entgegenfiebert und kein anderes Thema mehr kennt, zu Hause verbreitet. Lieber geht er mit Beate aus und feiert einen ganzen Abend lang ihr Wiedersehen – und ihre wiedergefundene Liebe. Heute nachmittag haben sie so leidenschaftlich miteinander geschlafen wie schon seit Jahren nicht mehr, und allmählich glauben sie sogar, daß die partnerschaftlichen Querelen der letzten Wochen und Monate das Beste sind, was ihnen überhaupt passieren konnte. Beate staunt, als Werner sie sogar zum Tanzen auffordert.

»Und was sagt dein Bein dazu?«

Er grinst. »Mein Bein ist einverstanden, wenn ich mich ein bißchen amüsiere.« Werner verspricht nicht zuviel. Man merkt ihm seine Verletzung beim Tanzen nicht an.

Am nächsten Morgen steht die Abreise nach Aachen auf dem Plan. Sowohl Stefan als auch Renato Tucci fahren mit ihren Pferden zum WM-Austragungsort. Gipsy bleibt lieber zu Hause, obwohl Renato seinen ganzen Charme aufbietet, um sie zum Mitkommen zu überreden. Ihr steht nicht der Sinn nach so einer Veranstaltung, und außerdem hat sie keine Lust, dort Stefan zu begegnen. Schon gar nicht nach dem schwachsinnigen Artikel, der heute in der Zeitung steht.

Ein Klatschreporter hat Wind davon bekommen, daß Gipsy den Europameister (mit dem sie gerüchteweise schon einmal etwas gehabt haben soll, wie es in der Redaktion heißt) hat einfliegen lassen, um ihren Raffaello zu reiten. Der Reporter hat daraufhin recherchiert, daß die Gräfin einen Ehekrach mit ihrem Gatten, dem Vizeeuropameister hat, der seinerseits wiederum für Hof Eicke an den Championships teilnimmt.

Das ist Stoff für einen Reißer mit Human Touch! hat der Mann gedacht und sich eine spektakuläre Sportmeldung zusammengebastelt, die genausogut auf der Gesellschaftsseite stehen könnte:

> *Im Mittelpunkt der am Wochenende in Aachen stattfindenden und mit großer Spannung erwarteten Springreit-Weltmeisterschaft stehen nicht nur Pferde und ihre Reiter, sondern auch der Kampf um eine schöne Frau. Gabriella von Bovens-Eicke, die sich von ihrem Mann Stefan Eicke, dem Vizeeuropameister von Dortmund, zeitweilig getrennt hat, wie man in Insiderkreisen sehr wohl weiß, läßt nun einen Parcourskünstler für ihr Gestüt antreten, mit dem sie mehr als nur Freundschaft verbindet: den Europameister Renato Tucci! Gräfin Gabriella, die Pferde-Prinzessin aus dem Münsterland mit deutschem und italienischem Paß, bietet damit den ungekrönten Königen dieser Region, den Herren vom Gestüt Eicke, in mehr als nur einer Hinsicht die Stirn. Wie wird Stefan Eicke, der auf der Schimmelstute Divina ins Rennen geht, reagieren, wenn Kontrahent und Erzfeind Tucci auf seinem Rapphengst Raffaello in die Arena einreitet? Für knisternde Spannung ist auf jeden Fall gesorgt. Eingeweihte Kreise haben bereits Wetten darüber abgeschlossen, wem die rassige Gabriella, genannt* Gipsy, *nach*

dem Ende der WM wohl gehören mag. Ein Konkurrent äußerte in schöner Offenheit: »Goldmedaillen sind schön. Aber der schönere Hauptpreis ist sie!«

Bürgertum und Adel kreuzen die Klingen – und Westfalen und die Toskana bieten der Weltöffentlichkeit eine emotionsgeladene, hochinteressante Seifenoper!

Stefan nimmt den Artikel mit Gleichmut zur Kenntnis. Dieses Ei hat er sich gewissermaßen selbst ins Nest gesetzt, also wird er es auch ausbrüten müssen. Er kann es Gipsy gar nicht verdenken, daß sie nach gleichwertigem Ersatz für Raffaello gesucht hat. Sollen die Leute doch schreiben, was sie wollen!

2

Nach der feierlichen Eröffnungsveranstaltung im Laurensberger Reitstadion in Aachen begehen die verschiedenen Nationalequipen den Parcours. Renato Tucci löst sich für einen Moment von seinem Team und strebt auf Stefan zu.

»Stefan, mein Freund, schön, dich zu sehen!« sagt er. »Ich hoffe, wir bleiben in diesen Tagen hier einigermaßen vernünftig. Was meinst du?«

»Wieso?« fragt Stefan. »Hast du Angst, ich verprügele dich? Ich gewinne höchstens, mein Guter.«

»Ich wünsche es dir, aber ich glaube es nicht.« Tucci lächelt herausfordernd. »Wir sollten nur versuchen, dem Publikum kein albernes Schauspiel zu bieten. Die *giornali* stürzen sich auf so etwas, wie man sieht.«

»Renato, ich bin zum Reiten hierhergekommen, nicht um die Klatschspalten zu füllen.«

»Sehr gut, Stefan. Ich sehe, du bist ein Profi. Aber sei nicht allzu traurig, wenn man mir die Goldmedaille umhängt. Du weißt ja: Dabeisein ist alles.«

»Besonders bei den Frauen, nicht wahr?« meint Stefan, läßt Tucci stehen und geht zu seiner Mannschaft zurück.

In der ersten Wertungsprüfung, dem Zeitspringen, setzen Tucci und Raffaello sich mit einem fehlerfreien und sehr schnellen Ritt an die Spitze des Feldes. Stefan und Divina bleiben ebenfalls ohne Abwurf, sind aber ein paar Zehntelsekunden langsamer und belegen vorläufig den zweiten Platz. Dritter ist ebenfalls ein alter Bekannter: Henri Pichon, der unbekümmerte Franzose. Überraschenderweise startet er nicht auf Belkanto, sondern auf Juanita, die schon seit ein paar Wochen bei ihm in Avignon im Stall steht. Auch dieses Tandem legt einen Nullfehlerritt hin, ist aber deutlich langsamer als die beiden anderen.

Am Abend essen Werner und Stefan zusammen. Trotz der guten Plazierung bläst Stefan Trübsal. Er hat das lähmende Gefühl, daß seine Ehe unaufhaltsam immer weiter den Bach runtergeht und nicht mehr zu retten ist. Wie soll es nach der WM für ihn weitergehen?

Nach dem zweiten Bier gibt er sich einen Ruck und sagt: »Bruderherz, ich werde auch weiterhin für Eicke reiten. Egal, was kommt. Ich habe das ewige Hin und Her satt.«

Werner ist mehr als überrascht: »Bist du dir wirklich sicher? Wenn das nur so ein halbherziger Gedanke ist, dann überlege es dir lieber noch einmal. Sonst geht das Hin und Her von vorne los. Was ich brauche, ist eine hundertprozentige Zusage.«

Stefan lächelt und hält dem Bruder die Hand hin. »Wenn es kein Erdbeben gibt, bleibe ich. Tausendprozentig.«

Werner schlägt ein. »Eicke ist erdbebensicher, Stefan.«

Gipsy hat sich das Zeitspringen im Fernsehen angeschaut. Weniger, um zu erleben, wer sich an die Spitze setzt. Das interessiert sie im Moment kaum. Sie wollte prüfen, was für Gefühle Stefan und Renato in ihr auslösen, wenn sie sie auf dem Bildschirm sieht. Bei Renato ist das ziemlich einfach: Sie mag ihn sehr gern, aber Liebe ist ganz etwas anderes. Lieben könnte sie ihn nicht. Das war immer so und wird so bleiben. Und Stefan? Sie will ihn wiederhaben, mehr denn je. Lieber heute als morgen. Den ganzen Abend lang überlegt sie schon, ob sie morgen nach Aachen fahren soll, um ihm alles zu erzählen. Wäre es Erpressung, wenn sie das täte? Oder wäre es die normalste Sache von der Welt?

Es ist schon spät, als sie zu Bett geht und zu schlafen versucht. Vorsichtig tastet sie ihren Bauch ab, bis sie endlich sanft entschlummert.

Am nächsten Morgen steht ihr Entschluß endlich fest: Sie wird nach Aachen fahren, sie kann nicht länger warten. Die Straßen sind frei, die Fahrt dauert nicht allzu lange. Gipsy stellt ihren Wagen auf dem Parkplatz des Stadions ab, noch bevor das Finale begonnen hat, und auf der Suche nach einer Bar, in der sie eine Tasse Kaffee bekommen könnte, läuft ihr Rolli Böckmann über den Weg. Sie bittet ihn, ihr einen kleinen Gefallen zu tun, und zieht das kleine Silberpferdchen aus ihrer Tasche.

»Herr Böckmann, würden Sie das bitte meinem Mann geben? Wenn er mal einen Moment Ruhe hat.«

»Gewiß, Gräfin«, meint er freundlich. »Mache ich gerne.«

Großer Finaltag! Letzter Umlauf! Die Ränge sind bis auf den allerletzten Platz besetzt. Auch die gesamte Familie Eicke sitzt fiebernd auf der Tribüne – zum ersten Mal mit Edgar, der ohne Unterlaß Bemerkungen über die Großväter und Urgroßmütter der über den Parcours gehenden Pferde zum besten gibt. Neben ihm, noch immer mit gewaltigem Gipsarm, sitzt Hanno Bruns. In einiger Entfernung, in der hintersten Reihe, dicht unter dem Tribünendach, hat Gipsy Platz genommen. Um nicht erkannt zu werden, trägt sie Hut und Sonnenbrille. Die heutige Entscheidung schlägt viel größere Wellen, als dies bei einer Springreit-Weltmeisterschaft sonst üblich ist, und Gipsy, die genau weiß, daß sie ein wesentlicher Teil der von der Menge mit Spannung verfolgten Inszenierung ist, will mit allen Mitteln im Hintergrund bleiben. Sie hat sich bei der Herfahrt bereits schreckensreich ausgemalt, wie es wäre, wenn das Fernsehen sie ausfindig machen und Bilder von ihr während der Ritte von Stefan und Renato als spannungssteigerndes Element dazwischenschneiden würde!

Henri Pichon und Juanita legen wieder einen beeindruckenden Ritt hin, aber für den ganz großen Triumph wird es auch diesmal nicht reichen: Die beiden haben einen Abwurf. Weil nun aber nur noch die beiden in der Wertung führenden Reiter kommen, steht bereits fest: Pichon hat zumindest die Bronzemedaille sicher. Er tätschelt zufrieden seine Juanita und reitet hinaus, macht Platz für die unmittelbar bevorstehende Entscheidung. Tucci und Raffaello sind als nächstes dran. Die erste Hälfte des Parcours bringen sie souverän hinter sich, aber dann verschätzt Tucci sich etwas, verliert in der schweren dreifachen Kombination den Rhythmus und leistet sich gleich zwei Abwürfe.

»Jetzt kann Stefan einmal reißen und wäre trotzdem...!« ruft Jakob begeistert, aber er wagt es nicht, den Satz zu Ende zu bringen, denn da sieht er bereits, wie sein Sohn einreitet. Langsam, fast bedächtig betritt Divina den Innenraum des Stadions. Stefan ist völlig ruhig, sein Gesicht zeigt keinen Ausdruck. Ein Meer von Menschen hat nur Augen für ihn, aber er nimmt keinen einzigen von ihnen wahr. In diesem Augenblick ist er mit Divina ganz allein. Er registriert jede ihrer Bewegungen: jedes Schnauben, jede Winkelveränderung der Ohren, jedes Schlagen des Schweifes. Aufstellung nehmen. Das erste Hindernis anvisieren. Einmal durchatmen. Und los! Mächtiger Absprung. Sauber drüber. Jetzt den Rhythmus behalten. Der Oxer. Da ist noch viel Luft dazwischen. Die Triplebarre. Der Wassergraben. Ein gewaltiger Satz. Zuritt auf die dreifache Kombination. Nicht zu schnell angehen. Der erste Teil geht sehr gut, beim zweiten ist es knapp, Divina streift mit dem Hinterlauf, bleibt aber im Rhythmus, und der dritte Teil wird dafür ganz lässig genommen. Noch zwei Sprünge. Drüber. Jetzt kann schon nichts mehr passieren!

Stefan nimmt die allerletzte Hürde wie in Trance, verschmilzt mit dem tosenden Jubel des Publikums.

»Divina, du bist Weltmeister!« brüllt er. »Divina, du göttliches Mädchen! Wir haben's geschafft!« Er wird später heiser sein, und heute abend wird er keinen Ton mehr herausbringen, aber wen interessiert das jetzt!

Der Eicke-Clan liegt sich in den Armen, Werner und Jakob sind aufgesprungen und veranstalten ein Tänzchen.

Jakob kann plötzlich nichts mehr sehen, weil ihm die Freudentränen aus den Augen schießen.

Auch Gipsy hat die Arme hochgerissen. Für ein paar Momente vergißt sie ihre Sorgen und feiert, wie alle anderen, den Sieger.

Stefan wird einige Minuten später von Böckmann zur Siegerehrung dirigiert. Er ist immer noch derart außer sich, daß er den Weg womöglich nicht gefunden hätte.

»Nimm die Kappe ab, wenn sie dir die Medaille verpassen«, befiehlt Böckmann glücklich lächelnd und drückt Stefan das Silberpferdchen in die Hand. Stefan hat kaum Zeit, sich darüber zu wundern, geht zum Podest hinüber, stellt sich zwischen Tucci und Pichon und läßt sich mit geballter Faust von der wild applaudierenden Menge feiern. Pichon und auch Tucci geben Stefan die Hand und gratulieren ihm. Man kann von dem Italiener halten, was man will, aber er ist ein guter Verlierer. Stefan lüftet die Kappe, beugt sich hinunter und läßt sich das Band mit der Medaille umhängen. Die ersten Takte der deutschen Nationalhymne ertönen. Die Medaillengewinner nehmen Haltung an. Wenige Meter neben dem Podest stehen, mit bunten Decken auf den Rücken, die Pferde der Sieger. Auch sie bekommen Ehrenschleifen umgehängt.

Gipsy geht hinunter zum Abreiteplatz und wartet, bis Stefan von der Siegerehrung kommt. Er bleibt verblüfft vor ihr stehen.

»Ich weiß nicht, ob es richtig ist«, sagt sie hektisch, »daß ich ausgerechnet hierhergekommen bin. Jetzt bin ich aber schon einmal da, und nun sollst du auch wissen, daß du Vater wirst. Du bist dadurch zu nichts verpflichtet, brauchst dazu auch nichts zu sagen. Ich will nur, daß du es weißt.« Mit diesen Worten macht sie auf dem Absatz kehrt und geht davon.

Stefan begreift nur mit Verzögerung, was sie da gerade gesagt hat. Als sie schon wieder im Getümmel zu verschwinden droht, rennt er hinter ihr her. Er packt sie am Arm, dreht sie zu sich herum und verschließt ihr mit einem heftigen Kuß den Mund, bevor sie Gelegenheit hat, einen weiteren Wortschwall loszuwerden.

»Gipsy, kannst du das noch mal wiederholen?« sagt er ruhig. »Ganz langsam, Wort für Wort?«

»Wir bekommen ein Baby.«

»Mensch, Gipsy! Ich werd verrückt! Das gibt's doch gar nicht!« Er wirbelt sie in der Luft herum wie eine Feder, winkt strahlend die Familie herüber, die gerade vollzählig auf dem Platz erscheint, und verkündet krächzend die frohe Neuigkeit. Die Eickes wissen gar nicht, wozu sie sich zuerst gratulieren sollen – zum Weltmeistertitel oder zum kommenden Nachwuchs.

Auch die Brüder umarmen einander.

»Ist das jetzt das Erdbeben?« fragt Werner.

»Wie bitte?« gibt Stefan verwirrt zurück.

»Na, das Erdbeben, das etwas an unserer Abmachung ändert. Weißt du nicht mehr?«

»Ach so«, macht Stefan.

Werner grinst und sagt: »Aber meinst du nicht, daß wir das auch noch schaffen?«

Stefan nickt, aber anstatt etwas zu sagen, hebt er das Silberpferdchen hoch, das er noch immer in der Hand hat. Werner schließt seine Hand um die des Bruders.

Sie haben vollbracht, wovon sie immer geträumt haben. Auch in Zukunft werden sie sich gegenseitig verfluchen und sich anschließend wieder miteinander versöhnen. Das ist ihre Natur. Aber in dieser Sekunde, in der ihre Hände sich berühren, finden sie etwas, das sie in Zukunft verbinden wird. Es ist kaum in Worte zu fassen und noch am ehesten – für alles, was sie sich angetan haben und noch antun werden – mit *Vergebung* zu umschreiben.